戲非戲251

雪中悍刀行

第二部

（三）

新桃換舊符

烽火戲諸侯　作

高寶書版集團

道門真人飛天入地，千里取人首級；佛家菩薩低眉怒目，抬手可撼崑崙。
誰又言書生無意氣，一怒敢叫天子露戚容。
踏江踏湖踏歌，我有一劍仙人跪；提刀提劍提酒，三十萬鐵騎征天。

道門真人飛天入地，千里取人首級；佛家菩薩低眉怒目，抬手可撼崑崙。
誰又言書生無意氣，一怒敢叫天子露戚容。
踏江踏湖踏歌，我有一劍仙人跪；提刀提劍提酒，三十萬鐵騎征天。

◆目錄◆

第一章　快雪莊世子逢故　余家村玉斧覓福

有一騎往快雪山莊而去，馬蹄輕靈。

面容清逸的年輕騎士戴了頂紅狐皮帽，雙鬢垂下黑白相間的兩縷髮絲，腰間挎了一柄烏鞘短刀。

年輕騎士沒有急於進入莊子，而是沿著春神湖邊上的青石路板下馬步行。

正值晌午，日頭溫暖，冬雪消融，湖水澄清如鏡，賞景行人絡繹不絕。

快雪山莊的變故讓人目不暇接，傳出一連串小道消息：當初真武大帝法相臨湖之後，先是雁堡少主李火黎領著六百里加急的緊急軍令，攜帶精騎扈從返回邊境；隨後是春帖草堂謝靈箴也離開莊子，尉遲良輔說是這位草堂的老前輩觀湖有所悟，要回蜀閉關，此生有望躋身天象境；東越劍池李懿白也說要去迎接恩師宋念卿，不知所終。

快雪山莊原本想要憑藉選舉武林盟主這樁盛事提升山莊聲勢地位，三位正主相繼離去，就要成為整個江湖的笑柄，可徽山紫衣女子橫空出世，一天之內連敗十六位成名高手，一時間風頭無兩，隱約要趁勢一鼓作氣奪魁，讓許多都已經離開莊子在返程路途上的江湖人士，紛紛掉轉馬頭、車頭，擁入快雪山莊，無疑解了山莊的燃眉之急。

若不近觀細瞧，在這個人靠衣裳、佛靠金裝的勢利年代，牽馬而行的佩刀遊俠兒在擁擠人流中並不起眼。能到快雪山莊的江湖人本就以豪俠居多，大多藉著門派背景或是自身名號在家鄉即便不能富甲一方，腰纏萬貫總是逃不掉的。

湖邊沿途滿眼錦衣狐裘，不弄頂動輒幾十兩銀子的貂帽都不好意思出門跟人打招呼。眾多貌美女子都小鳥依人地偎在豪俠身邊，眼光游弋，暗中比拚身家。還有一些個攜帶妻兒家眷出行的武林中人，這些人無疑底氣更足，多是江湖一、二流大幫派的嫡系子弟。那些半點都不怯場的俏皮孩子，不顧爹娘叮囑，嬉戲打鬧，好似穿花引蝶，可能這些孩子自己都不知道朝廷上有官家子弟和將種子孫兩個說法，而他們就相當於江湖上的世家子弟，他們以後繼承父輩衣缽行走江湖，顯然要比其他人來得左右逢源。

熙熙攘攘的青石板路上，充斥著「久仰大名」之類的客套寒暄，以及熟人相遇後的把臂言歡。幾對父輩恰巧是世交好友的稚童稚女，很快就熟絡起來，一起橫衝直撞，歡聲笑語，偶有被他們磕碰上的江湖人，便是往常性子暴戾的漢子，今天也不以為意地揚起一張粗獷笑臉，還友善地伸出手揉一揉孩子們的腦袋。

孩子們伶俐彎腰低頭跑過，他們身後一臉無可奈何的父輩則不忘對漢子抱拳微笑，雙方清淡一些就是一笑而過，要是玲瓏一些，就會停腳互報名號，順手順嘴的，花不了一顆銅錢，也就結下了一樁可有可無的香火情，何樂不為。

幾個結伴孩子像幾尾歡快游魚在人群縫隙中游走，越演越烈，他們有幾分輕功底子傍身，興之所至，無形中都用上了家學身法。

不巧有人牽馬停腳站在湖邊，遙望煙波浩渺的春神湖，為首一個孩子在即將撞上馬肚子時，雙手一抓馬背，靈巧翻過，繼續前奔，若行雲流水，讓人眼前一亮，頗有驚豔觀感。

後邊一個垂髫丫頭也依樣畫葫蘆，翻過馬背。最後一個孩童就沒這份功底了，可又不願繞道而行，沒能躍過，撞在了馬肚子上，倒地不起，不知是吃疼還是自覺在青梅竹馬的夥伴眼前丟了面子，坐在地上號啕大哭。

頭頂紅狐皮帽的年輕人聞聲轉身，鬆開韁繩，笑著伸手要去攙扶那孩子起身。那孩子抬頭看了眼陌生人，興許是覺得他的笑臉是在嘲諷自己，哭得更加撕心裂肺。

年輕公子哥大概是劣馬、劣皮帽，沒能有幾分富貴氣才會如此笑意和煦，略帶歉意，面對幾乎滿地打滾的撒潑孩子，有些不知所措。

兩名已經躍過馬背的稍大孩子也折路返回，對這個年輕人虎視眈眈。率先攀馬跳躍的男孩子一臉怒氣，小小年紀就有了不容小覷的英武氣焰。垂髫丫頭是個美人，脾氣也要柔和許多，看到那罪魁禍首不像是個惡人，僅是瞪了一眼，嫵媚天然，就去攙扶起滿身塵泥的同伴。

被扶起的孩子別看哭嚷得厲害，其實一直在眼觀六路、耳聽八方，等到哥哥姐姐來了給他撐腰，身後爹娘也快步走來，他頓時膽氣粗壯，跑過去朝那牽馬攔路的傢伙狠狠踹了一腳，踢在那人小腿上。

年輕公子哥一笑置之，低頭拍了拍塵土。不承想那孩子猶然不解氣，一巴掌拍在眼前這人的頭上，拍掉了那頂他一看就不值幾個錢的狐皮帽子，這才揚揚得意咧嘴一笑。

那二十幾歲的佩刀年輕人在帽子跌落後，露出一頭與兩鬢垂髮相似光景的頭髮，竟是老衰的灰白顏色，一副死氣沉沉的遲暮氣象。

年輕人搖了搖頭，不與頑劣孩子斤斤計較，上前幾步，彎腰想要去撿那頂相依為命的狐皮帽子，不料一根軟鞭如靈蛇吐信，勾住狐皮確是質地不堪入目的廉價皮帽。

鞭子撩起，皮帽高高拋起，然後這根在江湖被讚譽為虎尾鞅的軟鞭形如蛇盤，鞭頭與鞭身相擊聲響如爆竹，震響過後驟然伸直，彈在皮帽上，迫使那頂帽子斜斜墜向主人，恰好覆在年輕人的頭上。這一幕，果真應了馬善被人騎、人善被人欺的古話。

那年輕人想必是被孩子的長輩這一手給震懾住了，在圍觀旁人唯恐天下不亂的陣陣叫好喝彩聲中安靜站起身，扶正了狐皮帽，甚至沒有去瞥一眼那抖摟了一手超群鞭術的精壯漢子。

周親滸不想跟這個渾身上下雲遮霧繞的徐奇有太多交集，瞥了眼他的紅狐皮皮帽下的兩縷灰白髮絲，想著就要託辭離開。她心中有些女子天性的惻然——習武之人都知道思慮太過則神耗氣血，不易充養骨髓，年少鬢白。

周親滸卻也有自知之明，她所修習的武學，斷然不會入他法眼。正在猶豫之間，看到一名腰間懸酒壺的年輕遊俠大步行來，一巴掌拍在徐奇肩膀上，哈哈大笑，叫嚷著徐奇的名字，然後順勢轉頭對她恭維道：「周姑娘的黃梅劍，在下澄心樓不記名弟子黃筌，如雷貫耳。」

徐鳳年看到周親滸疑惑望來，笑著解釋道：「黃老哥是我趕來快雪山莊路上認識的朋友，是一位老江湖了，言傳身教，教會了我不少門道，為人厚道，值得結交。」

其實黃筌剛才就在旁邊靜觀事態，當他看到姓徐的被那幫豪俠玩弄於股掌，就澈底沒了打招呼的心思，只怕惹禍上身。可沒想到近日隨徐瞻一同聲名鵲起的周親滸會主動走向湖邊馬旁，頓時就有些心熱。聽姓徐的說他厚道，黃筌也毫不愧疚地全盤笑納了。

周親滸聽到徐鳳年的言語後，這才對這個流裡流氣的江湖遊俠禮節性招呼了一句。

徐鳳年提起馬韁，準備沿湖前行，去找龍宮那個曾手持象牙白笏裝神弄鬼的林紅猿，除了可有可無的拓碑指玄，徐鳳年還有一件新近獲知的有趣祕事要當面試探林紅猿。

只是不給徐鳳年脫身機會，徐瞻和馮茂林已經攜伴而來，這位遼東馮家的庶子顯然買了徐瞻一個顏面，主動讓年幼愛子給徐鳳年致歉一聲，然後說要一起登上一艘彩船，去觀戰徽山紫衣的新一輪湖上守擂。

數座擂臺都建在離湖數里外的湖上，需要乘船觀戰，船隻數量有限，能否登船，不靠銀子，只能靠江湖地位和家世名聲，每艘船上都有襄樊城青樓名妓獻藝，快雪山莊為了造勢，莊主尉遲良輔可謂是下足了血本和心思。大多數江湖看客都沒本事登船，只能租借小舟在大船之間見縫插針，只是乘小舟與坐樓船，天壤之別，低人一等的滋味可不好受。

去渡口等船的路上，經過徐瞻言簡意賅卻富含機巧的引見，徐鳳年知道馮茂林出身遼東豪族，另外兩對神仙俠侶家世伯仲之間，一對是兩淮大族，一對是南唐士族。士族與世族有不可逾越的雷池，可是對大多數草莽龍蛇的江湖人來說，已經殊為不易，這就像同為風月妓女，官妓自然要比私娼野妓更有身價。

黃荃跟徐鳳年同行的時候天文地理無所不知，這會兒拘謹侷促得很，畏畏縮縮，說話都不敢大聲，尤其是毛遂自薦時還沒說完就被馮茂林給打斷，轉移了話題。黃荃也不以為意，乖乖跟在眾人屁股後頭，趁著前頭正主們瞧不見，這傢伙趾高氣揚，斜眼看旁人，那叫一個顧盼自雄。

登船時徐鳳年有些犯難，本想牽馬登船，可打理那艘樓船一切事務的快雪山莊小管事，根本就沒把什麼遼東馮家當回事，哪裡肯讓一個江湖上的無名小卒弄匹劣馬去船上惹人厭，更何況知道一個座位如今能賣出多少銀子嗎？這艘丙等船就要四百兩！而且有價無市！

徐鳳年也沒有橫生枝節，等所有人都走上船去，才將馬匹韁繩遞給一名山莊雜役，塞了一塊銀子到他手上，對他說道：「我是龍宮的左景，麻煩小哥兒去與龍宮一個叫林紅猿的女子知會一聲，就說我在這艘丙字船上，讓她有工夫的話回頭就在這座渡口等我。」

那僕役聽到「龍宮」兩個字，頓時高看這位年輕公子哥一眼。東越劍池、春帖草堂和雁堡相繼離去，這會兒莊子裡頭龍宮已經算是名列前茅的高門大宗，這裡面的人物，就算是阿貓阿狗的貨色，也不是他得罪得起的。

悄悄收斂了倨傲神色，山莊僕役掂量了下銀子分量，故意一臉為難道：「左公子，小的就是勞苦命，一時半會兒興許走不開，就怕耽誤了公子的大事。」

徐鳳年笑臉不變遞出第二塊銀子，「麻煩小哥了。」

不承想那年紀輕輕的僕役也是心眼活絡的角色，推回第二塊銀子，灑然笑道：「小的收了左公子十兩銀子，不跟銀錢過不去是一回事，更是想著趁機沾沾仙氣，如果再要，可就是人心不足掉錢眼裡嘍！咱們快雪山莊規矩森嚴，萬一要是被管事的知曉，還不得打斷小的手腳，萬萬不敢多要了。左公子放一百個心，小的這就給你報信去。公子的寶駒，小的也順路讓馬房餵飽了去。」

這便是高門大族的底蘊了。一個下人耳濡目染，為人處世也或多或少透著股滴水不漏的味道。春秋之前，任由坐龍椅的人換了一個又一個，十大豪閥始終任你潮起潮落，我自屹立不倒，靠的就是長房、偏房以及這些門戶後頭方方面面的日積月累。

徐鳳年看著牽馬離去的年輕雜役，突然冒出一個念頭——這麼一個精於鑽營的傢伙，起於貧寒，有朝一日會不會跟類似尉遲讀泉那樣的大家閨秀，生出丁點兒風花雪月？

徐鳳年搖了搖頭，反身登船。

雙層彩船收回梯板，破開幽綠湖面，緩緩駛向擂臺。

遠處七、八艘彩船中有兩艘有三層樓，估摸著該是乙等樓船。

徐鳳年站在船尾，雙手插袖，默默抵禦湖面清風拂面的徹骨寒意。

黃筌厚臉皮，討好不了那幾對難以接近的夫婦，就去跟三個孩子嬉戲，踢了徐鳳年一腳的那個孩子說想要騎馬，黃筌便手腳朝地當牛做馬，被孩子騎在腰上，笑臉燦爛，就像一條狗。

徐鳳年以前經常在肚子裡笑話黃筌的拙劣賣弄，這一次卻獨獨笑不出來。

周親滸受不了徐瞻一行人充滿功利的言笑晏晏，就走出來透口氣，站在徐鳳年附近的欄杆旁。徐鳳年笑問道：「周姑娘都闖蕩出『黃梅劍』的名號了？」

周親滸起先以為他在嘲笑，但見他笑臉恬淡，不知如何作答，就沒有搭腔。她雖懂人情世故，卻不願違心做事、違心說話，才讓人覺得性子冷淡疏遠，其實能夠護送黃裳赴京，就看得出她是個古道熱腸的心善女子。

徐鳳年雙手藏在袖內，輕輕趴在欄杆上，眯眼笑道：「我小時候成天想著要當揚名立萬的大俠，就是走到哪裡都有女子為我傾心的那一種。所以經常跟我兩個姐姐討論，以後闖蕩江湖，該取什麼綽號。當初在紙上密密麻麻寫了幾十個，覺得都不滿意，要麼不夠威嚴嚇人，要麼太含蓄晦澀。也想著能找個水靈女俠當媳婦滿好的，後來才知道當女俠太不容易，常年習武，很難細皮嫩肉，別的不說，騎馬一事瞧著威風八面，屁股瓣兒都有老繭了。還得煩心那些拜倒在石榴裙下的跟屁蟲，萬一遇上本事高超的採花賊，或者是專好女俠這一口的紈褲子弟地頭蛇，更是頭疼。

記得我第一次走江湖的時候，見著一個小有名氣的女俠，濃妝豔抹得幾里外都聞得到，渾身上下從頭上釵子、臉上胭脂到手上鐲子，身上衣裳到腳上靴子，都是有來頭的，事後得知那些提供行頭的店鋪每家每年少說都要支付給她一、二百兩銀子。久而久之，我也就不信什麼女俠了，覺得喊一個女子為女俠，就像是在罵她。」

周親滸嫣然一笑。

徐鳳年感慨道：「江湖其實很像舊西蜀，天下未亂蜀先亂，天下大定蜀未定。春江水暖鴨先知，廟堂中樞動盪，不可避免會波及地方，甚至在中樞塵埃落定之前，江湖上就已經風聲鶴唳。武林中那些大大小小的幫派，早找婆家早享福。晚嫁不嫁的，往往就沒那份家底支撐，多半都要受氣。小到小魚小蝦的魚龍幫，大到鑄劍世家幽燕山莊，無一倖免。聽說襄樊城裡頭的年輕靖安王有意納妃，也不知道快雪山莊能堅持多久。」

周親滸突然開門見山問道：「徐公子，冒昧問一句，東越劍池春帖草堂和雁堡一起離開山莊，跟你有沒有關係？」

徐鳳年反問道：「周姑娘這麼看得起我？妳怎麼不乾脆問是不是我請下了真武大帝？」

周親滸正要開口，徐鳳年笑道：「對了，我暫時是舊南唐龍宮的小嘍囉，叫左景，如果以後有好事之徒問起，周姑娘就這麼回答。」

周親滸點了點頭。

徐鳳年轉過身，看到彩船外廊遠處爬行的黃筌，神情平靜。

周親滸竟然沒有從他那雙好看至極的桃花眸子裡看到一絲波動，不要說情理之中的不屑譏諷，甚至連憐憫同情都沒有。周親滸告辭一聲，走入溫暖如春的船艙。

徐鳳年重新趴在欄杆上，百無聊賴，於是輕聲哼唱一首北涼流傳廣泛的無名小調，「君不見北冥有魚扶搖幾萬里，君不見崑崙之巔仙人過天門。君不見男兒輕騎出涼裹屍還，君不見女子紅裝倚門到白首……」

既然有死士寅暗中護駕，徐鳳年就沒有刻意壓抑悄然泛起的困乏睡意，下巴抵在還算被雙手焐暖的袖口上，閉上眼睛。

一艘烏篷小舟急速劃破平靜湖鏡，一名身著青綠執白笏的女子躍上彩船，遙遙站在船尾另一側，眼神複雜，輕輕喊道：「左公子。」

徐鳳年睜開眼睛，轉頭不轉身，「林小宮主大駕光臨，恕不遠迎。」

在快雪山莊一直沒有以林紅猿這個身分現世的年輕女子，眼神比起初見時因接連吃虧而生的仇恨之外，多了一份發自肺腑的敬畏。在林紅猿心中，趙凝神這樣初代龍虎山祖師爺轉世的天縱之才，以後板上釘釘會成為天下道統第一人，羽衣卿相加身，原本可要比什麼北地苦寒的世子殿下還來得有分量。

林紅猿就是一個既不記好也不記打的女子，只是真打得重了、疼了，還是會稍稍長點記性。先前跟姓徐的王八蛋相處，次次機關算計，都被識破，那傢伙更不會憐香惜玉，如今林紅猿也不知道是恨他多一點還是怕他多一點。

換了張龍宮女官面皮的林紅猿才想要挪步，徐鳳年就一語道破天機，「我得到密報，燕刺王趙炳的嫡長子就藏在這趟龍宮出行陣仗裡頭，應該不是那個虯髯客，所以妳還真是有天大的架子，讓堂堂世子給妳肩扛床輿。」

林紅猿猛然臉色蒼白。

徐鳳年望向尾隨彩船的烏篷小舟，舟子是個普通的健壯漢子，徐鳳年朝他招招手。那年歲不大的漢子猶豫了一下，躍上船尾，不再遮掩之後，頓時意氣風發、英氣凌人。他對林紅猿揮揮手，讓欲言又止的女子噤若寒蟬。

偌大一個廣袤南疆，納蘭右慈可以對燕剌王趙炳招之即來、揮之即去，唯獨對這個世子殿下青眼相加，視為同輩友人。

評點天下帝王膝下皇子以及幾大藩王世子，論口碑，這個叫趙鑄的世子殿下比大皇子趙武還要更勝一籌，如果是前幾年，誰要是把趙鑄跟北涼徐鳳年相提並論，無異於是侮辱燕剌王的世子殿下。

趙鑄咧嘴笑道：「小年，你還記不記得當年在丹銅關，那個死活要跟你娘學劍的小叫花子？」

徐鳳年平淡道：「不記得。」

趙鑄一臉幽怨，蹲在地上咬手指，唉聲嘆氣。

林紅猿看得瞠目結舌。

在南疆，曾有密語在小範圍流傳，說是納蘭先生之所以願意待在燕剌王府，是看中了趙鑄的北上之志。

趙鑄十二歲從軍，自打他的父王為其彰顯軍功，幫他築起第一座數顆頭顱的小墳塚，隨著趙鑄的殺人如麻，聚集敵屍，封土高塚如樓，這些年連築京觀二十一座。南疆蠻夷，無不臣服。

趙鑄最愛做的事情，從來不是附庸風雅，而是帶上數十扈從，偷偷南下，往往一去一返就是個把月，將一個個深藏蠻瘴之地的敵對寨子拔去，不留活口。

每當需要世子殿下出席的筵席盛事卻沒有出現，那所有人立即就明白了，咱們世子又溜出去宰人了。

可這時面對徐鳳年，趙鑄不知為何溫良恭儉得一塌糊塗，抬起頭哀傷道：「小年，你再也不是當年那個脫下褲子跟我比大小的好兄弟了。」

徐鳳年罵道：「有欠錢十多年不還的兄弟？」

趙鑄馬上嬉笑起來，朝徐鳳年丟過去一袋子銅錢，「還你。那會兒咱倆離別時，你說你要當大俠，還語重心長跟我說千萬別從小叫花子變成老叫花子，我可是一直記在心裡。這袋子銅錢，我一顆子兒都沒捨得花。」

徐鳳年接住那只縫補得厲害的布製錢囊，無言以對。

周親滸不知如何看到船尾多了兩張生面孔，好像是那人的故交，就要了兩壺溫好的黃酒送來，林紅猿笑著雙手拎過，道了一聲謝。

徐鳳年跟本該風馬牛不相及的趙鑄一人一壺，席地而坐，靠著船板慢慢飲酒。林紅猿就算以當下龍宮捧笏女官的身分，也足以要來一艘乙等彩船的座位，只是主子不開這個金口，她哪裡敢自作主張。在離陽幾大藩王轄境最為寬廣的南疆，世子趙鑄在市井尤為有口皆碑，白龍魚服，曾經在邊境上當了半年的賣酒漢子，恐怕除了燕剌王和納蘭先生，沒有誰知道這個世子殿下圖謀為何。

趙鑄此時喝著酒，有些神色惆悵，等了半天也沒等到身邊那傢伙說話，只得訕訕然道：「我這些年想了無數次重逢的場景，哥倆抱頭痛哭流涕？還是把臂指點江山？可怎麼都沒想到你小子這麼不給面子。」

徐鳳年無奈道：「跟你沒熟到那程度。」

趙鑄灌了一口酒，吱溜一聲，不再說話。

恐怕只有京城九九館女掌櫃洪綢——那個敢放話要下砒霜，敢對趙家天子怒目相向的女子，才知道丹銅關曾經幽禁了一雙娘兒倆。關內十步一禁不說，關外更有數百鐵騎終夜輪流游弋。

城中百姓多是軍卒家屬，那時候徐鳳年遇上了一個叫囂著要學劍的小叫花子，年齡比他要大上兩、三歲，不過徐鳳年小時候就老氣橫秋，兩人相處，反倒是徐鳳年說道理說得多，徐鳳年在丹銅關裡好不容易逮著一個能說上話的同齡人，也就是面冷心熱。

回頭再去看待當年的那座牢籠，才知道當時除了他這個北涼世子，其實還有幾位藩王嫡子，淮南王劉英那個離開丹銅關後早夭的長子便是其中之一。當時離陽已經懷擁整個北方，朝廷上下對於先帝的南下決策都心知肚明，只是以張巨鹿恩師為首的廟堂砥柱們分為兩派，開始爭執是先繞道平西蜀，還是長驅直下定大楚，又以前者居多，意見保守，畢竟大楚勢壯難摧，軍心安穩，展露崢嶸的儒將曹長卿等人甚至有意北上，戰於大楚境外。

因此離陽朝廷許多人都希望把問鼎江山一戰拖到最後，到時候離陽勝算更大，以免功虧一簣，否則說不定淪為南北割據整整一代人。可是皇子中趙炳、趙英、趙睢三位，加上包括徐驍、顧劍棠在內的功勳將領都不讚成此法，力求舉全國之力一戰功成。

大殿上吵得熱火朝天，秀才遇上兵，有理說不清。老皇帝最終站在了徐驍一邊，一錘定音，老首輔出殿後氣惱得頭撞徐驍，就出自那時的微妙態勢，雖然後者在廟堂上贏了罵戰，但是這些皇子武將大多都祕密留下質子在丹銅關。

徐鳳年怎麼都沒有想到那個小叫花子會是如今的世子趙鑄，難怪到北涼後，徐驍跟徐鳳年以及李義山閒談時對其餘幾位藩王都是冷嘲熱諷，對趙炳則一直樂意說上幾句良心很足的好話。

這邊沉默寡言，艙內就要熱鬧喜慶太多，饒是脾性相對冷清的徐瞻也經不住輪番勸酒，面紅耳赤，醉意微醺最宜人，跟馮茂林那三對夫婦相談如爐上煮酒，十分火燙。

馮茂林是典型的北地漢子，言語粗獷，粗中有細，葷話說得尺度剛好，既能熱絡氣氛，也不至於讓在場三名風韻各有千秋的婦人覺得不敬。舊南唐士族出身的男子姓蔣，原本自矜名流身分，此時也打開話匣子，口若懸河，又有與徐瞻近鄰的兩淮豪俠一旁穿針引線，為徐瞻找話題，誰都不寂寞。

自打有江湖傳首以後，不被朝廷招安的江湖人便信奉江湖廟堂涇渭分明，安分守己，私下也不願非議朝政，相聚一起，說來說去也就是新近的江湖大事。這場酒席便說到了吳家劍塚的當代劍冠，京城溫不勝的崛起又消失，武帝城的詭譎懸劍，以及那個北涼世子毫無徵兆的改換臉面，突然就成為了一位不容輕視的高手。北涼徐家發軔於兩遼，直到朝廷三番兩次派遣廟堂大員重臣親赴兩遼，才好不容易拔除了北涼餘孽。

藉著酒意上頭，這幫人言談無忌了許多，尤其是馮茂林順勢聊起了諸多祕聞，其中又小心翼翼夾雜提到馮家當年跟徐家關係不淺，父輩中就有人曾經跟尚未發跡的北涼王一同戎馬征戰，有次北涼王還差點借宿馮家，言下之意，就是馮家跟那徐人屠也是有牽連的，言及於此，馮茂林完全不掩飾他滿臉的倨傲之色。姓蔣的舊南唐士族對北涼王沒有太多惡感，畢竟南唐是給如今已經榮獲大柱國勳位的顧劍棠滅了國，說及那位讓全天下談虎色變的老人，也是打心底畏懼。

馮茂林說到最後，拿袖子胡亂擦去嘴邊酒水，玩笑著說徐家祖墳在遼東，以後若是那世子殿下世襲罔替北涼王，指不定就要衣錦還鄉祭祖，到時候他馮茂林定要厚著臉皮去拜會，至於新北涼王見與不見他，就得看天意了。

馮茂林打破腦袋都想不到他的兒子，前不久才在湖邊結結實實踹了那傢伙一腳。

◆

臨近湖上擂臺，一行人起身來到外廊賞景，想要用湖上冬風吹淡滿身酒氣，馮茂林驀然瞪大眼睛，怒氣盈胸，那個看在徐瞻分上才捎帶登船的廢物，身邊多了個物以類聚的廢物漢子，竟然膽敢一腳踢飛了他的寶貝兒子，還說了句「老子不教我來教」的混帳話。

那一腳用上了巧勁，馮茂林的孩子看似高高拋起，其實並未如何傷及肺腑經脈，只不過恰好被撞見，打人臉面太過生疼。

馮茂林的媳婦一個縱身就捧住了孩子，臉色鐵青，豐滿胸脯惱恨得顫顫巍巍。脾氣暴躁的馮茂林也沒閒著，大踏步而出，抽出軟鞭，就一鞭甩向那衣衫言辭皆粗鄙的年輕漢子。

林紅猿對上手腕陰毒的徐鳳年討不到半點好，在權勢顯赫的趙鑄身前溫馴如家貓，可在外人面前沒有顧忌，一時判若兩人，身形輕靈橫掠，一手抓住軟鞭，往身前一扯，一拳砸在馮茂林額頭，然後一腳踹在這遼東豪俠胸口。

這還不止，她復又欺身而進，高高躍起，一記膝撞狠辣撞在馮茂林下巴，然後轉身鞭腿掃出。馮茂林毫無還手之力就墜向湖中，好在姓蔣的士族子衝出，堪堪在欄杆附近接住好友身軀，才沒有讓馮茂林去春神湖冰冷刺骨的湖水裡洗澡。

趙鑄很有惡人先告狀的嫌疑，冷笑道：「這小娃湊上來滿口髒話，拌嘴吵不過後，就對老子一頓拳打腳踢，老子要是他失散多年的親生老子也就忍了。」

馮茂林忙著嘔血，根本沒法子說話。抱住孩子的妖嬈婦人怒道：「好大的本事，對一個孩子出手，你個王八蛋怎麼不去當武林盟主給老娘看看？」

之所以忍著滿腹恨意沒有出手，不是因為她涵養出眾，而是那青綠持笏女婢的出手太過凌厲，讓人心生忌憚。

趙鑄手指拎住酒壺，輕輕旋轉，哈哈笑道：「妳想當我老娘？要不妳去問問我爹，看他有沒有這個膽子答應妳。」

那孩子看上去嚇得不輕，低下頭時，卻眼睛裡閃過一抹陰鷙，哭哭啼啼道：「這渾蛋胡說八道，說他昨晚跟娘親盤腸大戰八百回合，不分勝負，打了個平手，今晚上還要在床榻上再戰。」

三位婦人都同仇敵愾，死死盯住那浪蕩不堪的登徒子。

林紅猿笑了笑，這孩子還真不簡單，小小年紀就知道盤腸大戰了，而且火上澆油的時機抓得天衣無縫——世子殿下哪裡說了這些話，眼下情形，就算世子出口否認，誰信？

趙鑄斜瞥了一眼馮茂林的妻子，白眼道：「黑燈瞎火才跟這種姿色的娘們兒幹那活兒，天一亮老子才醒悟吃了大虧，原本打賞幾十兩嫖資的心情也沒了。」

姓蔣的男子突然打了一個激靈，望向林紅猿，對她手上所持的象牙白笏記憶猶新，嗓音顫抖問道：「姑娘可是出自咱們南疆龍宮？是采驪官還是御櫝官？」

林紅猿譏笑道：「喲，碰到老鄉了，既然知曉我來自龍宮，還不滾一邊涼快去？」

抱住孩子的豐腴婦人悲憤道：「龍宮的人就能在快雪山莊無法無天了？我這就下船找尉遲良輔說理去，我就不信莊主會偏袒你們龍宮！」

趙鑄伸出一隻手掌，一臉地痞無賴笑道：「眾位高風亮節的人俠、女俠放寬心，老子不是龍宮中人，也不認識什麼嵇六安啊、程白霜啊、林紅猿啊。」

姓蔣的差一點吐出血來。嵇六安是龍宮宮主，程白霜則是頭號客卿，更是南疆一雙手就數得出來的頂尖高手，林紅猿一直有林小宮主的美譽，隨便拎出一尊，都是高不可攀的大菩薩，蔣家燒香拜神都來不及，哪裡有膽量去挑釁。這乖戾漢子口口聲聲說不認識，你他娘都不認識了還朗朗上口一大串。

龍宮大人物出行，都會有捧笏女官開道，而且這女子說話鄉音熟悉，這才讓姓蔣的後知後覺，不得不出聲提醒馮氏夫婦不要不自量力，丟了面子不說，還會害得他的家族被秋後算帳，排擠打壓得無法在南唐道上立足。誰不知道龍宮算是納蘭先生的寵愛丫鬟，萬一傳入天仙似的先生耳中，吐口唾沫，就能淹死他們整個家族。

趙鑄指了指婦人懷中的孩子，「要去找尉遲良輔評理，沒問題，這小娃娃留下，回頭把屍體往尉遲良輔跟前一丟，你們肯定不占理也占理了。」

徐鳳年出聲道：「差不多就行了。」

船尾頓時寂靜無聲。

趙鑄老老實實喝酒，林紅猿也不作聲，馮茂林也識時務，權衡利弊後，選擇當下啞巴吃黃連，掙脫開好友的攙扶，踉蹌退回船艙，依循祖傳功法，運轉氣機，吐故納新。

徐鳳年問道：「趙鑄，你當年怎麼成了乞兒？我記得那時候幾位龍子龍孫雖然日子過得戰戰兢兢，可好歹衣食無憂。」

趙鑄把空蕩蕩的酒壺拋入湖中，揉了揉臉頰，笑咪咪道：「一言難盡哪。反正如今我幾個弟弟私下肯定都會想，當年我這個大哥怎麼就沒餓死在丹銅關。」

家家有本難念的經，只要一念起，既拗口又心酸。

林紅猿站在遠處，如釋重負，既然姓徐的跟世子殿下是舊識，關鍵是明眼人都可以看出那是實打實的瓷實交情，不是什麼虛與委蛇，那教不教姓徐的那招龍宮世代祕傳的拓碑祕技就無關輕重，不用憂心以後被人抓住把柄。只是林紅猿又有些悄然失落，看來這輩子都指望不上把姓徐的做成人彘了。

徐鳳年轉頭看著這個不在南疆好好作威作福的傢伙，「你吃飽了撐的來給林紅猿當扛輿僕役？」

趙鑄趴在欄杆上，懶洋洋道：「我沒怎麼在江湖上廝混過，以後就更沒有機會了。至於給林紅猿打雜，就當學你的憐香惜玉了。我總不能大大咧咧四處招搖，說老子是趙鑄，江湖好漢們，有本事你們來殺我啊來殺我啊。」

徐鳳年會心一笑，「這個我深有體會。」

趙鑄輕聲道：「本來還想偷偷摸摸去一趟北涼，想著去姑姑墳上，怎麼都要上三炷香，我爹也答應了的，說捎上他那一份，不過看來是去不成了。你也知道西楚復國在即，我爹臨時打算讓我領著八千精騎北上趁火打劫。你要是再晚來兩天，咱們就要擦肩而過。」

徐鳳年自嘲道：「又要不太平了。我就不懂為什麼曹長卿要復國。」

趙鑄舉目遠望，淡然道：「不奇怪啊，就像世人也都不懂咱們趙家如此刁難你們徐家，為什麼徐叔叔還是不願叛出離陽，直接投奔了北莽。」

徐鳳年笑道：「且不說投降北莽，三十萬鐵騎能帶去幾成人馬？做人還是要有底線的。」

趙鑄轉身斜靠欄杆，問道：「小年，你知道我最佩服徐叔叔哪一點嗎？」

徐鳳年把才喝了小半的酒壺遞給趙鑄，趙鑄仰頭灌了一大口，又丟給林紅猿。

徐鳳年說道：「是他沒有劃江而治？」

趙鑄重重「嗯」了一聲，感慨道：「我獨自掌兵以後，經常跟納蘭先生推演戰局，每次我都作為徐叔叔一方，採取劃江稱帝，無一例外皆是一敗塗地收場。起先以為是我的計算不夠縝密，可即便是去年，還是輸。我才承認徐叔叔的鐵騎不論如何戰力甲天下，可輸就輸在那到底還只是一支孤軍，孤士子、孤民心、孤正統，一旦稱帝，還會孤軍心。不稱帝，寒了不少將士心，一旦稱帝，一開始還不顯眼，只要沒了勢如破竹的士氣，很快就會頹勢畢露，牆倒眾人推，根本不用奢望去東山再起。納蘭先生曾經說過，一介草民想要坐上龍椅，只有等寒族真正習慣了掌權，因此少說也得再有三、四百年的火候。徐叔叔生不逢時啊，否則現在我就是跟太子殿下聊天說話了。」

徐鳳年陷入沉思。

趙鑄冷不丁笑問道：「小年，你怎麼成了沒火氣的泥菩薩了？北涼那地兒太冷的緣故？」

徐鳳年平靜道：「當年徐驍拉起一支人馬出遼東，沒銀子肯定不行，就去跟很多人借了銀子。很多人覺得這錢借不得，肯定要打水漂，乾脆閉門謝客，就只有馮家跟其餘兩家當時臉皮比較薄，拗不過徐驍的死纏爛打，加在一起施捨了六十幾兩銀子。雖然徐驍成名以後，偷偷還了他們幾次不小的人情，可仍總是跟我念叨當初那幾十兩銀子的情分，說是比以後到手的什麼黃金萬兩都來得重。如果不是那點可憐的碎銀，他當時差點就沒有決心離開遼東。」

趙鑄點了點頭，感嘆道：「懂了。」

◆

江南多丘陵，十里不同音，百里不同俗。

余家村不到百戶，一棟棟簡陋黃泥房子都建在山腰上，背後是山，面對還是山，河流在山腳潺潺流過，余家村又被夾在兩個村莊之間。

余家村一直不出人才，舉人秀才老爺都沒出過一個，更別提威風八面的官老爺了，一直被其餘兩個村子欺負得厲害，每逢夏季稻田搶水，少不了受氣，只敢三更半夜去偷偷刨開鄰村村人用作截水的小壩頭，灌入自家田地。

這邊有舞竹馬的鄉俗，余家村寒酸到騎竹馬討錢的都不樂意進入村子，每次村子裡孩子都只能眼巴巴跟在後頭，冒著被欺負的風險去鄰村看熱鬧。

余家村少有不姓余的，因為漢子娶媳婦，只能在自己村子裡尋覓，美其名曰「肥水不流外人田」，不像隔壁兩個村子，每年都有外地人媳婦風風光光嫁入。

天生癡呆的三伢子的爹娘就都姓余，一對親家分別在村頭村尾，不過端碗飯邊吃邊走，都吃不了半碗也就串到了門。三伢子長得秀氣，用土話說就是投胎的時候喝多了迷魂湯，這輩子沒能開竅。他爹娘帶孩子去找幾十里外遠近聞名的神婆招魂，也沒能把魂從閻王爺那裡求回來。

不過哪個村子沒一、兩個惹人笑話的傻子呢？孩子他爹娘也早都認命了，好歹是個帶把的，以後多花些錢，隨便找個女子娶回家，再不濟也能繼承香火。不過余家村這段時日都在嘖嘖驚奇，三伢子不知怎麼的就開竅了，以前見人就只知道笑，流哈喇子不停，如今竟然乾乾淨淨，還知道輩分不差跟村裡長輩問好。

隔壁相對富裕殷實的宋村才有一間茅舍村塾，不屬於族塾宗學，所以對外姓子弟都願收下。本名余福的三伢子就跑去蹲在窗外聽先生授課，每天回村子就在地上鬼畫符，後來村人才知道那確實是書上的字。

那位不知有沒有功名在身的塾師二十年前在村子裡落腳，就再也沒有離開過，所授課業也不過是「三、百、千」這啟蒙三板斧，並不稀奇，從未有驚人之語，應該只是個粗通文墨的腐儒，何況外鄉口音濃重，讓入學稚童很不習慣。

花甲之年的塾師不知怎麼對三伢子上了心，不光是故意在窗外放了一張小板凳，在閒暇時還有意無意傳授這孩子叉手作揖、行路視聽等諸多儒生入門禮儀，既然沒有去跟余福爹娘索取贄見禮金，也就更沒有讓孩子行叩拜入學禮。

宋村村頭有一株大腹空空仍是翠意森森的老槐，老槐傍石臨水不知幾百年。反正宋家譜牒上溯四百年，宋氏這一脈老祖宗仍是不如老槐年長。

一名背負桃木劍和棉布行囊的年輕道士走在彎曲泥路上，站在老槐樹下一眼望去，豁然開朗，三座村莊連綿而去。冬日小溪水勢頹然，許多處水落石出，有鄉野罕見俊雅氣質的道人沿著眾人常年踩踏出來的小徑蹲在溪邊，掬起一捧沁涼溪水，輕輕洗了把臉。

耳中有雞鳴犬吠，他滿臉笑意，站起身，岸上蹲著幾個年齡不同的村童，膽子大些的，問他是不是可以捉妖驅鬼的神仙，袍子素淨的道士笑意溫醇，搖了搖頭，失落的孩子們頓時鳥獸散。道士步入村莊，屋前有許多老人拎著內嵌鐵皮、裝有炭火的取暖竹籠，懶洋洋坐在樹墩子上曬著太陽，遇上不易見到的道士，眼中都有些質樸的好奇和敬意，又不知如何寒暄才算禮數，生怕惹來道士心生不快，就都只是笑臉相向。

眼神清澈的年輕道人本就生得面善，也沒有如何刻意還禮，在村子裡走走停停，循著琅琅讀書聲走到村塾前，看到那個坐在窗下小板凳上搖頭晃腦的余福，背影瘦小，渾然忘我。

年輕道人駐足不前，收斂視線，悄悄振衣拂塵，這才走上前去，站在余福身邊，一起聽那讀書聲。塾中老學究定下讀書段落後，並沒有正襟危坐，而是站在余福另一側窗口，一手負後一手拿書，時不時點點頭。

孩子們背誦完書，年邁塾師正要開口，不經意間看到窗外的道士，一臉訝異，快步走出簡陋茅屋，年輕道士作揖道：「小道李玉斧，曾在武當山修行。」

受了一揖的塾師受寵若驚道：「原來是武當山上修道的真人，在下許亮，愧為人師，有誤人子弟之嫌。授業解惑若有不當之處，還望真人不吝指教。」

年輕道士搖了搖頭，微笑道：「許先生言重了。小道這次遊歷四方，回山之前斗膽尋覓一樁機緣，以後可能還會有不少叨擾。」

在稚童面前一直刻板嚴厲的許亮哈哈笑道：「真人客氣了，客氣了啊。」

當今朝廷崇道尊黃老幾乎就沒有一個止境，只要不是那些披件道袍成心坑騙愚夫愚婦錢財的野遊道士，朝野上下都對紀錄在冊名副其實的道人十分尊敬。

天下道觀林立，又以龍虎山和武當山兩座仙山執牛耳，在鄉野村夫眼裡，只要是這兩個洞天福地走出來的道士，不論年齡，就當得「真人」二字。如果不是這個自稱李玉斧的道士太過年輕，肚裡確有一些墨水的許亮都要畢恭畢敬尊稱一聲仙人了。至於什麼祖庭之爭，以及仙人飛升，這些村子哪裡顧得上，就算聽說也只能咋舌。

眉清目秀的余福從板凳上站起後，也沒有離去，就在一旁安靜聆聽。許亮看了一眼這個他以為有靈氣的孩子，半真半假笑道：「真人既然是尋機緣來了，趕巧兒瞧一瞧這孩子，姓余名福，姓與名都普通，可疊在一起，就不俗氣了。余福余福，餘生積福，多好的名兒。許某年輕時也學過一些皮毛的面相，只覺得雖然談不上如何富貴，可就是打心眼裡覺著喜氣。李真人，要不你開一開天眼？」

李玉斧蹲下身，凝視那個不怯生與自己對視的余福，輕聲道：「小道也不敢妄言。」

沒能聽到溢美之詞的老人有些遺憾，不過歷經風雨，也知道很多福緣強求不得，否則他也不會甘於寂寥，在這個村子當窮酸塾師。

然後余家村莫名其妙就住下了一個姓李的道士，他也沒有跟村民借宿，山上多青竹，他花了半旬時光搭建起了一棟竹屋，得閒時就編織竹筐、竹籃分發給村裡百姓。若是有村人送來自釀米酒或是飯食，他便還上一大筐冬筍，還不厭其煩地幫許多孩子劈竹做笛，教他們吹笛。村民有一些紅白喜事，都願意找他幫忙搭把手，如果有人惹上了小災小病，這個年輕道士也都會主動去深山採藥，甚至像個郎中，幫人望聞問切，默默疏導經脈。

久而久之，不光是附近幾個村子，方圓百里都知道了余家村祖墳冒青煙，竟然能讓一位年輕神仙留在後山結茅修道。許亮得閒時就去竹樓跟李真人討教修道之法，余福也常去。

爆竹聲中辭舊歲，去把新桃換舊符。一直在村子裡抬不起頭的余福爹娘覺得極有面子，因為李真人竹門所懸那副春聯，是他們家小子寫的，自打李真人來了以後，又跟余福親近，余福爹娘在村子裡說話嗓音都大了幾分。

村子幾個生得還算俊俏的少女，每次在村裡青石板小路上偶然遇見年輕道人，都會眉眼彎彎，垂首含羞慢慢走，擦肩而過，又會悄悄回首。一些個已為人婦的女子，就斷然不會如此含蓄，跟俊雅年輕人一起在溪畔青石擣衣時，言語無忌，每當看到那身穿道袍的年輕道士面紅耳赤，婦人們都會相視大笑，暗道一句真是臉皮薄的俊哥兒，以後若是他還了俗，誰家女子能嫁給他，那可就是天大福氣嘍。

◆

一轉眼就是冬雪消融，驀然春暖花開，楊柳吐嫩黃，青鯉來時溪聲碎碎念。

每日清晨時分，旭日東昇，爬上山頭，早起農作的村民都可以看到賞心悅目的一幕——在李真人帶領下，一幫孩子有模有樣地在竹樓前一起打拳，說是練拳，其實也就是在那兒畫圓，不過遠遠看著真是好看。

日復一日，春去夏來，李真人除了相貌太過雅意，其餘方面都已經跟村夫無異，採藥、賣藥所得都給了村裡幾位年邁孤寡，只要村子裡有忙碌不及的農活，讓孩子小跑幾步去知會一聲，他肯定會出現。

先前穀雨之後有插秧，幾乎每日都能在不同田間看到他彎腰的身形，竟是無師自通，插秧嫺熟。約莫是受到他的感染，往年經常要為搶水一事大動干戈的三個村子，如今也和顏悅色許多，多了幾分將心比心，少了許多仗勢欺人。

塾師許亮醺醉後總跟村人長輩嘮叨別因為那些農活耽擱了真人的修行，起先村人都有些忐忑，後來見李真人還是那個有求必應的李真人，也就心安。其間有人說親眼看到有虎下山，李真人往那裡一站，那頭山中之王就乖乖掉頭奔回深山老林了，見識淺陋的村人越發覺得假若世上真有神仙，也不過如此了。

夏秋之際的黃昏，山上暑氣轉淡，余福和塾師許亮都在竹樓前坐著乘涼，李玉斧坐在小凳上十指如飛編織一只竹籃。

跟李真人已經很熟悉的孩子托著腮幫蹲在旁邊，問道：「武當山很高嗎？」

李玉斧停下編籃的動作，柔聲道：「年紀小時，要走很久，可能會覺得很高。長大以後就覺得不高了。」

孩子笑問道：「那武當山也會下雪嗎？」

李玉斧抬起頭望向對面高山，抿了抿嘴唇，然後點頭笑道：「當然。我師父的師父曾經背著我的小師叔上山時，就下了好大的一場雪。我記得小師叔跟我說過，第二天他被喊起床，站在小蓮花峰上看去，整個武當群峰就像一個個大饅頭，讓人嘴饞。」

余福又問道：「那我可以去武當看一看嗎？」

李玉斧這一次沒有說話，只是笑了笑。

許亮不是那迂腐蠢人，慈祥地看了余福一眼，摸了摸他的腦袋，轉頭望向武當李玉斧，輕聲道：「既然有緣，怎麼不帶入道門，這對余福一家子來說都是天大的好事啊。」

李玉斧眼神堅定道：「我輩修道證長生，不悖人倫，不違情理。父母在，不遠遊，遊必有方。」

老人感慨道：「既然真人都說了遊必有方，那就是說遠遊並非不可，只要這孩子爹娘安頓好，沒有後顧之憂，就已經是盡了孝道。」

李玉斧溫暖笑道：「再等等，無妨的。」

許亮猶豫了一下，沉聲問道：「李真人，有一事許某不知當問不當問？」

李玉斧點頭道：「先生請說。」

許亮一咬牙，說道：「我趁著年關趕集，自作主張去城裡問過了武當山的境況，聽說當代掌教大真人姓李。」

住在此地，確是開門便可見山。李玉斧平靜道：「正是小道。」

許亮如遭雷擊，猛然站起身，嘴唇顫抖，不知所措。

李玉斧笑著放下編織了一半的籃子，站起身把老塾師拉回竹椅子，然後繼續勞作。

許亮失心瘋一般喃喃自語道：「哪有你這樣的神仙啊。」

◆

又一年換桃符，李玉斧來到余福家中，是送一捧春聯來了，余福他爹厚著臉皮跟李真人要了好幾副春聯，連老丈人家和幾個遠房親戚家都沒落下。

在李真人就要轉身離去時，余福的爹就漲紅了臉，侷促不安，欲言又止，他媳婦幾次使勁拽他的袖口，這個漢子都沒膽量開口。

漢子也知道這麼僵著不是個事，聽說書人講過殺人不過頭點地，漢子撓了撓頭，從媳婦手裡接過一只袋子，咧嘴憨憨說道：「李真人，我媳婦那個，又有了。而且這會兒世道太平，山裡人也不怕多生幾個娃，都養得起，我就想著能不能求真人收下余福做徒弟。萬一這小子有了出息，咱們余家也跟著福氣。李真人，家裡沒什麼銀錢，就積攢下這些，知道真人不圖這個，只是要是能收下余福，就算是欠錢，咱以後也肯定還上。」

李玉斧推回錢袋子，然後牽起余福的手，一起朝這對夫婦深深作揖。

很少直呼孩子真名的漢子生怕李真人反悔，急匆匆喊道：「余福，還不給師父磕頭！」

李玉斧鬆開余福的手，往後退去三步，雙手疊在小腹。

余福跪地後，重重磕了三個響頭。

當余福磕了第一個頭後，李玉斧就已經抬起手臂，用袖子遮住眼睛，但仍然遮掩不住臉龐上的淚水。

這一年武當大雪，掌教李玉斧帶回了一個叫余福的徒弟。

年輕掌教背著孩子上山時，昏昏睡去的孩子手裡攥緊了一串捨不得吃的鮮紅糖葫蘆。

登頂武當後，背著徒弟的年輕道人遠望，哽咽道：「小師叔，回山了。」

◆

彩船這邊也算耳目靈光，在林紅猿顯擺龍宮身分後，立即就請去二樓一間素雅艙屋。

趙鑄進屋後眼前一亮，有女子坐一片大綠蕉葉上，懷抱一架雁柱小箜篌，左手托持，右手扣弦而停，眼神水潤。

女子姿色並不出奇，只是生得纖細，風情柔弱，惹人憐惜。

箜篌大抵起於西域，盛於南唐，止於離陽，因為當今朝廷某位女貴人不欲箜篌聲傳於朝野，加上名士儒生推波助瀾，詆毀箜篌靡靡之音可誤國，因此逐漸被相似的古箏壓過一頭。春秋名將之首葉白夔的妻子便曾以擅擘箜篌著稱於世。

趙鑄快步走近蕉葉女子，一屁股蹲下，對清瘦女子擺擺手，示意她撥弦發音，閉上眼睛傾聽，在女子指下後，纏綿悱惻，趙鑄聽得入神。徐鳳年對這傢伙刮目相看。

林紅猿揮退婢女，親自斟茶時，小聲解釋道：「咱們殿下精通音律，琴箏笛鼓箜篌，都是行家老手。」

屋外傳來一陣不合時宜的叩門聲響，林紅猿起身開門，快雪山莊的二等管事忍住激動，盡量以平聲靜氣的語調說道：「稟告龍宮仙子，才得到消息，徽山山主軒轅青鋒在主擂上掛起生死狀，誰能在她手下撐下十招，徽山珍藏祕笈便可以隨意挑選三本，如果誰能勝過她，徽山便奉誰為主。徽山山主還揚言如果今日無人應戰，或是無人將她打落擂臺，那麼武林盟主就落入軒轅世家囊中。但是今天只要有人上擂，她出手就不再有絲毫留情。這會兒已是群情激奮，就等咱們莊主開擂。」

林紅猿點了點頭。

那位管事低眉轉身匆匆離去，心想那紫衣女子真是山莊貴人，妄想以一己之力敵江湖，不論最終輸贏，都是天大的噱頭，反正對快雪山莊來說有利無弊。

二十餘艘大船漸次拋錨停下，圍住一座湖上四方大擂，彩旗獵獵，一艘艘龐然大物之間又雜有上百艘略顯寒磣的烏篷小船，三教九流，氣象雄渾。

武林藏龍臥虎，江湖波瀾壯闊。

徐鳳年跟趙鑄、林紅猿都走到二樓船頭，比起一樓的擁擠，二樓就要空蕩許多，幾個講究架子的江湖豪客還興師動眾搬來了椅子，對徐鳳年三人都有打量，不過大概是三人中除了青綠捧笏的林紅猿還算有點風範，其餘兩位都不像是什麼有斤兩的貨色，也都沒有上心。

趙鑄摸了摸有些凍紅的鼻梁，低聲道：「本來還想著那抱笠篌的小美人如果是個殺手就好了，我這趟走江湖，除了給林小宮主做沒半顆銅板工錢的苦力，就沒見到什麼大場面，再看看你那幾次驚心動魄的遊歷，人比人氣死人啊。」

擂臺上一襲紫衣盛氣凌人站在中央，還真有那麼點風華絕代的意思，今後註定不知有多少江湖俊彥要對這一幕難以釋懷了。

徐鳳年收回視線，譏笑道：「你在南疆築起那麼多京觀，都是糊弄人的不成？」

趙鑄憨憨笑道：「好漢不提當年勇，我今年可就沒怎麼鬧騰了。納蘭先生說得好，與人為善，要與人為善哪！」

徐鳳年一笑置之。

趙鑄猛然一個熊抱，抱住徐鳳年，使勁拍了拍徐鳳年後背，「兄弟，哥這就先回了，見過你，也就夠了。再不趕回去，納蘭先生又得跟我念叨大道理，他要是鐵了心不放過你，能不喝一口茶水說上幾個時辰。我天不怕、地不怕，就怕他的裹腳布說教。」

徐鳳年愣了一下，問道：「不看徽山山主怎麼大殺四方了？」

趙鑄鬆手後搖頭道：「殺出個武林盟主又如何，殺出個天下第一又如何，沒意思。」

徐鳳年送趙鑄、林紅猿來到一樓船尾，彩船一直繫住那條烏篷小船，趙鑄離去前從錢囊掏出一枚銅錢，塞到徐鳳年手裡，笑臉燦爛道：「我趙鑄也算是個半吊子的天潢貴胄，這輩子也就只跟你小子相識相交於貧賤，不管你念不念舊情，總之趙鑄不會忘，不論以後這個天下是好是壞，只要你願意來兄弟身邊，有我趙鑄一口飯吃，就不會餓了你徐鳳年。除了媳婦兒子不能送你，什麼都沒問題。」

徐鳳年握住那顆銅錢，沒有說話。

林紅猿輕聲對徐鳳年歉意說道：「世子殿下，那一式拓碑指玄恐怕要稍晚時候想辦法送往北涼，還望見諒。」

徐鳳年微笑著點了點頭，對於這個擅長算計的女子談不上有太多反感，加上趙鑄的緣故，不介意給她一個臺階下。

王朝幾大藩王中，膠東王趙睢坐鎮兩遼，但距離太安城實在太近，稱不上天高皇帝遠，其實也就徐驍跟燕剌王趙炳是名副其實的封疆裂土，如果趙鑄不是趙炳的嫡長子，這番暗藏玄機的肺腑之言，反而有種不知天高地厚的嫌疑。趙鑄遠比徐鳳年要更早羽翼已豐，只要他在這場西楚復國的跌宕中立下軍功，離陽王朝浮現第三個世襲罔替也就名正言順。

徐鳳年等趙鑄跳到小船上，抓起那竿撐篙竹，笑道：「小乞兒，萬一再度禮樂崩壞，來北涼，保管你做不成老乞兒。」

趙鑄一臉苦相道：「是該說借你吉言好，還是罵你烏鴉嘴好？」

徐鳳年哈哈大笑，揮揮手，「滾回你的南疆。」

趙鑄橫臂握拳拍了拍胸口，悠悠然撐船而去。

小船駛出一段湖面後，林紅猿小心翼翼問道：「殿下，還是奴婢來撐船吧？」

趙鑄把撐篙竹竿拋給林紅猿，雙手環胸，傲然站立。

林紅猿敢跟一錘子買賣的徐鳳年耍心眼，可沒膽魄去跟戰功顯赫的世子趙鑄拿捏架子，南疆地利人和已經齊備，其實很多人都心知肚明，只是不敢深思，更不敢放在嘴上。

納蘭先生只是在等那「天時」二字。

趙鑄輕聲道：「我要是當上皇帝，不信鬼神信人心。」

林紅猿幾乎握不住撐篙竿子。

趙鑄笑道：「怕什麼？」

林紅猿臉色蒼白道：「奴婢什麼都沒有聽見。」

趙鑄自言自語道：「我要是讓徐鳳年用北涼三十萬雄甲天下的鐵騎，跟我換一個一人之下、萬人之上以及世代簪纓，他會不會換？」

林紅猿噤若寒蟬，死都不肯搭腔。

第二章　徐人屠慨談生平　宋恪禮履新都尉

彩船外廊，以往哪裡熱鬧就削尖了腦袋往哪裡去的黃筌，就算那襲紫衣已經在擂臺上露面，依然失魂落魄蹲在外廊牆腳根。

先前給馮茂林的愛子當馬騎，膝蓋上的灰塵尤多，當時船上一些個江湖人士的白眼，黃筌也渾然不在意，只要搭上了馮茂林這條大船，雖說遠水不解近渴，可畢竟意味著趁勢搭上了在兩淮江湖很有聲望的那對夫婦。

他們那個垂髫女兒，黃筌做馬的時候，也喊了很多聲諂媚的姑奶奶，小妮子沒什麼好臉色，始終對他愛答不理，可黃筌不覺得有什麼丟人現眼，既然是混江湖，怎麼混不是混，只要混出了頭，誰在意你落魄時像條狗？再說了，狗不一樣會狗刨？

但讓黃筌心死如灰的是，在他眼中高不可攀的馮茂林三對夫婦，就那麼給姓徐的朋友打得毫無還手之力，黃筌一直把那個偶然結識的傢伙當作人傻錢多的冤大頭，能夠認識徐瞻和周親滸，已經很讓黃筌大吃一驚，恨不得去大吃幾斤牛肉、大喝幾斤好酒壓壓驚，可空有酒囊，卻沒有買酒的錢啊。

當馮茂林一夥人灰溜溜打落牙齒和血吞後，黃筌就知道什麼都竹籃打水一場空了。姓徐的那邊，已經不可能像從前那樣任由他騙吃騙喝，馮茂林那邊，說不定還會遷怒他這個方便欺負的小卒子。

有人混江湖，混著混著就出人頭地，更多人一輩子都在被江湖混。黃笙不怕吃苦，不怕吃虧，就怕看不到一點點有望混出人模狗樣的機會。

大俠，有多大的本事，才配得上那個俠字？神仙，有怎樣的神通，才稱得上神仙？

一直在蠅營狗苟的黃笙有些時候也會想，是不是自己一直就沒進入過江湖？呆若木雞的黃笙靠著木質牆壁，總算還魂回神了一些，揉了揉臉頰，猛然發現光線有些昏暗，抬頭側望給嚇了一跳，一屁股坐在地上。

戴著那頂滑稽紅狐皮帽的姓徐的，雙腳打結，雙手插袖斜斜靠著牆壁。

徐鳳年平靜問道：「黃笙，還記得咱們是怎麼認識的嗎？」

黃笙以為這哥們兒要跟自己秋後算帳，要痛打落水狗了，苦笑道：「當時是小的有眼無珠，跟公子要酒喝。」

徐鳳年搖了搖頭，「當時在酒樓，有個乞兒不知死活溜進樓裡行乞，想討到些吃食就趕緊跑，然後被眼尖的店夥計揪住，有個食客見乞兒滿手凍瘡裂血，還倒了半碗酒在乞兒手上，一樓喝酒的人也就你猶豫了很久，實在看不下去站出來幫著說了句公道話，那乞兒這才沒被繼續當成茶餘飯後的樂子玩耍。那會兒，我想起了一個已經離開江湖的朋友，這才請你喝酒，當然你也沒含糊，心安理得吃吃喝喝了我一路。」

黃笙嘿嘿一笑。

徐鳳年看到一艘威武樓船突兀靠近，看到站在船頭的老人，略微失神，壓了壓狐皮帽子轉頭對黃笙說道：「等徽山的軒轅青鋒贏了擂臺，當上武林盟主，你敢不敢湊到她跟前說一句話？」

黃筌目瞪口呆，尷尬笑道：「那也得看是什麼話了。」

徐鳳年走向欄杆，「你就說一個叫徐鳳年的人讓你去徽山混口飯吃。」

黃筌眼睜睜看著那個沒有自稱徐奇的傢伙躍過欄杆，飄向另外一艘尤為氣勢雄壯的巨大戰艦。

徐鳳年？

誰啊？

黃筌一頭霧水，不過覺得自己還是應該去撞一撞運氣，大不了就被徽山山主一巴掌拍飛而已，多半死不了人。

許多年後，一位即便有徽山做靠山，但仍是沒能混出大出息的老人，臨終前都還在跟孫子念叨，爺爺當年是跟那人一起混過江湖的！

◆

黃龍戰艦上不見鐵甲森森，船頭除了個略顯傴僂的老人，身邊也就只有天生一雙臥蠶眉的雄偉男子，他迷眼時總給人老虎打盹的感覺，身後稍遠處站著一個持矛的中年人。

徐鳳年輕輕飄落後，跟老人對視一眼，然後就朝袁左宗打了聲招呼，沒有忘記跟遠處叫徐偃兵的扈從點頭致敬。此人作為王繡師弟，一直生活在槍仙的陰影下，聲名不得彰顯，從未有過驚世駭俗的壯舉，因此徐偃兵的修為如何，高深莫測。

輕車簡從出北涼的徐驍帶著徐鳳年走到欄杆旁邊，笑道：「記得上次在這春神湖上，還是跟襄樊城的王明陽死鬥，這趟趁機會來看幾眼，湖還是那個湖，就是比起當年死屍浮湖餓殍遍野的場景熱鬧了太多，有生氣。

這一路走來親眼所見，才知道趙衡、趙珣這對父子，治理轄境大小政事確實不含糊，在城裡隨便喝個茶酒，都能聽到老百姓對靖安王的讚譽聲。我一直覺得在朝為官，如果被言官抨擊彈劾，未必真是貪官汙吏，可如果境內百姓說好，多半是真的好。」

提及那個曾經被他踹入春神湖的年輕藩王，徐鳳年譏笑道：「也就虧得他身邊有個一流謀士，否則趙珣早就給青黨吃得骨頭不剩。靠抱團成事的青黨被張巨鹿簡單幾下就折騰得分崩離析，已經完全無法跟張黨顧黨爭勢，可對付一個聲威不足以彈壓青州的趙珣，那還不是手到擒來。離陽姓趙，可是襄樊城和青州姓不姓趙，誰在乎？是有人幫他梳理脈絡打點關係，對那幾隻老狐狸曉以利害，拋下包括娶妃在內幾個魚餌，又故意不動聲色，幫一位青黨大佬的兒子在太安城要到一個實權京官，事後才假借別人之口道出真相，趙珣沒有這些實打實的誘餌和恩惠，只會淪為跟淮南王一個德行。」

徐驍雙手抓住欄杆，笑道：「是那個在永子巷跟你賭棋的目盲陸詡吧？二疏十四策出自他的手筆，我也看過，竟然連我這莽夫都看得懂，不簡單。趙衡這個娘們兒一輩子都在大事上犯錯不斷，唯獨這手托孤托得漂亮，用義山的話說就是沒有煙火氣，水到渠成。所以說這人啊，就不能太順風順水，太順遂了，指不定小陰溝裡就翻了船。」

徐鳳年問道：「怎麼想到離開北涼了？袁二哥和祿球兒這些新人換老將，北涼瞧在誰眼裡都是動盪不安的光景，加上藉著北涼鐵騎上次踏破邊境的東風，北莽那邊董卓和洪敬岩都沒了以往的束縛，你就不怕北莽還以顏色，打咱們一個措手不及？萬一北涼內有人……」

徐鳳年說到這裡就停下，徐驍擺手笑道：「裡外策應？爹巴不得那些爛瘡惡膿自個兒露出來，總是藏著掖著才叫人噁心。有些人，畢竟半輩子生死情分擺在那裡，爹也只能睜隻眼、閉隻眼，早年答應他們這輩子只要沒死在沙場上，怎麼都要把女人銀子官帽一起拿到手軟才行。爹這輩子虧欠了死人很多，可活著的，自認還真就沒有幾個虧欠的。

像那鍾洪武，爹跟他第一次見面，還只是個伍長，那會兒爹開玩笑問他以後想當多大的官，鍾洪武說能當個校尉就知足，麾下有七、八百號精壯兄弟，能夠見誰不順眼就砍誰，他這輩子也就值了。還有燕文鸞，年輕時候多有意思的一個小夥子，總跟我念叨說他以後要當個馬販子，這樣一來就算死，也可以死在馬背上。如果當個衣食無憂的太平官，他說一大把年紀後就不樂意騎馬了，只怕就要死在娘們兒的肚皮上。

有些時候，爹看著那些高官厚祿漸漸發福的老傢伙，突然就覺得一個個都不認識了。當年還有兄弟敢當面罵爹不爭氣，說要是老子當大將軍只會比你徐驍當得更好，還有老兄弟願意半夜發瘋，拎著一罈子酒就跑來爹的軍帳說要劃拳拚酒，也還有老兄弟嬉皮笑臉跟爹威脅說要是不定下娃娃親，兄弟就沒的做。

那會兒，李義山和趙長陵都還在，鍾洪武、燕文鸞一大批人都還沒老，陳芝豹、袁左宗這些孩子，就更不用說了。那時候爹最喜歡打仗，從來不怕死人，爹自己都不怕，你們誰敢怕？沒有膽子就趁早滾回去摟著婆娘熱炕頭去。所以只要有仗打整個人就瘋魔，沒有仗打，也要死皮賴臉去跟那些大官求仗打。你要銀子？老子可不好這個，有多少就給你多少，都送你們。嫌少？那就先賒著，等老子打贏了仗，你們讓人整箱整箱用馬車拉走就是！要軍功？也行，只要給老子一點殘羹冷炙，別太虧待了去拚命的兄弟，你們的子孫只要來過個場，打仗的時候離戰場十萬八千里都沒事，事後一樣大把軍功都白送他們。這麼一來，誰不樂意跟爹做買賣？一本萬利，傻子才不做。

然後朝廷就開始都知道有那麼一個姓徐的年輕蠻子，遼東貧賤出身，僥倖冒頭以後，不貪財，也不貪功，就是想死在戰場上。於是到最後，跟爹關係好的朝廷大員，很樂意給人馬、給兵器，想著靠爹的軍功讓他們在廟堂上大聲說話。跟爹關係不好的仇家，更願意，你徐驍活膩歪了是吧，那就滾去啃最硬的骨頭，打最難打下來的死仗。

然後，爹就這麼打仗，打著打著一路南下，朝廷那些高高在上的砥柱棟梁，一直瞧不起爹的豪閥世族，總算樂意掀起眼簾子那麼一瞧，才有些怕了，不知不覺徐蠻子咋就兵馬雄壯了？」

徐驍咧嘴一笑，伸出一隻手掌，「五萬鐵騎。爹用五萬鐵騎就滅了北漢。北漢的年輕皇帝當年跟你爹叫囂，說姓徐的配不上你娘親吳素，還說你娘是瞎了眼，根本不配練劍。爹也不跟他吵，最後帶著六百精銳鐵騎，直接從皇城大門突入，衝入了那座金鑾殿。那傢伙癱軟在龍椅上，嚇尿了褲子。」

徐鳳年眼神溫暖笑了笑，這樁事蹟其實早就爛熟於心，聽得起繭子了，但跟以往直接表露在臉上的不耐煩不一樣，如今只要徐驍願意說，他就願意聽。

徐驍突然尷尬一笑，顯然是口渴了，朝刻意站遠的袁左宗招招手，「去拿兩壺白酒來，不用溫熱，越燒刀子越好。」

袁左宗很快拎來兩壺酒，徐驍和徐鳳年一人一壺。

徐驍這麼一停頓後，就不再說他的那些往事，輕聲道：「韓生宣死了，柳蒿師也死了，差不多就只剩下半截舌元本溪和趙黃巢了。爹做不到的事情，兒子做到了，爹更高興。爹這次離開北涼，除了給燕文鸞等人最後一個機會，其實主要還是想走一走你當年走過的路，中途去了晉家的府邸，也沒想著如何為難他們，不過聽說晉蘭亭晉右祭酒的老爺子，知道爹過門而不入之後，當天就給活生生嚇死了。」

徐鳳年無奈道：「也不讓人家過個好年。」

徐驍一笑置之，望向西北，緩緩說道：「爹這兩年都在想一件事情，如果北莽真鐵了心要不顧大局執意南下，那麼最後，爹交到你手上的家底有多少。爹這輩子打了那麼多場仗，輸贏都有，輸少贏多，可輸的時候那是真的慘，一敗塗地，有兩次更是幾乎算全軍覆沒，慘到沒人覺得爹還能東山再起。

打敗仗後，看到那一張張被硝煙熏黑的年輕臉龐，看到爹時還能笑得出來，一點都不覺得跟錯了人，爹就憋屈得慌，當時就發誓，就算老子僥倖當了大官，有了兒子，也一定要讓這小子將來親自去戰場上走一遭！只有這樣，爹才覺得對得起那些士卒，心裡才好受一點。

但真等到自己有了兒子，像當年趙家要招你去京城做駙馬，其實爹不是沒有想過答應下來，那時候爹就想著，要愧疚就愧疚爹一個人，爹以後到了地底下，再跟老兄弟們賠罪就是了，心底還是很自私想著自己兒子別遭這個罪。然後爹就拎著酒去聽潮閣找義山喝酒。知道嗎，義山直接就把酒丟到了屋外，是後來他聽說你小子跑去闖蕩江湖了，我再去找他喝悶酒，義山才有了笑臉，喝到爹都根本勸不住。

所以這些年，許多老將在北涼紮根以後，很多老子英雄兒子孬，兒子闖出了很多禍事，讓他們來擦屁股。一些人還留了點臉面的，就直接來清涼山到我跟前求情；一些就以為我看不見，鬼鬼祟祟做些更錯的事情，殺人滅口、斬草除根，手段比起春秋戰事一點不差；有一些更直截了當，認為老子拚死拚活跟徐驍闖下今天的軍功家業，自家孩子殺幾個人、欺負幾個娘們兒算個卵的大事，殺人放火倒成了天經地義的事情。也不想想，當年為什麼會樂意把腦袋拴在褲腰帶上跟姓徐的去拚命，為什麼殺起當官的那麼毫不猶豫？」

徐驍狠狠灌了一口酒，笑問道：「爹本來想讓義山做些事情，可義山說你死活不讓，你是怎麼想的？」

徐鳳年平靜道：「你這輩子惡名昭彰，罵名還嫌不夠多？也就在北涼舊將、舊卒那裡還留下了點好名聲，你不怕別人罵你不念舊情過河拆橋，我怕。那些新帝登基前，先帝趕緊幫忙先拔除掉功勳老人的帝王心術，你就別用在北涼身上了。換我來做，你多少能心安理得一點，我就更沒什麼負擔。鍾洪武不過是殺雞儆猴，以後在北涼，人情是人情，規矩是規矩，誰拿人情跟我壞規矩，我就讓他捲鋪蓋滾蛋。這次回北涼，等我先去西邊荒漠，籠絡那十數萬上馬可戰的罪民，然後我就要走遍北涼轄境，我就不信離陽江湖走過，北莽也走過，還走不下來一個自家的北涼。」

徐驍欣慰點頭，只是喝酒。

徐驍咽下最後一口烈酒，晃了晃空壺，輕聲說道：「到了北涼，先別急著去收攏那些義山扶植起來的罪民勢力，先陪爹看一看北涼鐵騎，行不行？」

徐鳳年咬了咬嘴唇，笑道：「哪有當爹的總是問兒子行不行的？」

徐驍丟了酒壺到湖中，也笑道：「哪有當爹的三番四次讓兒子出去涉險的？」

徐驍雙手插袖，抬頭看了眼天色，瞇眼道：「上次可能是一路忙著殺人，沒覺得，這回才知道南邊陰冷到骨子裡，爹老嘍。」

徐鳳年默默摘下紅狐皮帽，壓在徐驍頭上，輕輕往下拉嚴實，遮住老人的耳朵。

老人動了動嘴唇，猛然轉過身。

似乎是不想讓兒子看到他的老淚縱橫，他的英雄遲暮。

◆

那個憑藉才學榮登胭脂評副評榜眼的女子，年紀輕輕的王大家，在副評上僅次於徐渭熊，可她在寫出《東廂頭場雪》後就杳無音訊，泥牛沉海一般，再沒有當年讓天下所有才子佳人小說都要避讓一頭的氣勢，須知連太安城宮裡的娘娘都曾拜讀頭場雪，襄樊城「殉情而亡」的靖安王妃也是如此，更別提有多少大家閨秀為之癡迷。離陽腐儒則要心中巨石落地，這女子約莫是終於不拿文字禍害世道了。

只有春神湖姥山上的王家人才知道這兩年自家小姐心思根本就不在姥山，不管風吹雨打，不管霜雪深重，都要去湖邊茶樓坐上一會兒，望東望北，也沒個定數。

以往小姐每逢心有不快事，只要馬球、蹴鞠、秋千一會兒就煙消雲散，蕩起秋千能有兩層樓那麼高，連膽大男子見了也要咋舌。可如今不一樣了，含含蓄蓄，坐在秋千上總是在發呆，偶爾驚覺秋千沒動靜了，才會輕輕踮起腳尖。

幾位與她尊卑有分私下卻情同姐妹的貼身丫鬟，知道緣由，也都惱恨起當年那個把小姐魂勾走的俊逸男子，她們也都勸說小姐多寫些詩篇，便是胡亂寫上幾首被貶為「小道」、「詩餘」的詞也好啊，天底下不知多少人在翹首以盼，可小姐就是不理會。尤其是到了如今冬天，念叨什麼「冬眠不覺曉，一覺睡到老」，除了雷打不動去臨湖遠望，然後回到書房，才看了幾頁書，就呀呀幾聲說犯困啦，丫鬟才研墨遞去一杆羊毫，就又找百般藉口偷懶。這還是那個膽敢自詡「提筆前，雲蒸霞蔚我去見聖賢仙佛，提筆後，風清月白天地鬼神來拜我」的王東廂嗎？好在掙錢早已掙得金玉滿堂的老爺從不計較這些，哪怕有門當戶對的高門士族登山提親，也都一一婉拒。

姥山暮色昏黃中，有人下山、有人上山。

下山登船的是新近撤出兩淮幕後鹽鐵買賣的青州富商王林泉，此時熱淚盈眶，激動萬分。

離船上山的是位頭髮灰白的公子哥，不知不覺來到了王初冬的閨樓，當一名丫鬟見到那個眼神清澈的男子後，不知怎的惱意就煙消雲散了。不過好像當年他不是這般的，那時候的他白袍玉帶，風流倜儻，那雙丹鳳眸子給人感覺蘊著水意，誰家待字閨中的女子看見了都要心顫幾下。如今再見到，這個丫鬟直覺他好像變了許多，至於變了什麼，就不得而知了，只是旖旎清減，多了幾分打心眼裡的親近。

男子朝她豎起手指在嘴邊，示意不要出聲，顯然他身邊領路的管事已經告知小姐還在憊懶「冬眠」。管事到了院門口就恭敬反身，言語不多，可丫鬟卻清晰地看到先前管事在偷偷打量那位公子時，眼睛裡的敬畏驚懼，如鼠見貓都不止，根本就是如鼠見虎。

到了鋪設地龍溫暖適宜的大廳，樓內也就三名丫鬟，其餘兩位也腳步輕盈循聲而來，見到了他都有些意外。他要了一壺沒有雜土木氣的春神湖茶，自己煮茶、自己斟茶，都沒有勞駕丫鬟，即便往往成為雞肋的頭道茶水也香味乾淨，還不忘給她們各自都倒上一杯，讓幾名習相近性相親俱是一身書卷氣的妙齡女子受寵若驚。不過他烹茶的手法拙劣稚嫩，只是即便纖毫不差落在三人眼中，她們也不敢指指點點。

喝過了茶，年輕客人看了眼天色，一名心竅活絡的丫鬟就說要去喊醒小姐，他問能否去屋子等候，三人面面相覷，然後會心一笑，齊齊點頭。

途經姥山歇腳的徐鳳年輕輕推門而入，丫鬟幫著掩門，然後躡手躡腳退去。

徐鳳年坐在臨窗位置，餘暉透窗紗，跟姥山的富麗堂皇不一樣，這位女子的閨閣十分素雅簡潔，桌上除了文房四寶，並無太多雜物，就擱了一件老竹根剔雕而成的「玲瓏」，大竹球套小竹球，約莫有大小不等八、九顆。

徐鳳年手指按在玲瓏上，在桌面上推移幾寸，聲響不大。桌上有一遝小幅彩箋，色澤不一，杏紅鵝黃銅綠都有，最上頭彩箋上歪歪扭扭寫了三個字——槐黃集。

徐鳳年是在上次離開姥山以後才知道這位王東廂才學奪魁文壇，可寫出來的字似乎很不成氣候，今日親見，才知道真是蚯蚓爬過，不堪入目，不過《槐黃集》下邊所壓著的精美小箋字還是難看，寫了許多殘句斷詩，卻都不容小覷，既有氣象雄渾的軍旅邊塞詩，也有宛如隱士的苦吟言語，反倒是閨閣幽怨之語極少。

胭脂評正評僅以女子姿色排榜，環肥燕瘦，男子各有喜好，對榜上十人多有異議，許多人就說名妓李白獅的名次低了，也說那個什麼姓南宮的根本就沒見過，哪裡有資格在陳漁之前。那胭脂副評就要公道許多，北涼郡主徐渭熊、春神湖王初冬、已是太子妃的女學士嚴東吳，都算名之所歸，異議不大。

徐鳳年一封封彩箋翻過，翻閱完畢後次序顛倒，又翻閱一次，《槐黃集》重歸頁。

疊好六十餘封彩箋，徐鳳年靠著椅背，望向窗外。

春神湖上，軒轅青鋒痛下殺手，一天內接連殺了六名登擂武夫，都是成名已久的江湖前輩，幾乎成為江湖共敵，之後一天無人上擂，第三天又有三名盛名享譽天下的武林高手陸續登臺，又被軒轅青鋒拍爛頭顱。這樣的武林盟主，令人髮指，絕對不是被江湖所心儀的武林盟主，可徽山牯牛大崗憑此一舉天下知。

說來奇怪，軒轅青鋒越是手段凌厲無情，江湖上並非一邊倒地怒罵，新老兩代江湖人士的認知截然相反，老江湖痛心疾首，新江湖躍躍欲試，私下暗流湧動，都說唯有這樣的冷血女子，如此的盟主，惡人唯有惡人磨，唯此才能有望鏟平逐鹿山。

徐鳳年不知道以後的江湖是怎樣的面孔，老一輩風流魁首若是仍然在世，會作何想。徐鳳年思緒飄遠，想到了上陰學宮那襲從北涼帶往南方的狐裘，若她死心決然，是絕不會留下這披狐裘的，可她既然不願做籠中雀，徐鳳年也就只得假裝大度，順水推舟一次。以後若是有機會再相逢，也不知道她是否已是老嫗蒼蒼。

徐鳳年還想到了第一次行走江湖時，那是身處底層在抬頭仰望江湖，洛水畔曾有個念念難忘的身影，如今早已淡漠。

第二次則算是居高臨下俯瞰江湖。

徐鳳年轉過頭看了眼床榻，那年陪她一同湖上乘黿，徐鳳年還沒有想過會有今天光景，果真去了一趟北莽，還活了下來，以後就要按部就班世襲罔替，主政北涼，接過徐驍的家底，繼續畫地為牢，鎮守西北門戶。

餘暉清減，暮色漸濃。

床上傳來啪一聲，年輕嬌憨女子一巴掌狠狠拍在臉上，睡眼惺忪，滿臉惱羞成怒地坐起身。原來閨樓鋪設耗炭無數的地龍，室內雖說冬日溫暖如春，卻也讓蚊蟲有了蟄伏越冬的本錢，擾人至極。女子嗜睡，每次都要跟冬蚊勾心鬥角一番，丫鬟無法喊她起床，都是這些冬蚊立了大功。

女子裹著繡被坐起身後，張牙舞爪，對一隻叮咬她的冬蚊追殺不休，悻悻然無功而返，熬不住被子外的冷意，嘀咕了一句，「世間竟然還有能逃過本女俠靈犀一指的蚊子，那就暫且饒過你一命。」

然後便繼續倒床蒙頭大睡。

大概是覺得這般頹廢確實不好，躲在被子裡碎碎念了半天，好不容易探出一顆腦袋，望向光線最亮的書桌那邊，空落落的，什麼都已經不算小的姑娘有些怔怔失神，秋水長眸裡泛起些不可與人說的委屈。

她伸出雙指，狠狠擰了一下自己的臉頰，一陣吃痛，這才消去困乏睡意，心不在焉起床穿衣，其間又縮回暖洋洋的被窩數次，等她實在懶得穿靴，僅是穿好襪子就落地，也已經用去半個多時辰。

踩在並不冰涼的木板上，清醒以後，終於有了些大文豪王東廂的氣質，賢淑婉約，眼眸尤為靈氣，盤膝坐在椅子上，屏氣凝神，研墨提筆，只是才落了一筆就被自己的字跡打敗，覺得真是醜，頓時滿腔豪氣全無，唉聲嘆氣，百無聊賴，一手托著腮幫，準備去翻那些彩箋，驀然瞪大眼眸，那頁《槐黃集》，神不知鬼不覺多了一行小字，除了當下年月日，還加上「到此一遊」四字，比王初冬的字自然要好上十萬八千里。

王初冬撞開房門，顧不得披上外出必需的禦寒裘子，顧不得幾名貼身丫鬟的呼喊，一口氣跑到了山腳湖邊渡口。

一雙襪子汙濁不堪。

最心疼這個獨女的王林泉慌慌亂亂跑下山，一臉心疼。

王初冬望向老人，哭腔悔恨道：「我以後再也不睡懶覺了！」

王林泉有違常理地咧嘴微笑，竟然沒有安慰她，反而落井下石道：「以後還這麼不懂持家，看誰敢把妳娶回家。」

王初冬抽了抽精緻鼻子，欲哭無淚。

她突然被身後一人托住腋下轉過身，雙腳踩在那人鞋背上，那人笑咪咪道：「也就我敢了。」

◆

如墨夜色中，兩駕馬車駛入一條不起眼的巷弄，馬車豪奢寬大，就越發顯得巷弄逼仄狹窄。

襄樊城作為青黨的老巢，「富貴」二字涇渭分明，富埒王侯如王林泉之流，由於沒有家世和功名傍身，即便在城內有宅子，也都不常住，而勳貴如有一位上柱國做家族中流砥柱的陸家，就跟其餘家族一同大隱隱於市在這條巷弄兩旁，他們的宅子，幾乎與皇族宗親府邸規格相等，王林泉在姥山上的正門，不管如何氣派，也僅是富裕人家的宅門而已，稱不上府門。

而在這條被青州百姓稱為羊房夾道的胡同，權貴林立，除了香火鼎盛的陸家，朝廷六部侍郎裡最年長的吏部侍郎溫太乙，和手握一州軍權的青州將軍洪靈樞也都相互毗鄰。正是青州這三大豪門，抱團支撐起了當初那個在廟堂上可與張顧兩黨分庭抗禮的青黨，可惜成也三姓，敗也三姓，隨著陸、溫、洪三位老供奉的離心離德浮出水面，青黨便不復存在，鳥獸散入其餘勢力。其餘列第於此的高門，亦是樹倒猢猻散，紛紛另擇高枝依附，人心再難聚。

若有人能就近細觀，就會發現門檻跟府邸主人品秩身分相符，比較尋常人家要高出許多，這裡頭的規矩不可逾越，世人所謂的門當戶對和鯉魚跳龍門，由此而來。而羊房夾道上又以陸家府門最為市井津津樂道。

當年建府，兩扇大門是直接雕樹而成，然後做成房門搬運而來，這才再裝上，這樣的巨樹註定兩人合抱不及，陸家的門檻之高，據說高到許多稚童都要攀爬而過。老百姓往常對羊房夾道只能繞道而行，完全沒法子靠近這條巷弄，也就更沒有能耐去陸家門口一探究竟。

府門臺階下站著一位雙眉雪白的慈祥老人，提了一只竹篾燈籠，燭光微微搖動，映照著老人那張和善臉龐熠熠生輝，花甲之年已算高壽，老人竟是八十歲高齡。

身邊嫡長孫也快到不惑之年，男子相貌清雅，身上還穿著華美的四品文雀錦緞官服，他本就是一員素有美譽的清官良吏，可臨近年關，事務繁多，這些日子除了升堂坐衙，還要參謁上司官員，應酬郡內同僚，更有治下年輕士子登門請教學問，都是瑣碎卻又不可疏忽的頭疼事情，原本今晚要挑燈通宵處理一大堆簿書文案，府上家丁臨時通知老祖宗要他趕回家，陸東疆這位太溪郡郡守只好來不及換下公服就匆匆趕回。

陸家未來的家主望向巷弄盡頭，轉頭小聲詢問爺爺是否由他代勞拎住那只燈籠，昔日青黨主心骨的老人搖了搖頭。

老人並沒有跟這嫡長孫說誰要深夜登門拜訪，打小就懼怕這個爺爺的陸東疆不敢多嘴，這種敬畏，一直綿延到了有「陸壁窠」之稱的陸東疆而立之年，直到這兩年去了太溪郡當一郡父母官，勉強算是外放任官，才略有好轉，不至於老人每次當面問話就直打哆嗦，生怕老人輕視了自己。怪不得青州名士陸東疆如此沒有男子氣概，委實是他的爺爺太過功成名就，僅是與當今首輔的恩師在前朝一起組閣這一樁事，就已經足夠讓人敬若神明。

陸家已經六代同堂，但所有人無一例外都活在老人的功蔭庇護下，恐怕也就陸東疆的女兒對上老祖宗可以言笑自如，其他人都沒這份膽識。

致仕還鄉後還頂著上柱國頭銜的老人瞥了一眼小巷對面的府邸，正是溫太乙那老兒的宅子，細算來，當下一人在朝、一人在野，差不多得有四、五年時間沒見過面了。不見面好啊，總還能維持面上的和氣，不像跟洪靈樞那傢伙低頭不見抬頭見，反倒是越行越遠，連累得原本關係頗好的兩家子孫都兩相厭起來。前不久還大打出手了一次，以至於鬧到那年輕藩王那邊，那個年輕人也會做人，竟然不惜以藩王身分擺出負荊請罪的架勢，你一個隔岸觀火的青州之主，不各打五十大板就罷了，何罪之有？

古稀之年還能留在京城，經常沒日沒夜為君王謀太平，還不覺得累，這會兒老人是真真切切感到有些疲倦了。轉頭看了一眼儀門上的門環，陸費墀自嘲一笑，一輩子兢兢業業，那麼多次膽戰心驚的取捨，才換來這麼一個不輸公侯的綠油獸面錫環。

陸東疆見爺爺有些罕見的意態闌珊，就越發忐忑不安。自問這幾年主政太溪郡，不敢懈怠，人情往來也無紕漏瑕疵。如今朝廷大刀闊斧，大興科舉，轄境內多位與他有師生之誼的士子都進士及第，在陸東疆捫心自問之時，老人突然提了提手中燈籠，輕聲說道：「這玩意兒有個說法，越工越俗，是說一旦造工太過繁複，失去原味，就過猶不及。做人也是一個道理，誰都不厭惡一個八面玲瓏的人物，可誰都不會真心實意跟這種人成為知己，就更不會患難與共，想要與人相處融洽，總要知道那人的一、兩件糗事一、兩個把柄才能舒心，才能放心。

你在太溪郡，不是沒做好，是做得太好，已經木秀於林。咱們陸家的長孫媳婦人不壞，雖說是小戶人家出身，到了這裡以後卻能夠持家有道，她不喜你拈花惹草，是人之常情，你願意與她相敬如賓，更是好事，可因此推掉那些風月場合的應酬，與整個官場格格不入，你真以為那點表面上的清譽，離任時的一、兩柄萬民傘，就能讓你踩著別人升官嗎？須知如今咱們陸家在青州已經無法一言九鼎，以後也只會每況越下。

有爺爺在世一天，一切還好說，等哪天我閉眼了，你這般舉世皆醉你獨醒的作態無異於四面樹敵。你與許自認是好官好人，仰俯皆無愧，可你爹走得早，幾個叔伯也不爭氣，爺爺扶了他們大半輩子也沒能扶起來，別說出力，能不拖後腿就殊為不易，日後既然是由你當家，難免要像儀門之後的那道影壁，獨當一面，為這個家族擋去所有汙穢，你就不能再像今天這樣想當然了。」

很少跟子孫長篇大論的老人歇了歇，神情蕭索。陸東疆臉色慘白，大冬天汗流浹背，官服後背被汗水浸透。

未見馬車，先聞馬蹄。

陸費墀輕聲感慨道：「官官相護，這四個字不好聽，卻道出了為官的真諦。如今青黨三姓勢同水火，各奔前程不說，還要官官相輕，如何能走得長遠？青州這盤棋，爺爺已經無力回天，該拿到手的好處都拿到手，很難再從溫太乙、洪靈樞兜裡搶什麼。爺爺尚且做不到，虎口奪食的事情，你們更不行。可爺爺在死前還能做一件事情，那就是把你們帶到另外一張棋盤外坐下，那兒落子不多，大有餘地。不像舊棋盤上的犬牙交錯，錙銖必較，即便陸家氣力不濟，可是陸家子孫因此也不至於餓死。」

陸東疆曾經在春神湖上跟老人一起與北涼褚祿山密晤，雖然沒有參與談話，但以他的處世智慧，還是足以抓住兆頭端倪，何況陸丞燕祕密返還了一趟北涼，只是陸東疆不願深思，北涼寒苦不說，關鍵是勢如累卵，陸東疆生於安樂，習慣了旱澇保收的太平日子，哪怕女兒有可能成為藩王側妃，也從不覺得有什麼榮耀，一時歡愉換來滿門抄斬，陸東疆幾次都嚇得半夜驚醒，卻又不敢質疑爺爺的主張。

隨著馬蹄聲越來越清晰，陸東疆鼓足勇氣，咬牙說道：「爺爺，在舊棋盤上，陸家哪怕江河日下，好歹還能寄希望於以後出現一位國手去奪回失地，可換了那張說不定哪天就要傾覆的棋盤，無論陸家下棋人是孫兒還是誰，只有滿盤皆輸的下場，真要換嗎？」

陸費墀瞇了瞇眼，陸東疆滿頭大汗，擦都不敢擦，動也不敢動，一鼓作氣說出心裡話後頓時氣勢大減，低頭說道：「是孫兒錯了。」

不承想對這個嫡長孫不苟言笑的老人破天荒開懷一笑，拍了拍陸東疆的肩膀，「東疆，爺爺等這一天等了很多年。」

陸東疆猛然抬頭，一臉不敢置信。陸費墀望向盡頭昏暗的羊房夾道，欣慰道：「一味崇古要不得，作詩、做人都一樣。你如果這輩子連對爺爺說一個『不』字的膽量都沒有，爺爺閉眼的時候，會很失望。爺爺之所以對燕兒青眼有加，就是她比你們都聰明識趣，知道什麼時候該點頭，什麼時候該搖頭。

爺爺這輩子在京城輾轉三部，被那麼多人跪過，其中很多人如今都做上了六部尚書，你說溜鬚拍馬的言語，爺爺聽了多少？要是赴京，便是碧眼兒也會以禮相待。溫太乙和洪靈樞怎麼跟你爺爺比？更別說其中一個還得跟張巨鹿搖尾乞憐。一個人燕窩魚翅吃多了，不經意吃上一吃家常小菜，只會胃口大開。不過話說回來，爺爺到了這個歲數，難免老眼昏花，你要說五十步外站著誰，爺爺肯定回答不出來。可是看待時局，應該要比你們遠一些。再說我陸費墀的賭術賭運，一向不差，最後一次押注，老天爺想必多少會給些面子。」

陸東疆心胸中多年積鬱蕩然一空，神采奕奕。

老人笑道：「良禽擇木，就怕大樹不牢靠；改換門庭，就怕大廈將傾。可北涼的氣象，哪裡像是要頹敗了，分明是越來越家門興旺的局面。以往是強枝弱幹，確實不宜攀附，可如今主幹逐漸壯大，當年爺爺在告老還鄉途中，跟一個姓黃的人談論天下大勢，他就說只要撐得過父子接連兩次京城之行，那就值得外人去押上全部身家，爺爺對此深以為然，這才有了今晚的見面，以及接下來陸家的背井離鄉。

陸氏子弟良莠不齊，將來肯定會有人在趕赴北涼紮根以後，因為燕兒的身分恃寵而驕，你這個當家主的，也無須太過約束，揀選幾個不堪大任的陸家人，當作棄子，主動幫著新涼王去殺雞儆猴，北涼十有八九會記下這份舊情。園內盆景，想要好看，終歸是要裁裁剪剪，不取捨不行，天底下沒有光得不捨的好事。」

陸東疆既是悚然又是恍然道：「孫兒定會銘記於心。」

始終提著燈籠的老人瞇眼竭力望向那輛漸行漸近的馬車，原先言語溫暾，無形中也急促幾分，「爺爺很希望以後在下一次朝政跌宕時，陸家能有一個像爺爺這樣的老不死，去跟子孫撥開迷霧面授機宜，這便是爺爺最大的心願。」

陸東疆突然臉色劇變，淒然道：「爺爺，你不跟我們一起去北涼？」

老人嘆了口氣，終於把手中燈籠緩緩遞向這個嫡長孫，微笑道：「陸家換了新東家，可總得有人給老東家一個交代，有始有終，這也是一種捨得。再說了，清明時分，墳前空落落的，不像話。」

陸東疆接過其實分量輕巧的燈籠，卻感覺重如萬鈞。

老人遞出燈籠後，似有失落似有釋然。不轉頭，僅是伸手指了指背後府邸簷頭，沉聲道：「記住一點，人在屋簷下，給人低頭做事是本分，但也別忘了抬頭做人，因為這是咱們打從娘胎落地起就不能丟掉的本分。」

老人悄悄挺直了腰杆，望向那輛馬車走下的北涼王。

當年那個年輕將領在打光了本錢後死活不肯認輸，為了東山再起，跟一幫位高權重的閣老求著施捨兵馬，在滂沱大雨中一站，就從清晨站到了黃昏。

而他陸費墀就是當年諸位閣老之一。

手上已經沒有燈籠的年邁老人，嘴角帶著笑意，緩緩閉上眼睛。

陸東疆大驚失色，趕緊上前扶住向後倒去的陸家老祖宗，頓時泣不成聲。

手中燈籠重重摔在地上。

人死燈滅。

徐鳳年沒有想到才下馬車，就等來這麼個倍感突兀的噩耗，好在那個陸家嫡長孫——即未來的老丈人，不是迂腐刻板的酸儒，趕緊背起老祖宗，領著他們從側門偷偷入府。

陸家門檻的確比尋常官邸要高出許多，府內地面也都高過外面巷弄一大截，繞過那堵特賜破格一等的琉璃影壁，不走中路，往西揀選了六組中的一組偏路。

高門大族，沒有規矩不成方圓，偏路屋簷低矮幾寸不說，院門和地面也都要比中路低了足足三尺，平時都是供僕役下人行走，以至於許多豪閥裡的嫡子嫡孫自年幼到年老，一輩子都不可能走上一遭偏路。

因為今晚會見北涼徐驍一行人，入夜後就已經給雜役下了禁足令，連守夜護院職責都免了，可府上有許多偏房子孫和清客幕僚，未必能恪守規矩，襄樊城的粉門勾欄又出奇眾多，聲色雙甲的李白獅離開青州之後，群鳳無首，為了爭奪花魁，花樣迭出，不遺餘力，襄樊城幾乎是夜夜笙歌，好在面對面的陸、溫兩個大族靠近羊房夾道一端盡頭，許多不忌非議的名士紈褲若是攜美同歸，都由另一端各自入府，滿街煙花地的脂粉氣。

手握天下官員升降大權的老侍郎溫太乙，多年前返鄉省親拜墓，就罵了一句「烏煙瘴氣」，才讓羊房夾道安生了一段時間，等溫侍郎返京，他那個不學無術的曾孫子尚未及冠，便頭一個領了兩位青樓花魁返家，這條巷弄立即舊態復萌，一發不可收拾。

徐鳳年跟在陸東疆身後，郡守大人雖說過著飯來張口、衣來伸手的日子，可想要當名士，五體不勤，本就是體力活，酒宴清談，登高作賦，都不輕鬆，可陸氏府邸庭院深深，陸東疆走得急，加上失神落魄，一個踉蹌撲倒在地，徐鳳年撿起那只燈籠後一路跟在身後，沒有刻意攙扶，陸東疆摔得鼻青臉腫，貼地哽咽，竟是站不起來。

一個人活在世上，總得有那麼一股子精神氣支撐著。這口氣一泄，就萬事皆休。當時在府外階下，上柱國陸費墀為了在徐驍面前不輸陣仗，便是強提那一口氣，原本油將盡燈將枯，卻也指不定仍可熬上一、兩個春秋，如殘油煮沸，很快一乾二淨。

徐驍看到腦袋結結實實撞在地上的文士，嘆息一聲。徐鳳年走近蹲下，將那架竹篾燈籠塞入陸東疆手中，自己背起老人的遺體。

陸東疆坐在地上，臉色慘白，抹了抹眼淚，站起身，猶豫了一下，終於還是沒有說話，默默前行。

陸東疆輕聲道：「老祖宗走了。」

陸丞燕站在別院門口，見到這一幕，搗住嘴，不敢哭出聲。

陸東疆在徐驍、徐鳳年父子眼前，還需竭力維持世家子氣度，被女兒這般淒豔作態一引，頓時嘴唇顫抖，一手扶在院牆上，反倒是初遇噩耗的陸丞燕先隱去哭腔，柔聲勸慰道：「爹，老祖宗也算壽終正寢，前幾天還與燕兒說自知時日不多，老祖宗在天之靈，如果看到咱們一蹶不振，走得也不安心。」

陸東疆點了點頭，拿袖口擦了擦臉，擦了又擦，半天也沒能轉過頭見人。

徐驍平靜道：「陸閣老這輩子活得不憋屈，能有位極人臣卻又全身而退的福氣，整個朝廷也找不出幾個。本王對前朝那幫閣老素有微詞，拜將封王之後，只要遇上了都會刺上幾句。唯獨對陸閣老，沒有什麼怨言。」

陸丞燕畢竟還能強顏歡笑，請眾人走入院子。陸東疆聽到這話，又是暗自飲泣，低頭看了看燈籠，有些茫然。本以為爺爺一番金玉良言的指點，陸東疆自認已經與今日之前的太溪郡郡守判若兩人，爺爺這一走，就頓時打回原形大半。

北涼這邊除了徐家父子，還有陸丞燕並不陌生的春秋騎戰名將袁左宗，以及韓嶗山和徐偃兵兩名北涼王貼身扈從，但有一人，讓陸丞燕瞳孔微縮了一下。那年輕女子，她認得，姥山王東廂，其父王林泉曾是大將軍的馬前卒！

◆

第二日天濛濛亮，一宿沒睡的徐鳳年由後門悄然出府，帶著袁左宗去了那座永子巷，死士寅一如既往暗中尾隨。

徐鳳年走在巷中，緩緩笑道：「袁二哥，讓那陸丞燕做北涼以後的側妃，是拉攏陸家，更能為士子赴涼打下基礎，算是一千金高價買下價值百八金的良駒，也能互惠互利，這樁婚事我沒什麼負擔，只是把王初冬那丫頭牽扯進來，除了王家的財力不容小覷，還有以此穩定老卒軍心的意思在裡頭，咱們會不會太市儈了？」

袁左宗淡然道：「徐家和王家，一個願打、一個願挨，殿下與那本就心儀殿下的王姓女子更是如此，談不上市儈。而且如果不是祿球兒這些年扶植，王家也沒有今天的家底。」

徐鳳年來到永子巷其間一段牆下，「第一次來襄樊城，就遇上了六珠菩薩引著萬鬼出城的場景。後來在這裡，碰上了目盲棋士陸詡，那次走得匆忙，也信不過自己的運氣，加上不信下棋棋力跟治政能力有何關係，結果跟這位隱於幕後的天才謀士失之交臂，現在悔青腸子了。早知道這傢伙是能寫出二疏十四策的風流人物，就是綁也要綁去北涼。」

袁左宗笑道：「這才算是市儈。」

徐鳳年啞然失笑。

徐鳳年嘆氣道：「陸費墀這一死，陸家就不得不拖上一段時日了。這不算什麼，就怕禍起蕭牆，橫生枝節。」

袁左宗平靜道：「所以陸丞燕才要祕不發喪，對外對內都只說是陸家老祖宗身體有恙。這女子，不簡單。」

徐鳳年苦笑道：「看她三言兩語就擺平了王丫頭，這就隱約有大婦的風範了，還有當初在梧桐院裡的左右逢源，我就知道這女子不簡單得很，不知道以後誰壓得住她。」

袁左宗認真點頭道：「正妃人選，確實應該盡早定下。」

徐鳳年捧手呼出一口霧氣，眯眼笑道：「去北莽前還跟徐驍聊了一次，那會兒我還天真地想著哪怕捏鼻子娶燕文鸞的那個孫女，也不是不可以，現在終於鬆了口氣。相貌跟她爹一個模子刻出來的，比壯漢還粗獷，這也就罷了，脾氣還差得很，想想就後怕。」

袁左宗微微一笑。

徐鳳年沿著巷弄緩緩前行，「聽說顧大柱國的義子袁庭山，拿著符刀之首的南華刀，虐殺了北地一位金剛境高手。北莽拓跋春隼也以金剛境殺了一個指玄高手。風水輪流轉，這時候遇上他們，還不得被他們追著打十條大街。」

袁左宗說道：「殿下，顧劍棠因為他的刀術才當上兵部尚書，但也正因為他練刀，再無法在廟堂上百尺竿頭、更進一步。此人骨子裡實在太傲氣了，做將軍領兵打仗幾近無敵，可做官，就實在不能與張巨鹿、桓溫這些廟堂老狐狸同日而語了。問題在於顧劍棠即便知道他什麼地方不如義父，可性格由不得他去轉變，變了，就有損境界修為。」

徐鳳年轉頭笑道：「袁二哥，這是提醒我魚與熊掌不可兼得？想當好北涼王，就別太癡迷武道？」

袁左宗一本正經點了點頭。

徐鳳年沉默不語，在即將拐出永子巷的時候突然說道：「袁二哥，你大抵知道我的脾性，很多時候一根筋擰不回來，以後如果走在錯路上，沒誰願意說我，你千萬記得提醒我，如果說不通，打也要打醒我。」

袁左宗依舊一絲不苟說道：「難。以後殿下就是北涼王，袁左宗就算敢以下犯上，可也怕殿下一怒之下，就不讓袁左宗上馬殺敵，這實在是一件想想就很無奈的事情。」

「袁二哥，你以後說笑話的時候，能不能別這麼嚴肅？」

「難。」

「袁二哥，我當下就很無奈。」

兩人走出巷弄，視線豁然開朗，有許多挑擔小販沿街賣些吃食，無利不起早，帝王將相販夫走卒，其實都一樣。

徐鳳年望著逐漸熱鬧起來的街道，輕聲道：「其實陸東疆、陸丞燕也清楚，如果不是當年那個在一千閣老眼皮子底下低聲下氣的校尉，如今權柄遠在陸家之上的北涼王徐驍出現，讓陸家老祖宗早早用掉了僅剩的精氣神，也不會死得那麼倉促。要說徐家逼死了陸費墀，這筆帳算在咱們頭上，也不冤枉。我就怕這口怨氣，陸丞燕可以隱忍不發，但是陸東疆未必真的能咽下。清官難斷家務事，以後萬一真有大義滅親的時候，多半裡外不是人。」

袁左宗笑道：「以後這個惡人，本就已經惡名昭彰的褚祿山來做不算什麼，陸家肯定不太服氣，不妨讓袁左宗來做，那他們就得乖乖心服口服了。」

徐鳳年搖了搖頭。

徐鳳年揉了揉臉頰，「黃龍士、荀平、我師父、元本溪、納蘭右慈、張巨鹿，加上昨天去世的陸費墀，都曾為天下讀書人增顏色，袁二哥你大概不算在內，我、永子巷陸詡、寒士陳亮錫、世族徐北枳，這些人，不論有仇沒仇，都只能眼睜睜看著這些先生的背影漸行漸遠。也不知道以後會不會有更年輕的讀書人，來看我們的背影？」

袁左宗極少與人當面流露出傷春悲秋的情緒，這會兒竟是有些不加掩飾的喟嘆，「你說褚祿山聰明，可他對殿下的阿諛奉承，瞎子哪怕看不到，光聽著就很膩歪，這樣的人能聰明到哪裡去？可要說褚祿山蠢笨，卻有八叉成韻的能耐，詩詞歌韻，都渾然天成。要說將將之才、將兵之才，都只有陳芝豹能勝過褚祿山一籌。以前我極其反感褚祿山，覺得這人沒有人氣，如今稍好一些，不過想必這輩子都不會與他推心置腹。但是袁左宗覺得，這麼一個人，也稱得上『先生』一說。他跟陳芝豹兩人，我都看不懂他們到底想要什麼。」

袁左宗欲言又止，正想說話，卻見徐鳳年已經小跑去跟小販買一屜包子，袁左宗笑了笑，也好，要他說句奉承話，真是不習慣。

袁左宗本想說，殿下雖然成為不了先生，可總有一天，你的背影，便是中原的正面。所有百姓都會北望。

◆

寧州威澤縣是上縣，按離陽律可配都尉兩人。威澤縣地處偏遠，民風彪悍，尤為難馴，天下大勢稍有風吹草動，就有流民四竄，據山嘯林。

離陽對待馬政極為重視，在兩淮等地施行多年，寧州牧草貧瘠，遠遜別處，原本不宜養馬，可是寧州當初作為離陽十三「老州」之一，矮個子裡拔高個，也在馬政之列。春秋期間幾乎全州養馬，算是為趙室立下汗馬功勞，州牧一級的大員大多擢升入京為官，可寧州民生凋敝，留下一個千瘡百孔的爛攤子，京官外任，其餘諸地擔當封疆大吏，皆是美差，唯獨視寧州為畏途。

寧州至今仍流竄著數千養馬戶出身的響馬大盜，馬患為朝廷之最。前年有郡守赴任，竟然在南北要衝的羊腸阪坡被幾十號馬賊割去了頭顱，奪去金銀細軟，官服官印撒落一地，震動朝野。

趙家天子龍顏大怒，派遣一名有宗室身分的兵部員外散騎侍郎帶領八百精兵入境剿匪，連戰連捷，上報斬首百餘，後來被言官彈劾，朝廷才知響馬狡猾，這名員外郎根本就找不到盜匪蹤跡，只得勾結當地官員，用獄中死囚頂替，其中更有無辜百姓十六人，這名散騎侍郎被當場處死，兩位校尉連同八百精兵全部流放遼東。

「寧為別州小吏，不做寧州高官」，寧州治政之難，可見一斑。

文士為官，有許多規矩門道，當縣令還好，品秩雖低，畢竟是登品入流的實缺，也算主政一方，升遷有望。可如果當了司職獄訟捕亡的都尉，就成了笑話。至於說去寧州臨近羊腸阪坡的武澤縣當都尉，那就真是一件親者痛、仇者快的慘事了。

武澤縣兩個都尉一直空懸其一，老都尉嚴華盛是武澤鄰縣人，嗜酒如命，要說給縣令、主簿兩位大人拍拍馬屁，一起酗酒行樂，逢迎郡守上級，本事不算小，可要他去剿匪，那就要了他的老命。

嚴華盛每年在郡縣官吏考評都不堪入目，可一直把牢都尉一職，用嚴都尉的良心話講那就是誰樂意來武澤縣頂替這個狗屁芝麻官，老子二話不說把官帽子戴你頭上，還朝你豎起大拇指讚一聲「真好漢」。不過今年年尾，嚴都尉沒丟官，只是來了個姓宋的陌生年輕人，與他成了同品同秩同俸祿的同僚，只帶了一匹劣馬、一名書童、一箱經書，就這麼撞入了武澤縣衙。

嚴華盛跟縣令、主簿兩位父母官一頓商量，覺得這小子不像是承襲父蔭當的官，有家世背景的話，誰樂意來武澤縣這個鳥不拉屎的地方遭罪，也不該是京城人士或者進士及第，按照慣例，京官外任，不升個半品、一品那都無異於貶謫流放，思量來思量去，三個官場老油條都覺得十有八九是靠詩名文才起家的窮小子，因為那姓宋的寫得一手好字，屬於離陽朝廷流行「一家兩夫子」創下的官家宋體，便是斗大字不識一個的莽夫，瞧見了也覺得好，況且那廝生得白白淨淨，肌膚比娘們兒還能掐出水來，嚴都尉不覺得這娃兒能在武澤縣站穩腳跟，所以根本就不屑去排擠，大可以眼不見、心不煩，只要吃不住苦，保准自個兒捲鋪蓋滾蛋。

不過嚴都尉很快就叫苦不迭，這姓宋的還真當都尉當上癮了，一到縣衙就去搬出塵埃比書還重的一大堆地理圖志，而且隔三岔五就去跟他詢問武澤縣的響馬分布，如果不是見這小子還算懂點人情世故，每次都虛心求教給足面子，以及次次不忘捎上一壺上等杏花燒，脾氣暴躁的嚴華盛早就朝那後生瞪眼罵娘了。

入冬以後，小地方也有小地方的窮講究，嚴都尉之流和武澤當地士紳富賈大多穿了狐皮袍子，外罩貂褂、頭戴貂帽，一縣富人群聚於此，實在是不得已而為之，因為除了武澤縣城就沒個安生地兒，外地人初入此地，多半誤以為這裡是如何的太平盛世。

縣衙鳴冤鼓早已破爛不堪，便是有人想敲，也尋不見鼓槌，何況也敲不響。大堂內按例建造東錢糧、西武備兩庫，武庫內兵器鏽跡斑斑，幾杆槍矛之所以沒有生銹，那還是由於縣衙兵房刑房的兵丁用得著，趁手拎著這個去大街上見著了土狗，一下子敲暈了就拖回衙門吃狗肉，再湊錢買幾壺酒，一整座衙門都能聞到香味。

幾位大人自然瞧不上眼這等不上席面的吃食，倒是被取了個「小宋都尉」綽號的年輕大人有次循著香氣找到了一幫目瞪口呆的蝦兵蟹將，然後神情平靜坐下，也不客氣，跟屬下一起吃了頓酒肉，事後留下了一袋子銅錢，說是下次再有狗肉吃，酒錢他出。這讓一幫雜吏頓時笑開了眼，這位小宋都尉上道！是不是清官不去管，懶得操這門心思，但絕對會是個容易打交道的「好官」！

就住在縣衙後寢的縣令和主簿其實一直冷眼旁觀，等了一旬，見新都尉根本就沒去動錢糧的念頭，也沒有想要新官上任三把火，沒有把大小紈褲子弟多如牛毛的縣城折騰得雞飛狗跳，兩位父母官也就把心放下，對這個不幸調入武澤的新同僚有了些親近，雖說仍有些矜持倨傲，可好歹見面後給個笑臉，有幾句寒暄。

縣衙後堂本有都尉居所，屋子院落占地不小，可早就被縣令大人的小舅子占住，死活不肯挪窩，縣令大人見那小宋都尉竟然始終悶不吭聲，沒有半句閒言碎語傳入耳朵。

要知道麻雀雖小五臟俱全，縣衙內小耳朵極多，碎嘴的又多，就藏不住什麼祕密。這讓縣令大人很是寬慰，破天荒有些愧疚，主動牽線搭橋，給小宋都尉在臨近縣衙鬧中取靜的位置租了處宅子，那後生也沒拒絕，更沒有提起租金的事情，而是執後輩禮，很是隆重地登門拜訪，對四十歲都出頭了的縣令夫人一口一個大嫂，把以刻薄著稱的婦人喊得骨頭都輕了好幾兩，拉住英俊後生的袖子噓寒問暖，見慣風月的縣令也不以為意。

鄰縣的柳知縣為了離開寧州，都大方到讓美豔媳婦敞開領口，給郡守大人探手伸入，美其名曰「炭火取暖哪裡比得上天然乳溫」。可惜郡守大人公正無私得很，仍是讓另外一名知縣去了鄰州，不過柳知縣也沒有竹籃打水，據說年末政績考評，一直處在中游的知縣就得了個上等，還有錦上添花的八字附言：「風骨錚錚，清廉自守」。

武澤縣令對這類事見怪不怪，只覺得這個外鄉小子有些意思，人情老練得完全不像這個年紀的官場雛兒。如果說姓宋的是來混太平日子，那就眾人拾柴給他一個太平，如果說敢攪渾水，那可就別怪地頭蛇咬死過江龍了。

好在姓宋名恪禮的年輕後生很伶俐，所以武澤縣依舊是皆大歡喜的局面。

小宋都尉也不見得如何勤於政務，經常帶著清秀書童一起騎馬出城賞雪，晨出晚歸，其間多半跟鄉野村莊的樵夫獵人討口飯食，將就對付一下就行。縣衙六房兵役都說小宋老爺雖然是個讀書人，可沒有讀書人的嬌氣，一個月相處下來，幾個投靠無門的老兵痞商量了一下，帶了好酒好肉，還有幾件新狐裘子，去了趟新都尉那棟宅子。

沒過幾天，這幾位就開始帶著十幾位心腹兄弟，光明正大沾手城內最大一座青樓的護院差事，被鳩占鵲巢的青皮無賴惱羞成怒——武澤縣連女子都彪悍，誰都跟山林響馬能搭上七大姑、八大姨的關係，也就沒有什麼民不與官鬥的說法——雙方當街鬥毆。

要是以往處理這等糾紛，也就是讓縣衙裡的大人息事寧人，然後各找爹娘靠山，坐下來喝酒吃肉送禮談情分，誰身後的靠山說話有分量，誰就算贏了。可小宋都尉好說話不假，卻也頗為護短，大手一揮，讓刑房兄弟手持槍矛、披上甲冑去支援兵房。

別看這幫脫了官皮就跟土匪無異的傢伙頭盔歪斜，槍矛生銹，可小宋都尉使喚眾人時，絕沒有文官動動嘴、武官跑斷腿的習氣，二話不說拿出才到手還沒焐熱的俸祿，一股腦都給了刑房，如此一來，那幫人數上本就不占優的地痞給打得哭爹喊娘。喧鬧大街上看客無數，都覺得場面新鮮，雖說許多百姓都覺得那新都尉跟以往官老爺一丘之貉，有些腹誹冷笑，可畢竟滿城都知道小宋都尉的威名了。

後來寧州大幫派弟子身分的地痞頭子親自出面，拿棉布裹了一柄刀，招搖過市，嘍囉們鼓吹造勢，揚言大哥要去宅子討個說法，可這位在武澤縣有「拚命六郎」綽號的豪俠進了宅子後，一個時辰後滿嘴酒氣醉醺醺返回，叼了根竹籤剔肉絲，別人問起，只是笑而不語，三天後所有人才恍然大悟，好嘛，敢情是官匪蛇鼠一窩了，六郎給那都尉招安進了刑房當了小頭目，沒有擠掉誰的位置，而是縣尉大人大筆一揮，添了一個名額，如此一來，武澤縣城不但知道了那姓宋的年輕官家，還知道了這傢伙吃相難看得很！

出人意料的是，宋都尉如此僭越行事，縣令和老都尉都沒有出聲，只有跟這兩家關係近的親戚，才知道喜好風雅的縣令大人家裡新掛了幅字畫，嚴老爺那個學識平平做隔壁縣刀筆吏的兒子，不知怎麼就妙筆生花，幫主簿寫了篇讓郡守都拍案叫好的應對文章。

這可是官場上罕見新婚燕爾的景象啊，武澤縣都不得不開始重視這位小宋都尉，臨近年關，去宅子送禮的富賈絡繹不絕，姓宋的來者不拒，光是收禮，差不多就是日入斗金。不過誰都心知肚明，這些禮，不是白收的，人情有來就有往，以後得一一還上，要是不還，就壞了規矩，還輕了，照樣是不懂規矩。別看武澤縣頂著上縣頭銜，縣城不大，可雞毛蒜皮的事情多了去，宋恪禮這個從九品上的縣尉，又是專門跟麻煩打交道的勞碌官，以後有他受的。

不過如膠似漆的局面很快就被打破，快到堪稱迅雷不及掩耳，一向與世無爭的主簿大人開始率先向新都尉發難，官衙事務百般刁難不說，還讓染指青樓的兵房那夥人乾脆俐落丟了身分，讓人瞠目結舌，幾個丈夫原本在兵房做事的婆娘掙錢時眉開眼笑，交口稱讚小宋都尉是爽利人，恨不得介紹當地俊俏小娘去暖床，可丈夫丟了官差後，立馬去潑婦罵街，一個潑辣的還拎桶去潑了屎尿在門口，說是要讓姓宋的來年晦氣一整年，縣衙六房也連忙見風使舵，對小宋都尉敬而遠之。宅子也被主人板著臉收回，說是給再高的價錢也不租了。

牆倒眾人推的新都尉也不見氣惱，在縣衙後堂獨力收拾出一間偏屋，臨近馬房，結果馬糞堆了幾尺高，也無人打掃，只得跟書童一起清掃。縣令和主簿兩位大人在遠處瞇眼看戲，看到宋恪禮渾身臭味，還算泰然處之，倒是那個書童流淚不止，兩位老爺相視一笑。

縣令夫人起先還有些憐憫，心底其實惋惜沒法子再去揩油那位清雅俊哥兒的細皮嫩肉，被縣令一頓臭罵，告知內幕，才知道輕重，原來那宋小哥竟是京城裡的大族子弟，具體背景也語焉不詳，很難考究，好似武澤縣坐二把交椅的主簿也沒能知曉，只是主簿大人的座師發話，咱們寧州有位惹不起的大人，正四品！他早就不順眼小宋都尉的家族，得拾掇拾掇這個家道破落的窮酸小子，儘管怎麼下作怎麼來。

臭烘烘的馬房內，宋恪禮笑著幫他的伴讀書童擦了擦淚水，才十四、五歲的書童欲言又止，只能哭，天大委屈一般。

門庭若市轉瞬變成門可羅雀，小宋都尉依舊想要賞雪就出城，沒有閒情逸致時，便閉門讀書，倒是那個也被連帶一捋到底的地痞頭目，去縣衙探望了一次。

◆

除夕前一天，官衙除了幾家官老爺親眷忙碌異常，已經沒有六房事務，在這麼喜慶的一個清晨，一隊騎士拂曉入城，馬背上掛了十幾只大布囊，城衛見是小宋都尉領頭也懶得多事。機構臃腫的兵房、刑房有近百號人，其中真正管事的十幾人都被新都尉請人喊去官衙，說是不去以後便不用當差了，應者寥寥，誰還把這個拔毛鳳凰不如雞的傢伙當回事，也就或企圖燒冷灶或膽小拉不下臉的傢伙去了官衙牢獄，然後一個個呆若木雞。

牢獄刑架上吊著十幾個彪形大漢，其中三、四人都是登過城頭匪榜的懸賞凶徒，正在被不在刑房之列的外人動用私冷酷刑。牢獄裡有一只大火盆，炭火熊熊，小宋都尉就坐在小板凳上，面無表情，雙手伸出烤火，時不時拈起火鉗撥弄一下炭火，對於撕心裂肺的哀號聲無動於衷。

十幾票大過年的趕上這恐怖光景的兵房、刑房兄弟大多面面相覷，還有幾個都蹲在角落嘔吐去了，幾個讓寧州聞風喪膽的年輕小響馬熬不住慘絕人寰的重刑，陸續吐出幾處響馬同夥的老巢，對行刑最為熱衷的那個地痞頭目轉頭對小宋都尉咧嘴一笑，白齒森森，看得刑房、兵房眾人一陣毛骨悚然。

小宋都尉似乎猶不滿足，輕輕吐出「繼續」兩個字，然後就不再說話。

他從炭盆邊緣撿起一串黃銅響鈴。寧州響馬，兩響，戰馬繫銅鈴，衝陣殺人之前必有一支響箭示威。這個本該去青樓聽狐媚子撫琴唱曲兒的文雅書生低頭瞇起眼，雙指轉動銅鈴。

縣衙不小，可這邊動靜實在太大，那幾家都被牢獄裡發出的鬼哭狼嚎給驚擾得無以復加，尤其是那些美妾稚童，更是嚇得抱頭痛哭。老都尉嚴華盛氣勢洶洶前來興師問罪，結果恰好看到小宋都尉的那張冷漠側臉，好似突然就極為陌生了，手上也曾染血不少的老都尉一時間竟是半個字也說不出口。

小宋都尉沒有理睬嚴華盛，放下那串銅鈴，拿火鉗夾起一塊炙熱火炭，緩緩起身，走向一名匪名赫赫的健壯馬賊。

漢子已是渾身浴血，眼神仍是冷冽凌厲，跟小宋都尉凶狠對視。

小宋都尉輕笑道：「年關年關，今年債、今年還，欠債之人過年之難如過關，這才有了年關的說法。你們不讀書，估計幼時想讀也讀不上書，興許不懂這個道理，這怨不得你們。可殺人償命、天經地義，不管到哪兒到哪個朝代都說得通。我最後給你一個機會，只要你說出寧州十四大響馬任何一個的老巢，我就讓你死得舒服一些。」

老都尉咽了一口口水，哪有這樣行刑說道理的？既然當了響馬，尤其是那些打拚出一些名頭又拖家帶口的，不得不義氣極硬，想要他們開口，難如登天，再者抓住一個，拿到了賞銀也只怕沒命花，寧州都尉幾十人，不乏被報仇的響馬喬裝打扮入城給滿門禍害致死的前車之鑒。這以後，誰都睜一隻眼、閉一隻眼，當官是好，那也得有命才行。

那響馬果然硬氣，吐了一口血水在小宋都尉臉上。

地痞頭目就要動手教訓這個不知好歹的壯漢，不料小宋都尉擺了擺手，只是淡然說道：「撬開他的嘴。」

這名響馬被兩人撬開嘴，小宋都尉提起火鉗，緩緩將那顆燒炭擠入響馬嘴中。牢獄中響起一陣刺耳的嗤嗤灼燒聲，便是老都尉嚴華盛，都要膽寒作嘔。

不等這名響馬死絕，小宋都尉又轉身去夾起火炭，走向下一位馬賊，「先前忘了說，開口告密之後，我武澤縣都尉宋恪禮，保證你死後，若有家眷，便護著你們一家老小安然無恙。」

響馬面有猶豫，然後就不用撬開嘴，給外人印象脾氣耐心一直都很好的小宋都尉，就直接用火鉗戳爛了中年馬賊的嘴，便是想說也沒機會了。

拔出火鉗，小宋都尉再度轉身去夾起炭火，第三個被這個比響馬還要歹毒的惡煞走近的馬賊魂飛魄散，立即顫聲道：「我說，我什麼都說！」

宋恪禮皺了皺眉頭，然後輕聲說道：「我突然不想聽了。那些老巢我花些時間和心思，總歸是找得出來的。其實你們都該死，怨這個世道和這個官場，你們本身不算什麼。」

先前熬住好幾遭酷刑都能桀桀陰笑的漢子哭道：「這位爺，小的求你了，只要你能保住小的家室，小的知曉兩處大響馬所在，都說給你聽！求你了……」

宋恪禮丟掉火鉗，那個曾在馬房軟弱流淚的書童一直在默默提筆紀錄，這會兒小跑過來握筆拎紙蹲在響馬身前，平攤宣紙擱在膝上，這位少年抬頭時眼神冷硬，絲毫不見怯弱。

宋恪禮坐回火盆的小板凳上，指了指以往只在武澤縣城逞凶的地痞頭目，轉頭對嚴華盛微笑道：「嚴都尉，趕巧兒跟石虎兄弟出城賞雪，撞上了這撥小響馬，就給捆回縣衙。快過年了，不想太過麻煩刑房兄弟，可又怕擔上妄動私刑的名聲，就勞動大駕請來看上幾眼。不過明天這些馬賊的屍體得掛在城牆上，還得勞煩刑房。還有，我估摸著有不少響馬其實就在城內，說不定跟一些城裡德高望重的老爺有些牽連，等會兒詳細單子出來後，有些不熟的人頭臉面，恐怕仍需嚴都尉幫忙傳話一聲，就說宋恪禮初來乍到武澤縣，囊中羞澀，只能燒去這份名單，權且當是給眾位鄉親一份見面薄禮，和氣生財，大夥兒都能過個好年。嚴都尉，會不會麻煩你？」

嚴華盛搖頭如撥浪鼓，「不麻煩、不麻煩。」

小宋都尉又恢復成那個對誰都溫文爾雅的讀書人，和顏悅色說道：「還得知會嚴都尉一聲，宋恪禮就不在縣衙內過年了，已經請了石虎兄弟在陶然街租了棟小宅子。」

原本以為又要整出么蛾子的嚴華盛心一緊，聽到是這種小事後如釋重負，當即擠出笑臉道：「不打緊、不打緊，回頭我給宋都尉拜年去，要是年夜飯沒準備好，我有個熟識的大廚，手藝還算不錯，在武澤縣都排得上號，明日兒就讓他給宋都尉府上掌勺去。」

有那個馬賊開了個好頭，牢獄總算清靜下來。書童落筆急，很快就紀錄完畢，不用自家主人多說，就又抽出一張宣紙，寫了額外一份相對簡潔的名單，寫完之後，輕輕吹了吹墨跡，遞給神情複雜的老都尉。

小宋都尉緩緩站起身，刑房、兵房諸人都不約而同驚嚇得後退幾步。

小宋都尉柔聲道：「今天的事情，勉強算是一樁縣衙兵刑兩房的機密要事，眾位兄弟看在眼裡就行了。」

一幫人使勁點頭。

小宋都尉這才望向嚴華盛，「送送嚴都尉。」

嚴華盛趕忙說道：「不用了。」

可宋恪禮還是送到了牢獄門口，折路返回後，只剩下幾個跟石虎換命的心腹兄弟，外加一個秀氣卻讓石虎刮目相看的少年書童。

石虎詢問的眼神望來，宋恪禮點了點頭。

牢獄中傳出一陣不甘心的急促哀號，此後就徹底清淨死寂。

站在掛滿屍體的腥臭屋子，宋恪禮問道：「真能在江湖上找到四十幾號身手乾淨的練家子？」

石虎搓著手嘿嘿笑道：「宋都尉放心，石某人在寧州路子雖然不算廣，但都很牢靠，那夥人本就是跟響馬差不多德行的亡命之徒，當年石某人無意中救下他們大當家的，是他們欠我的。再說了，也不是要他們白幹，只要給足報酬，別說進山殺馬賊拿賞銀，就是讓他們殺進官衙，都敢試上一試。別的地方萬萬不敢如此，可咱們寧州不一樣，當官的不算大爺，當匪的才是。」

宋恪禮點頭笑道：「你也放心，以後武澤縣都尉不管是一個還是兩個，都有你的一張座椅。」

石虎搖頭笑道：「謀個官身耍威風是另一回事，主要是跟宋都尉你做事，就兩個字——痛快！前不久就有個雲遊四方的算命先生給我算過，以後咱命中註定的大貴人，就姓宋！他娘的，竟然還真沒騙老子，當時沒捨得給賞錢，這會兒愧疚得很哪！」

宋恪禮不置可否，「明天是除夕，石兄弟跟我一起熬年守歲？」

石虎大大咧咧道：「這敢情好啊。」

石虎一行人離去，牢獄就只有宋恪禮和少年書童。

宋恪禮望向一具屍體，自言自語道：「很多麻煩事，得治本清源，更得遵循『積漸』二字，做起來很難，可總是需要有人去做。做好了，別的不說，最不濟你們寧州以後沒誰再願意去當響馬，你們不死不行。事要有人做，人也得有人死。」

書童輕聲問道：「少爺，以你的身手，對付這十幾號馬賊哪裡需要那草莽石虎？便是去了一處響馬老巢，也能殺進殺出幾個來回。」

宋恪禮柔聲笑道：「『規矩』二字最重，你若是事事不講規矩，想著走捷徑，總會因此惹上比你更不講規矩的對手。古話說『常在河邊走，難能不濕鞋』，就是這個道理，以江湖風格行事，遲早都要沾濕鞋子。三品高手被二品小宗師所殺，小宗師為一品所殺，金剛被指玄殺，指玄被天象殺，一物降一物，沒誰逃得掉。既然當官，就相當於乘了船看江湖，難就難在不能心存僥倖，難在一次都不可以下船去走在河邊。

像主簿梁倫針對我，都是官場手腕，並沒有壞規矩，那我宋恪禮就接下了，接不住是我公門修行的道行不夠，只能忍著；接住了，就等於在武澤縣站穩了腳跟，可以慢慢經營，一步一步往上走。殺馬賊，是都尉的分內事，因為我也沒有壞規矩，就不至於讓官場升遷之路越走越窄。」

書童噘了噘嘴，嘆氣道：「少爺，可你這會兒僅僅是從九品上啊，得多少年才能像老爺那樣當上從三品的朝堂重臣？」

宋恪禮敲了敲少年的腦袋，眼神溫暖，言語卻訓斥道：「才跟你說了『積漸』二字，就忘了？」

少年「哦」了一聲，笑了笑。

少年突然輕聲道：「那石虎真笨，竟然沒有看出來那算命先生是少爺喬裝打扮的！」

早早在武澤縣展開一系列縝密布局的宋恪禮一笑置之。

宋恪禮讓少年坐在小板凳上，自己隨意蹲著伸手取暖，喃喃道：「看來京城裡有人知道我到了這裡，開始動手腳了，說來奇怪，沒有人對宋家雪中送炭，這不稀奇，可宋家都已落魄至此，竟然還有人會惦念一個小小都尉。宋家前些年樹大招風，可在官場上向來不結死仇，在文壇上確是樹敵不少，可這些對手多少都還要點臉面，難道是有他們身邊的幫閒體己人，借此跟這幫向來不理俗事的文豪主動獻媚？否則這陣陰風，吹得有些不對勁。」

宋恪禮停下手指敲擊額頭的動作，抓起那串銅鈴，自嘲笑道：「想不明白就不想了。」

「聽說郡主在少爺離京時，差一點就要攔路。」

「兒女情長，英雄氣短。多想無益，也沒資格想這些。」

「那少爺總還是要成家立業的。」

「這個當然，武澤縣找個賢淑女子，也不錯。」

「這怎麼行！」

「怎麼就不行？」

「她們如何配得上少爺！」

說出這句話後，書童眼睛通紅，抽泣道：「少爺是宋家雛鳳啊，原先是要成為天下士子領袖的人物啊。」

宋恪禮輕輕一笑，伸手替天真少年擦去淚水。

第三章 徐鳳年整飭陵州 草原女棲身北涼

一舉一動都能夠牽扯京城視野的晉三郎，開始蓄鬚了。其實以他才堪堪跨過而立之年的年歲，除非是想要學張首輔做那美髯公，原本不必如此，只是當他成為國子監右祭酒後，能與當今理學宗師姚白峰共事，晉蘭亭便覺得有了蓄鬚明志的必要，妻憑夫貴、誥命在身的徐夫人幾乎每日都要為相公拾掇鬍鬚，力求盡善盡美。

晉蘭亭由北涼轄境內的地方小郡小縣一躍而起，先是破格成為大黃門，繼而成為天子近臣的起居郎，眨眼過後就又搖身一變，成了文壇士林都要仰視的國子監大佬，得以掌控天下讀書人浮沉趨勢的大權，升遷之快令人瞠目結舌。

晉蘭亭每天早上都要靜等天空泛起魚肚白，視線趨於清晰時，這才由府邸乘車前往國子監，偶爾掀起車簾子，望見道路上那一張張敬畏炙熱的臉龐，都讓晉蘭亭湧起一股「大丈夫當如此」的豪邁氣概，尤其是馬車駛入國子監，他彎腰掀起簾子，走下馬車的那一刻，晉蘭亭都恍若隔世。

當初逢人便送自製熟宣幾乎無人肯收，如今無數人想要，晉蘭亭卻是半點都不想送了。不過晉右祭酒也未飄飄然，在京城住了兩年多光景，也見識到不少驟然富貴驟然失勢的鬧劇，像那宋家一門三傑，兩位大小夫子一氣死、一罷官，原先在翰林院需要晉蘭亭使出吃奶勁去巴結的宋家雛鳳，更是完完全全淡出廟堂視野。

晉蘭亭越是知道朝堂雲波詭譎，就越是珍惜自己在蟄伏低頭時的幾位貴人。上任左祭酒桓溫，當初少有願意收下他所送宣紙的國之巨梁，如今已經貴為文亭閣大學士，頂替遺黨魁首孫希濟榮升門下省左僕射。還有一位，晉蘭亭從未流露表面，哪怕在徐夫人這個同床共枕的女子身邊，也沒有提及隻字片語，晉蘭亭清晰記得那次早朝，一路白眼譏諷，只有那位同是黃門郎出身的前輩，拍了拍他的肩膀，說了句無比暖心的言語。

士為知己者死。

至於北涼王當年的舉薦信，晉蘭亭避而不談，私下更視為逆鱗，誰若不識趣跟他提起這一茬，任你是尚書之子還是將軍之後，晉蘭亭都要當場怒容拂袖而去，就此絕交，永不同席言笑。況且晉蘭亭心底也從未覺得那徐瘸子有何引薦之功，天下正統在趙室，你姓徐的哪怕被封異姓王，哪怕當下世襲罔替，朝政局勢瞬息萬變，能綿延幾代榮華富貴？隨手翻讀史書，那些個家中哪怕擺有「非謀逆不賜死」丹書鐵券的世族，不一樣被帝王任意找個謀反大罪就株連九族了？

辭舊歲，換新宅，雙喜臨門。右祭酒府邸換了一棟新的，是皇帝御賜，曾是一位離陽宗室的王府，在兩百年前的太安城榮華至極，因為失了世襲罔替，掛了虛銜將軍的皇族子弟，住在這個一等宅子就有些名不正、言不順的嫌疑，不過畢竟是沒有犯過大錯的宗室，想要他們遷出也不易，好在聽說是國子監晉三郎要入住，顏面有光，私下又得了一大筆皇宮賞銀，也就順勢搬出。

當今天子崇儉，御膳房做的菜就成了擺設，後來是皇后提議才有了一份膳單，每日膳單都指出某物賜某處賜某人，像那內廷主位、皇子郡主、朝中權臣和在京將軍，都有望被賜。

今天一位大太監就親自提著黃緞包裹保溫的花梨木酒膳挑盒，來到了晉祭酒的新府，晉蘭亭一點不剩吃完，最後懇請大太監讓他留下那雙並不算如何值錢物件的烏木筷子，大太監袖子被偷偷塞入一枚羊脂玉佩，皮色金黃耀眼，肉質細膩如脂，尤為難得的是頂端有著黃玉共生的景象，不用湊近了端詳，隨手那麼一把玩，就知道不是俗物。

大太監留下一雙筷子並不是什麼僭越大事，可被晉三郎饋贈心儀之物，傳出去非但不會惹上貪墨的汙名，還是大大的口碑，如何能不讓大太監笑得合不攏嘴？對這個年近三十餘便有望躋身閣老位列的右祭酒，越瞧著舒服了。

送出去一塊祖傳玉佩，留下一雙幾錢銀子的烏木筷子，徐夫人看得心疼，以往在郡縣，她仗著娘家勢大，還不得揪住耳朵一頓謾罵，如今則萬萬不敢了。

留了鬍鬚後的晉蘭亭看上去老成幾分。

徐夫人小心翼翼問道：「三郎，為何不趁年關去拜會拜會首輔大人？三郎與坦坦翁親近，這位左僕射大人與首輔大人又是師出同門，大半輩子的至交好友，三郎去拜會，也不會有人多嘴什麼。」

晉蘭亭不耐煩道：「婦道人家，多嘴什麼！」

徐夫人悻悻然一笑，鼓了鼓勇氣，終於還是沒敢還嘴。以往爹娘見著這個小士族出身的夫君，都沒有什麼好臉色，如今舉家遷到天子腳下的太安城後，就只有卑躬屈膝的份兒了。

徐夫人也在床第之間百般曲意逢迎，可三郎的架子仍是越來越大，徐夫人總覺得他看自己的眼神，就跟看待僕役丫鬟無異。

在這個女子賤如草的年代，男子功成名就以後，把女子當女人看並不難，難的是把女子當人看。

徐夫人猛然記起一事，爹娘說起時憂心忡忡，也讓她十分不安，富貴才得手，可莫要轉身就丟了。

徐夫人一咬牙，坐在晉蘭亭身邊，嬌軀貼近了，尤其是腴胸有意無意蹭了蹭他的手臂，這才細細柔柔說道：「三郎，聽說你在國子監……」

晉蘭亭不動聲色推開她，冷笑道：「怎麼，被夫君的『民為貴，社稷次之，君最輕』這句話給嚇破了膽？妳懂什麼，跟妳說不到一塊去。妳爹娘見識淺陋，以後讓他們少登門來煩我。」

徐夫人低頭怯弱道：「知曉了。」

徐夫人起身離去，黯然神傷。

晉蘭亭對此全然不在意，盯住那雙烏木筷子，嘴角翹起。

書生封侯，主持半壁江山。

美人萬千，江山只有一個啊。

獨處的晉蘭亭抓起那雙筷子，做了個夾菜入嘴的手勢，瘋癲大笑。

◆

這一年年夜飯，不怎麼喝酒的靖安王府陸先生被年輕藩王灌得厲害，要是不喝，藩王竟是無賴到說要滿地打滾，陸先生吃不住這主子的撒潑，只得跟著喝多了，等好不容易脫身，滿身酒氣，蹲在院子牆根下吐了又吐，身邊唯一的侍女杏花幫著輕柔拍背，看著真是心疼。

陸公子雖然遭了大罪，心情卻是不錯，說要帶本名柳靈寶的死士杏花去看一看故居。其實杏花閒暇時就常去那破落小宅子，宅子早已給靖安王府買下，杏花只要去，就會細緻打掃得纖塵不染才甘休，早已熟門熟路。

眼瞎陸詡沒有走入宅子，只是站在門口，也不知道想「看」什麼。然後陸詡帶著杏花去了一趟曾經賭棋為生的永子巷，蹲在地上，靠著牆，安靜不語。好似眼前有張棋局，雙指做提子狀，輕輕落子。

杏花沒有出聲，眼神溫柔。

年輕瞎子「落子」不停，笑道：「咱們青黨落敗，我也是添過一把柴火的。不這樣，靖安王府就成了花瓶擺設。我本就是勢利之人，跟王府一榮俱榮、一辱俱辱，如何能眼睜睜看著世子殿下左右不得施展。」

杏花知道，私下靖安王趙珣喜歡稱呼他為陸公子或是陸先生，高興玩笑時還會親暱一聲「小六」。而後者則始終大不敬稱之為世子殿下，而非靖安王。

「羊房夾道上的陸家想要走，襄樊城這邊攔是攔不住的，不過在一旁絆腳還是不難，雖說於大局無益，可既然世子殿下不舒心，堅持要去噁心噁心那個北涼，我這個賭棋的，也只能盡心盡力去賭，給陸家埋下些隱患禍根。要是世事洞明的陸閣老在世，這些小把戲未必能成事，老人一走，就不好說了。杏花，妳說我這種陰險小人，別說風流名士，是不是連個讀書人都配不上？」

杏花換個方位，替陸公子遮擋吹入巷弄的寒風，柔聲道：「公子是做大事的人，不拘小節。」

陸詡笑道：「既說一屋不掃何以掃天下，又說行大事者不拘小節，古人古書古語，說得真是讓後人犯糊塗。不過我一個瞎子，打掃屋子，確實就只能靠妳了。」

杏花眼神流轉，「奴婢很樂意。」

陸詡伸出手，似乎是酒壯人膽，想要撫摸柳靈寶的光潔臉頰，可當柳靈寶湊過臉，他已經縮回手，輕聲道：「咱們有幸相依為命，盡量多活幾年。」

陸詡腦袋後仰，靠在牆壁上，「你這個瞎子。」

杏花突然壓低聲音道：「陸公子，若是你想去北涼，柳靈寶便是死也要護著你出城。」

陸詡愣了一下，搖頭灑然笑道：「我自有打算。這兒挺好的。」

◆

北涼聽潮湖，寒士陳亮錫坐在湖邊涼亭裡，還有昔日北院大王徐淮南的庶孫徐北枳，以及坐在輪椅上的二郡主徐渭熊，三個身分迥異的人物，形成三足鼎立的格局。

執掌北涼一半情報諜子的徐渭熊平靜說道：「有個消息要跟你們說一聲，北莽女帝僅帶一人到了北涼邊境。」

徐北枳「嗯」了一聲，很快就一語道破天機，「肯定是拓跋菩薩。」

陳亮錫皺了皺眉頭，問道：「殺不得？」

徐北枳笑道：「能殺誰不殺，只是殺不掉而已。」

陳亮錫神情淡然「哦」了一聲。

徐渭熊轉頭望向南邊，笑道：「咱們再謀劃謀劃，反正做事還得是他們。」

徐北枳雖說已經外任做了個地方官，少有來清涼山的機會，更是常有他和士子觥籌交錯的傳言，不像陳亮錫，始終在王府深居簡出，殫精竭慮。而徐北枳即便對上徐渭熊，也沒有什麼拘束，還敢說上幾句無傷大雅的笑話，就像此時懶洋洋說道：「聽說咱們世子殿下這次出行，可勁兒拐騙了許多大人物來北涼做苦力，真是本事了，要我說殿下的相貌，騙些姑娘不難，沒想到坑騙男人一樣不含糊。」

陳亮錫面無表情，扭頭望向那座有錦鯉千萬尾的聽潮湖。

徐渭熊指了指徐北枳和陳亮錫兩人，微笑著不客氣道：「徐北枳，你罵自己就行了，還帶上陳亮錫，殺敵一千、自損一千的勾當，沒半點賺頭的買賣，有什麼意思？」

徐北枳大笑道：「郡主，妳有所不知，我這傢伙天生心黑皮厚，所以要比陳公子少受一點傷。」

陳亮錫無奈搖頭，這麼個傢伙，做朋友不可能，可即便是對手，仍是討厭不起來。

徐渭熊自言自語道：「新年新涼新氣象了。」

◆

北涼道涼、陵兩州門戶大開，各地城池要隘幾乎同時寬鬆了門禁，不光是士子得以魚貫入涼，三教九流，魚龍混雜，都前往北涼富貴險中求。

一支騎隊由毗鄰夔門劍閣的米倉嶺道沿西北方向悄悄進入陵州，騎隊人數寥寥五、六人，都是大老爺們兒，不見半點脂粉。

馬政驛路都逐漸縮減凋敝，不復春秋戰火硝煙時的盛況，不過位於蜀、涼之間的米倉嶺道，哪怕山路崎嶇，驛道仍是每年耗費重金，修繕得極為完善，比之春秋期間猶有過之，這對兩地商販而言不過是一樁無須深思的天大幸事，可在有心人看來，是北涼鐵騎長驅南下，還是蜀地精兵長驅北上，無非是一線之隔。

騎隊在一座視野開闊的山頭駐足南望，為首老人握著馬鞭往劍閣那邊指了指，笑道：「原本按照義山的謀劃，夔門雄關有數千輕騎為汪家父子把持，加上青城山所藏的六千精銳甲士，裡應外合，咱們北涼假如真有吞併中原的野心，或者說朝廷那邊逼得太狠了，別的不說，西蜀、南詔這一條西線，三月之內，可盡在我手。可陳芝豹既然孤身赴蜀，雖說還沒有被封蜀王，暫時還在當那個狗屁倒灶的兵部尚書，但是只要將來他去蜀地治政幾年，這一斷，嘿，北涼就像一個人腋下生惡瘡，抓也不是，不抓也不是，難受得很哪。」

除了言語之間氣吞如虎的佝僂老人，還有世子殿下徐鳳年，北涼新騎軍統領袁左宗，即將出任陵州實職副將軍的韓嶗山與徐偃兵，並肩而停，一同南望西蜀。

徐驍策馬在米倉嶺道山路之巔，在春神湖戰艦上戴了那頂紅狐皮帽後，羈旅途中就再沒有摘下過。

徐驍掉轉馬頭，「先前祿球兒引薦，我也見過了神往已久的南唐舊將顧大祖，經他這個外人一說，才知道咱們北涼地域不大，還有這麼多講究門道，按照他的方輿紀要，北涼道可化為三區十四塊地形，一目了然。

按照顧大祖的講法，北涼占據天下上游，跟各地氣息相通，可制天下之命。以前只聽義山說北涼在大秦一統後，歷史上足足有戰事一千二百八十一次，是當之無愧的千戰之地，不過義山不信天命鬼神之說，再者我也知義山心底，是不讚成北涼以獅子搏兔之勢侵襲中原，再讓中原硝煙四起，所以這些年，其實他活得也不痛快。」

腰間佩一柄北涼刀的徐鳳年笑道：「師父總說世之才雄須借知識制之，則豪氣不暴縱，可以順勢成事。這可是實實在在的良苦用心，不說你在春秋戰事裡的惡名昭彰，就咱們徐家的出身，就算有黃三甲這老神棍倒騰出什麼瑞兆，也根本不頂用，天下士子和民心，都不會倒向徐家。如今讀書人尤其是不得志的寒士紛紛擁入北涼，那也是因為北涼打出為中原鎮守西北的旗號，給了他們一個臺階下，否則你看誰樂意來北涼當官。」

徐驍抬手用馬鞭推了推皮帽，嘿嘿笑道：「誰讓爹早生了幾百年，義山說晚生幾百年，讓天下寒士得勢，門閥根基澈底毀去，對於皇命正統一事不再像如今這般苛求，那就是皇帝寶座誰都坐得的大好光景。老百姓嘛，誰還在乎你姓什麼，只要給他們太平日子過，那就認誰。誰坐龍椅誰不坐，他們才不在乎。

不過話說回來，你爹這些年也就只在軍中還剩下些積威，不說中原，就是在北涼，如果哪天被北莽鐵騎碾壓得支離破碎，萬一北莽有人治政有方，大部分百姓，過不了幾年，也就全然不念徐家替他們二十年看家護院的情分了。

說起這個，爹越是覺得西壘壁一戰，贏得僥倖，中原大地，西楚有心復國的遺民，可真是野火燒不盡，前仆後繼，好像根本就不知道死字怎麼寫的，以後恐怕很難再凝聚起這麼一國民心了。咱們北涼，不說比起西楚，就算跟西蜀比，還是差了很多。

這得怪爹，馬上打天下湊合，下馬以後，就馬虎了。治理天下，終歸是讀書人的本事，他們最擅長，爹以前還不覺得，現在真是不服氣不行。爹年輕的時候吃了他們太多虧，每次瞧見他們道貌岸然的嘴臉，就忍不住想揍一頓，所以將來跟士子書生打交道，就看你的了，千萬別學爹，脾氣一定要好些。」

徐鳳年笑著點頭，「幽西高原、幽北平原、涼西走廊、祁連山地、隴東隴西、賀蘭山地等等，共計十四地，既然顧大祖高屋建瓴細緻劃分出了北涼戰區，以後我安置心腹將領，就可以有的放矢。然後慢慢將治理政事的讀書人圍困其中，各司其職，有邊關雄兵戍守，厚餡兒包肉，北涼不容易亂。

這趟士子北奔，肯定夾雜有很多趙室眼線，我倒想看一看他們能有多高的搗亂道行。北涼有北涼的局限，卻也有北涼的獨到優勢，只要三十萬鐵騎在，足可自保，北涼除了涼西走廊是膏腴之地，其餘諸地大多物產不豐，有糧儲之憂，關東漕運更是一直為朝廷鉗制，但良將勁卒，東西河隴自古人才輩出，便是張巨鹿一干廟堂大佬也眼饞，說句不好聽的，咱們就算餓著肚皮，也能把北涼以外的所謂的百戰之兵打得哭爹喊娘。」

徐驍打趣笑道：「喲，怎麼聽著有點當統帥的志向了，爹可記得你小時候成天想著當路見不平、拔刀相助的豪俠，對帶兵打仗沒什麼興趣的。」

徐鳳年平靜道：「只有自己真真切切走過了江湖，才知道一人之力有盡頭，當大俠的念頭也就淡了。試想馬鞭所至，動輒數萬鐵騎蜂擁而出，誰能阻擋？王仙芝？還是曹長卿？」

袁左宗輕聲笑著拆臺道：「要是他們的話，還是能擋上一擋的。」

徐驍爽朗大笑，對於這位義子能跟嫡長子言談無忌說笑幾句，很是開懷欣慰。當年六名義子各自意氣風發，祿球兒不去說，也就性子寡淡的姚簡與兒子有些交往，這讓徐驍隱憂不輕，幾位義子中袁左宗性情清高不遜陳芝豹，白熊竟然能夠「低頭」，齊當國當下對鳳年幾乎算是心悅誠服，無疑都是意外之喜。

不顯山、不露水的兩位扈從韓嶗山和徐偃兵默契相視一笑。事實上兩人都跟槍仙王繡師出同門，只是世人只知韓嶗山是王繡師弟，不知徐偃兵而已。緣於王繡身為上一輩江湖四大宗師，在中原西北一帶風頭無雙，不僅韓嶗山被遮掩得暗淡無光，早早離開宗門行走江湖的徐偃兵就更不用多說。

連徐鳳年也是這趟同行返回北涼，才從韓嶗山嘴裡得知徐偃兵當初鋒芒太盛，幾乎讓年長許多的王繡追趕無望，以至於幾乎意志消沉，王繡父親不得不將這名最為器重看好的外姓弟子半驅逐、半請出王家，徐鳳年這才揣摩出徐驍之所以敢正大光明離開北涼，深入中原腹地，不是憑仗明面上的槍仙師弟韓嶗山，而是籍籍無名的徐偃兵。北涼王最後一次赴京，徐驍前往欽天監，遇上皇后趙稚那一次，人屠也是帶的徐偃兵，而非韓嶗山。

一行人在山頂驛路上繼續緩緩北行，徐驍跟徐鳳年並轡而行，徐驍輕聲說道：「除了北涼都護和騎軍步軍統帥三把交椅已經塵埃落定，祿球兒和你袁二哥已經坐上去，燕文鸞的步軍統領也得讓給顧大祖，接下來就數北涼道涼幽陵三州將軍最有實權，其中涼州將軍一職向來由北涼都護兼任，幽州將軍已經給了那個野心勃勃的皇甫枰，徐偃兵和韓嶗山擔任陵州副將，就只剩下主將一位空懸。你有什麼打算？」

徐鳳年猶豫了一下說道：「燕文鸞那邊不好處置，畢竟是功勳老將，燕文鸞不如鍾洪武那般年邁，做人也八面玲瓏，沒什麼把柄。我打算先讓顧大祖從祿球兒手裡分去涼州將軍，過渡一下。在鐵門關一役遞交投名狀的功臣汪植，以及一些鳳字營得力將領，等這些人站穩腳跟後，才好對燕文鸞下手。說實話，如果燕文鸞識大體，就算背上過河拆橋的罵名，非要在顧大祖和燕文鸞之間做取捨，我仍是願意委屈顧大祖，繼續讓燕文鸞這員老將穩定邊境。反正顧大祖已經無路可退，大不了我親自去登門賠罪，任打任罵就是了。顧大祖是個兵癡，我就不信他樂意離開北涼，當個賣酒翁、田舍老。」

徐驍皺了皺眉頭，「顧大祖這種人骨子裡桀驁難馴，你就不怕他心存芥蒂？人心反復，顧大祖要是有意出工不出力，對急需大將穩固局勢的北涼來說是不可估量的損失。」

徐鳳年淡然笑道：「說起收買人心的手段，我沒你那麼有本事，也從不奢望有人對我納頭便拜，一見如故，從此就忠心耿耿，那是癡人夢囈。再說了，一碗水端平，其實本身就是沒有端平。燕文鸞是北涼軍一面旗幟，這面旗幟可以倒下，但如果倒下的方式不光彩，只為了讓顧大祖迅速成為一座新山頭，得不償失。如果顧大祖連這點時間都不等，那就只是當將軍的命，不是當統帥的人。」

徐驍指了指徐鳳年，笑著不說話，徐鳳年一頭霧水，徐驍跟這個兒子藏不住話，已經打開天窗說亮話，「上次跟顧大祖喝酒聊天，倆老頭兒一宿沒睡意，最後顧大祖跟我交底了，他到北涼以後，他自己也不希望一步登天，給新主子北涼惹來沒必要的動盪變故，但他必須拿到手三州將軍之一，最次是陵州將軍，最好是涼州將軍。只要答應他這一點，他就以死效命。呵，顧大祖那麼個文膽武膽渾身是膽的亡命人物，如今竟然也學會權衡輕重了，又跟你不謀而合，你們這對大小狐狸，是不是早就串通一氣了？」

徐鳳年哈哈笑道：「顧大祖這麼善解人意，以後不給他一個步軍統領都說不過去了。」

徐驍嘆氣道：「爹徹底服老嘍。」

徐鳳年笑道：「我都是耍些小聰明，上不了檯面，比你差遠了。」

徐驍搖了搖頭，瞇起眼好似醉醺醺道：「別安慰爹了，一個當爹的，因為自己兒子而服老，從來都不是什麼傷心事。天底下，就沒有比這更開心的事情了。」

徐鳳年無奈道：「中午在山腳客棧喝酒吃肉，可不見你怎麼服老，一大把年紀了，還跟我拚酒？中間偷偷摸摸上茅廁幾次？兩次還是三次？」

老人一臉尷尬。

老人然後笑道：「這回去邊境跟那個有拓跋菩薩護駕的老婆娘見面，爹就靠你撐場面了。」

徐鳳年平靜道：「行的。」

◆

陵州不比幽涼二州那麼兵甲鮮亮劍戟肅殺，世態就兩個字——太平，官老爺們都是沙場將軍身分，不用拚命以後，既然閒著沒事，那麼大家就一起和氣生財。

自從鐵公雞李功德當上經略使後，和稀泥的本事一流，對誰都是勸和不勸分，陵州就越發和睦。除了根柢在龍睛郡的鍾家有些不如意，其餘大小家族都還是很滋潤的，而且鍾老將軍的嫡長子鍾澄心不也一樣仍然當上了龍睛郡郡守，北涼新貴徐北枳也不過是由小小兵曹參軍連升了三級，官大不到哪裡去，繼續給鍾大人打下手，可見鍾家跟徐家遠遠沒到撕破臉皮的份上。

不過有個消息在耳目靈光的陵州官場迅速流傳開來，大將軍的兩名扈從，韓嶗山和徐偃兵都一躍成為陵州副將，而那個大鬧京城榮歸北涼的世子殿下竟然自領陵州將軍，這讓人感到有點匪夷所思。

不少退下來的沙場老將都腹誹那世子怎麼不乾脆一屁股坐在北涼都護的椅子上，怎就把手伸到了陵州官場，不太地道啊。

反正幽州邊境新年一過，即將要舉行三年一度的校武大閱，大夥兒心知肚明，大將軍已經開始著手布局「托孤」的身後事了。按照陵州官場的竊竊私語，世子徐鳳年與其來陵州不討喜，還不如讓褚祿山和袁左宗兩位義子幫襯著去邊境當統帥，耀武揚威也好，潛龍在淵也罷，大家眼不見、心不煩，怎麼都比接手陵州將軍這個燙手芋頭來得舒服。

◆

經略使府邸，張燈結綵，儀門大開，喜迎貴客，已是正二品封疆大吏的李大人笑得合不攏嘴，把突然蒞臨李府的大將軍當菩薩供起來。

事先得到殿下要成為陵州將軍的軍機內幕，李功德磨破嘴皮子，好說歹說終於讓一個同街老鄰居騰出一座華美府邸，臨時掛匾，成了一棟陵州將軍府，陵州州城有座風光旖旎的金甌湖，有資格引水入府的宅子屈指可數，占據這一方風水寶地的舊主人，曾是北涼騎軍統領鍾洪武那一系的老將軍，後來跟典雄畜這些陳芝豹麾下的青壯將軍走得比較近，李功德拿捏住這個軟肋，恩威並施，才得以讓老將軍帶著眾多貌美妻妾捲鋪蓋滾蛋。

此時成為正四品武將的徐鳳年就在將軍府內悠悠然散步，先前在李府過了個場，僅是露個面就撤了，實在扛不住經略使大人的殷勤，留下徐驍以及作為陪襯的袁左宗、韓嶗山，帶著陵州名義上副將之一的徐偃兵在此穿廊過棟。

王繡這兩個師弟，韓嶗山還算熟諳兵法，身邊這個武癡徐偃兵就遠遠不如了，相比韓嶗山確是要紮根陵州，步步為營，徐偃兵不過是用來應付意外狀況，再說徐偃兵本人也志不在此。

離開李府之前，徐驍眼神玩味，說這邊宅子有份小意外等著他，徐鳳年不抱什麼期待，飛來飛去的江湖神仙都見了不少，既然懈怠了武道一途，祕笈不用說，聽潮閣都能按斤兩去賤賣，神兵利器之類的也同樣不怎麼上心，要說女子，未來兩位側妃都跟著來到了北涼，徐鳳年也不想招惹什麼情債。

不過當徐鳳年猛然瞧見那名一身北莽草原女子裝束的少女，還是有些驚豔和驚喜，想破腦袋都沒想到會是那個跟北莽皇室有莫大牽連的小姑娘——呼延觀音，當初正是為了救下她所在的部落，才在峽谷擋下了野牛群，才跟占據天時地利人和的天之驕子的拓跋春隼展開那一場死鬥遊獵，那一次，徐鳳年差點就把小命交待在端孛爾紇紇的雷矛之下。

徐偃兵很識趣，轉去他處賞景，留下徐鳳年跟女子單獨相處。

徐鳳年稍加思索，也就心中了然，他從北莽返回之後，事無巨細說了那趟險象環生的經歷，其間順嘴提到了呼延觀音的那支羌笛，估摸著是徐驍順藤摸瓜把她從北莽帶到了陵州。

徐鳳年跟她坐在涼亭中，用草原言語詢問道：「妳弟弟阿保機沒來北涼？」

姿容得有九十五文的少女明顯不似中原女子那般憂愁善感，搖搖頭豁達笑道：「我弟弟是草原上的幼鷹，草原就是他的家。弟弟自己也說他一定要成為草原上最大的悉惕，擁有最廣袤肥美的牧場，以後會帶著恩人一起縱馬馳騁，為恩人搶來最美的女子、最烈的戰馬、最醇的好酒。」

徐鳳年記起那個虎頭虎腦的孩子，喜歡在羊圈裡打滾，有著拎住羊羔隨便甩的豪邁，笑道：「比我有志氣多了。」

風情介於少女與少婦之間的年輕女子一臉好奇，忍不住柔聲笑問道：「恩人以前一直說自己是姑塞州的讀書人，怎麼就成了北莽死敵的北涼世族公子了？」

徐鳳年斜靠著廊柱，望向府內小湖，感慨道：「這大概就是所謂的世事難料吧。」

呼延觀音輕聲道：「有個比草原大悉惕還要有威嚴的老人，吩咐我以後做恩人的婢女，伺候恩人的衣食住行。」

徐鳳年輕聲道：「以後妳不用聽他的，咱們北涼女子向來喜歡佩刀騎馬挽弓，沒人能拘束妳，哪怕妳覺得這邊沒意思，想回草原見妳弟弟，我也能讓人送妳去北方。」

姣美無方的女子腰繫那支精緻羌笛，出人意料地黯然無語。

死士寅突然出現在涼亭外，言語不輕不重恭敬說道：「啟稟殿下，龍睛郡徐北枳和戍將汪植登門拜訪。」

陵州將軍府暫時不過徒有其表，用金玉其外、敗絮其中來形容都不為過，因為這個陵州將軍本身就是個承上啟下的虛設，徐鳳年笑著點頭道：「以後他們兩人來這裡就不用通報了。」

府上有伶俐僕役給兩人領路，徐鳳年走出涼亭相迎。

汪植的父親汪石渠，既是北涼舊部，又是劍門守將，始終是李義山安放在夔門多年的一顆暗棋，這對父子最終在鐵門關一役中發揮了重大作用。汪植也確實是一名不負所望的驍將，哪怕對上韓貂寺也敢不遺餘力死戰一場，為了阻截人貓，三千精騎硬生生折損一千，依附北涼之後，兩千親兵只餘下一半，上次在龍睛郡表現也十分惹眼，徐鳳年對此人印象極好。

徐北枳入鄉隨俗得很快，青衫文士的裝扮，比江南名士還名士，風度翩翩，汪植從旁護駕，一文一武相得益彰。

呼延觀音孤苦伶仃怯生生站在涼亭內，顯得格格不入。女子多半如此，是那大好山河的點綴而已。

徐鳳年摟了摟徐北枳的肩膀，對汪植笑道：「這回沒讓汪將軍這麼個大功臣當上陵州副將，肚子裡有沒有怨氣？要是有，儘管說出口，不過副將還是不能給就是了。」

汪植也談不上怯場畏縮，大大方方咧嘴笑道：「殿下，咱們這些大老粗，也知道無功不受祿，暫時沒拿得出手的軍功，就沒啥怨氣，要是以後立了大功，莫說從四品的副將，就是殿下的陵州將軍，也敢爭上一爭，絕不含糊！」

徐鳳年笑著點頭，伸手指了指悄悄反身到涼亭外的徐偃兵，介紹道：「新鮮出爐的陵州副將徐偃兵，汪植你以後多跟他打交道，徐將軍更是咱們北涼數一數二的武道高手，比起在我這個沒實權的陵州將軍跟前晃蕩，有用得多。」

汪植頓時眼前一亮，「數一數二」這四個字比「陵州副將」可要有分量得多。袁左宗身為離陽軍伍中僅在顧劍棠和陳芝豹之後的第三高手，徐偃兵若是數一數二的武夫，多半是跟騎戰無雙的袁白熊同一線的猛將，汪植怎敢小覷，當下便對這位副將重重抱拳。徐偃兵不過是輕輕點頭還禮。

徐鳳年望向徐北枳笑問道：「橘子，跟鍾大公子相處得還算愉快？我可聽說他那幾房美妾都很是佩服你的才高八斗，輪流跟你自薦枕席，還差點跟陵州花魁爭風吃醋。這會兒北涼道都在瘋傳有個叫徐北枳的北莽世家子，夜夜笙歌，比神仙還逍遙。」

徐北枳淡笑道：「比下有餘，比上遠遠不足，有殿下珠玉在前，這點風流韻事算什麼壯舉。」

汪植暗自咋舌，傳聞當官當得很沒風骨的徐北枳跟世子殿下關係莫逆，極有淵源，看來所言不虛。換成別人，早就嚇得汗流浹背了。汪植可不敢把這位膽敢親自截殺劫持西域行皇子的北涼世子，當成什麼紈褲子弟。尋常世子，對於鍾洪武這些個跟父輩一同戎馬生涯的功勳元老，察言觀色逢迎討好都來不及。

徐鳳年跟徐北枳坐入涼亭，汪植自然而然跟隨徐偃兵在亭外守護。

徐鳳年瞥了一眼汪植的魁梧背影，收回視線，微笑道：「這次包括青州陸家和上陰學宮在內數百人，都嗷嗷待哺，陵州官場臃腫，肥肉最多。經略使大人在北涼當和事佬，自稱第二沒人敢稱第一，肯定做不來惡人，陳亮錫又忙著整頓鹽鐵，要不你頂上？剛好趁機精簡武將官職，祛除大批遊手好閒的雜號將軍，咱們也學一學北莽，讓校尉、都尉以後更加名副其實。」

徐北枳默不作聲，架子不小。

豎起耳朵的汪植有些擔憂，伴君如伴虎，北涼天高皇帝遠，否則大將軍也不會被朝廷私下誅心稱為「二皇帝」，世子殿下其實與一國儲君無異，汪植別看在徐鳳年面前大大咧咧，那也是粗中有細，精心拿捏尺度。演義小說裡那些看似粗糙憨貨的武將，在正史裡誰不是心細如髮的人精貨色。要想在君主身側，不斬福澤，子孫長蔭，學問之深，幾乎是個無底洞。

先前汪植與徐北枳飲酒，當時世子殿下在太安城不跪天子，徐北枳醺醉酣暢，喝得高興，滿腹經綸露出冰山一角，談到為稻粱謀一事，光是劃分官員臣子類別，徐北枳就給出了包括孤臣、治臣、能臣、蛤蟆官、貓官、屍官在內十九種之多，比起武夫九品境界煩瑣得多，讓汪植聽得既瞠目結舌又受益匪淺，心想這位徐公子真是在公門修練成仙了，讓眼界奇高的汪植也佩服得五體投地。

徐鳳年繼續問道：「北涼官場有年關賞賜貂帽的習俗，那冬末到開春這段時日，陵州大大小小幾百頂新貂帽，都從你徐北枳手上送出去，如何？」

徐北枳反問道：「你這個陵州將軍不管，經略使大人也能不過問一個字？」

徐鳳年點頭道：「否則我為什麼當這個將軍？還不是鐵了心要幫你擋去洶洶非議？我跟你保證，不管什麼話、什麼人，一切到了我這裡就都會止步，你不用看也不用聽。」

徐北枳心平氣和道：「陵州主官刺史，目前仍然被經略使李大人兼著，這頂帽子，殿下能先給我？」

汪植在心中嘖嘖稱奇，徐北枳徐大公子可真夠生猛的，一張口就要四品大官的官帽子，而且要得如此理直氣壯，傳出去還不得讓那些一輩子卡在這個門檻上的離陽官員氣得半死。

在這棟府邸學了一些離陽言語的呼延觀音，一字不漏聽入耳中，大概知曉這番對話的含義，她微微張大嘴巴，看向這位頭髮灰白的男子，眼神有些迷離恍惚。

徐鳳年站起身笑道：「這就給你拿去。」

◆

徐鳳年獨自來到在北涼規格僅低於清涼山的經略使府邸，對李府熟門熟路，都不用管事帶路，就到了徐驍和李功德歇腳的後花園。

院內有槐樹蔚然成蔭，北涼官場知道李功德近年喜好植槐，許多外鄉大槐都被移到府邸內。屋前種槐富貴滿宅，有科第吉兆的意思在裡頭，李功德本身才學不顯，如今科考多在槐秋時節，月份也稱「槐黃」，可見李大人對於當年自己多次落第仍是耿耿於懷。

徐鳳年走在一枝枝蜀葵夾道的幽深小徑上，看到樹下擺了一張檀木長榻，徐驍正在獨飲綠蟻酒。李功德在北涼王身前跪多坐少，如今當了經略使，就站在一邊捧著酒壺幫忙倒酒，別的藩王轄境，經略使作為與六部尚書品秩相等的一等一封疆巨宦，找不出李功德這樣卑躬屈膝的人物。不說西楚道經略使孫希濟，廣陵王趙毅數次親自拜訪都被閉門不見，就像那兩淮道經略使戴玉珍，堂而皇之欺壓得淮南王趙英喘不過氣，足可見經略使權柄之重。

徐驍一看到徐鳳年出現，立即就要把檀木榻讓出來，徐鳳年沒理睬，請袁左宗跟府上管事要了兩張椅子，跟李功德一起坐下。

午後陽光曬在身上，暖洋洋的，又有幾杯綠蟻酒下腹，驅散了許多寒意。

李功德這輩子就從沒有在經書注詁上花費什麼心思，都用在揣摩人心上了，看到世子殿下去而復返，就知道有事，不過發現這個見面總不吝嗇幾聲「叔叔」的年輕人不急著捅破窗戶紙，他也只好陪坐著喝酒，說些陵州趣聞逸事，插科打諢，順帶拍幾句馬屁，都是在說世子殿下京城之行如何深得人心。

徐驍心底信不信另說，但聽在耳朵裡總歸是舒服的，多了幾分和煦笑臉。

徐鳳年笑咪咪看在眼中，百感交集，當年嚴池集和嚴東吳的父親嚴杰溪身為陵州刺史，官位與當時尚未併入幽州的豐州刺督李功德大致相當，如今嚴杰溪已經叛出北涼去太安城當了皇親國戚，說不定將來還會成為一朝國丈。李功德也不差，沒能當上京官，卻在地方官一系做到了極致。

其實當初徐鳳年更親近嚴伯父幾分，對這個口碑奇差的李叔叔也就面子上過得去，不過嚴李兩家各自鯉魚跳過龍門，但這兩家的女子還是依舊對他這個浪蕩世子憎惡得很，女學士嚴東吳算是攀上高枝，已經貴為太子妃，李負真則「鬼迷心竅」，攤上了個寒門士子，誰說近水樓臺先得月？徐鳳年跟李翰林和嚴池集狐朋狗友了那麼多年，不一樣沒討到他們姐姐半點好臉色。

徐鳳年倒不是真對她們有非分之想，只不過當初半真半假的輕佻，就喜歡逗弄逗弄大家閨秀、一本正經的她們，嚴東吳還會跟他針鋒相對，李負真更絕，刻薄冷語都欠奉，常年冷眼冷面。

徐鳳年懶散靠著椅背，忍不住笑了笑。李叔叔對待那個門不當、戶不對的寒士，頗為開明，非但沒有棒打鴛鴦，還幾次暗中鋪路搭橋，為其篡改抬高譜品，由寒門入士族，再由小吏升遷為入流官員，「品流」兩字兩事，都給大致擺平了，就是不知道這次陵州官場翻天覆地，會不會趁機再次出手？

徐鳳年沒有要為難那名寒士的意思，雖說當初在停馬寺外見識了那書生的嘴臉和城府，那傢伙還被徐北枳陰險算計了一次，覺得李負真所托非人，可既然這位李翰林的姐姐樂在其中，徐鳳年就懶得去指手畫腳，甚至如果說那寒士真有為官的能耐，徐鳳年都不介意給一頂稍大的貂帽。對北涼而言，是不是清官不重要，是不是能吏才關鍵。再者那書生也未必不能成為第二個李功德，誰敢說李負真就一定看錯眼？女子傻，興許就有傻福。

徐鳳年見喝酒喝得差不多盡興，這才半醺醉地望向李功德笑道：「李叔叔，知不知道龍睛郡有個叫徐北枳的年輕人？」

一喝酒就傷面的李功德不見任何字斟句酌，撚鬚笑道：「當然當然，徐北枳雖說官職不高，僅是記室，從屬龍睛郡主簿，可李叔叔卻知便是龍睛郡太守鍾澄心，對徐北枳也是恭敬有加。此人學富五車，更難得的是學為己用，能夠熟稔治政，不是那自詡清高的書呆子。鍾澄心多次不惜忍痛割愛，向李叔叔竭力推薦此人，如果不是殿下提起，李叔叔已經決定來年開春以後，就將徐北枳提拔為陵州勸學從事，擔任一州學官，以便於人盡其才。」

徐鳳年嘴角翹起，點了點頭，轉頭望向一直笑咪咪不插嘴的老人，「徐驍，勸學從事跟典學從事哪個官大？」

徐驍執意要做甩手掌櫃，舉杯指了指李功德，「別問道於盲，爹也是門外漢，得問你李叔叔。」

李功德連忙笑道：「品秩相當，不過典學從事總領一州學政，比勸學從事俸祿略高。」

李功德一拍腦門，啪一聲很是清脆，這一下力道絕對不輕，一臉恍然大悟，「瞧李叔叔這記性，陵州典學從事楊千里年紀不小了，前不久還跟李叔叔抱怨體力不濟，有告老還鄉頤養天年的念頭，趕巧趕巧，李叔叔覺著徐北枳乾脆就別當什麼勸學從事了，典學從事就很好嘛，陵州學政確實只有讓徐北枳來主持打理，李叔叔才能放心。」

徐鳳年又給李功德和自己倒了滿滿一杯酒，一飲而盡後醉眼朦朧道：「李叔叔，你有所不知，徐北枳被我騙來北涼的時候，我許諾他要在地方上當個大官，可到底有多大才算大官，也沒個准數不是。侄兒對軍旅之事還算略懂皮毛，到了官場就一竅不通了，什麼勸學從事典學從事，我估摸著也就六、七品光景，豈不是跟下州別駕上縣縣令差不多？就算徐北枳不嫌棄官小，可侄兒既然當初誇下海口，就怕失信於人啊。再說我又厚著臉皮跟徐驍求了個陵州將軍顯擺，要是徐北枳成了典學從事，成天低頭不見抬頭見，也不好意思跟他喝花酒了。李叔叔，你說是不是這個理兒？」

離陽官職，按律三品以下，品不但分正從兩階，品又分上下兩級。例如同為四品，實則有四個等級，京官與地方官，主官正職屬官副職，實缺肥缺與清水衙門，都藏有玄機重重。當官，入流品一事是第一座龍門，別管是不是從九品，官吏之別，無異於一道鴻溝，接下來四品是第二座更為高聳難躍的龍門，當下所謂封侯拜相，大多在四品以上，多半都能算得上，想要爬到這個位置，靠家世靠機緣靠本事，都不能缺，像那宋家大小夫子，父子連袂稱霸文壇二十多年，其中小夫子也不過是從三品的國子監右祭酒。因此別看李功德在徐驍面前如何溫馴謙卑，在陵州打個噴嚏都能讓那些個郡守膽戰心驚。

此時李功德仍是沒有半點正二品大官的氣魄，小雞啄米般頻頻點頭，「對對對，是這個理兒，殿下一諾千金，哪能食言？要怪都怪李叔叔考慮不周，當下還有陵州黃楠郡郡守與豐裕縣縣令兩個位置適合徐北枳，殿下怎麼看？其中豐裕縣是咱們北涼道第一大縣，品秩特殊，與一郡太守相當，離咱們陵州州城也不遠……」

徐鳳年突然打了個哈欠，放下酒杯，起身滿臉慵懶說道：「黃楠郡太守宋岩正值壯年，口碑好像也不差，至於縣令什麼，雖說豐裕是北涼首屈一指的大縣，畢竟聽上去就不好聽。算了，沒幾天就要過年了，這件事情李叔叔不用著急。侄兒就是個混日子的陵州將軍，要是對陵州政務喋喋不休，就怕下回登門，李叔叔家都不給蹭吃蹭喝了。」

李功德重重一拍大腿，徐驍和徐鳳年都起身，他哪敢端架子坐在那裡，匆忙站起小聲道：

「殿下，既然徐北枳當過龍睛郡兵曹參軍，要不由他來做陵州別駕？」

徐鳳年笑道：「再說、再說。」

別駕作為一州首腦的重要佐官，在刺史巡視轄境時，可自帶車馬隨行，這才有了「別駕」之稱，也算是名副其實。官員出任別駕一職，只要不在任上犯下大錯，一半都能順利進階成為刺史。離陽在道之下設置三十州，作為刺史候補，別駕也算是極為有實權的地方重臣，無人小覷。

徐北枳從一郡屬官一躍成為一州別駕，等於輕而易舉跨過了官場上第二座龍門，便是整個北涼道也要為之側目。可讓李功德忐忑不安的是世子殿下仍是意態闌珊，看似心不在焉很好說話，卻讓向來掌握火候妙至毫巔的李功德心中都沒了底。

徐驍沒有讓李功德送行，經略使大人深諳馬屁精髓，就不去打擾父子結伴出府清淨了。

徐驍繞過影壁之後，笑道：「是你胃口不小，還是徐北枳胃口大？看中了李功德兼任不肯鬆手的刺史位置？擱在平時，李功德也不至於這麼戀戀不捨，可如今小一千的士子擁入北涼，大半會留在陵州，很多話，經略使其實反而不方便說，但很多事情陵州刺史卻是更方便做，這叫縣官不如現管。李功德就算這會兒還沒回過味兒，但以他的眼力，很快就能猜出你到底想要什麼。

爹多嘴一句，蛇有蛇道、鼠有鼠路，北涼軍務方面，哪怕你往死裡鬧騰一個解甲歸田的懷化大將軍，也不算多大的事，你說當陵州將軍一樣可以當，可文官這邊的圈子，大大小小，環環相扣，更為盤根錯節，光靠拳頭解決不了所有麻煩事情，這也是爹對地方政事一直不愛搭理的根源，實在是顧不過來。官場是江湖，大家都身不由己。官場也不是江湖，不能只以力服人。」

徐鳳年輕聲笑道：「我知道輕重。其實那黃楠郡守宋岩是李功德的得意門生，這個官位很有誠意，徐北枳去了黃楠，李系的門生故吏哪怕不會扶持，也不至於搗亂。可陵州別駕就可笑了，我比誰都清楚經略使大人就等著翰林那小子衣錦還鄉，這個位置根本就是給兒子量身打造的，日後成為陵州刺史在情理之中，換成別人，哪怕明知是被我器重的徐北枳，也註定做得不順當。不過說實話，翰林將來由參軍升陵州副將再遷將軍也好，或是走縣令別駕刺史這條路子也罷，我都樂見其成。我再不近人情，對翰林這哥們兒還能沒點私心？李叔叔啊，還是略顯小家子氣了。」

徐驍傴僂前行，笑道：「格局大小不是一成不變，升遷之後視野開闊，可能會有所幫助，但仍然不如有些人的天生格局。李功德當上經略使，不是他有多大能耐，而是他適合這個位置而已。話說回來，不是李功德的小家子氣，他也走不到今天這一步。說到這裡，爹就又要嘮叨嘮叨些人生經驗。

很多人可能當下做得不好，但你還是得多點耐心，不說別人好了，就像爹，可不是一開始就有如今這份心胸的，從軍之前，還不是天天跟市井青皮鬥毆置氣，後來當了校尉，也從沒想過自己有一天會跟那些高不可攀的廟堂閣老平起平坐，跟他們哀求兵馬錢糧的時候，照樣沒剩下幾兩重的臉面，也就只差沒有下跪了。其中的艱辛，就算當初跟那幫一起離開遼東的老兄弟，爹也從沒有說過半句。」

徐鳳年點了點頭。

徐驍毫無徵兆地哈哈大笑，欣慰道：「剛才見你跟李功德在那兒推磨，一邊喝酒一邊勾心鬥角，爹真是一想起來就樂和。」

徐鳳年翻了個白眼，嘆了口氣，自嘲道：「結果還是沒能拿到手陵州刺史，我還愁著怎麼去見徐北枳，剛才信誓旦旦，跟這傢伙撂下豪言壯語，結果大冬天的，一轉身就端了一大盆涼水往自己頭上澆。」

徐驍笑得更開心了，「要不爹給你去徐北枳那兒撐撐場面？」

徐鳳年搖頭道：「算了，你先回涼州，我到時候肯定趕回去吃年夜飯就是，在年後和邊境校武大閱之前，我都會在這裡老老實實當嚇唬人的陵州將軍。等陵州事了我再回清涼山，應該也用不了多久。」

徐驍點了點頭，走出李府大門，徐驍玩味笑道：「被你小子連累，禍害得李負真那妮子躲在影壁那兒，見著我這個伯伯也不喊一聲，你就不回頭看一眼？」

徐鳳年沒有轉頭，徑直把徐驍送上府外馬車，狠狠瞪了他一眼。

袁左宗在一旁騎馬護駕，徐鳳年抬頭叮囑道：「袁二哥，路上別讓徐驍多喝酒，真要饞了，最多讓他喝一杯，再多不行。」

袁左宗難得有不板著臉說笑話的閒情雅致，笑眯著眼，望向車廂問道：「義父，這件事左宗到底該聽誰的？」

車廂內老人笑著道：「以後你都聽他的。」

◆

徐驍前腳才走，陵州的雜號將軍和校尉都尉就逐漸聚攏在一座府邸外，跟將軍門房遞交名刺門狀，多是昂貴名箋材質，泥金書寫，不能奢望這幫將門糙爺們兒有何高逸古風，在這條街上，經略使府邸門檻最高，照理來說訪客最盛，但是陵州將軍新府的車水馬龍，讓人嘆為觀止。

府內徐鳳年正在跟徐北枳聊天，沒料到徐北枳聽說在李功德那邊要官不得後，非但沒有奇怪，反而說了一句「這才合情合理」。徐鳳年也看不透這傢伙是在誇他油滑，還是譏諷他狐假虎威都不成事，不過既然以後要戴刺史官帽子的徐北枳都不著急，徐鳳年就借坡下驢，樂得靜候消息。

府上管事孫福祿是從清涼山抽調來陵州的王府舊人，人過中年，相貌堂堂，以前世子殿下重金買詩文，銀子都是孫福祿過的手，辦事很牢靠，這會兒滿臉喜氣小跑到書房門口，跟世子稟告府門外的熱鬧喧沸，捧了一大兜的拜謁名帖，刮下上頭的金粉，估摸著都能去陵州虎丘樓吃上一頓不跌份的花酒。

徐鳳年跟孫福祿搖手道：「全推了，就說一個都不見。」

孫福祿彎腰應了一聲，沒有任何疑惑多嘴，屁顛屁顛原路折回，說了句「陵州將軍今日不見客」，然後直接就把府門關上，連側門都沒放過，擺明瞭沒有任何通融的餘地，讓所有人澈底死心。

這些在陵州橫行霸道的武人吃了閉門羹，也沒多少灰頭土臉的喪氣神色，本來就是呼朋喊友成群結隊來瞎湊熱鬧的，誰還真指望靠那個當不了幾天的陵州將軍給自己加官晉爵？說到底，還是北涼世子的身分讓他們不得不放低身段來喝這次西北風。而且北涼官場，有條不成文的規矩，幽州大抵是燕文鸞的，大半個陵州則是鍾洪武的私宅後院，雙方向來井水不犯河水。

這撥人大多是懷化大將軍的舊部，一些個深受鍾大將軍恩惠的嫡系心腹，更是連露個面都不樂意，像幾位副將之下的實權校尉，就都心有靈犀地聚在一起圍爐煮酒，私下腹誹，這世子也忒心狠手辣了，才折了鍾老將軍的顏面，竟然還不肯見好就收，大搖大擺來陵州把老將軍已經掉在地上的臉面又踩上一腳，沒他這麼不講究的年輕人，一個個義憤填膺，為老將軍打抱不平，一、兩個脾氣暴躁的校尉當場拍案而起，幾個城府深一點的，喝酒時也是面沉如水，眼神陰鷙。

要他們造徐家的反，給一百個膽子也不敢，不過這些年在官場浸淫，也知曉了許多訣竅，逢事怠工，信手拈來，而且他們不光是武人抱團，在場諸位誰跟陵州官場的文官老爺們沒點姻親關係？這些坐在官衙文案後的老油條深諳規矩尺度，甚至都不用說什麼氣憤話，陵州官場的運轉也就不靈光了，關鍵是誰都挑不出毛病。你們外地士子不是來陵州搶飯碗嗎？奪人官帽本就遠甚於橫刀奪愛之恨，這些校尉交頭接耳一番商量權衡，離開後都笑容陰森。

北涼少士族，故而更多是寒門出身的胥吏，這幫人其實不缺才智，但天然熱衷鑽營，如果說高官是臺上威風八面的閻王，那麼這撥人就是更加難纏的看門小鬼，一些個胥吏若是手段高明，甚至能夠架空官員，操控官場，讓其頂頭上司成為擺設。

張巨鹿治理朝政，其中一項便是針對胥吏弊端，直截了當視為有傷國祚的禍端，可是張首輔公認治國有方，唯獨梳理胥吏，一直不見起色，朝中重臣也多有非議譏笑，尤其是一些寒士出身的廟堂砥柱更是選擇冷眼旁觀。

士子占據主流的朝廷尚且如此磕碰，北涼自然更難倖免。近千士子赴涼，枝蔓觸鬚不算粗壯，但卻滲透官場每個角落的陵州胥吏無疑首當其衝，於是正值一年收尾的陵州很快就雞飛狗跳，文案逐漸堆積，幫派鬧市械鬥，獄中犯人相殺，官府糧倉不是無故失火，就是黴爛了幾寸，所有瑣碎事情都跟雨後春筍一樣冒出來，別說那幾位郡縣長官焦頭爛額，生怕過不了一個清淨年，連經略使李功德都開始疲於應付，每天都有下級登門訴苦，反倒是黃楠郡顯得鶴立雞群，大小政事條理清明，龍晴郡截然相反，處境尤為淒慘，八面漏風，據說太守鍾澄心事必躬親，忙碌到夜夜挑燈，都已經愁出了幾根白頭髮。

陵州官場一團亂麻，陵州將軍府門庭冷落，跟寒冬時節很應景。

◆

一輛馬車悄無聲息駛出陵州州城，駛往黃楠郡，馬夫身穿黃狼皮短衣，身材越是魁梧，越是顯得寒酸，恐怕沒人敢信這位是陵州副將。

車廂內除了徐鳳年，還有婢女呼延觀音，這些天徐鳳年都在連夜詳細翻閱陵州官吏履歷，多有朱筆圈畫，沒怎麼理睬這個如果早些來北涼十有八九要登榜胭脂正評的年輕女子。這趟出行，徐鳳年在跨過門檻的時候，才決定讓孫福祿去喊來她隨行出城。

不知是不是水土不服，呼延觀音還不如草原上深陷困境時來得活潑生氣，神采黯淡，不復當初靈性。

徐鳳年想著返回陵州之後，有機會就將她送往一個安穩寧靜的地方，總好過在高門深宅裡頭病懨懨，慢慢毀掉。有些女子，不是死死攥在手心就是真的珍惜，反而是暴殄天物，原本如果呼延觀音適應北涼，徐鳳年自然不介意養在身邊，吃不吃無所謂，瞧著賞心悅目，養養眼也好。

徐鳳年這趟乘車也沒閒著，手頭有一份黃楠郡幾位主要官員的身世背景，這些密密麻麻的秀氣小楷，都是梧桐院那幫二等丫鬟通宵達旦整理出來的心血，哪些是出自綠蟻之手、哪些出於黃瓜筆下，跟她們朝夕相處多年的徐鳳年一眼就能辨別。

徐鳳年揉了揉眉心，放下那遝信箋，在腦子裡過了一遍，然後掀起簾子，涼地獨有的冷冽氣息撲面而來。

徐鳳年久久沒有放下簾子。

呼延觀音出城以後有些犯困，蜷縮坐在車廂角落，熬不過睡意，微微打著瞌睡，被風一吹，驟然清醒，悄悄望向他的側臉，咬了咬纖薄嘴唇，鮮豔欲滴，讓人誤以為她的牙齒稍加用力，就會咬出幾滴鮮血來。

徐鳳年見她有些不適應風寒，很快放下簾子，溫醇笑道：「昨天晚上睡不著，在府上遊魂一般胡亂逛蕩，見到妳屋子窗口擺了盆鳳仙花，明明早過了花期，怎的還能在天寒地凍的時分開出花朵？」

呼延觀音眨了眨眼睛，柔聲道：「奴婢剛進府邸的時候，見到府上牆腳根有幾株花，不像是府上種植，就壯著膽子移植了一株在小盆裡，也不知它叫鳳仙花，更不知道花期。」

徐鳳年點頭笑道：「它啊，跟咱們北涼當下給我惹事的胥吏一樣，不入流品，不過別看瞧著嬌柔，到哪兒都能生長，北涼這樣的貧寒地方，也不例外，一些花不起銀錢買胭脂水粉的女子，在夏秋時候就喜歡用它的花汁塗染指甲，很惹眼。

雖說這種花被推崇名菊牡丹的江南名士貶斥為賤品，更取了個『菊婢』的刺耳別名，不過我覺得別管是不是菊花的婢女，既能供人觀賞，還能染指甲，就算物盡其用了，我倒是很喜歡。我家那邊就有很多，滿地亂長，其他名花、名木擋都擋不住，不過從未見過它在冬天開花，想必是沒有人樂意栽在盆裡搬回屋裡的緣故，被妳誤打誤撞拖延了花期。

對了，這鳳仙花很皮實，我二姐就給它取了個暱稱，叫『急性子』，烈日曝曬下，風一吹或是妳拿指甲一捏，種子就會彈出去很遠。我小時候每次惹二姐生氣，她就跟我黑著臉幾天都不說上一句話，我總喜歡拿急性子去彈她的臉。我寧願她翻臉罵我，也不願意她不搭理我。」

結果徐鳳年看到呼延觀音直勾勾望向自己，不由尷尬說道：「妳又沒犯錯，我哪裡捨得罵妳，再說我目前就是手頭事情多，很堵心，不是不願理會妳。我這人『制怒自省』四個字寫倒是會寫，寫得還不比書法名家差多少，可惜一直做得不好，經常遷怒於人。妳是沒見過我跟我爹發火的光景，當年不懂事那會兒，只要有不順心事，都往他身上發火，能拿著掃帚追殺他十萬八千里。不過如今回頭想一想，幼稚歸幼稚，其實也沒太多愧疚，誰讓他是我爹，是我最親的人？是吧？再說那時候他腿腳還利索得很，跑得賊快，別人都尊稱他為北涼王和大將軍，我就偏偏喊他『跑路將軍』。」

呼延觀音瞧著他咧嘴一笑，那份笑容，竟然如孩子一般天真無邪。呼延觀音低斂眉眼，不跟他對視。

徐鳳年見她怯怯然退縮，有些自嘲，難道自己長得像腦門刻有「淫賊」二字的歹人不成，記得草原上她所在的整個部族都把自己當神仙看待的，這麼快就原形畢露了？

徐鳳年收回思緒，也低頭繼續拿起疊放在膝蓋上的信箋，很快專注凝神。

給了經略使李大人好幾天時間，大概是陵州官場突如其來的陰風陰雨，讓這位李叔叔忙於政務，暫時顧不上徐北枳的提拔。雖說不合心意，徐鳳年對此還是願意再忍一忍。

當年嚴家連夜揀選小道逃離陵州，如果不是自己暗示徐驍，嚴杰溪未必能那麼順利離開北涼，徐鳳年告誡自己以後切不可如此心軟了。

黃楠郡是李功德發家之地，李功德雖說為官聲譽不佳，但識人、用人的本事都不小，任人唯親是自然，不過有幾位門生都算北涼道官場數得著的能吏，李功德如果不是這幾人幫他長臉面，光靠徐李兩家的香火情，徐驍也不會大方到讓李功德成為一人之下經略使。

黃楠郡太守宋岩便是其中佼佼者，並無顯赫師承，自學成才，法術勢並用，若非對徐驍多有異議，加上跟李功德其餘「狗腿」尿不到一個壺裡，做不到相互幫襯，否則絕不會止步於一郡太守。這次李功德之所以真正上心，火急火燎，恰好在於黃楠郡的不尋常，這在往常是一筆亮眼政績，可在新任陵州將軍陷入泥潭的境況下，黃楠郡豈不是成了刺眼的出林鳥？世子殿下在泥濘裡裹足不前，你宋岩在高高枝頭上算怎麼回事，就算你分明沒有出聲，也會讓有心人覺著聒噪。李功德心疼陵州刺史，裝糊塗便是，不算什麼罪過，怕只怕因為黃楠郡的緣故，被第一次走在北涼臺面前的世子殿下記恨上。

徐鳳年呼出一口氣，瞇起眼沉思。不出意外的話，宋岩肯定收到了一、兩封經略使大人苦口婆心的密信，要這個門生趕緊自汙名聲。

手底下的人太會做人做官，都顧不上做事了，真是頭疼啊。如今有鍾洪武做前車之鑒，沒誰會傻乎乎跟他這個陵州將軍硬碰硬，如此一來，就都是些避其鋒芒的陰柔招數，反而越發噁心人。

徐北枳這傢伙也不仗義，沒能拿到陵州刺史，就回到龍睛郡看戲去了。一枚已經不在市井流通的銅錢在徐鳳年五指間慢慢滾動，呼延觀音目不轉睛看著銅錢翻滾，枯燥乏味地來來回回，她偏偏看得津津有味。以至於徐鳳年抬起頭看向她，這女子也沒察覺。

徐鳳年收起燕剌王世子還給他的銅錢，輕聲說道：「除夕前我要回一趟涼州，到時候妳也一起離開陵州好了，妳是想回北莽草原，還是去江南看一看？」

呼延觀音彷彿後知後覺問道：「跟你一起嗎？」

徐鳳年忍俊不禁道：「當然是妳獨自一人，我哪裡脫得開身。」

她眨了眨眼，又低下頭。

徐鳳年伸出手指在她頭上輕輕一敲，氣笑道：「陵州整座官場串通一氣都跟我玩陰的，怎麼，妳也現學現用了？信不信我趕妳下馬車？」

她抬起頭，還是沉默寡言。

徐鳳年靈光一現，愣了愣，小聲問道：「妳就想讓我跟妳說說話？」

呼延觀音俏臉緋紅。

徐鳳年捧腹大笑，伸手捏了捏她吹彈可破的細膩臉頰，無奈道：「我是該說妳傻啊還是說妳笨啊。妳這麼悶葫蘆，我當然以為妳在我身邊過得不開心，才會想著讓妳去個能開心起來的地方。要知道在草原上，妳都敢主動羊入虎口，騎在我身上撒野，再看看現在，死氣沉沉的。」

她羞赧地欲語還休，徐鳳年嘆息一聲，讓她側坐在腿上，一手繞過她圓潤肩頭，下巴擱在她腦袋上，繼續翻看那些信箋。

這就叫作聖人的坐懷不亂。

老子這輩子做不成陸地神仙真是沒天理了。

側身而坐的女子向前靠了靠，胸脯擠了擠他的一條手臂。

徐鳳年起先還沒有太在意，只當她不自在，可當手臂越發清晰感受到她那份不太安分的挺翹，很快就有自知之明，似乎做不成陸地神仙也不奇怪。

徐鳳年將那遝信箋放在地上，僅是撿起一張，另外一隻手滑入她領口，僅僅隔著一層薄緞子，握住一團滑膩飽滿，五指輕微下陷。

呼延觀音腦袋後仰，枕在他握有信箋的手臂上，媚眼如絲，仰頭望向這個傢伙，不知所措，幽幽發出一絲嬌柔鼻音。

徐鳳年道貌岸然得令人髮指，故作鎮定。

懵懂女子為了不發出聲音，咬住一根青蔥手指。

這份天然嫵媚，才誘人至極。

徐鳳年低頭望去，捫心自問，要不今天就先別想著做陸地神仙了？

馬車緩緩停下，徐鳳年放過才一炷香工夫就跟水缸裡撈出來一般的呼延觀音，彎腰掀起簾子，看到有三騎停在驛路旁邊，不曾披甲，江湖短打裝束，很乾淨俐落，不過與武林人士不同的是腰間都佩有一柄北涼刀，其中一名年輕騎士尤為出彩，面如冠玉，馬背懸了一只不大的結實皮囊，插有五、六支短戟。

徐鳳年見到這幾張熟悉面孔後，笑著跳下馬車，跺了跺腳。

天寒地凍，驛路地面生硬，三騎見世子殿下都下車，趕忙翻身下馬。

徐鳳年擺擺手，示意他們不要折騰那些繁縟多禮。

三騎都是鳳字營白馬義從出身，在北涼隱約成為最是根紅苗正的那一小撮人，何況三人中的洪書文在鐵門關一役，手持雙刀，宰了六名御林軍和一位金刀侍衛，讓人刮目相看。綽號「洪狠子」的年輕騎士如今成了汪植副將，名義上頂著長水都尉的官銜，上回在龍睛郡魚龍幫也露過面，這次被調入陵州將軍府，徐鳳年記得當時跟汪植要人的時候，汪植肉疼得直哆嗦，一副死了爹娘的神情，然後迅速變臉，死皮賴臉嬉笑著跟世子殿下要了兩個實缺都尉官職作為補償。

徐鳳年跟洪書文要了他的戰馬，這位長水都尉則跟袍澤共騎一馬，四人三騎，加上一輛馬車，一起前往黃楠郡。

徐鳳年笑問道：「洪書文，寧峨眉教了你短戟？」

總給人一種大漠獨狼、狠辣氣質的洪書文在世子殿下身邊，乖乖斂去了許多相由心生的陰戾，竟是有幾分靦腆，點頭說道：「寧將軍說我有些用戟天賦，什麼時候用慣了短戟，再教我大戟。」

徐鳳年也沒有刻意去拿言語籠絡人心，閒聊幾句後就一心策馬前奔。

◆

臨近晌午，到了黃楠郡邊境小鎮，牽馬而行，鎮上多有年關集市，附近村莊百姓都來購置年貨。有縣衙官吏趁此機會搭臺點燭說善書，替父母官行教民、親民之舉，不過北涼民風彪悍，對這類事情就只當個熱鬧笑話看，離陽別處州郡這類給官員仕途點綴的行徑，也頗為莊嚴肅穆，說善書之人務必衣冠素潔，在北涼就有非驢非馬的嫌疑，很多都是略識文墨的差役上去串場，甚至一些喜歡出風頭的都尉捲起袖管也就登臺去搖頭晃腦。

像徐鳳年此時駐足遠觀，臺上口齒不清的小吏即便是老調重彈，仍然讀錯了段落，一些個記性好早已爛熟於心的稚童就起鬨，孩子們一鬧，身邊許多大人也跟著喝倒彩，小吏落了臉面，瞪眼伸指，逮住一個漢子就怒罵起來，漢子也不懼怕這點雞毛令箭的小官威，大嗓門對罵起來，然後漢子的婆娘也眼神嬌媚調笑幾句，小吏原本也不是真惱火，口無遮攔，藉機戲弄那胸脯豐腴的婦人，可北涼娘們兒哪裡能是臉皮薄的省油燈，幾句豪言葷話就把小吏弄得面紅耳赤，就在這不成體統的喧鬧中，刻板迂腐的說善書也成了人人樂在其中的喜慶事。

徐鳳年環顧四周，讓洪書文去找家酒樓，只要潔淨就行。

一行人吃過了午飯，繼續動身前往黃楠郡城。

徐鳳年給呼延觀音臨時買了頂寬大貂帽，遮住額頭眉眼，讓她的姿色不至於太過驚世駭俗。三名從鳳字營離開後轉為滲入北涼地方官場的扈從始終目不斜視，尤其是洪書文，從頭到尾，呼延觀音好像都不存在。

一行人重新上馬，由集市折入一條驛道支路。

北涼驛道除了明面上的州郡縣三級劃分，此外許多座關隘之間，還有幾條更能吃銀子的隱蔽驛道，很多看似累贅的驛卒都用重金養著，如果不是北涼財力不支，徐驍還有大手筆要落實。而離陽朝廷在張巨鹿堅持下，賦稅「流瀉」倒入北線邊境這隻饕餮腹中，江南以南，大多驛路不同程度被裁撤縮減，對此，張巨鹿在那棟張廬很是嚴厲地申斥了幾位赴京的地方大員。

事後稍有改觀，就旋即復歸常態，加上相比驛路，張巨鹿要親自抓馬政一事，首輔大人也沒有三頭六臂，實在分不出太多精力去在驛路整頓上事必躬親，而且顧黨把持兵部整整十八年，張巨鹿不但摻和馬政，還直接把油水驚人的馬政這塊大肥肉連碗都端走了，兵部上下早已心生怨言，故而當紅掌印太監孫堂祿上次走了一趟北涼，回到京城跟前說了一宿親眼所見的北涼事務，其中提及驛路後，讓皇帝陛下陷入沉思無言境地很久。

徐鳳年沒有鞭馬快馳，北涼戰馬鐵蹄下的驛路發達，本就是雙刃，可以保證兵馬糧草運轉迅速的同時，如果北莽三十五萬邊軍擊敗了北涼鐵騎，那就可以一鼓作氣越過邊境，毫無疑問，南下之路暢通無阻。趙家之所以對徐驍一忍再忍，連鹽鐵一事都睜一隻眼、閉一隻眼，歷年漕運入涼也不太為難，未嘗沒有北涼門戶大開禍及中原的擔憂，以後讓陳芝豹封王入蜀，也是不看好徐鳳年執掌北涼兵甲，朝廷做了最壞打算，萬一北涼徐家撐不起趙室西北大梁，好歹還有陳芝豹的蜀地作為第二道防線。到了徐驍、張巨鹿這個層次，陰謀詭計其實變得意義不大，術權勢，到底還是得勢者得天下。

徐鳳年朝洪書文招了招手，說道：「洪都尉，如今北涼勳官散官多如牛毛，不說校尉、都尉，就連將軍也滿大街，如果我沒有記錯，北涼跟離陽同律，文武本官階和散官階加在一起多達七十四階，加上那些零零散散的封贈，根本數都數不過來。如果我哪天盡數收回，或者說祛除大半，你講一講，北涼官場會怎樣？」

洪書文猶豫了一下。

徐鳳年笑道：「直說無妨。」

洪書文沉聲道：「殿下，那咱們北涼可就真要亂成一鍋粥了。如果後方民心不穩，邊境上給將軍賣命的，如今誰不是拖家帶口，也會不安生。就說卑職洪書文的家族，爹當年因軍功被封贈了個正六品的雲騎尉，二叔有些學識，也封了個在北涼算是不太常見的從六品儒林郎，這些有品級沒職掌的頭銜，在地方上也就是父輩跟老兄弟相聚時的臉面，真要說拿這東西去牟利，去搜刮地皮，想做也做不到，如果一下子被拿走，老傢伙們也就心涼了，而且比沒了幾千兩銀子還糟心。殿下，卑職斗膽說些心裡話，這回聽家裡長輩說外地士子來了好幾千人，都是跟老北涼搶飯碗來了，這次卑職從龍睛郡去陵州將軍府，也聽說了不少風言風語，都對殿下不利。」

徐鳳年點頭微笑道：「很多人合著夥兒煽陰風、點鬼火，把陵州官場這座火灶燒得很暖和啊。恐怕現在還有不少人兢兢業業往灶裡添加柴火，北涼這個年尾，跟往年大不一樣，真是一點都不冷。」

洪書文有點納悶，世子殿下竟然還笑得出來？因為洪書文是殿下「近臣」的緣故，在地方上小有威望的洪家這次沒往人堆裡湊，閉門謝客，不理紛爭，已經被很多關係原先不錯的家族孤立疏遠。要洪書文上陣殺敵，他絕不含糊，洪書文一直覺得爺們兒就該在沙場上拋頭顱、灑熱血，還沒當上光宗耀祖的將軍，就已經想好馬革裹屍的歸宿了。可要他針砭時弊就真是要他的命了，既然殿下問起這一茬烏煙瘴氣的混帳事，這個曾經在家族內敢一巴掌把姨娘打得半死的洪狠子只能是有一說一。

徐鳳年緩緩說道：「對症下藥，急緩有別。那就先把實權在握的武將本階敲定，邊軍先不去碰。洪書文，先跟你透個底，我打算按照北涼地勢設置十四個正五品校尉，校尉以境內險要關隘命名，陵州不出意外只有三個，汪植會去跟西蜀接壤的米倉嶺道戍守臘子口，另外兩個，一個交給暫時擔任陵州副將的韓嶗山，剩下一個就讓整個陵州爭去。

我就不信了，這麼大一塊肥肉會沒有聰明人上鉤，只要當上這個校尉，意味著可以從大批成天跟雞毛蒜皮瑣事打交道的校尉都尉中脫穎而出，稱之為一方諸侯也不為過，只要有人願意帶頭起內訌，接下來的事情就好辦很多。

本來，韓嶗山的位置，我打算給你，不過你目前軍功不顯，韓嶗山身後畢竟有徐驍的旗號，他到哪裡都能服眾，你就不行，所以我先把你放在陵州將軍府積攢一下資歷。雖說我不可能用快刀斬亂麻的法子處置陵州官場，不過一點都不見血，註定說不過去，到時候就會用得著你，北涼地方上的校尉、都尉，可沒有多少剮人的機會，你別不當回事。

將來等我離開陵州，你多半要給陵州新刺史徐北枳幫忙，相信你知道我跟徐刺史的關係，醜話說前頭，他要是出了紕漏，你洪書文肩上那顆腦袋根本賠不起。」

洪書文下意識摸了摸脖子，嘿嘿笑道：「反正殿下你說啥卑職就幹啥，沒二話，不過能不能跟殿下求個事？」

徐鳳年笑罵道：「你怎麼跟汪植一個德行？有屁快放！」

洪書文低聲道：「殿下，以後邊境上有了戰事，可不能忘了洪書文。」

徐鳳年問道：「二十年前，那麼多人之所以投軍從戎，是因為到哪都沒太平日子好過，都是奔著榮華富貴去的，賭一賭，指不定就能搏出個官身。可如今不一樣了，你洪書文怎麼放著安穩官不做，非要去邊境上拚命？把腦袋拴在褲腰帶上很威風啊？還是說你嫌在地方上當不上大官？」

洪書文只要咧嘴一笑，就有些天生的陰惻惻，「洪書文跟別人不一樣，就是過不慣閒適快活的日子，尤其是跟殿下混了以後，一天不殺人就渾身不自在，去青樓找細皮嫩肉的女子歡好，痛快之後，就覺得膩歪，都要忍不住擰斷她們的脖子。這病估摸著是治不好了，也就只能去邊境上殺人才行。」

徐鳳年笑了笑，不置可否。

太平盛世，百姓睡覺。一覺醒來，家還在，人都活，每天勞作，如果還能有一、兩個好念想，這就是好世道。

洪書文在老百姓眼中，肯定不是什麼好鳥，但沒有洪書文跟李翰林這種人，北涼的好世道，不會長久。

第四章　徐鳳年造訪黃楠　宋太守謀皮有得

黃楠郡太守宋岩的宅子空曠疏淡，僕役稀少，冷冷清清，其實這棟宅子是黃楠郡數一數二的高屋豪門，以宋大人的家底財力，原本根本無法入住，別說買，便是租借也難，只不過由於是棟無人膽敢接手的凶宅，才落到了兩袖清風的宋大人手裡。

上任家主是位從邊境退下來想要含飴弄孫的老將，曾是燕文鸞燕大將軍的左膀右臂，屬於年輕時候都跟北涼王同席飲過酒的功勳將領，不知為何在一個風雪交加的晚上，一夜之間府上七十餘口人都給殺得一個不剩，不論婦孺老幼，皆是給人一刀割去頭顱，慘絕人寰，至今仍是北涼道上一樁大懸案。

有說是綠林寇匪所作所為，也有說是仍在北涼邊軍中任職的政敵下了狠手，不管怎麼樣，傳言每逢雪夜便有婦人鬼哭飲泣聲響起的宅子空置多年，後來不信鬼神的宋岩成為黃楠郡主官，沒有做什麼水陸道場，也沒有開壇設醮，就帶著親眷搬入府中，這些年倒也相安無事。

宋岩雖然推崇法術勢，卻有個黃老沾邊的別號——「菜根道人」，郡守大人的妻子早逝，留下一個如今待字閨中的獨女，叫宋黃眉，在黃楠郡境內策馬揚鞭，挎刀挽弓，極為英姿颯爽，不輸北涼遊俠。

當宋岩察覺到向來把塗抹胭脂視為天下頭等惡事的女兒開始跟他要些銀錢，也不是去購置弓箭，而是偷買了許多胭脂水粉，幾次在府上撞見，女兒臉上都沒有擦拭乾淨，宋岩就知道這閨女有心上人了，宋岩對此也樂見其成，從不揭穿女兒一次次的蹩腳掩飾。

太守府邸的書樓毗鄰花園，宋岩捧了一卷書悄悄站在窗口，園子裡女兒跟兩名情同姐妹的丫鬟歡聲笑語，嗓音格外清脆，人近中年兩鬢微霜的宋岩微微一笑，女兒故意這般大聲言語，還不是為了讓牆外站了得有大半個時辰的那個年輕男子聽見？

宋岩讓人探過那年輕後生的家底，出身市井底層，血氣方剛，投靠依附了黃楠郡一座不上不下的宗門，幾次幫派械鬥裡都靠著不要命的搏殺，成了一位宗門大佬的嫡傳弟子，多年人情歷練世故磨礪，待人接物，比起那些黃楠郡目高於頂的膏粱子弟要高出許多。

宋岩一次閒暇時有意無意地微服私訪，跟這個後生同桌喝茶，隨口聊了幾句，年輕人少有故作驚人之語，談吐樸實，本性不差，對於他跟女兒之間的情思，宋岩也就默默退一步，聽之任之。

宋岩本身就不是士族門第，也是起於貧寒陋巷，故而深知寒門後生出人頭地的不易，不過如果此人是個讀書人，哪怕功名無望，宋岩也早就請入府中，大大方方認了翁婿關係，可是個刀口舔血的幫派子弟，宋岩心底並不看好，至多不反對，想要他這個黃楠郡太守主動示好，那也太為難宋岩了。

宋岩見女兒鬼鬼祟祟走向院牆，不忘四處張望，顯然是臉皮太薄，生怕被爹抓個現行，又很清楚她這個爹見微知著的本領是出了名的，不好糊弄過去，宋岩只得苦笑著從視窗退回書架附近。

宋岩把那本法家著作《五蠹》放回書架原位，坐回文牘如山的書案，案上有青銅香爐，用作焚香提神。

宋岩瞥了眼那兩封接連從經略使府邸送來的密信，面無表情，伸出手指撫摸青銅器上寓意驅鬼的饕餮紋路，宋岩閉上眼睛感受指尖的灼燙，緩緩縮手。

他對於恩師李功德在信上的叮囑，不以為意，恰恰相反，這次黃楠郡的一鳴驚人，正是宋岩自立門戶的先兆。給李府當門下走狗，隨著李功德高居二品，宋岩跟著水漲船高，但是四品太守已經是極致，如今北涼有了改朝換代的氣象，宋岩自知在北涼王那邊印象很差，此時如果再不做些事情，以後十幾、二十年仍是沒辦法在官場上更進一步。一步遲、步步遲，正值壯年素有雄心的宋岩不想跟在別人屁股後頭吃些殘羹冷炙，可是現在宋岩不確定那個陵州將軍有沒有容人的肚量，有沒有親自來見一見他這塊官場茅坑硬臭石頭的魄力。

在宋岩沉思時，樓外園子裡傳來女兒的呼喊聲，宋岩無奈站起身，這個閨女，沒半點女子賢淑，以後怎麼嫁得到好人家。

宋岩沒有應聲，走下樓，繞路從園子後門走入，看到恩師的女兒李負真竟然趕來了黃楠郡，身邊還有一張陌生面孔，以宋岩的老到經驗，當即就猜出身分——李負真心儀的寒族男子郭扶風。

宋岩對此人沒有太多好惡觀感，瞧見女兒宋黃眉對這個男子使勁打量，宋岩使了一個眼色。郭扶風倒是處之泰然，對宋太守畢恭畢敬深深作了一揖。

宋岩點頭一笑，也沒有作聲，實在稱不上熱絡客氣，即便此人以後成了經略使大人的乘龍快婿，宋岩也是不太看好，何況以宋岩的身分，哪怕郭扶風日後平步青雲，想要跟他宋岩並肩而立，少說也要二十餘年的辛苦經營。

李負真牽住小她幾歲的宋黃眉，但神情緊張，這是她第一次帶著郭扶風出現在父親門生面前，別人還好說，興許會買她經略使之女一點面子，宋岩在李系門生故吏裡本就以不近人情著稱，很怕太守大人直接板著臉就下了逐客令，這次趕赴黃楠郡密會宋叔叔，是爹委實沒有辦法了，不知郭扶風怎麼得到了小道消息，跟她磨了半天嘴皮子，說了許多掏心掏肺的動人言語，李負真這才猶猶豫豫帶上他一起前來宋府。

她與宋黃眉打小就關係不錯，一直把這丫頭當妹妹看待，宋太守寵溺女兒，世人皆知，而這丫頭又跟一個身世比郭扶風還不如的江湖兒郎關係晦暗，這也是李負真敢壯著膽子讓郭扶風正式在陵州官場「水落石出」的關鍵所在。只是想到這裡，李負真又有些無處傾訴的難言悲哀，什麼時候她也要如此處心積慮了？不過見到宋叔叔雖然神情恬淡，可最不濟對郭扶風沒有惡言相向，李負真也就稍稍心安幾分。

沒心沒肺的宋黃眉不知為何天不怕、地不怕的李姐姐手心怎就有了汗水，一行人去屋內圍爐而坐，宋黃眉藉口要去鏟些添火木炭回來，一溜煙小跑出了屋子，宋岩哪裡不知她是去給情郎道別，少不得做出一番疊椅站牆頭的動靜，女大不中留，可憐天下父母心啊。

宋岩才落座便接到幾封管事送來的名帖，都是黃楠郡士子晚生來請教經世濟民的學問，實則不過是拜謁他這個太守大人以便混個熟臉。宋岩讓管事遞還門狀，還順帶回贈了幾本書樓藏書，那幾人沒能見上面，但也算是乘興而來、乘興而歸，少不得跟同輩炫耀。

宋岩隨手處理了這樁小事，望向李負真笑道：「宋叔叔的俸祿都拿去買書了，家裡都快揭不開鍋了，想要在這邊大魚大肉可就難嘍。」

李負真歷來不善應酬，只是展顏一笑。

郭扶風不願當陪襯，主動開口說道：「歷朝歷代的藏家子都愛書如命，而且信奉借書如借妻，還不如直截了當贈人書籍，猶如風流名士贈人美妾，傳為美談。太守大人深諳其中三昧。」

宋岩神色淡然置若罔聞，沒有附和。郭扶風臉皮也厚，全然不覺冷場。才略微鬆口氣的李負真就又有些坐立不安了，生怕郭扶風不知官場規矩忌諱，惹惱了性情寡淡的宋岩，好在宋黃眉適時端來一盆黑炭，無形中幫她解圍。

宋黃眉在自己家裡言談無忌，皺眉道：「爹，鐵崖方才跟我說，牆外街上來了幾個外地人，賴著不走有些時分了，大冬天的在空蕩蕩的巷弄裡做什麼，莫不是歹人？」

宋岩輕聲笑道：「大路朝天，爹就算是太守也管不住行人的腿腳，有人樂意在牆外受凍，就算待上個把時辰，爹也不能拿頭上的官帽子去仗勢趕人。」

宋黃眉咂摸出爹言語裡的味道，臉蛋驀然一紅，低頭撥弄炭火。

府上管事站在門口，有些驚慌失措。

宋岩起身走到屋外，聞訊後不動聲色，轉身對李負真說了一聲有些緊急公務纏身，再讓宋黃眉幫著招呼客人。

等太守大人步履匆匆離去，腳步漸漸消失，郭扶風低頭伸手烤著炭火，臉色有些陰霾。仰起頭去看李負真與那太守女兒兩張各有千秋的俏臉，竊竊私語說著親暱的閨房密語，郭扶風也是迅速轉變為笑臉溫暖，沒有因為郡守大人的怠慢而心生不滿。

李負真與宋黃眉說完了女子悄悄話，就開始欲言又止，眼角餘光瞥見郭扶風不容拒絕的眼色，這才說道：「黃眉，妳知不知道黃楠郡有多座不合禮制的淫祀，被人捅到了我爹那，說是宋叔叔非但沒有禁絕，反而任其香火鼎盛，這幾座祠廟其實都被人暗中操縱，成為斂財的手段，有傷風敗俗之嫌，我這趟來這裡，就是想跟宋叔叔知會一聲。」

宋黃眉驚訝「啊」了一聲，然後瞇起眼眸兒笑道：「什麼傷風敗俗，反正咱們北涼就這樣了，有啥風俗好去敗壞的，再壞也壞不到哪裡去，我看那些刻意詆毀中傷我爹的渾蛋，就是吃飽了撐的。要麼是怕我爹的位置太穩固，我爹不挪窩，他們就沒法子往上爬升了嘛，升官發財，不升官哪來的發財，說到底都是銀子給鬧的。我在酒樓聽說陵州幾個郡都把矛頭指向那位陵州將軍，故意把水攪渾，也就咱們黃楠郡太平無事，我爹可不就成了箭靶子。」

李負真嘴角泛起苦笑，郭扶風瞧了這姑娘一眼，有些驚奇。

宋黃眉有意無意斜睨了一下氣韻風雅的郭扶風，對李負真說道：「姐姐，翰林哥如今可真是了不得，出息得無法無天，都當上邊境上遊弩手的標長，聽說殺了數以百計的北莽蠻子，馬背上都掛不下頭顱了。翰林哥哥今年回家過年嗎，要是回來，千萬記得要請他來我家做客，我得跟翰林哥哥說一說我心中滔滔不絕的仰慕。男人，可不就得跟翰林哥哥這般去沙場殺敵，否則就不算男人了。」

聽到這幾句旁敲側擊，郭扶風心中冷笑，臉面上依舊平靜。

李負真小心翼翼看了眼郭扶風，轉頭牽強笑了笑，說道：「咱們出門轉一轉。」

郭扶風自然而然留下。姐妹倆出門以後，李負真伸手擰了擰宋黃眉的耳朵，「死丫頭，都敢教訓起姐姐來了？先前不是給妳在信上清清楚楚寫了，不要給他擺臭臉，妳倒好！」

宋黃眉撇嘴道：「反正我第一眼就不喜歡那人，我爹說讀書人不能有太多奴骨酸氣，這樣的讀書人沒啥大出息，我瞅著那姓郭的就兩樣毛病都不缺。姐，妳聽我一回，妳當初都拒絕了咱們那個北涼混世魔王，多解氣的壯舉，怎麼到頭來越來越不濟事了呀，如果早知道是這樣，還不如當時就從了姓徐的色胚，以後當了藩王側妃，咱們經略使大人還不得笑得嘴角咧到後腦勺啊。

再說了，翰林哥哥都能浪子回頭，指不定那姓徐的哪天也能幡然醒悟，真去邊境上陣殺敵……當然啦，我覺得以那無良傢伙的秉性，要他去跟翰林哥哥那樣親手殺人，難如登天，也就只敢欺負欺負女子了。我真不知道當下那些給他說好話的傢伙，到底在想什麼，什麼北涼老卒恭送入京啊，什麼去闖了北莽一趟啊，什麼在離陽江湖上掀起腥風血雨啊，誰信啊……」

李負真使勁敲了喋喋不休的宋黃眉額頭，惱火瞪眼道：「不說話沒人把妳當啞巴。」

兩人行至拐角處，看到遠處一行人安靜走在府邸青石路徑上，除了太守宋岩身穿公服沒有佩刀，其餘幾位男子大多腰懸一柄惹眼的北涼刀，平添了幾分冬日肅殺氣氛。

最喜歡湊熱鬧的宋黃眉趕忙扯了扯李負真袖口，嘖嘖稱奇道：「喲喲喲，這位頭髮灰白滿身殺氣的俊哥兒是誰啊，負真姐姐妳瞧瞧，我爹多傲的一人，走路的時候竟然都要比他差一肩距離，不行，我得找個由頭去拜會拜會這位英雄好漢！」

李負真神情複雜，晦澀難明。

宋黃眉到底還有些義氣，沒有拋下她的負真姐姐獨自離去。

她與尋常的大家閨秀不同，從小就癡迷舞槍弄棒，為了可以私藏一柄北涼刀，跟她爹念念不休了好些年，宋岩最後不得不答應在她出嫁時弄來一把。因為北涼有條鐵律，只要退出了軍伍，哪怕是將領也不得私佩北涼刀，哪怕被封贈一把，也不得攜帶出門。當然遵守、不遵守是另外一回事，許多北涼紈褲子弟都以佩有涼刀為榮，只要不被揭發、不被撞見，多半不會有事。

但私自佩刀與正大光明挎刀，有天壤之別，北涼在職文官，至今還沒有誰有資格佩有北涼刀，這就像是在京城佩劍上殿的殊榮了。宋黃眉哪怕貴為太守之女，對那些靠自己本事佩有一柄北涼刀的甲士，仍是發自肺腑地佩服，她如今喜歡上的那個幫派子弟，也跟她信誓旦旦說以後娶她之前，一定會是佩著北涼刀跟老丈人登門求親。

宋岩把這幾位不速之客領進後屋議事廳，揮退下人，親自斟茶倒水，禮數很足，不過神色之間仍是沒有半點驚懼。

哪怕眼前坐著的年輕人是北涼世子殿下，是新近橫空出世的陵州將軍。

徐鳳年接過茶杯，平靜說道：「當年北莽江湖在朱魍李密弼授意下想要滲透北涼，專挑軟柿子的文官來殺，借此擾亂北涼根基，結果還沒入境就在邊關被截殺得七零八落，不過仍有一些漏網之魚，成功混入幽涼二州，當時為了安撫民心，許多起無端禍事都給遮掩下來，陵州相對要好一些，但還是發生了這座府邸裡的慘案，這些年北涼諜報，大多都盯著北莽死士這一塊，隔三岔五就有看似莫名其妙的血案發生，只是老百姓不知道而已。」

宋岩笑道：「去年黃楠郡就有一起凶殺案，驚動別郡一支戍守騎軍越境剿殺，將一個幫派連根拔起，幾乎滿門抄斬。當時本官不知其中隱祕，差點就要親自騎馬攔截，跟那名校尉興師問罪，後來是褚將軍麾下的諜子給本官捎來一句軍令，本官這才知曉其中凶險。」

徐鳳年說道：「黃楠郡有『塞外江南』之稱，是北涼糧倉所在，宋大人作為咱們陵州的挑糧人，想必肩上擔子很重啊。」

宋岩語氣平淡答覆道：「本官職責所在。」

徐鳳年冷笑著「哦」了一聲，「禁絕郡內不當祭拜的大小淫祀也是郡守大人分內職責，宋大人在陵州一直以雷厲風行為人稱道，怎就怠忽職守了？黃楠郡三座人鬼祠廟，供奉牌位，既非北涼英魂也非朝廷賜額封號的神明，明擺著有違禮制，可其中一座楹聯還是宋大人的手筆，難道宋大人是仗著有經略使大人庇護，明知故犯？聽說宋大人嗜好藏書，新搜羅了六十幾本孤本古籍，價格不菲，不知那座違制祠廟今年年關，給宋大人孝敬了多少香火？」

宋岩喝了口茶，說道：「五百兩而已，不值一提，好些眼饞相中的善本都沒能收人囊中，引以為憾事。」

徐鳳年笑道：「轄境淫祀氾濫，貪墨三百兩以上，兩罪並罰，可就是掉腦袋的死罪，宋大人就這麼想著用自己的腦袋，幫本世子在陵州樹立威嚴？」

宋岩不愧是陵州茅坑裡那塊又臭又硬的石頭，竟是笑道：「既然殿下帶刀登門，宋岩也認了罪，那也就是一刀的事情。」

徐鳳年放下茶杯，「你我心知肚明，你這回忤逆經略使大人的意願，有心要浮出陵州官場水面，讓我好留意到你這個曾經惹惱徐驍的傢伙。你遇到當官的瓶頸，想要改換門庭，好更上一層樓，我在陵州也四面樹敵，束縛手腳，急需一人打破僵局，就需要你這個官職不小又有些聲望的黃楠郡太守，只要你願意在黃楠郡『揭竿而起』，讓外人誤以為是經略使下定了決心，要向陵州將軍低頭，那麼很多胥吏就會識趣地收斂小動作，畢竟真要被秋後算帳，出主意的大爺們手腳乾淨，親手做髒活的他們保不齊就要吃不了兜著走。雖說法不責眾，可殺雞儆猴誰不會，總歸是要有幾隻運氣不好的雞被拎出來，這幫刁鑽油滑的刀筆小吏其實心底也怕。宋岩，你是不是覺得我缺了你們黃楠郡就要陷在泥塘裡，就算上了岸，也是滿身泥濘，只能灰溜溜跑去涼州跟徐驍訴苦？」

宋岩搖頭道：「殿下不缺破局的手段，就是缺時間。畢竟殿下就算亂殺一通也能殺出個口服心不服，以後等到軍旅心腹一一就位，加上一些陵州本地官員和外來士子的相互制衡，急火加文火，陵州官場也就慢慢被馴服。但殿下似乎暫時沒有這份狠辣果決，也等不起。這一點，在殿下親自來黃楠郡找我後，宋岩就更加確定了。」

見徐鳳年不說話，宋岩繼續緩緩說道：「如果我做了陵州刺史，既可以給殿下當掃除汙垢的馬前卒，也可以明面上安撫經略使大人，雙方都有臺階下，暗中削弱李大人對陵州的掌控……」

徐鳳年笑著打斷郡守大人的言語，「太守大人高估自己了，陵州刺史只能是徐北枳，不是你宋岩，你至多當個陵州別駕。不過本世子倒是可以跟你說句敞亮話，以後哪天徐北枳成了北涼道經略使，你有希望擔任陵州刺史，不過那還早，你有的等了，因為北涼不會去動有功無過的李大人。

徐李兩家，積攢了兩代人的香火，不說李大人的苦勞，僅憑我跟李翰林的交情，就足以讓經略使大人過足官癮，而且卸磨殺驢的缺德事情，還是能別做就不做。當然，你宋岩要是真有本事，有徐北枳擋在你身前，陵州刺史做不成，但還有幽涼兩個刺史座椅去讓本世子斟酌斟酌。離陽三十州，咱們別去說徐北枳這個異類，你數一數，有幾個不到四十歲？宋大人，你就知足吧。」

宋岩臉色陰晴不定。

徐鳳年結果來了一句讓宋岩哭笑不得的言語，「還有，想升遷陵州別駕的官油子大有人在，你宋岩想當，得把樓內藏書送我一半，許多士子到了北涼，我好用來收買人心。」

不等太守大人點頭，徐鳳年站起身，自言自語道：「他娘的，難怪那麼多人想當皇帝，做起賣官鬻爵的勾當，都能這麼理直氣壯。」

大概是這位自封的陵州將軍太過直截了當，讓浸淫官場多年的宋岩感到新鮮的同時，又有些讓太守大人不想承認的忌憚，一時間無言以對，默不作聲。

茶水早已涼透，宋岩仍是坐在那裡晃動杯蓋。

徐鳳年也不計較這種無傷大雅的失禮。有密報說李負真也到了黃楠郡，他不想跟她碰面，到時候雙方都難堪，就準備離開這座確實有些陰氣森森的府邸。

宋岩沒有自負到坐在椅子上紋絲不動，起身相送到門口，徐鳳年告知會在郡城逗留到明早，宋岩點點頭，在原地駐足良久，步伐沉重走回椅子邊上，一手輕輕按在鐵梨木椅子的扶手上。

被府上貴客婉拒帶路出府的管事小心翼翼站在門口，難免憂心忡忡，都知道北涼世子為人處世荒唐離奇，如今往自己頭上放了一頂陵州將軍的官帽子，天曉得是不是要名正言順地拿陵州開刀，自家老爺可別成了頭一個。

宋岩拍了拍扶手，轉身說道：「去野猿樓整理出兩千本藏書，然後讓陶將軍今天就送往陵州將軍府邸。」

管事不得不多嘴一句：「老爺，怎麼個分法？」

宋岩一臉被傷口撒鹽的無奈，嘆氣道：「除了那單獨用黃花梨木盒珍藏的四十餘善本，其餘都擇優搬出野猿樓。」

管事應諾一聲，趕緊離開。

宋岩揉了揉眉心，苦笑道：「真是比嫁女兒還來得心疼啊。」

◆

徐鳳年帶著徐偃兵和洪書文走在宋府小路上，呼延觀音並沒有進入這座府邸，留在府外巷弄的馬車上。徐鳳年之所以選中黃楠郡太守宋岩，主要是這個太守讀書不少，但老學究氣極少，當初宋岩故意在公開場合非議徐驍的賞罰不明，不過是官場上兵行險著的伎倆，以此吸引徐驍的注意力，哪裡真是宋岩不諳官場規矩了，只可惜遇上了徐驍這個「不識風情」的北涼王，媚眼拋給瞎子看，當然，徐鳳年也開始懷疑徐驍是不是有意將這個陵州頑石留給他去收服。

徐鳳年思索間，抬頭望去，瞧見一個身材高挑的府上丫鬟衣著樸素，腰間還出奇地挎了一柄長劍，對自己一行人頗為面目不善，她攔住去路後，按住劍柄厲聲問道：「你們是何人，先前就在牆外街上不懷好意，為何擅自闖入後院！」

在陵州不披甲冑卻佩涼刀的年輕人，肯定是那些不知天高地厚的紈褲子弟，她跟隨小姐不知道教訓了多少次，這些只會靠著父輩功蔭為惡鄉里的浪蕩子，也沒半點記性，這回竟私闖郡守府邸耀武揚威來了。

徐鳳年看了她一眼，身後洪書文躍躍欲試，眼神陰冷，就要直接拿刀鞘砸暈這小娘子，徐鳳年丟了個眼色，示意洪書文不要惹事，對她笑著解釋道：「我是你們府上客人，馬車停在後門巷弄，這就要離開，並非如姑娘所想。私闖官宅的罪名可不算小，我沒這份膽量來太守府邸惹是生非。」

徐鳳年說完就要繞過她前行，不承想她橫移兩步，再次攔住去路。洪書文翻了個白眼，這娘們兒真是不知道死字怎麼寫的。

女婢生硬說道：「不行，你得報上名號，等我問過了管事，確認無誤後，才能放你們離開，否則你們若是賊膽包天的竊書毛賊，或者是那意圖行凶的江洋大盜……」

洪書文忍不住罵道：「滾開！」

性子不比洪書文好多少的女婢怒氣橫生，就要拔劍相向，不過讓她魂飛魄散的是不論她如何用力，長劍就是無法出鞘，好似被釘死在劍鞘一般。徐鳳年知道，洪書文沒這份通玄能耐，可對曾經力壓王繡一頭的徐偃兵來說就是雕蟲小技了。

徐鳳年直接與她擦肩而過，古井無波的徐偃兵緊隨其後，洪書文一臉看天大笑話的促狹表情，大搖大擺走過。

練劍多年的女子只當是白日見鬼了，再不敢造次，轉頭怔怔望向三人，發現都有影子，才鬆了口氣，她可真怕他們是當年慘死在這座府邸裡的孤魂野鬼。

丫鬟已經不敢動彈，可府上又有人陰魂不散，長劍如虹，直掠而來。

徐鳳年皺了皺眉頭。洪書文樂得有人撞到他刀口上，不過有殿下在場，他的出手倒沒有太過狠戾，只是迅速摘刀，用刀鞘戳在那「刺客」的胸口，然後一腳踹在那人腹部。

洪書文似乎覺得便宜了那人，快步而去，一腳就要凶狠踩在那刺客的臉面上，徐鳳年已經出聲道：「可以了。」

洪書文收回距離那人臉面只差一寸的靴子，重新佩好北涼刀，反身走向「菩薩心腸」的世子殿下。

先前拔劍不成的丫鬟帶著哭腔喊道：「小姐！」

被洪書文一戳加上一踩的年輕女子掙扎坐起身，跟丫鬟指了指掉落遠處的佩劍，然後朝那三人背影艱難喊道：「喂喂喂，那個頭髮灰白的，別急著走，我有話問你。」

不過讓宋黃眉大失所望，那傢伙竟然就這麼頭也不回地離開，也不知道是怕她爹幫她出氣，還是根本就不屑跟她言語，不過很有江湖義氣的宋黃眉也沒有不依不饒的念頭，先前出劍留人本就理虧，她也沒覺得對方下手就是蠻不講理，技不如人，也只能心服口服，宋黃眉雖說疼得臉色雪白，但好奇心遠勝那點惱羞。

可婢女鐵崖就沒這份豁達了，幫小姐撿回了長劍，攙扶小姐站起後，明知不是那夥人的對手，也要去拚命。宋黃眉抓住她的手臂，擠出一個比哭還難看的笑臉，「鐵崖妳別去，他們真是府上的訪客，還是我爹親自迎接的。哎喲，真疼，不能再說話了……」

婢女鐵崖哭泣道：「小姐，哪有這樣的客人，我得跟老爺說理去。」

宋黃眉反而倒抽冷氣的同時，一臉心滿意足笑道：「鐵崖，咱們可算是遇見高人了。走走，扶我去負真姐姐那兒，等我緩過氣，再去問爹那傢伙到底是何方神聖。」

◆

徐鳳年走入馬車前，對洪書文說道：「黃楠郡有北莽在此紮根多年的幾根暗樁，看你閒著也是閒著，今晚你就去跟咱們的諜子一起做事，不過不記你軍功。記住一點，你得按照他們的規矩來，如果事後被我知道你亂殺一氣，以後這種好事就別想摻和了。」

洪書文使勁點頭，眼神炙熱，舔了舔嘴角，笑臉瘮人。

◆

郭扶風獨自坐在屋內火盆前，也不覺得被人輕視冷落，還有打量屋內裝飾的閒情雅致，若是這點城府心胸都沒有，他如何讓北涼道上屈指可數的豪族女子李負真都願意癡情傾心。

郭扶風對於自己當下的處境，沒有什麼不滿意。郭扶風自認算無遺策，那個大舅子李翰林如果一直當個目無法紀的紈褲，無妨，郭扶風從不是那刻板士子，不介意捏著鼻子給李翰林做為虎作倀的幫閒，如今李翰林投身邊境，更是天大好事，以後李翰林榮歸故里，多半要走武官步步高升的路數。

一個家族也要兩條腿走路，文官路子，不正好要他這個李家賢婿去填補空缺？兩者相互幫襯，又有才當上經略使大人沒兩年的李功德指點提攜，李家自然富貴綿延。郭扶風甚至想好了日後沾光遇見那位新涼王的應酬場景。如今受一點白眼算什麼，而且連李負真都不知道已經有兩位經略使大人器重的官員，私下找到郭扶風，就差沒有稱兄道弟。

郭扶風瞇眼望著盆內炭火，這次來黃楠郡祕密行事，李負真皮薄口拙，還得靠他來為老丈人排憂解難，黃楠郡作為經略使大人的「龍興之地」，不能後院失火，在王府那邊落下話柄，郭扶風相信宋岩知曉利害輕重，先前對他不冷不熱，也不過是抖摟官威而已。

李負真在他身邊坐下，郭扶風見四下無人，輕聲說道：「怎麼勸說宋大人，我自有打算，負真妳不用擔心。還有，按照妳的說法，宋小姐喜歡的那名男子，是一位黃楠郡內二流幫派子弟。有機會的話，咱們四人一起找個素雅館子吃頓飯，我雖然不是江湖人士，卻也知道不少江湖事蹟，不怕跟那人沒有話說。」

李負真突然問道：「扶風，你不累嗎？」

郭扶風笑著反問道：「累？」

李負真撇過頭，不與他對視。

郭扶風猶豫了一下，還是沒有去握住她的手，雙手攤放在火盆上，享受著那股暖意，嗓音溫暖道：「沒什麼累不累的，為了以後咱們有舒服日子可過，我就算累些，也是理所當然的事情。總有一天，我會讓陵州甚至是北涼道都記住『郭扶風』這個名字。」

李負真當初為了與他在一起，不惜跟爹娘絕食抗爭時都不覺得累，不知為何，此時聽著心儀男子的豪言壯語，反而有些疲倦了。

郭扶風柔聲道：「負真，妳放心，我遲早會讓妳爹跟翰林都認可我的。」

李負真點了點頭。

宋黃眉一手摀著胸口、一手捧著腹部，進屋坐下，李負真擔憂問道：「怎麼了？」

宋黃眉神神祕祕說道：「沒事兒，先前咱們不是看到那幾個滿身殺氣的人物嘛，我去親手試探了一下，妳猜怎麼著，給他們狠狠拾掇了一頓，這還不算什麼，鐵崖遇到的事情才古怪，都沒能拔劍出鞘，那夥人絕對是高人！」

李負真神情慌張問道：「妳爹知道這件事？」

宋黃眉搖頭道：「還沒呢，等我沒現在這麼狼狽了，再去問問看。要不然我爹肯定要給我禁足一句半月的，說不定連元宵燈市都去不成。」

本想繼續隱瞞真相的李負真抓住宋黃眉的手，脫口而出道：「為首那人就是姓徐的，如今的陵州將軍！」

宋黃眉瞠目結舌，然後搖頭笑道：「不會的，姓徐的哪來的殺氣啊。就他？佩了北涼刀也是只繡花枕頭，不可能！那人要是徐鳳年，本姑娘就是女劍仙了！」

宋岩站在三人身後，無意間聽到這些，破天荒對女兒火冒三丈，怒聲道：「宋黃眉！好好好，妳是女劍仙是吧，妳給我老老實實禁足一年！敢出門，就打斷妳的腿！這回爹說到做到！」

宋黃眉縮了縮脖子，小聲問道：「爹，真是那姓徐的啊？」

宋岩厲聲道：「什麼姓徐的，是世子殿下！」

宋黃眉頭一次看到她爹這麼板起臉訓人，被洪書文打都沒覺得委屈，此時委屈得眼眶淚水打轉，抽泣著賭氣嚷道：「就是姓徐的，他就算站在我面前，我一樣喊他『姓徐的』！他一個不學無術的二世祖，如果不是投了個好胎，跟著大將軍姓徐，他徐鳳年算什麼東西！」

門外宋府管事恨不得挖個地洞鑽下去，咽了咽口水，脖子僵硬扭轉，望向身邊去而復返的「姓徐的」，不知道怎麼替自家小姐亡羊補牢。

宋岩看到女兒猛然止住了哭聲，意識到身後的變故，轉過身之後，饒是歷經宦海風浪的太守大人，也是心如死灰。

李負真閉上眼睛，好像不敢去面對宋家的滅頂之災。

徐鳳年神情平靜，看不出喜怒哀樂，對宋岩說道：「宋大人，有些事情要與你商量。」

說完徐鳳年就轉身走下臺階。

宋岩先前對宋黃眉發了一通火氣，大難臨頭，反而對禍從口出的女兒悄悄壓了壓手，竭力擠出一個笑臉，示意她不要驚慌。

轉身跨過門檻，宋岩長呼出一口氣，有些冷意。

快步跟上那位陵州將軍，宋岩久居高位，對於城府的認知，比起尋常衣食無憂的老百姓還深許多，許多膏粱子弟其實並非也盡是些欺男霸女的惡徒，平日裡迎來送往，對上，跟宋岩這些手握實權的官員打交道，也相當溫良恭儉讓；對下，也頗有馭人術，故作高深，言行陰陽怪氣，讓人忌憚。

但這種城府，在宋岩看來算不得什麼境界，不為利害所動，不為世故所移，遇事不論大小都可以平心靜氣，才是真的城府。宋岩怕就怕徐鳳年是前者，順風順水時，很好說話，跟人做買賣也算公道，但稍有不合己意，就要露出獠牙，不把人當人看。宋岩不覺得一個黃楠郡太守，就能讓「家北涼」的世子殿下一怒之下，做事會有所顧忌。

徐鳳年放慢腳步，跟宋岩並肩而行，輕聲打趣道：「以前你罵徐驍，現在你女兒罵我，宋家跟徐家有仇？」

宋岩有些尷尬。

徐鳳年笑道：「我這趟回來，是想跟你說一聲，先前你女兒跟一個婢女阻攔我出府，吃了點苦頭，這件事理虧在宋家，不過我怕女子記仇起來就不講理，胡亂碎嘴，讓太守大人對我心懷怨言，覺得有必要回來說清楚。不過如果僅是這件事情，我其實也懶得小題大做，主要是黃楠郡有幾處北莽隱藏多年的賊窩，這次大量士子赴涼，夾雜有許多偽裝深沉的諜子死士，甚至一些原本紮根中原的北莽諜子也開始趁機滲入北涼，晚上會有人清理一下黃楠郡，我明早就走，所以覺得需要先跟你說一聲，省得你到時候手忙腳亂。我回府的時候，看到野猿樓那邊開始搬書了。」

宋岩不敢跟身邊年輕人結下那隔夜仇，顧不得尊卑禮儀，直接問道：「殿下當真不會惱怒小女的無禮？」

徐鳳年反問道：「在自己家裡罵人幾句，總好過陵州那些背後捅刀子的人，我對後者尚且可以忍耐到現在都沒有動手，你擔心什麼？你要真的愧疚，就再多送我五百本野猿樓藏書。」

宋岩嘆息道：「是下官以小人之心度君子之腹了。」

徐鳳年自嘲道：「我算哪門子的君子，你們啊，一朝被蛇咬，十年怕井繩而已。憑我在北涼劣跡斑斑的名聲……」

宋岩猛然轉頭，看到經略使大人的女兒匆匆跑來，停下腳步望向他們，沒有要走的意圖。

徐鳳年猶豫了一下，輕聲道：「宋大人，我跟李小姐說幾句話，你去後門稍等片刻。」

宋岩點了點頭，快步離開。

李負真沒有再走近一步，冷著臉問道：「你要對宋家做什麼？」

徐鳳年不跟她拐彎抹角，說道：「妳其實是想問我打算對宋黃眉做什麼，放心，我……」

李負真打斷徐鳳年的話語，冷笑道：「你相信我真能放心？」

徐鳳年平靜道：「李負真，如果沒有記錯，我從不欠妳什麼。」

李負真咬牙說道：「如果翰林在邊境上有個三長兩短，我會恨你一輩子！」

徐鳳年轉身離去，結果又給那宋黃眉攔下，不過習劍女子這次吃一塹、長一智，怯生生說道：「殿下，一人做事一人當，你別為難我爹。」

徐鳳年伸手使勁捏了捏她的臉頰，「妳罵了我，我揩了油，就當扯平了。」

宋黃眉呆滯當場，很久以後才還魂，蹦跳起來，奔向李負真，像隻雀兒嘰嘰喳喳，「負真姐姐，妳瞧見沒，這殿下真的有殺氣！他輕薄我，我剛才都沒敢動彈，換成一般的登徒子早就給我一劍剁掉狗爪子了！姐姐妳是不知道，他身邊兩名扈從都很厲害，我就說嘛，男子佩涼刀才算英武帥氣。唉，我現在覺得那些傳言，多半是真的了，負真姐姐妳不習武、不練劍，不知道江湖之人有個膽粗意氣足的說法，這個世子殿下絕對是一位高手！就是不知道能否御劍飛行出聲叱雷。」

徐鳳年來到府邸後門，宋岩輕聲問道：「晚上清掃黃楠郡，可需要下官做什麼？」

徐鳳年搖頭道：「不用。」

宋岩道：「殿下若是不嫌棄這座宅子死氣沉沉，不妨住下。」

徐鳳年笑道：「怎麼，怕我暴斃在黃楠郡？」

被揭穿心事的宋岩哈哈一笑。

徐鳳年沒有讓宋岩送出門，坐入馬車，悄然駛出巷弄。

◆

徐偃兵駕車來到一棟位於郡城西南角落的私宅，徐鳳年推門而入，小院狹窄，冰涼地板上密密麻麻跪了二十餘人。

徐鳳年十指交叉，心中自嘲，總算有點世子殿下的感覺了，說了句「起身」。

這二十幾位穿著迥異，有豪紳富賈的錦衣貂裘，有鄉野村民的粗麻布衣，竟然還有人懸有一塊可與官員公服相配的玉佩，徐鳳年走過去扯下玉佩——官還不小，是正九品下的上縣主簿。

順手牽羊了後，徐鳳年沒有急於將玉佩還給他。

為首一人，是位相貌平平的婦人，才站起身，就又跪下去，帶著不由自主的顫音，小心翼翼摳著字眼，緩緩稟報軍情：「啟稟殿下，據查實，黃楠郡城藏有三處北莽諜子巢穴，其中兩處已是經營十年以上。按照褚將軍的布置，一撥王府游隼將在申時進入黃楠郡，另一撥遊弩手出身的北涼鷹士將在酉時一刻到達，殿下只需一聲令下，屬下就可將這三顆毒瘤連根拔去。」

北涼諜子成員魚龍混雜，但真正負責清理門戶的都算在游隼之列，這頭游隼負責巡察北涼，以北涼王府豢養的江湖高手居多，呂錢塘、舒羞等人以及後來截殺皇子趙楷的那一批，都是這類以殺人換取武學祕笈和榮華富貴的死士，還有一些是在離陽犯了死罪，不得不依附北涼尋求一線生機的亡命之徒。不過當下北涼諜報一分為二，從褚祿山手上劃走一半權柄，落入二郡主徐渭熊手中，徐渭熊懶得花心思在舊有人事上揮霍光陰，直接從北涼軍中調用了將近百人的精銳遊弩手，成為鷹士，跟游隼名義上協同行事，實則也有相互掣肘的意味在內。於是，鷹隼共同游弋在北涼大地上，擇人而噬。至於關外事務，仍是以老諜子頭目褚祿山掌控居多，徐渭熊似乎暫時也沒有染指的意圖。

徐鳳年對於這兩塊最為藏汙納垢的機構，幾乎沒有涉足，但大致設置有所耳聞，例如此時院子裡的諜子，大多屬於常年蟄伏一地不准挪窩的「甲魚」，還有幾尾稍微靈活一些的「鱘魚」，定期定時往返涼州，負責牽線搭橋傳遞軍情。

很多甲魚到老死都不知同夥的身分，像今天這次大大咧咧齊聚一堂，極為特殊，等人的時候，才被那綽號「黑鯉」的黃楠諜子頭領婦人告知，是上頭有位大人物要來黃楠郡親手布局起網，只不過幾乎沒有人想到會是北涼世子「蒞臨寒舍」，一時間都有些戰戰兢兢。他們不是那些只會以訛傳訛的市井百姓，對於世子殿下的所作所為，按照他們的資歷和身分，不同程度地親眼所見一些祕錄，親耳所聞一些祕事。

徐鳳年笑道：「黑鯉，站起來說話，本來說好是妳的頂頭上司王同雀來黃楠郡，本世子是臨時起意，頂替了王同雀的位置。你們別嫌棄一個門外漢對你們指手畫腳，今晚的行動，本世子也就旁觀，不摻和。」

那位一直負責黃楠郡諜報具體事務的婦人如釋重負，站起來，正要客氣幾句，結果被世子殿下一手掐住脖子，喀嚓一聲，扭斷之後，又被笑意不變的世子殿下隨手摔在了一邊。

徐鳳年繼續笑道：「忘了說一聲，王同雀之所以沒來黃楠郡，不是不想來，是來不了，因為他在來的路上就已經被褚祿山的人宰了。這個黑鯉，跟北莽一名提竿大人眉來眼去有好些年頭了，黃楠郡從頭到尾都爛透，本世子知道除了她，院子裡其實還有幾人投靠了北莽朱魍，這次咱們興師動眾，原本到最後死得也就是些不起眼的嘍囉，這可不行。」

院子裡剩下眾人面面相覷，那名已經成為北涼官員的佩玉甲魚走出一步，輕輕望向黑鯉屍體，有些認命的淒涼笑意，還有些兔死狐悲。

徐鳳年不理睬這個自己暴露身分的奸細，晾在一邊不管，走到臺階上，雙手插袖，僅留下那枚玉佩在袖口外搖搖墜墜，笑咪咪問道：「還有沒有誰想死得痛快一點的？等下被本世子親手揪出來，可就沒黑鯉這份待遇了。」

院子死寂無聲，顯然無人回應世子殿下的「好意」，徐鳳年緩緩報出三個名字，三人都被洪書文迅猛出刀，當場攔腰斬斷。

徐鳳年說道：「根據密報，院子裡還有個隱藏很深的北莽死士，身分不詳，不過這也沒關係，黃楠郡的諜報機構，本來就要推翻重來，為了省事，也為了不留後患，只能都殺了。黃楠郡是北莽朱魍下了大力氣辛苦經營出來的風水寶地，本世子相信那條大魚，他的性命比起院子裡所有北涼諜子加起來還值錢。這筆買賣，北涼不虧。」

一位體型臃腫的富賈竟是身手敏捷得不像話，一個腳尖輕踩，就要躍出院牆，被洪書文一枚短戟插中後背，屍體重重掛在牆頭上，洪書文走過去抓住雙腿，拉回院內。

他一死，院內還能站著的甲魚和鱘魚都鬆了口氣，如果這傢伙死活不肯露出馬腳，非要拉著其餘十幾人一起株連冤死，他們也只能伸長脖子被宰殺，否則他們也不敢跟那殺人不眨眼的北涼世子反抗。作為甲魚、鱘魚，大多有老幼家眷，若是今天死在這裡，好歹算是為北涼捐軀，要恨就只能恨那幾個北莽諜子太過奸猾狡詐，但是他們死後，滿門老小仍是可以衣食無憂。

就在所有人都以為塵埃落定時，徐鳳年順著徐偃兵的手指指向，盯住一個面孔古板、不起眼的中年人，「這胖子為了保住你，都願意為你去死，可見你身分不俗。否則我若是他，就是死也要拉著其餘人一起陪葬。你是叫韓商，以前在幽州邊關上做成了好幾樁大事，算是為北涼立過汗馬功勞，這些年跟黑鯉很不對付，被黑鯉排擠得多年一事無成，原本你算是院子裡最清白無辜的諜子，不過你知道你什麼時候露出馬腳的嗎？」

韓商陰沉笑了笑，望向徐偃兵，「早就聽說王府藏龍臥虎，但是北涼王身邊的地支死士都出手過，唯獨一個叫徐偃兵的傢伙一直無所事事，讓人無法探究深淺。北莽這邊猜測此人比起槍仙王繡的師弟韓嶗山，境界只高不低。如今看來，確實是如此，我分明已經壓抑下心跳次數，自認沒有半點破綻，不承想仍是被看穿。可惜這份消息，我是傳不出去了。錯在這次沒想到是世子殿下親臨，而且還有徐偃兵隨駕而行。」

不是韓商不想垂死掙扎，而是被徐偃兵針對，武道修為不低的韓商自知根本就是徒勞。

韓商眼前一黑，甚至沒見到徐偃兵如何出手就暈厥昏死過去。

徐鳳年把玉佩丟還給那名官員，笑道：「王同雀，黃楠郡將功補過了。」

王同雀接過玉佩，佩在腰上，撕下一張臉皮，院內幾人才知道這傢伙就是十幾年來一直坐在黃楠郡諜子第一把交椅上的王同雀。

一個十幾年來妻兒都不曾看到他真面目的男人。

他跟隨世子殿下一起走入屋中，輕聲問道：「殿下為何不讓卑職繼續在暗中潛伏？雖說黃楠郡今晚以後就要乾淨許多，可難保以後不會有汙垢積澱。」

徐鳳年說道：「你不用留在黃楠郡了，跟你妻兒道別，然後去幽州。」

王同雀點了點頭，沒有任何異議。

徐鳳年突然說道：「我知道你栽培了一個根腳很乾淨的徒弟，褚祿山對他很器重，你帶他去幽州，再賣命幾年，歷練歷練那年輕人，等他接過你的衣缽，你就別再當諜子了，跟妻兒團聚，以後改頭換面，過過安穩日子。」

早已經磨礪得刀斧加身、不變容顏的王同雀愣了愣。

徐鳳年笑道：「雖然我說放心兩個字，大多數人都只會更不放心。但本世子這回還是希望你能放一次心，北涼以前不虧待功臣，以後也不會。」

這個男人突然笑道：「殿下的好意，心領了，可王同雀的命賤，早已習慣了跟人勾心鬥角，你讓卑職突然去養花種草，這實在是比殺了卑職還難受。再說咱們這一行，不像上馬披甲打仗殺敵，過了年紀就不頂用，越是上了年紀越是做得得心應手。」

徐鳳年無言以對。

王同雀破天荒赧顏道：「殿下，我那才十歲出頭的兒子聽了說書先生的講述，對殿下佩服得五體投地，這小子打小氣力就大，就想著以後能去鳳字營做白馬義從。」

徐鳳年點頭笑道：「好，等他到了年齡，我准他去鳳字營。」

王同雀壓下興奮之情，低聲道：「殿下，咱們謀劃一下今晚的剿殺？」

徐鳳年擺手道：「韓商交給我就行了，其餘褚祿山的既定布置都不變，洪書文晚上跟你們一起行動。你忙去，院子裡剩下那些人還需要你去安撫。」

王同雀應諾一聲，輕輕退出屋子。

◆

宋府，宋岩主動找到李負真，一同在府上散步。性子跳脫的宋黃眉歷經波折，不敢觸這個霉頭，乖乖摘下佩劍學那些刺繡女紅去了。

宋岩一番斟酌後，緩緩說道：「侄女，先說些可能有些乏味的題外話。等叔叔說完，妳再回去跟經略使大人說一說黃楠郡為何會改天換地。

如今陵州官場遭逢劇變，我宋岩假使不是經略使的門生，而是那陵州將軍的幕僚，設身處地，站在世子殿下的角度看待問題，可有上中下三策應對。下策試圖以殺人服眾，又分上中下三乘境界。

殺大批胥吏為下策下乘的昏庸手段，只能讓陵州人心徹底渙散，不光是陵州本土大小官吏覺得這個陵州將軍是酒囊飯袋，便是看戲的外地士子，也要以為上錯轎子嫁錯郎，遇人不淑。今日能殺那些搗亂胥吏，明天就能殺他們。朝不保夕，一時間的官位得手又能算什麼。

下策中乘，是殺掉幾個宋岩這些有分量的官員，相對好些，因為胥吏不是陵州官場動盪的主謀，是被跟宋岩差不多級數的官員指使，有文官、有武將，都是些根深蒂固的地頭蛇，有這幫人暗中授意，陵州才能如此沆瀣一氣，至於是殺宋岩，還是殺哪一位郡守長官，或者是順勢砍斷那位龍睛郡懷化大將軍的手足，其實相差都不大。

惹事胥吏膽小怕事，噤若寒蟬，陵州官場能有片刻安生，但是此策仍舊不是長久之計，等陵州將軍一走，陵州還是那個陵州，這與王朝治理貪官是一個道理。治標不治本，春風吹野草生，無法斬草除根。下策上乘的手段很簡單，只用殺一個人就行了。」

李負真對官場從不感興趣，不過太守大人娓娓道來，竟是聽著也不覺枯燥。但是宋岩接下來一句話讓她驚駭得面無人色，「那就是殺經略使大人，殺誰都不如殺妳爹更能夠震懾陵州。連北涼道官銜與北涼都護一樣的經略使都可殺，惹惱了世子殿下，還有誰能逃過一劫？況且經略使大人為官如何，侄女妳肯定心裡有數。

官場上的過河拆橋，只有更血腥，沒有最血腥，離陽文有一門三傑兩夫子的宋家，武有世代戍守薊州邊境的韓家，他們比起李大人可都是貨真價實的朝廷棟梁清官功臣，以此來說，他們都能死，李大人算是能死上很多次了。說句難聽話，李家搜刮了那麼多金銀，抄家以後，邊境將士都能過個有大魚大肉的好年了。李家名下當鋪就有二、三十家，下及不計其數的賄賂，珍奇玩物古董字畫，李家左手進，從當鋪右手高價售出，更別說還有兩支人數在百人以上的馬隊，專門用作進行鹽鐵販運和茶馬貿易。

因此我宋岩當初聽說世子殿下自領陵州將軍，第一個念頭就是覺得徐家要著手對付你們李家，甚至派人送去邊境一封密信，詢問妳哥哥李翰林是否被軟禁起來了。我不知恩師是不是由於燈下黑，還是太過信賴徐李兩家的舊情……」

李負真終於開口說道：「我們家不會落魄至此。」

宋岩笑著說了句古怪言語：「這話要是從恩師口中說出，叔叔未必敢信啊。」

李負真一臉茫然，宋岩繼續說道：「殿下沒有用這下三策解決陵州困境，出人意料。因為下策之上的上中兩策，都很考驗火候，稍有不慎就是吃力不討好的下場。中策馭人殺人，造勢借勢，一樣都不能欠缺。上策是他不當什麼親身涉局的陵州將軍，利用咱們北涼王的積威，對經略使大人、對鍾洪武，層層施壓，再與新入北涼的黃裳等人，由底層向上，步步推演，一上一下、一內一外，最終讓夾在兩頭之中的胥吏隨波逐流，跟隨大勢恪守本分。

但是，這樣的手腕，縝密是縝密了，卻只能漸漸見功，少說也要一、兩年時間。既然殿下不知為何會選擇了比上策激進、比下策婉轉的中策，那麼志不在一郡長官的叔叔就有了機會，除了叔叔自身野心之外，其實有一件事還需侄女跟李大人說說，需要自汙的不是宋岩，而是恩師本人，宋岩還沒有官大到自汙名聲羽毛的地步，倒是恩師，是時候自減權柄了，宋岩此時脫離李家門庭，恰逢其時。」

李負真輕聲道：「負真也不知道叔叔的言語有幾分真假，也不知道這些計謀策略的好壞，只記得爹私下曾經說過，宋叔叔為官遠不如他，但看待局勢遠勝於他。只是北涼地小，只能讓宋叔叔術權勢僅用其二。」

宋岩愕然，許久重重嘆息道：「恩師知我。」

李負真抬頭望向遠方，問道：「宋大人，那世子殿下跟你一樣，是聰明人？」

宋岩大概是新近投靠了陵州將軍，難免有些為尊者諱，沒有直接給出答案，只是說道：「以前不好妄自揣度，如今打過了交道，才清楚一點，北涼自汙，莫過於他。」

既然李負真喊他宋大人而非宋叔叔，宋岩也知道他與恩師一家的情義差不多就止步於此了，淡然道：「宋岩最後說一句肺腑之言，那郭扶風是只能共富貴之人，至於能否同患難……是宋岩想多了，李家估計也沒有那大廈傾塌的一天。」

李負真的臉色不見惱怒，輕輕納了個萬福，姍姍離去。

◆

在那棟黃楠郡私宅密室，韓商已經被剝皮抽筋得七七八八，還是硬氣得一言不發。

徐鳳年伸手到臉盆裡洗了洗雙手，看著一盆子微微蕩漾的濃稠血汙，感嘆道：「真不是誰都能當大諜子的。」

洪書文毛骨悚然地站在旁邊，徐偃兵倒是神態自若。

洪書文看了眼世子殿下依舊有些泛紅的雙手，「我再換盆水去？」

徐鳳年點了點頭。

徐偃兵等洪書文去換水，輕聲說道：「殿下，如果屬下沒有看錯，是韓貂寺獨門的抽絲手法？」

徐鳳年對這位忠心耿耿的長輩沒有藏著掖著，指了指自己的腦袋，笑道：「韓生宣在神武城被殺掉後，我有旁門手段用他的腦袋知道一些事情，當初在北莽宰了第五貉，也因此而受益匪淺。不過我被柳蒿師用天象手法剝離了大黃庭的底子，修為不濟，很多手段就算知道怎麼用，但就是用不出來。就像一個末流劍士即便死記硬背了兩袖青蛇的全部招式，也力有不逮啊。一品四境，我已經有過三次偽境，說不定是四次，前無古人、後無來者，似乎也沒什麼遺憾了。」

徐偃兵不再說話。

洪書文換了一盆清水進來，徐鳳年這才澈底洗乾淨雙手，抖了抖水漬，心意所至，七八柄飛劍一一從韓商體內掠出，在水盆裡打了個水漂旋兒，藏入袖中。這些精緻小玩意兒只要劍胎圓滿，就無須內力支撐，因此徐鳳年用起來就四個字——得心應手。

徐鳳年離開密室，回到屋子。院子裡先前那些被刨除嫌疑的黃楠郡甲魚、鰣魚都有條不紊展開隱蔽行動，做餌的做餌，使障眼法的使障眼法，王同雀也不知所終，別看這次院子裡眾人生死一線，其實對一些甲魚之外的流動諜子來說，尤其是邊關附近的諜子，實在是平常得很。

以前幽州有個郡的諜子，誇張到褚祿山不得不親自帶了六百鐵騎去圍剿，只因為那十七人，竟然滑稽到只餘一人不曾站在北莽陣營，其餘小半是北莽滲透，一大半是被誘使或者是被逼迫投靠北莽，褚祿山單獨面對那十七人，自嘲了一句：「很榮幸告訴大家，我加入以後，你們也才只有兩個敵人。」

當然，北莽的南朝，也不見得比北涼好到哪裡去。

徐鳳年搬了張椅子坐在屋簷下，安靜等待游隼和鷹士的到來。

按照密報記載，黃楠郡兩老一新的三個巢穴分別位於一座道觀、一個幫派和一家青樓。春秋大戰期間，各國青樓無疑是諜子紮堆的地方，很沒有新意，以至於褚祿山當年執掌諜報後滿臉不屑，說是十座青樓裡各抓一名當紅花魁，肯定有兩、三個是諜子。

春秋戰事尾期，就已經少有傻瓜幹這一行，一來女子身分的精銳諜子很難培養，又要兼顧姿色出眾，那就更難了，二來他媽的誰都已經知道青樓勾欄容易搜集情報，當地諜子都對青樓妓女盯梢得很緊，稍有嫌疑，循著蛛絲馬跡，那就是寧可錯殺，不可錯放。不過如今硝煙散去，女諜子又開始逐漸藏身於青樓，只是數量仍然不多而已。

徐鳳年靠著椅背坐在屋簷下，慢悠悠想起了敦煌城，也想起了武媚娘。

相比江南，北涼入夜很晚，徐鳳年抬頭看著靜謐安詳的暮色，那些因為有韓商有黑鯉庇護所以仍然不知大難臨頭的北莽諜子，還能多活上幾個時辰？

驀地傳來一串暗藏機巧的叩門聲響。

負責打雜的洪書文去打開院門。

徐鳳年望去，笑了笑，見著熟人了。

那人見到世子殿下，也是滿臉由衷的驚喜。

徐鳳年知道她叫任山雨，一個慣用一雙宣花板斧的童顏女子，三十來歲還擁有著少女臉蛋，尤為難得的是胸脯風情十分豪邁。在神武城，她曾經差一點死在人貓手上。在號稱那個陸地神仙之下韓無敵的人貓面前，確實誰都可能說死就死。

徐鳳年笑著讓撲通跪地的女子站起身，柔聲道：「任山雨，這次是由妳帶領四十鷹士進入黃楠郡？那可算是升官了，恭喜啊。」

被世子殿下說出名字的任山雨燦爛一笑，露出一對與她年齡不符的俏皮小虎牙，很難想像這麼個惹人遐想的小女人，用大斧砍人如砍瓜切菜後，會拿斧頭直接在胸脯擦乾淨血跡。她嬌羞說道：「回稟殿下，是那個與奴婢一起在神武城出現過的王麟帶隊，奴婢就是先行探路的小卒子，跟軍中斥候差不多。游隼那邊已經跟王同雀接頭，王麟他們還是在酉時一刻準時入城。」

徐鳳年點了點頭，讓洪書文給這位女子搬了張椅子，她好似得了不敢奢望的天大賞賜，滿臉交織著驚喜和忐忑，輕輕坐下，卻只敢把半片屁股蛋兒擱在椅子上。

徐鳳年笑問道：「才當了芝麻小官？跟妳功勞可不符合，要不我幫妳說一聲？」

曾經在金字山落草為寇後殺人如麻的女子坐立不安，耳垂已經紅透，竭力平穩心緒，不讓胸脯顫抖得太過厲害，一臉鄭重其事說道：「奴婢自幼便是東越賤戶出身，如果不是北涼在奴婢九歲那年收納奴婢，做了一員諜子，早就死得不能再死了。奴婢也笨，有過兩次貽誤軍機，要是在別的地方早就該抹脖子自殺謝罪，能活著就很知足了。」

徐鳳年手肘抵在椅子扶手上，托著腮幫笑道：「沒想到祿球兒還剩下點人情味。」

聽到世子殿下對北涼所有諜子敬若神明的褚將軍直言評點，任山雨以為闖下潑天大禍，嚇得就要站起身重新跪下。

徐鳳年另外一隻手往下虛按了按，「我就隨口一說，別緊張。」

任山雨屁股落在椅子上，越發不敢說話。

任山雨壯著膽子偷偷看了眼徐鳳年，只見世子殿下瞇起眼，笑臉醉人。

她雙手攥緊衣角，滿臉汗水流淌，有句言語如鯁在喉。

徐鳳年無奈道：「有話就說。」

任山雨一咬牙，低頭囁囁嚅嚅道：「殿下，奴婢這輩子就一個心願。」

徐鳳年轉頭看著這個女子，好奇道：「說說看。」

她抬起頭，說完那句話後，就癱軟在椅子上，這回屁股總算是好不容易坐結實了椅子。

洪書文想笑又不敢笑，憋得難受。

洪狠子對這娘們兒有些打心眼裡佩服了。

竟敢調戲咱們世子殿下。

她的願望竟是這輩子死前一定要世子殿下親手摸一摸她的胸脯，還說這是她唯一拿得出手的東西。

然後洪書文不知怎的，看著那女子堅毅清澈的眼神，就有些說不清、道不明的感傷。

徐鳳年探身伸手，只是替她理了理鬢角青絲。

然後徐鳳年縮回手，望向前方，自言自語說道：「這次來黃楠郡的路上，我一直想，在陵州這麼做事繞來繞去，跟那些只講規矩不講理的人，我既講規矩又講理還念情，到底值不值當。不過現在明白了。」

忘了嬌羞的女子顯然沒能明白世子殿下在說什麼。

徐鳳年嘴角翹起，「不用摸，我也知道妳那兒很……」

停頓許久，世子殿下終於吐出兩個字。

「壯觀。」

第五章　桃腮樓世子斫琴　柴扉院鷹隼捕諜

入夜之後，洪書文興致勃勃跟隨王同雀一起去撈網捕魚，另外兩名鳳字營義從留在院子。

徐鳳年離開院子，只帶了徐偃兵和喬裝打扮成書童的呼延觀音，來到一個能讓道德君子既吐口水也咽口水的地方——妓院，恰好跟黃楠郡收網那座青樓巷子相鄰。

陵州富庶，狎妓成風，以至於許多商賈重金供養的菩薩天女，也都一個個體態豐腴、顧盼生輝、風情搖曳，許多僧人和尚看了雕塑壁畫後都紛紛感慨人心不古。

走在燈火通明、脂粉濃郁的煙花巷弄，多是志滿意驕的貂裘豪客，呼延觀音跟在徐鳳年身後，生怕跟丟了，徐偃兵不論何種境地，都是古井無波的心境，恐怕他證道過天門的時候也這副德行。

作為北涼昔日的紈褲領袖，徐鳳年對這種活計熟門熟路，挑了一座燈火最為輝煌的桃腮樓。

繡樓高三層，燈籠高掛，也不似鄰居妓院那般驅使幾位濃妝豔抹的女子出門招徠生意，架子極大。

徐鳳年大手一揮，丟了塊銀子給門口應付上下八洞神仙的妓院「鱉腿」，銀子都無須掂量輕重，瞬間就滑入袖子，這個年輕人笑臉立馬殷勤起來。這類貨色都不簡單，眼力好、口舌巧、身體壯，他從頭到腳打量徐鳳年了一番，心中敲定來了幾位可以一擲千金的貴客，立即高高吆喝了一聲，實則給老鴇遞了暗話。

果不其然，樓內很快姍姍走出一名女子，不過相比大多數青樓老鴇的徐娘半老，這女子年紀輕輕，徐鳳年火眼金睛，看出她是妓院老闆的女兒，俗稱「小掌班」。

她見著徐鳳年，神采奕奕，乖巧依偎上去。徐鳳年沒有趁勢揩油，雙指撚出一張銀票，丟入女子大紅絲綢抹胸之間的那道白嫩溝壑，微笑著說：「要兩位會彈曲的清倌兒，不要什麼花魁。」

小掌班心情大好，做她這行，最怕遇上兩種王八蛋——一種是家底不上不下，既沒有富甲一方，但也撐得起一旬半月的盡情歡愉，半桶水，一到青樓就開始顯擺，恨不得把樓內所有姑娘都買下；還有一種就是錢囊不鼓，卻算不上權勢滔天的官府公子，仗著家世白吃白喝不說，還喜歡惹是生非，到頭來擺不平麻煩，只會給青樓臉色看。

眼前這位頭髮灰白的公子哥，就很讓人暖心，出手闊綽，而且識趣，因為開銷起清倌兒耗銀其實不比那些臺柱子花魁少多少，而且還能給清倌兒增添人氣，若是個小有名聲的詩人書生，跟姑娘們詩詞酬唱幾回，這些清倌兒也就真的出人頭地了。

不用徐鳳年多說，小掌班就將一行人請到了三樓雅屋。登樓時候，身段婀娜的小掌班那水蛇腰肢，扭得比往常要賣力許多，在她想來，若是這位俊雅公子提及要她作陪，便是出價低些，也無不可。北涼的漢子多數健壯粗獷，如他這般跟江南豪閥士子似的模樣和氣韻，到最後做那活兒，也該是她占了便宜才對呀。

那公子到了三樓，要了間臨街的屋子，她善意提醒這邊會稍顯嘈雜，不過他一笑置之，小掌班也就樂得順水推舟，客人願意花冤枉錢，她總不能哭著喊著去阻攔。推門而入，屋子裡本就有一位妙齡清倌兒候著生意臨門，有一雙丹鳳眸子的公子哥在她出門去喊來另外一位前，扯住她的袖口，不動聲色讓她夾住一張銀票，笑咪咪說騎驢找驢算怎麼回事。

小掌班眼眸跳過一抹雀躍，明知故問，嬌滴滴地調笑著問那公子什麼驢找驢來著。可那公子點到即止，就是不說出「騎」那個字眼，小小撩撓了次她的心肝。不過這類小小漣漪，來去得匆忙，肯定要比許多銀樣鑞槍頭的傢伙脫褲子、穿褲子快多了。

徐鳳年沒有落座，徐偃兵出屋掩上門，就站在門口閉目凝神。

呼延觀音後背幾乎就要靠在牆上，戴了頂碩大貂帽的她死死盯著自己的靴子。

小掌班眼光毒辣，豈會認不出這是位女子。北涼歷來風氣開放，女子不光騎馬挽弓狩獵是行家裡手，一些膽子大的豪放女子不但會出錢邀請花魁入府彈唱，還敢親自來青樓逛蕩，一些個嗜好獨特饞嘴女子的豪家女，大些的青樓也都早已見怪不怪。

桃腮樓一位略微年老色衰的花魁，隔三岔五就會被陵州一位寡婦請去「磨鏡子」，每回反身也是照樣容光煥發，小掌班私下問起滋味如何，花魁答以「極妙」二字，然後就一切盡在不言中，差點讓小掌班都春心蠢蠢而動。想去試一試，可惜花魁說那高不可攀的寡婦喜好同她一般歲數的婦人，小掌班這才悻悻然作罷。

趁著那名修長俊逸的公子欣賞一個插有幾枝蠟梅的清玩膽瓶，小掌班自報花名「草稕」，別說在妓院，是一個擱在哪兒都算很稀罕的粗俗稱呼，以及介紹那位與她關係較好的清倌兒，叫「雪衣」，屋內架一竹籠，內有鸚鵡，羽白如雪。

徐鳳年在草稃說話時，摸過了膽瓶瓶口，然後一直歪著腦袋，手指輕敲那瓷如同雨過天晴的祕青色瓶身，不但讓草稃覺得趣味盎然，便是那個顯然還不熟稔伺候客人的雪衣，也有些眼神驚奇，嘴角微微翹起。身在青樓，見多了滿身酒氣的糙漢，見多了一身軟綿綿爛肉卻色瞇瞇的糟老頭，甚至還有不少開門時溫文爾雅，關門時急不可耐的讀書人，這麼個掩門後還有耐心跟一只賤價膽瓶過不去的公子哥，很能讓她們逗樂。

呼延觀音伸出一根手指，輕輕勾起了些貂帽，看到他並沒有做出那不知該說是風流還是下流的勾當，悶悶不樂的她，雖然鼻音輕哼了一聲，可心情略微好過一點。

一進門就對這只瓶子目不轉睛的徐鳳年呼出一口氣，對屋內三名女子眨了眨眼睛，然後在纖細瓶脖和圓潤瓶身上各自敲了一下，對草稃笑道：「聽聽，一鐘一磬，仔細分辨，就聽出來聲響涇渭分明。是東越皇窯出產的膽瓶，別說整只瓶子，就是指甲大小的碎片，也昂貴過黃金美玉。之所以如此價值連城，除了此窯出產的瓷器十分稀少，再就是這鐘磬之音了，因為張聖人作《樂書》，說了一句很有名的話：『君子聽鐘聲則思扶危武臣，聽磬聲則思封疆之臣。』」

草稃哪裡肯信什麼東越皇室的官窯膽瓶，也不知曉什麼文縐縐的君子鐘磬，只當他是附庸風雅炫耀學識的男子，拋了一記媚眼，嬌笑道：「公子，你這是逛窯子來了，還是敲窯瓶來了？你要是想要，儘管拿去，草稃要是皺一下眉頭，回頭公子來桃腮樓，草稃跟雪衣自薦枕席不說，還次次倒貼公子銀子！」

徐鳳年笑著搖搖頭，掏出所有銀票，裹成一團，都輕輕丟入另外一只花瓶囊中，「信不信由妳。反正身上就帶了這麼多銀兩，帶走瓶子，良心上也過得去了。」

草稃這才猛然瞪眼道：「公子，沒開玩笑？」

徐鳳年坐下，笑問道：「反悔了？」

草稃猶豫片刻，隨即爽朗笑道：「反悔什麼，若是公子不說，遲早要被笨手笨腳的丫頭打碎，也就一股腦拿簸箕倒到大街上去，指不定還有人嫌礙腳。不過公子既然已經身無分文，草稃今晚也不多要一顆銅錢了，但是公子要答應以後常來桃腮樓光顧我的雪衣妹妹，行嗎？」說到最後，草稃已經黏糊在徐鳳年身上。兩人同坐一張椅子，他坐椅子她坐腿，兩不耽誤。草稃身材曼妙，那豐滿兩瓣兒巧妙研磨，俏臉上盡是媚意。

徐鳳年拍拍她的腿，不傷感情地示意她起身，瞇眼笑道：「我不是陵州人，以後很難再來桃腮樓了，不過我有幾個朋友在陵州混得不錯，要是桃腮樓想開去郡城，或是在黃楠郡遇上了小麻煩，我可以讓他們幫忙說幾句話。當然，先前我說瓷瓶價值千金，妳不信，這回妳也可以不信。」

草稃起身後，便顧不得什麼故作矜持的臉面，只怕過了這村就沒這店，趕緊小心翼翼問道：「公子在陵州郡城認識的朋友，草稃可不敢奢望高攀，也不敢叨擾，不過敢問黃楠郡的世家子是哪一位？咱們桃腮樓可是一百個、一千個願意，把他老人家當菩薩供奉起來。」

徐鳳年眼角餘光瞥了一眼窗口，桃腮樓只比那棟臨街陵州最大的青樓略矮幾分，從這邊望去，一目了然。先前那只瓷瓶落到了識貨人手裡，沒有兩、三千兩根本別想拿下來，徐鳳年對於做買賣能賺不虧，不管是大買賣賺得盆滿缽滿，還是小買賣賺個可憐兮兮的幾文錢，都會有好心情。

已經有好幾年沒有逛青樓，再說風花雪月了那麼多年，只有荒誕不經敗家的份兒，賺銀子還是破天荒頭一回，是個好兆頭，這讓徐鳳年對於草稕那點鑽營心機，也沒有什麼惡感，在腦子裡篩選了一遍，知道以桃腮樓小掌班的眼界，恰巧家在黃楠郡的陵州末流紈褲，別說徐鳳年一個都不認識，就算說出幾個，也只能被她笑話。

可上得了檯面的，自幼在黃楠郡長大的惡少李翰林，當年也沒敢帶幾個去他面前丟人現眼，寥寥帶去涼州幾個，都比女子還水靈妖嬈，都是李大公子的舊相好，這讓徐鳳年有些左右為難，難道只能搬出宋岩宋大人了？不過要是這樣，傳出去也挺有趣，相信即使傳到了宋太守耳朵裡，到時候已經晉升的新任陵州別駕大人也只能捏鼻子認了。

徐鳳年好不容易才忍住給宋岩潑一大盆髒水的衝動，因為無意中記起了一個李翰林的仇家。當年那廝被李翰林這個豐州頭號惡少收拾得無比淒涼，離陽設道之後，豐州兼併入陵州，李家搬去了陵州州城，那個苟延殘喘的紈褲總算有了一線生機。

雖說他爹的官階始終被經略使壓得死死的，但好歹不用成天提心吊膽，尤其是李翰林從軍以後，整個人脫胎換骨，對這些陳芝麻爛穀子的舊帳、舊仇都根本不去理會，那廝對於當年遭遇的慘況，不以為恥反以為榮，逢人就說老子當年跟李翰林李標長大打出手過，從北邊紫貂街一路打到南邊蓑衣街，你們敢嗎！

也許李家剛搬去陵州那會兒，還有人敢較勁幾句，等李翰林在邊境上實打實砍下一大串蠻子頭顱，就澈底沒誰敢有這份膽魄了。徐鳳年當年到黃楠郡跟李翰林兄弟幾個一起踏春，勉強算是見過那可憐蟲一面，都沒有打過招呼，也不知道那傢伙對自己還有沒有記性。

於是徐鳳年笑道：「黃楠郡功曹王大人的公子，王雲舒，跟我有些交情。」

說出這個名字，不僅草稕眼神變幻，那個遠不如小掌班深諳人情世故的清倌雪衣也有些忌憚畏懼。

無他，這王大公子在黃楠郡委實是太過跋扈，可謂人人如雷貫耳。經略使的公子那山大王一走，王雲舒就猴子稱大王，那叫一個橫行霸道。他爹作為一郡功曹，輔佐太守宋岩，主管選署功勞，也就掌握了各司官員升遷命脈，可謂手握生殺大權，而且王家自詡的「文武兼備」，也確有幾分實情。

王功曹有一名年齡相差無幾的義子，不知是王家打點到位運作得體，還是那人真在邊境上走了狗屎運，回到黃楠郡就當上了掌兵四百的都尉，如此一來，一些個當地幫派大佬，見著了王大公子都得人前稱兄道弟，人後搖尾乞憐。還有，桃腮樓草稕之所以如此上心，主要是王公子是她們樓內的天字號大恩客，黃楠郡臨街那座柴扉院，曾經惹惱過王公子，如果不是柴扉院給經略使大人的一門親戚又送女子又送銀子，早就給王公子帶人拆掉，那以後王公子就經常來桃腮樓豪擲金銀。巧的是，王雲舒今晚就在桃腮樓獨占兩位花魁，在同一層樓神仙快活，不過隔了有些距離。

畢竟小掌班草稕交好的清倌雪衣，在桃腮樓地位不高，草稕也算難得存了一份善心，只將一些看得順眼的客人領進這間屋子，就怕委屈了雪衣，這在不知情義二字為何物的青樓算是罕見的溫情了，更多是那些不願出局就被強行破苞的可憐雛妓，更多是那些滿身瘀青仍要強顏歡笑的女子。草稕對於雪衣之外的桃腮樓女子，也一樣心狠手辣不輸別人，不這樣做，哪怕她是小掌班，也站不穩腳跟。

草稕走出一步又退回，丟了個眼色給雪衣，那清倌兒開始撫琴，草稕這才微笑道：「巧了，王大公子就在一樓，莫非他是在等公子？」

草稕心裡已經將眼前公子哥的話當成了信口雌黃，只要他說一句不是，隨意找個藉口，草稕也就不去刨根問底，大冬天的來桃腮樓尋歡愉，何必鬧得下不了臺階。否則草稕起初都有尋個說法出門去請王雲舒來驗證身分的促狹想法，不過如此一來，害人不利己，王雲舒過來之後，將眼前公子一頓棒殺出樓，罪魁禍首的草稕也討不到半點好處，何苦來哉。

只見那公子走到窗口，斜倚著窗欄，出乎草稕和雪衣意料，嗓音暖洋洋說道：「正好，勞煩草稕姑娘去說一聲，就說陵州州城有他舊友到了你們桃腮樓。」

草稕笑咪咪問道：「公子，那我可真去了啊？」

徐鳳年笑道：「不去是小狗。」

草稕媚眼如絲，「虧得公子是讀書人，還喜歡這等不雅姿勢哩。」

一直悄悄豎起耳朵的呼延觀音一開始只覺得莫名其妙，等回過味兒後，轉頭狠狠望向那傢伙。

遭受一場無妄之災的徐鳳年乾脆轉頭，望向那座依舊歌舞昇平的柴扉院。

草稕見他不似玩笑，迅速權衡利弊，還是鼓起膽量出門去勞駕那位性格乖戾的王大公子。

徐鳳年在安靜等待那座柴扉院的動盪。

因為他心中並不是十分篤定北涼諜子可以大功告成，然後輕輕鬆鬆地全身而退。

韓商這個意外之喜，對當下趕赴黃楠郡展開圍剿的游隼鷹士而言，卻很有可能就是個需要很多條性命去填補的壞事。北涼是北涼，死士是死士，不一定時時事事掛鉤。

因為韓商的身分暴露並不在預料之中。

有他這種重要人員參與，黃楠郡十有八九會有一、兩個實力卓絕的北莽死士來坐鎮。諜子之間不見太多硝煙的血腥戰事，占據主動的那一方，贏就贏在可以有的放矢，一物降一物，算計越精準越好。假若你有三品武夫在場，那我就派遣二品小宗師來跟你過招，你有一名小宗師高手，那我就派遣兩名小宗師，你有三位，那我就乾脆不惜驚動一品金剛境高手來跟你玩。

江湖難混，在於江湖那些越是頂尖的高手，不一定越逍遙，尤其是摻和到朝政淪為鷹犬狗腿的高手，越是不得不去愛惜羽毛，因為永遠不知道下一次生死之戰，敵人會不會是同一境界的死敵，甚至是高出一個境界的高手？這些個站在敵對陣營的高手，哪怕被譽為鳳毛麟角的超然人物，可一旦被你遇上，一次就夠了，幾十年辛勤修習，幾十年武道砥礪，任你生前叱吒江湖，一樣是萬事皆休的下場。當然，諜子交鋒更多是類似王同雀和韓商的爬升，靠演技，靠應變，還需要靠運氣。

徐鳳年聽著悠揚琴聲，轉頭看著總算願意走近自己的呼延觀音。

她仰起頭，輕聲問道：「院子裡那個任姐姐，喜歡你？」

徐鳳年啞然失笑，柔聲道：「她喜歡的是一個不當真敗絮其中的下一任北涼王，否則她從九歲起就給北涼賣命，會覺得自己很不值。不過說實話，如果上次在神武城見過我後，發現是個豬頭肥耳的醜八怪，那麼今天在院子裡重逢，肯定也不會跟我說出她的那個願望。」

呼延觀音抬了抬下巴，眼神遊移，「那你怎麼不滿足那位姐姐的願望？不是舉手之勞嗎？」

在來黃楠郡路上隔著一層薄薄綢緞，「舉手之勞」了足足一炷香工夫的徐鳳年滿臉笑意。

沒得到答案，但比得到答案還要心情輕快一些的她，板著臉轉過身，偷偷一笑。

徐鳳年轉頭望向那座青樓，心中說道：『死士連念想都沒了，只會死得更快。』

他之所以沒有參與其中，不光是他不願太過插足諜子體系，更重要的是他跟徐偃兵太早出手，導致剿殺太過順利，一些深藏泥塘底部的老王八，可能寧願看著徒子徒孫相繼赴死，也會憋在泥濘中，不願冒冒失失上岸。

很多原本可以簡單處置的事情，往往因為他是徐鳳年，就會變得很複雜，不得不去步步為營。

徐鳳年聽著逐漸駁雜起來的琴音，她的指法不夠嫻熟是一個次要原因，還在於這架新琴雖說勉強取巧，既然無法去山嶽高峰取其良材，便用了老杉木房梁做琴身，這是許多貧寒琴師的無奈之舉，這不是問題所在，很多新手甚至是一生浸淫琴技的老手，都不曾醒悟琴腹未必以工整平滑為妙，能操琴者未必能斫琴，能斫琴者則必善操琴。

徐鳳年年少時不知剖開多少架古琴名琴，發現這些大小槽腹非但不如琴譜所撰那般光滑如鏡，反而「錯縱粗糙不堪」，形似韭葉。

有徐偃兵在屋外，不擔心柴扉院有動靜而不知，既然草稕還沒請來王大公子，徐鳳年閒來無事就走向那雪衣，讓她起身，在這名清倌兒一臉匪夷所思的凝視下，很乾脆俐落地剖琴見腹，悄然袖出一飛劍，幫她斫琴一二，笑道：「弄壞了琴，我回頭幫妳買新的，這些銀子還是有的。其實好的琴，在於聲欲出而不得出，說得低俗一些，就如同女子脫衣誘人，將脫又未全脫之際，總是最讓男子遐想聯翩，身無餘物時……還是不說這個比喻了，大煞風景。

我當下能做的十分有限，不過一些道理，以後妳尋人幫忙斫琴時，可以說給他聽……」

雪衣聽著這位清雅公子彷彿沒個盡頭的溫醇念叨，一開始她還能一字一字記下，後來忍不住放開膽子笑問道：「公子，你真是來桃腮樓買醉的嗎？」

徐鳳年沒有抬頭，取笑道：「你們從頭到尾也沒給我遞酒啊，茶水倒是有，就算一茶壺都灌進肚子，可那也喝不醉人。」

呼延觀音來到竹制鳥籠前，朝那隻鸚鵡做了個鬼臉。

然後雪衣看到這位小心翼翼斫琴的公子，怔怔入神。

雪衣就要去拿酒，徐鳳年搖頭道：「不用了。」

徐鳳年猛然站起身，然後又坐下，癡癡望著那架被他親手所斫的破琴，收回視線，閉上眼睛，一根手指輕敲眉心，輕聲呢喃，其實是在不斷重複一句話：「物有不平則鳴。」

雪衣只當這位公子是斫琴到了走火入魔的境地。

那公子仍是自言自語，不過零零碎碎，加上她也擔驚受怕，就有些聽不真切了。

「荀平叔叔曾說天地之間有浩然……」

「我也曾恍恍惚惚逍遙天地間……」

徐鳳年伸手試圖去抓住些什麼。

隨後變作手指凌空縱橫勾畫，雜亂無章。

雪衣離他更遠了。

屋外，徐偃兵驀然睜開眼睛，如臨大敵。

◆

至於更遠那邊，草稕覺得自己是冒死敲響了王雲舒的房門，裡頭歡聲笑語旖旎得很，屋外一大撥扈從，有王公子那位都尉義兄的佩刀甲士，也有黃楠郡幾大幫派裡的高手的嫡傳弟子，看她這位小掌班的眼神，可都跟正經不沾邊。

果不其然，房門沒開，只傳來王雲舒的罵罵咧咧，揚言膽敢壞了他王大公子的雅興，男的打斷腿腳拖出去餵狗，女的就打賞給他手下十幾票兄弟都痛快為止，嚇得草稕這種年紀不大卻江湖很老的女子都有些嗓音發顫，也不敢推門，戰戰兢兢說道：「王公子，我是草稕，有事稟告。咱們桃腮樓剛來了一位陵州州城的年輕人，喝過了些小酒，然後自稱是王公子的舊友，也不知真假，草稕斗膽來跟王公子知會一聲，就怕萬一真是王公子的朋友……」

說是喝酒，她心中哀嘆。那位公子，草稕仁至義盡，也只能幫你圓場到這一步了。

屋內夾雜著某處肥肉顫顫獨有的清脆聲響，王大公子一邊喘息，一邊怒罵道：「讓那傢伙趁早滾蛋，再來煩老子，老子就讓妳跟他去桃腮樓外當街歡好！」

草稕再沒有一絲僥倖，暗罵自己鬼迷心竅，巴不得王雲舒不去雪衣那間屋子為非作歹，當即致歉一聲，就要離開。

屋內不堪入耳的嘈雜驟然停頓，「等一下，是陵州州城來的？」

草稕悄悄苦臉，恨不得給自己搧一個耳光，哪怕屋內王雲舒見不著，仍是乖乖擠出笑臉道：「對的，是陵州，王公子英明。」

「相貌如何？」

「尚可。」

「滾妳娘的，再跟老子打馬虎眼，信不信讓妳滾進來去馬桶那邊蹲一晚上？」

「是個挺英俊的年輕人。」

「有沒有帶大幫扈從？」

「沒呢，就只帶了一個，遠不如王公子有氣勢，差遠了。」

「一個？對，一個就對了。妳個頭髮長、見識短的娘們兒懂個屁的氣勢！等著，老子這就跟妳去看一看。」

屋內稀稀疏疏的穿衣聲響，讓草稕幾近絕望。

桃腮樓仿東南民居，又仿苗疆筒子樓，中設一口天井，也不做任何遮掩，夏納涼、冬賞雪，匠心獨運。不過樓內屋子對開，一般分內外兩屋。雪衣那間就是面臨街市，像王雲舒這種，合二為一，相對寬敞許多，沒有內外之分，屋內裝飾更是極盡豪奢，大小物件都價格不菲，遠不是清倌兒雪衣那邊可以媲美。

王雲舒之所以讓桃腮樓當作財神爺，緣於他有個畸形癖好，跟花魁之外一些姿色稍差的女子魚水之歡，喜歡拖拽著她們去裡邊窗欄趴翹著巫山雲雨，能讓許多同一樓層的客人大飽眼福，美其名曰「獨樂樂不如眾樂樂」，所以每逢王公子來桃腮樓，又沒有點花魁接客，那麼總會有許多男子聞訊匆匆趕來，即便不能雨露均沾，也能犒勞犒勞眼睛。

顯然今天對面同一樓層的傢伙們都沒能一飽眼福，好在王雲舒私下曾說哪天等他老子當上了黃楠郡太守，一定要讓兩位花魁都去窗欄乖乖翹著，讓所有人都樂一樂，這就叫「普天同慶」。

房門打開，一位跟樓內小掌班關係惡劣的花魁滿臉春意，輕輕斜瞥了一眼草稕，那是只有女子之間才能心領神會的陰冷——幸災樂禍。

草稃帶著胡亂披上狐裘的王大公子走去，步履維艱。

王雲舒一腳踹在草稃小腿上，「是瘸了，還是給人使喚得腿軟了？趕緊的，耽誤了老子大事，妳就等著，老子可不管妳是不是洪大娘的女兒。嘿嘿，如果謊報軍情那就更別提了，在軍伍裡就是一個斬立決，反正妳們這些渾身沒一個地方乾淨的娘們兒，早就該丟河裡浸豬籠了，老子跟妳們這些婊子憐香惜玉個屁！」

草稃咬了咬嘴唇，然後就是笑，也不知道笑給誰看。

王雲舒帶著那幫惡僕扈從浩浩蕩蕩前往草稃所說的「陵州舊友」那邊，在黃楠郡就是天王老子的年輕紈褲，眉宇間有一絲不易察覺的陰霾。

那傢伙千萬別跟姓李的有半顆銅錢關係才好。

萬一真給沾親帶故了，就算是個小嘍囉，他王雲舒打是萬萬不敢打的，說不定還只能乖乖奉為上賓。

這可不是王雲舒好說話，沒轍啊，在富饒的陵州，王雲舒幾乎所有官家子弟和將種子孫都不怕，屈指可數那一小撮，頂多也就是井水不犯河水，唯獨就怕那麼一個。

比家世，人家老爹是正二品，別說陵州，整個鐵騎甲天下的北涼，也就大將軍跟新任北涼都護褚大魔頭可以壓一頭，自家老爹差了好幾個臺階！比身手，一百個王雲舒都揍不過人家一個。比軍功？連臉皮厚如王雲舒者，也沒好意思比這個。

王雲舒只要一想到那姓李的，就越發心情晦暗。

當他看到屋外環臂而立的魁梧男子，王雲舒下意識停下腳步，不敢向前。

因為他感受到了一股比他都尉義兄偶爾動了真火時，更可怕的氣息。

那是一種如貓遇虎的強烈危機感。

王雲舒跋扈蠻橫不假，可不是真的蠢到不可救藥。

要知道在陵州以外，那個比姓李的還要生猛的北涼獨一份公子哥，有關膏粱子弟的生存之道，說過幾條很是讓他們人人信奉的金科玉律，比如「咱們紈褲出來混，想要混得滋潤長久，靠庇蔭混、靠惡奴混、靠哥們兒混、靠錢財混，都是些救急不救命的法寶，都不如自己靠腦子混」。起先王雲舒對此嗤之以鼻，後來渾渾噩噩混著混著，吃了些苦頭，也就越發知道這言語裡頭的道理了，都是王雲舒真等到靠顏面墜地後才醒悟的。

很多狐朋狗友跌了跟頭，狠到再沒有機會悔過，比如一個從小交好的哥們兒，前年去了北涼以外的地方撒野，殺女人、殺俠客，最後囂張到殺官兵，結果竟是到今天連屍首都沒能找到，這哥們兒的家世在陵州何嘗比他差了？

不同身分的人，眼中就有不同的江湖，草稕、雪衣這些妓女的江湖，聲色雙甲的李白獅是她們的江湖魁首。

而王雲舒之流的紈褲，那傢伙就無異於是紈褲江湖上的陸地神仙啊，而且都沒誰能跟他比肩的。你上哪兒再去找個能去京師金鑾殿不跪皇帝的紈褲？上哪兒去找個能帶著老劍神闖一闖武帝城的紈褲？

王雲舒見不得別人過得更好，但對有些惹不起的傢伙，還是懂得認輸服軟。

草稕對門口那位始終沒有睜眼的扈從也不覺得有什麼值得驚訝，不過是高大一些，沉默寡言一些，不過當她看到王大公子一臉凝重的時候，就有點咀嚼出味道了，敲門推門的動作也輕盈了幾分。

可草稕不管如何推門，就是推不開，以為屋內已經門門做那床笫勾當，她正要開口出聲提醒裡頭的公子和雪衣。

那位扈從緩緩開口道：「等著。」

草稕自身不介意那事情，甚至不介意有她一份，可她就怕身後的王大公子火冒三丈，到時候別說她這個小掌班，就是整座桃腮樓都得被殃及池魚。

草稕身後的王大公子輕笑道：「再等等便是。」

草稕真是如同被人架在火堆上烤，度日如年。

不知道過了多久，她身後王雲舒臉色陰沉得可以滴出水來。

「進來。」

好在屋內傳來不輕不重的兩個字，聽在草稕耳朵裡，這輩子就沒有比這更天籟之音的話語。

屋門被雪衣緩緩打開，耐性殆盡的王雲舒陰笑著跨過門檻，看到一張破琴後頭，坐著個他做夢都沒有想到的人物。

化成灰他王雲舒也認得！

然後這位黃楠郡大紈褲用一種事後自己都佩服的當機立斷，以迅雷不及掩耳之勢，重重跪在地上，雙手拍地，腦袋砰一聲結結實實磕在地面。

王雲舒一個屁也沒敢放，就那麼五體投地跪著。

這種獨屬於紈褲的境界，就算沒有陸地神仙，也總該有二品小宗師的水準了吧？

屋外草稕嘴角抽搐，屋內雪衣更慘，驚嚇得趕緊去貼著牆壁站著，摀住心口，再不敢看一眼。

更讓草稕無法接受的是，那個被她誤以為尋常士族子弟的富裕公子，那個堂而皇之受了王大公子一拜的傢伙，就那麼一手托著腮幫望過來，似笑非笑。

王雲舒才在桃腮樓兩位花魁身上梅開二度，身子骨已經是強弩之末，跪著跪著就有些打戰，卻是只敢去竭力紋絲不動，生怕稍有動靜，就被誤以為心懷不軌。

好在徐鳳年已經笑道：「雲舒，我才跟草稕姑娘說你我關係不淺，雖說上回打賭誰輸誰見面就得跪迎，可你也不用跪上癮吧。起來了，聽說你在這裡是頭一號的豪客，就不怕以後被桃腮樓看輕了？」

草稕今天算是悲喜轉換得跌宕，按照她的想法，王雲舒斷然不會是突然腿軟才趴在那裡裝死狗，那就只能解釋成屋內自稱陵州州城人氏的公子哥，是不是王雲舒的舊友不好說，肯定家世遠勝黃楠郡王功曹，如果是父輩官職品秩相當的膏粱子弟，就算某次被教訓得刻骨銘心，但也絕對不至於低三下四到見面就給人五體投地。

草稕身為小掌班，雪衣可以躲起來發愣，她可不行，趕緊在腦中篩沙子般梳理了一遍頭緒，除去先前坐在那頭髮灰白公子哥的大腿上研磨臀瓣兒有些不敬，其餘待人接物，草稕自認還算厚道，不過她到底只是桃腮樓的風塵女子，官家子弟多當官，將門子孫多投軍，有生龍鳳生鳳，自然就有老鼠生兒打地洞，但像她這樣跟著娘親一起做妓女的人，黃楠郡肯定還有，但絕對屈指可數。

徐鳳年根本沒有把心思放在王雲舒身上，之所以能記得這個名字，還得歸功於王大公子有個不俗氣的爹，黃楠郡功曹王熙樺。王姓在黃楠郡是大族，宗祠繁多，不過同一個姓氏，同姓卻不同祖，出名的有四支：水經王氏、龍頤王氏、靈素王氏和紫金王氏。

經略使李功德在黃楠郡屬於外姓人，之所以能夠發家，就在於他既是龍頤王氏的毛腳女婿，又成功將宗脈牽扯交錯的幾大王氏豪族擰在一起。如果說胥吏是新病，那麼門第林立就是幾近膏肓的舊疾。

王雲舒心思活絡，否則也沒辦法在黃楠郡左右逢源、黑白通吃，當下就心中了然——世子殿下是不想洩露身分，趕忙起身，仍是鄭重其事地拍袖振衣。

徐鳳年站起身，對草稕做了個飲酒的抬臂手勢。屋內有酒，只不過用來伺候王大公子就有些上不了檯面，草稕就想著去酒窖拎幾罈子封藏多年的醇釀，不過徐鳳年說綠蟻就行，草稕愕然，也不敢質疑，不過仍是下意識瞥向王雲舒，這讓王大公子氣惱得七竅生煙，腹誹這小掌班難不成瞎了眼，這不是坑害他嗎，當下就丟了個凌厲眼神過去，讓她別多事。

草稕也知道不小心畫蛇添足，趕忙低斂眉目匆匆離去。

徐鳳年對王雲舒擺手說了個「坐」字，王雲舒諂媚搖頭，忙不迭說站著舒坦，徐鳳年還是拎了張椅子給王雲舒，自己則站在視窗。

王雲舒乾笑著坐下，如坐針氈，把所有認識的菩薩仙佛都念叨了一遍，只求這位脾氣極差的世子殿下別是先禮後兵——在龍睛郡連鍾洪武都給收拾得不輕，他一個沒有官職在身的蝦兵蟹將，世子殿下還不是想清蒸就清蒸、想紅燒就紅燒？

徐鳳年手肘靠在窗欄上，問道：「王伯父身體可好？」

王雲舒咽了一口唾沫，點頭道：「還好、還好。」

對王雲舒一直和和氣氣的徐鳳年想了想，笑道：「王伯父是北涼少有的書香門第出身，在黃楠郡學問之高，不低於太守宋岩，據說曾經有武當真人觀其面相，給過讖語，怎麼說來著？」

王雲舒尷尬道：「那不知名老道說我爹年少溺於任俠騎射，再溺於經學辭章，三溺於黃老神仙，四溺於西方佛土，最後歸於聖賢。我估摸著道士是不是來自武當還兩說，讓殿……讓徐公子笑話了。」

徐鳳年搖頭道：「我在武當山的時候，的的確確聽過這麼一說，那位老真人，是當之無愧的道門神仙，老掌教王重樓。」

王雲舒瞠目結舌，說實話連王家對這讖語都不怎麼當真，只當是茶餘飯後的錦上添花，不過他爹年輕時候確實曾匹馬掛劍、負笈遊學，任俠意氣，不過如今王功曹醉心於道教的黃老清靜，王雲舒從小就沒見過父親提劍練武，甚至連騎馬的次數都不多，對於年輕時候的遊學經歷，王功曹也從未在這個獨子面前提起，王雲舒對於這些自己父親都不願多說的傳聞，也只以為是溜鬚拍馬、好事之徒的奉承言語。

如果真是那位一指截斷滄瀾江的老神仙，那可了不得。王雲舒頓時對在陵州官場上四面樹敵的父親高看了幾眼，別的不說，就是跟經略使不對眼這一點，原本就讓王雲舒覺得自己這輩子前途渺茫。

王雲舒察言觀色的本領比起草稕還來得爐火純青，世子殿下說到武當老掌教的時候，眼神與臉色都十分柔和，並且不是那種讓旁人骨子裡發冷的陰柔。王雲舒當然不會知道武當山和清涼山這兩座山之間，幾乎可以稱之為仙人一劍都斬不斷的深厚淵源。

人人可親的綠蟻酒在北涼隨手可得，草稕很快就提來四壺，徐鳳年跟王雲舒自然分去兩壺，草稃自己要了一壺，雪衣不善飲酒，最後一壺就給了那名假扮青衣書童的貂帽女子。

遞酒時，草稃猛然一呆，世間還有這般姿色的俏人兒？莫不是都能跟襄樊城李雙甲一較高下了？

徐偃兵已經掩上門，又當上一尊喜怒不形於色的門神。

徐鳳年雙指拎小巧酒壺，輕輕搖晃，促狹問道：「如今還記不記恨李翰林了？」

王雲舒才喝了口酒壓壓驚，他以往是從不會碰綠蟻酒的，不過跟世子殿下同飲，別說是勉強入口的綠蟻，就是酒渣也能生出一醉方休的豪情，冷不丁聽到這句恰好捏住他王雲舒七寸的話，一口酒差點噴出來，趕緊把那口烈酒咽下腹中，酒下了肚子，可一顆心又被吊到嗓子眼，小心翼翼苦笑道：「哪裡敢，李公子已經在邊境上揚名立萬，雲舒別說記仇，就是回頭李公子來黃楠郡祭祖訪親，我給他牽馬都成。不過李公子離開黃楠郡前，說以後只要見著我一次就要打得我爹都不認得，王雲舒就算有心賠罪，也實在不敢去李公子面前吃一頓打。」

草稃自認為抓住玄機了，這位陵州州城來的年輕男子，肯定是跟經略使大人的公子李翰林有交情，說不定就是經略使大人的親戚晚輩，這才讓王雲舒嚇得丟了魂魄。

徐鳳年點點頭，像是相信了王雲舒的話，看似漫不經心隨口問道：「聽說你有個義兄，在黃楠郡做都尉，掌一營兵馬，麾下三、四百甲士，清一色的輕騎，戰馬都是乙等中上，放到幽涼邊境上都半點不差了，遠比郡裡校尉的士卒還來得精銳善戰？」

王雲舒撓撓頭嘿嘿一笑，一臉實誠地咧嘴道：「都是銀子堆出來的花架子，好看肯定是好看的，真要去邊境拉出去遛一遛，跟蠻子拚命的話，我看懸。都是些沒打過仗的新卒，不過說實話，很多人都是黃楠郡幫派的嫡傳弟子，打仗不行，但是打架很有譜兒。這些家醜，徐公子問起，我也只能實話實說，如果哪裡錯了，徐公子說給王雲舒聽，回頭我就跟我爹還有我義兄說清楚，反正保證一點不差全部順遂了徐公子的意思。」

一字不漏聽在耳中的草稕，越發驚奇。敢情這位陵州公子哥不光是跟李家沾親帶故的後生那麼簡單，否則哪裡能對黃楠郡軍政指手畫腳？紈褲之間的意氣之爭，捅破天也就是相互鬥毆，兩幫人各請神仙，打得天昏地暗，最厲害也無非是讓衣甲鮮明的軍伍士卒做幫凶，萬萬沒有嚴重到讓家族根基都牽連動搖的道理。

在桃腮樓小掌班印象中，還真沒有哪位黃楠郡的年輕二世祖可以去越過父輩，跟那些官場老油條叫板。黃楠郡作為北涼糧倉，能在這裡作威作福的官老爺都不簡單，不說太守宋岩手腕凌厲，王功曹也是出了名的滴水不漏，可以說個個都是馬蜂窩。

徐鳳年笑道：「黃楠郡有錢人太多了，不過很多人都是提著豬頭找不著廟門，說到底還是本事不夠。當年爭奪豐州刺督一職，不是王伯父輸給了經略使大人，而是水經王氏輸給了龍頤王氏，被經略使大人打壓了那麼多年，以至於後邊連黃楠郡太守都沒當上，接著又被官大一級壓死人的宋岩排擠，還能穩坐釣魚臺，硬是緊握一郡官帽子分發大權，已經殊為不易。如今宋太守終於要從黃楠郡挪窩，去陵州當別駕了。」

王雲舒臉色複雜，難道世子殿下言下之意是要他爹更進一步？

徐鳳年也沒有賣關子，直接給王雲舒擺明利害關係，「不過太守一職，還得是龍頤王氏那邊的官員出任，官場上一脈相承的規矩，不能說壞就壞，否則太遭人恨。我現在好奇的是你那個義兄，到底有沒有幾分真本事。」

王雲舒一咬牙說道：「我那義兄……」

說到這裡，王大公子瞥了眼豎起耳朵的草稕，徐鳳年笑道：「草稕姑娘，妳跟雪衣去換些新鮮吃食。」

外人一走，王雲舒立即站起身，小心謹慎措辭道：「殿下，我那義兄叫焦武夷，本事是有的，在幽州邊境上也曾立下不小的軍功，可惜被同僚栽贓陷害，讓我爹一萬多兩銀子打了水漂不說，義兄差些都沒能活著回到黃楠郡。不過這樁恩怨，咱們王家認栽，王雲舒也不會在殿下這裡訴苦什麼。義兄焦武夷這幾年在黃楠郡經常借酒澆愁，可一身武藝並沒有丟掉，這時候還經常帶著士卒去河上鑿冰，讓他們跳入河中受凍，誰若撐不下去就得滾蛋。我不是給義兄說好話蒙混殿下，實在是從沒有見過這般凶狠帶兵的都尉。」

徐鳳年笑道：「你要去了邊境看一看，就知道這根本不算什麼了。」

王大公子立即漲紅了臉，訕訕然道：「殿下莫怪，是王雲舒見識短淺。」

徐偃兵輕輕咳嗽了一聲。

幾乎同時，徐鳳年就對王雲舒搖了搖手，然後轉身站在視窗，望向那座柴扉院。

徐鳳年站在窗口，轉頭對一頭霧水的王雲舒招了招手，讓他走近後，輕聲說道：「你去跟你義兄說一聲，看在你的面子上，本世子准他帶兵入城，有一樁不用幹活就掙軍功的好事要便宜他。」

王雲舒使勁搓手，躍躍欲試道：「殿下，能不能讓咱也湊個熱鬧？」

徐鳳年笑問道：「你可有士卒身分？」

王雲舒也坦白，赧顏道：「有有有，我爹死要面子，嫌我不務正業，逢年過節帶我出去見他的同僚都顏面無光，就跟義兄討要了個小伍長。」

徐鳳年玩味道：「小伍長？在邊境上可是得斬殺過蠻子才能有的位置。」

王大公子悚然，乾笑著不知道如何補救圓場。

徐鳳年也沒有計較，揮手道：「趕緊去跟你義兄商量，到時候你也別來桃腮樓了，讓焦武夷兵分兩路，你跟他分別去青滎觀和蓮塘，如果城門那邊問起，就說是太守宋岩的調令，之後再有人問起，就說是本世子讓你們去的。」

王雲舒告辭，帶著廊道裡那些扈從惡奴一溜煙跑出了桃腮樓。

為了避嫌，離得稍遠的草稕和雪衣面面相覷，不知道這是唱哪出。

徐偃兵走到窗口附近，望向柴扉院，微笑道：「恭喜殿下斫琴有悟。」

徐鳳年點點頭，感慨道：「世人只知道偽境有大貽誤，似乎也有誤打誤撞的好時候。」

徐偃兵搖頭道：「世子殿下的偽境，如同賞客借畫一覽，藏家幫殿下拉開畫卷一角，便迅速收回，這等偽境，比起畫師自己作畫誤入歧途，貽害顯然要小。而且殿下此番所悟，不是叩問長生的指玄，而是浩然青冥的天象。這源於殿下二十幾年讀書以及三次遊歷的所見所聞。讀萬卷書，行萬里路，這才是為何讀書人代代相傳，及冠就需負笈遊學的原因。唯此方能厚積薄發，在某個時刻也就水到渠成。不過徐偃兵所說，都是紙上談兵，殿下能夠親驗連番偽境和跌境之後仍是悟得天象精髓，便是徐偃兵也自認做不到。」

徐鳳年笑道：「徐叔叔，你這都是快要超凡入聖的人，就別給我一個二品內力的半吊子傢伙說好話了。」

徐偃兵一笑置之。

徐鳳年心中喃喃，方才所涉境界，過於縹緲玄妙，可似乎既不是指玄也不是天象啊，彷彿手指一鉤，就能讓一些看似近水樓臺實則遠在千里之外的物件，破空而至。只是這種境界一閃而逝，並不牢靠，具體如何把握細節，還得看以後機緣。

◆

黃楠郡自打黑鯉叛變，又有韓商這種在北莽頗有地位的老諜子暗中呼應，整個郡的諜報就算是根子已爛，越是經驗老到之人，越是容易燈下黑。

諜報這圈子有捉對的習慣，既有身分暴露之後敵我之間的捉對廝殺，也有同一陣營的捉對呼應，不過後者一般只有到了某個位置的重要文諜子，才有資格被武諜子「盯梢」保護，許多護駕，文諜子一輩子都不知道有哪些人為自己而死，往往只有等到緊急撤離，才被告知有人死了。韓商無疑是北莽在北涼糧倉滲透的重要一環，有韓商這種武道修為跟他身分極不匹配的文諜子，自然就會有徐鳳年嘴中的老王八潛伏在泥潭底部，只是狡兔三窟，誰都不知道三座老巢裡會有驚喜。

這次祕密剿殺，鷹士主要負責諜子相對稀少的青縈觀，游隼要叼啄的肥肉則是整個蓮塘。上頭有令，可錯殺不可錯放。這兩批北涼殺手都勢力雄大，需要耗費大量精力物力人力去應付，因此這兩撥死士不但披軟甲、佩短刀，還背負弓弩，而柴扉院在三者之間最不被重視，一些位階不高的「閒雜人等」就給丟到這邊，游隼和鷹士兼有，這裡頭的較勁不可避免。

洪書文跟任山雨就在此列，任山雨僅是兩名小頭目之一。還有個老人，名字都被人淡忘了，只習慣喊他「老樹墩子」，據說在北涼當了很多年死士，結果到今天為止還沒去過一趟北涼王府，就更別提近距離見一面大將軍，一身老舊的江湖氣。

游隼的掌事是個看上去吊兒郎當的中年大叔，姓宋，這次除去周邊蹲點望風和剿殺漏網之魚的兩撥十餘人，進入柴扉院子的有六人，這位姓宋的裝成了一位外地豪客，脖子上掛了條好幾斤重的粗壯金鍊子。洪書文是他的狐朋狗友，任山雨則成了宋老爺私人豢養的狐媚子，還有三人都是游隼那邊的精銳，一身扈從裝束，卻不佩兵器，不過內裡都藏有匕首和短鉤。

進入柴扉院之前，相互之間都有過粗略交流，擅長哪一路數，何種兵器，都不能藏私。做死士，不是鬧著玩的，容不得誰單槍匹馬逞英雄，一旦發生大致上勢均力敵的接觸戰，有沒有配合，配合是否嫻熟，完全是兩種結局，說不定就是生死之差。

柴扉院主要目標是一位榮登花魁不久的女子，也不見得就比前幾位花魁姿色出眾，只是男子喜新厭舊，就好嘗鮮，讓她的生意就顯得格外好。今晚有鳳陽郡老爺花了七百兩銀子，原本是要她出局，即出院子過夜，不過他小看了柴扉院花魁的行情，一聽說這位鳳陽郡豪紳要出局，馬上就有人抬出六百兩，就在柴扉院裡頭行那魚水之歡，那花甲老頭只得要回一百兩打消了出局的念頭，只好冷落了外頭私宅裡一名新買下的俏麗丫鬟。

在王同雀挖掘出來的諜報上，柴扉院負責給老闆與權貴牽線搭橋的小鴇，也是一員北涼出生卻中途投靠北莽的諜子，此外，這座青樓的護院教頭跟幾名師兄弟則是實打實的北莽南朝死士，柴扉樓總計八、九人，能玩命的也就一半，所以有誰都是一把好手的游隼鷹士十六、七人裡應外合，於情於理都毫無懸念。

事實上一開始也的確很順利。游隼頭目宋谷跟任山雨去了一間早就訂好的房間，樓頂上恰好就是花魁待客的屋子，他喊了位半紅不紫的清倌。

妓院對於恩客自帶女子並不排斥，不過想要讓當紅的名妓跟陌生女子一起遊龍戲鳳也不容易，就算名妓自己願意，妓院這邊也多半會推三阻四，因為怕好不容易捧出來的當紅妓女這麼一鬧，身價就跌了，所以沒有高價彩頭是萬萬請不動的。

宋谷的幫閒洪書文得了一大袋子銀子，跟那位小鴇糾纏不休，死皮賴臉要讓她破例接客一回。其實洪書文相貌不差，本身又是北涼豪族弟子，又被他用殺人殺出一股子英氣，那二十七、八歲光景的女子不知是不是對這傢伙青眼相中，哪怕洪書文的銀錢根本不夠身價，也仍是答應下來。只不過她是柴扉院小鴇，有無數雞毛蒜皮瑣碎事務纏身，就讓洪書文動作俐落點，速戰速決。洪書文笑著應承下來，自曝其短，說他是出了名的「快馬加鞭」，惹得女子眼神嬌媚。

春宵苦短，更沒有人嫌命長。

滴漏點點滴滴。

對柴扉院地形爛熟於心的三名游隼，熟門熟路找到那幾位正在小院喝酒的護院，二話不說就痛下殺手。

一張繡床上，那位察覺到殺意後想要用手刀捏斷洪書文的脊柱，結果被洪書文率先一手轟在丹田上，然後五指如鉤，掐住她的白嫩脖子，一點一點目送她斷氣，還笑咪咪道：「回頭我可得把銀子拿回去，咱倆同床那是情投意合，花錢買春算怎麼回事？」

幾乎同一時刻，宋谷正在欣賞屋內妓女的脫衣，走到她身後，她回眸一笑，宋谷笑著一手摀住她的嘴巴，用力卻不用氣，一拳捶在她後心口，當場捶死。

早就不耐煩的任山雨躍上桌面，腳尖一點，直接壁虎貼牆一般黏在天花板上，確定了樓上動靜，雙手撕裂木板，破板而出，找準那諜子名妓的位置，只看到旖旎一幕——那女子衣裳半褪，雙手搭在桌面上，露出腰肢下那一大截雪白肥膩來，一個衣衫華貴的老傢伙正抬起手想要一巴掌拍在那兩瓣肥肉上，看到莫名出現的任山雨，老頭兒色迷心竅，沒有太多驚嚇，反而望向任山雨的酥胸，笑臉玩味，倒是那翹臀逢迎的柴扉院聲名鵲起的妓女，眼中殺機濃郁，第一時間並不是去提裙穿衣，而是一巴掌拍在桌面上，五指微微一擰，整個人像一隻絢爛多彩的花蝴蝶，旋向不速之客任山雨。

為了掩人耳目而沒有攜帶那對宣花板斧的女子鷹士，正要出手格擋，驀地地板露出一隻手臂，握住名妓的纖細腳踝，往下狠狠一扯，一下子就將其拽到樓下去，不見蹤跡。

任山雨滿臉怒氣，對出手的宋谷怨念頗深，原先籌劃是由她刺殺名妓宋谷對付柴扉院小鴇，洪書文策應那三名游隼，可宋谷讓洪書文跑去幹苦活不說，自個兒還賴在屋內不走，而且那名同屋妓女根本就不用死，只需要被打暈過去即可。

就在任山雨出現一絲恍惚之時，那名回神過後畏畏縮縮的鄰郡豪紳悄然伸出一手，掌心朝上，貼在桌面下，輕輕一掀，桌子急速飛旋，朝任山雨砸去。

殺機驟起，任山雨一腳踹出踢爛那張沉重的硬木桌子，然後就看到一張老邁陰沉的臉龐越來越近。她被一掌拍在額頭，嬌小玲瓏的身軀直接撞破牆壁，被拍出樓外，即將墜落街面之際，意識越來越模糊的任山雨有些後悔，若是有那對斧頭在手，興許就不會這般不濟事了。

道觀，即是那觀道之地，出家人即是那出世之人。

道觀老老實實觀道，出家本本分分出世，本都不應該涉世過深。

別忘了，這裡是北涼，那個曾經讓江湖人士變成過街老鼠的罪魁禍首，這些年不是在邊境巡關，就是在北涼那座清涼山上，冷眼望著北涼。

◆

黃楠郡青縈觀以古木參天聞名於北涼，去道觀燒香之路綠蔭覆地，是郡內達官顯貴夏日避暑的絕佳處所，因為北涼王府建於清涼山之上，青縈觀又有「小清涼」的美譽。

青縈觀向來與黃楠郡大小官員關係深厚，像那崇尚黃老的功曹大人王熙樺，雖沒有度師，卻拜了監院觀主青槐道人做「先生」，而且這位古稀道人跟王熙樺的政敵黃楠郡太守宋岩亦是相交多年，宋岩不因王熙樺拜了這位道士為先生就跟青縈觀關係疏離，想來青槐真人自有旁人不及的仙人遺風。

如今離陽滅佛，唯有北涼道三州親佛，許多僧人和尚爭相擁入北涼避難。青縈觀也大開「避暑」之門，多是來者不拒，好在青縈觀香火鼎盛，否則恐怕就要給那麼多張嘴硬生生吃垮。借住青縈觀的僧侶中，又以江南道名僧黃燈禪師最為著名，這小半年來一僧一道相互切磋，雙方佛道之辯，並不閉門，讓黃楠郡士子趨之若鶩，不管是否聽得懂，好像不去聽上一聽就俗不可耐。

入夜，道觀的夜幕，青色近墨，只有一處掛起燈籠，燈火依稀，有兩支不避俚俗的陌生曲子交替響起，乍聽之下荒腔走板，傾耳再聽興許就能咂摸出些獨到味道。

老道人鶴髮童顏，懷抱一柄拂塵，背靠廊柱，席地而坐，正是精於齋醮科儀的青槐道人。身邊有位老僧雙手輕輕拍掌，正哼唱到一句：「奪燕子口泥，刮佛面金妝，削蚊子腿肉……」，他便是滅佛浩劫之中從江南道流落到北涼的黃燈禪師。

曲終不散人猶在，兩位老人相視一笑。

黃燈禪師輕聲問道：「青槐老友，貧僧在江南道上便聽聞青滎觀有一架西蜀雷氏古琴，當初雷氏追隨亡國君主一同赴死，之前家族所藏所斫百餘琴，都盡數搗碎，可謂已成絕響，不知這琴還能操曲否？」

老道人遺憾道：「貧道入手時，那架『繞殿雷』已經被燒去大半，琴弦一根不剩，每每有西蜀遺民望之泣淚。」

黃燈禪師嘆息道：「緣起緣滅。」

老道人抬頭望向高掛燈籠，突然笑道：「佛道兩家何嘗不是青蠅競血，白蟻爭穴。」

老和尚點了點頭，沉默過後，問道：「以為北涼之主如何？」

道人倒也言談無忌，說道：「自是功勳爆烈。本朝世爵典制，論功有六：開國、靖難、擒反、屏藩、御夷、征蠻。北涼王徐驍占五，何止功高蓋主。只是為人臣，君要臣死，臣不死，即是不忠。」

老和尚笑容恬淡，雲淡風輕。

道人在看大紅燈籠，僧人則是歪頭看向一串無風而啞的鐵馬風鈴。

嗡一聲震響。

雖然聽上去絕對僅有一聲，卻有多達四十餘根弩箭激射向屋簷下。

老道人眉頭一皺，沒有收回視線，僅是拂塵一拂，就將身前幾根弩箭裹在拂塵白絲中，然後抖腕一拋，假借弩箭去敲擊弩箭，竟是將這一大潑水箭雨盡數擋在屋簷之外。

兩名甲士一前一後，從陰影中大步踏來，他們距離外廊還有十步時，就換成一撥羽箭帶著弧度越過甲士頭頂。

老道人站起身，一手持拂塵，一手抓住白絲，扯出大半，拋向空中。

擅長望氣的老道人視線更多停留在後面甲士身上，那名鷹士面覆鐵甲，身段婀娜好似女子，顯得格外特立獨行。

已經有二品巔峰實力的青槐道人在欲出不得出的境界中逗留多年。修道之人，只要進入小宗師之後，一旦再度升境，大多一入一品即指玄，這也是為何道門小宗師被譽為「小真人」。只是青槐道人對外從不展露實力，偶露鋒芒，也壓在三品左右，故而在黃楠郡只以精研道術著稱於世。

青槐老道踏罡步斗，就在隱祕符陣即將開啟之時，一聲佛唱響起，仙風道骨的青槐道人臉色一冷，由三品攀至二品，輕喝一聲，鐵馬風鈴叮咚響，大紅燈籠搖晃不止，老僧人再佛唱一聲，符陣仍是無法順利成勢。

此時此地，道高一尺、佛高一丈。

青槐道人終於不再有所隱瞞藏拙，整件道袍鼓氣如球，只是老和尚已經閉上眼睛，老僧入定，側耳傾聽那鈴鐺輕靈如天籟。

為首甲士一步踏上外廊，一刀破去罡氣，代價巨大，全身鮮血淋漓，他不顧面目全非，一刀剖開道人腹部，另外一隻手握住刀柄，加重力道，向前一衝，將大敵當頭執意要一心兩用的青槐老人撞到牆壁上，刀尖不光穿透老道身體，甚至已經透出牆壁幾寸。

臨近金剛體魄的甲士吐出一口血水，抬起手臂，擦去滿臉血汙。

後邊那位覆面甲士開口說話，嗓音清脆，應該是個年紀不大的女子，「梧桐院密令，准你將青縈觀改成寺廟。」

老禪師雙手合十，默念佛號，「阿彌陀佛。」

◆

黃楠郡有個門派被說成「奇怪」，怪在其他門派取名都往驚天地、泣鬼神的說法靠攏，生怕名號不夠響亮嚇人，但這個幫派的名字竟然叫「蓮塘」，而奇則奇在幫主張冊被譽為「陵州第一手」，別號「潑猴」，身材精瘦，出手敏捷如雷。

相傳在江湖上成名前曾在驛路上撞上一位將軍的馬隊，將軍逆風縱馬疾馳，貂帽被大風吹走，將軍有緊急軍務在身，顧不得那頂帽子，依舊策馬狂奔，不承想一個瘦猴似的年輕人竟是先縱身接住了那頂飄蕩在兩樓高空中的貂帽，眨眼過後，便已快步追趕上那名將軍，兩者竟然並肩齊驅。

將軍有意考校年輕人的內力，依舊奔馬三十里，而這名遊俠兒也一路跟隨三十里，不見流露絲毫疲態。將軍視其為異人，准其在他轄境內開宗立派。經過一番經營，蓮塘隱約成為當時豐州穩居前三的宗門大派，只是隨著將軍去世，這位幫主性子乖張，公認武品不高，與人技擊，非死即傷，才搬遷到相鄰的黃楠郡內，這些年幾乎靠他一人支撐，到了不惑之年，性情轉變，才開始逐漸站穩腳跟。但蓮塘仍是不復當年盛況，好在這些年收了幾名根骨不差的記名徒弟，這些年輕俊彥大概是有師父這個前車之鑒，便善於跟郡內大小官員打交道、攀交情，才勉強幫著蓮塘在黃楠郡開枝散葉。

遊手好閒的竇陽闊就是在這時候進入蓮塘，他也算家道殷實，年少便喜歡爭強鬥狠，只是想要成為貨真價實的高手，照理來說傾家蕩產都別想。

一次蓮塘幫主的嫡傳弟子出門遊歷，被郡內幾大幫派的三十幾人堵截圍毆，被滿腔熱血的竇陽闊拚死救下，在黃楠郡邊境一路護送到蓮塘。

張卌本是贈送五百兩白銀了事，竇陽闊跪了一天一夜，懇求讓他入門，張卌不許，冰冷丟下一句「天賦平平」，這對江湖兒郎來說無異於被判了死刑。不過竇陽闊也是鑽牛角尖的性子，寧願不要那筆尋常百姓豔羨不得的贈銀，只求讓他在蓮塘外門弟子的校武場上蹲上一個月，一個月後，竇陽闊便被毫不留情地掃地出門，被竇陽闊救下的張卌徒弟也義氣，為了報恩，不惜違反幫規私授武功，被張卌一怒之下逐出蓮塘。

竇陽闊跪在門外接連磕頭近百下，最終被一位登門蓮塘與張卌切磋武學的黃楠郡宗師幫忙說情，張卌才勉為其難收下他做外門弟子，但那名嫡傳徒弟仍是沒有免去厄運，僅是做了一名幫派裡做苦活的雜役，不記在蓮塘門派名下。

江湖就是如此，沒有規矩不成方圓。這也是為什麼那麼多無名小卒削尖了腦袋也要拜在幫派門下的根源，有無名師領路至關重要，同樣的資質，幾年後的境界高低，就會是天壤之別。

一間偏屋房頂上，有兩個飲酒賞月的年輕男人。

一位穿著寒酸，坐著慢飲；一位衣衫鮮亮，相貌英俊，劍眉銳利，身上大小物件都是時下黃楠郡郡城最為「時鮮」的昂貴物品。他躺在屋頂上，搖晃著一只朱紅色小瓷酒壺，酒是綠蟻酒，可換上這種葫蘆造型的酒壺後，價錢甚至不輸給白龍燒太多。

英俊男子不笑的時候還有些世家子風度，可一笑就露餡，嘿嘿道：「顏哥，我真是沒想到還能有喝上六兩銀子一壺酒的一天。」

那姓顏的寒酸男子轉頭柔聲笑道：「以後便是六十兩一壺，你也喝得起。聽顏哥的一句話，你這輩子很難再找到宋小姐這麼好的女子了，你別不當回事。」

馬上可以成為蓮塘內門弟子的英俊男子灑然笑道：「顏哥，練武這輩子拍馬也不及你，可對付女子，尤其是那些千金小姐，你可就比我差遠嘍。」

坐著飲酒的落拓男子搖頭笑道：「陽關，你習武天賦比我只好不差，雖說你錯過了淬鍊體魄的最佳時機，可師父內外兼修，內力深不可測，只要你由內門弟子升為嫡傳，以後前途不可限量。便是那宋小姐是太守大人的千金，你也配得上。陽關，你不要嫌顏哥死板，遇上好的女子，不管她如何捨不得你，作為有擔當的男子，終歸是要讓她為你而驕傲的，你不能總覺得她那麼高高在上的一個姑娘，獨獨對你百依百順，就只顧著把人家當牛馬使喚，你在眾位師兄弟跟前是有面子了，可以後你與她成了一家人……」

竇陽關突然臉色黯然道：「顏哥，如果不是我，你也不會被師父……」

寒酸男子豁達道：「都是命，而且顏石俊也沒後悔。我從小就被師父收養，這麼多年跟著師父一路走下來，從鳳陽郡來到黃楠郡，我就只學到了師父的執拗，做人做事都一根筋。大師兄毅力韌性最好，跟師父學到了武功；二師兄天資最好，就算不勤於習武，武功也沒落下，而且到了官老爺那邊也八面玲瓏，方方面面都虧得二師兄打點關係，咱們蓮塘才能在黃楠郡的路子越走越寬。只不過很多事情，情義難兩全，不論如何取捨都活得不痛快，我也不知道你進蓮塘是幫你還是害你。以後你可能就會知道了……不過我希望你還是別知道的好，什麼時候當了太守大人的女婿，就別再混什麼江湖了，混不出頭的。混官場混軍旅，你混什麼都比混咱們這行有出息。」

竇陽關無言以對，坐起身，看到魚塘幾名擔當哨樁子的外門弟子在校武場附近巡夜，有些提不起興致。

竇陽關猛然瞪大眼睛，酒意全無。

一撥撥黑甲人井然有序地翻牆而入，落地後彎腰前奔，提起短弩勁射，秋風掃葉一般殺死了所到之處前方的哨樁子，蓮塘巡夜弟子幾乎都是被兩根以上弩箭射穿腦袋，以保證他們死得無聲無息，死前無法做出任何掙扎。除去北方，黑甲殺手由東西南三個方向漸次向校武場北方的住宅靠攏，接下去就是一場更為陰險的夜襲。

等到顏石俊和竇陽關站起身看清大致脈絡，顏石俊立即吼道：「有殺手侵襲！」

竇陽關有些懵，正想轉頭跟顏石俊詢問蓮塘惹上了什麼仇家，竟然如此手段凌厲，當他轉頭後，耳邊驀然響起嗖嗖嗖幾聲箭矢破空的輕微聲響，然後就看到血腥一幕——才出聲示警的顏哥才躲過一根無羽之箭的襲擊，就給第二根繞出一個大弧的無羽箭從側面斜穿腹部。

顏石俊踉蹌後退，又給一根箭矢當面射來，除去尤為霸道的第二根箭矢躲無可躲，其餘兩箭都不在話下。

顏石俊側過頭，一手握住那根箭矢，倒提箭矢，竭力道：「是北涼持弩甲士！」

才說完，一名身材雄偉的黑甲殺手就一跨，輕鬆登樓，臉上有幾分惱火屋頂顏石俊的多事，一手提弩，一手抽刀劈向顏石俊。竇陽關哪裡經歷過這種生死只在一瞬的搏殺，以往那幾場幫派之間的鬥毆，雖說也有相互殺人，也有鮮血四濺的辛辣場面，可連生手竇陽關都有一戰之力，到底遠不如今晚這場偷襲來得恐怖殘酷，別說他竇陽關成了看戲的人，就連在他眼中一流高手的顏石俊，也就是在那一刀之下被連胳膊帶整片肩頭，都給嘩啦一下劈斷，身披黑甲的魁梧男子一刀才下，一刀又迅猛撩起，又將顏石俊的頭顱挑落，同時抬臂一根勁弩射向竇陽關。

大概是竇陽關命不該絕，這一刻竟然福至心靈，一記千斤墜，堪堪躲過那根弩，踏破屋頂瓦片，落入武械房內。

竇陽關隨手抄起一柄刀就後撤，仗著熟悉地形，亡命遊走，每次挪步，都有從屋頂潑灑而下的弩箭如影隨形，那黑甲殺手輕輕「咦」了一聲，顯然沒有想到這小子如此靈活，正想要跳到屋中追殺，一名同樣披甲的男子躍上屋頂，手持一張牛角大弓，朝一棟驟然亮起燈火的宅子，一箭而去，破窗而入，那宅子主人才點燃燈火，就被一箭釘掛在牆壁上。

這名箭術驚人的男子冷聲道：「今晚只抓大魚。我在此看守，你下樓，這次要是輸給了梧桐苑那幫才出窩的雛鷹，你知曉後果。」

魁梧甲士眼中露出一抹驚懼，趕忙應諾一聲向前奔跑，如同一頭山林靈猿輕盈跳下屋頂，跟其他甲士會合，向前迅推移，直撲一棟主宅，那是蓮塘幫主張冊所在的院落。

甲士一路奔襲，勢如破竹，技藝不精的外門弟子都只有被割稻穀般宰殺的下場，一些個內門弟子並非全無一戰之力，只是這幫甲士殺神沒有什麼江湖講究，小範圍內的短兵相接，都是轉瞬過後便成就以多欺少的優勢局面——兩、三柄涼刀突進，輔以短弩見縫插針的陰險偷襲，又有堅實軟甲披身，江湖幫派內的兵刃器械本就稱不上如何鋒銳，只要不是致命傷，這些甲士根本就不去理會，任由你刺劈一劍兩刀，他們就能趁機一刀重傷甚至殺死對面的蓮塘弟子。

要知道游隼本就是來自離陽江湖五花八門的高手，單對單的技擊廝殺是行家老手，這些年在浸染精通了許多軍伍戰陣後，就成了成群結隊的豺狼，與單獨刺殺相比，造成的殺傷力自然不可同日而語。

屋頂那名發號施令的弓箭手眼神一凜，從背後箭囊拈出一根精製羽箭。黃楠郡第一手「潑猴」張冊，算是能跟王府扈從呂錢塘之流旗鼓相當的棘手角色。游隼和鷹士此次並行，能摘下此人的項上頭顱，無疑是大功一件。

◆

任山雨身形飄落，生死未卜。

徐鳳年眼神平靜，「游隼？」

然後說道：「那傢伙應該就是跟韓商捉對的大魚了。」

徐偃兵點了點頭，然後草稕和雪衣就發現屋中只剩下那位頭髮灰白的公子哥。

◆

柴扉院。

一擊得手的「富家老爺」正準備悄然離去，緊接著就悄然死去，連自己怎麼死的、死在誰手上，都不知道。

任山雨跌落街上，徐鳳年沒有馬上現身，心中默念到十六，仍是沒有誰出面，從徐鳳年這裡俯視，可以清晰地看到任山雨掙扎了幾下，別說站起身，就是坐起都是奢望，就在徐鳳年準備動作的時候，柴扉院終於有人掠出繡樓，抱起任山雨消失在巷弄——是既非鷹士也非游隼的洪書文。

徐鳳年臉上布滿陰霾，神出鬼沒的徐偃兵站回窗口，對徐鳳年點了點頭，示意柴扉院已經處理乾淨。

徐鳳年轉過頭，神情恢復平常，跟草稕問過了王雲舒家族府邸的詳細方位，然後跟雪衣要了那架為飛劍所斫的破琴，腋下夾起那只兼具鐘磬之音的插花膽瓶，跟草稕和雪衣也沒有太多言語，讓她們不用相送，僅是一笑而過，就已經讓兩位青樓女子受寵若驚。

往常八面玲瓏的桃腮樓小掌班不敢畫蛇添足，略顯束手束腳地站在廊道目送兩人在拐角處消失，她注意到那頭髮灰白公子哥的側臉，稜角分明，不知是不是錯覺，那個應該年紀不大的男子有種能讓黃楠郡山雨欲來風滿樓的氣魄。

草稕等他離去，斜靠門廊，轉頭瞧見雪衣明明想多看一眼卻含羞的神態，忍不住笑看了她一眼，朝雪衣指了指窗口，後者一愣，隨即恍然，趕緊提起裙角匆匆往窗口小跑而去。

草稕沒有多此一舉，望著雪衣的背影。娘親總是嫌棄這名清倌兒沒有女人味，學不來勾搭男子的手段，當下可不就出來了嗎？草稕收回思緒，她開始尋思那陵州公子的這次露面，對於一直被柴扉院按下一頭的桃腮樓是否會有轉機，至於一架破琴和一只不知真品、贗品的花瓶，都是無關緊要的小物件，只要那人願意，便是桃腮樓雪衣這樣的女子，只要有，桃腮樓就可以送。

◆

樓外，徐鳳年坐上馬車，徐偃兵駕車前往本郡王功曹的宅子。

王熙樺是水經王氏的當代家主，隨著鬥了半輩子的死敵李功德榮升正二品北涼道經略使後，龍頤王氏「龍抬頭」，驕橫跋扈，一直與龍頤交好的紫金王氏也忍無可忍，水經王氏趁機拉攏，再加上一個靈素王氏，同姓三族隱隱聯手與龍頤抗衡，以事功、學問都很有分量的王熙樺為首，如此一來，王熙樺的日子並沒有外人想像中那麼困苦難堪。

王家宅子近年一直車水馬龍，哪怕是一些新近進入北涼的外地士子，也紛紛慕名而來，向這位訓詁大家請教學問。不過有馬車深夜造訪，還是不常見。

別看王雲舒在黃楠郡惡名昭彰，給人家教不嚴的認知，但是王宅門房這類隱性權力不差七八品官的人物，待人接物只要稍有不慎，輕則被嚴厲訓斥，重則被驅逐出府，因此見到一名面孔陌生的公子哥走下馬車，門房趕忙從側門走出，走下臺階，詢問事宜。

只是讓門房詫異的是，這位年輕人，與那些恨不得儀門大開隆重相迎的世家子截然不同，竟說只在門口等人即可，門房頓時心中了然，八成是找大公子來的，在黃楠郡惹了事，找誰都不如找自家大公子來得有效。

大公子在黃楠郡手眼通天，前些時候靈素王氏一位長輩金屋藏嬌，被悍婦堵在門口，醜態畢露，還是大公子出面才擺平。這種事情，太守大人也管不了。既然不是來找老爺切磋，多半是不成材的紈褲子弟了，門房無形中也就低看幾眼，恰好省掉一些客套寒暄，走回側門那邊，回頭看了一眼，看到那年輕人蹲在石獅子旁的臺階上，門房忍不住心想這位公子想必是遇上了過不去的門檻，否則不至於在此用最笨的守株待兔法子苦等大公子，大冬天，哪家公子哥不是在享受醇酒美人？門房多瞥了幾眼那個站在臺階下的魁梧男子，惋惜這麼個氣宇不凡的扈從，遇人不淑，跟錯了主子啊。

徐偃兵猶豫了一下，蹲在比徐鳳年低一級的臺階上。

天寒地凍，徐鳳年雙手插袖，輕聲笑道：「連累徐叔叔了。本來倒是可以自報家門，然後去跟王功曹討要幾杯熱茶暖胃，不過既然做戲，就要做足了，否則明早就得走，水經王氏體會不到我這個陵州將軍的誠意啊。」

徐偃兵抬頭看了眼天色，「需要來場大雪？似乎誠意更足。」

徐鳳年訝異道：「這也行？」

徐偃兵微笑道：「年輕時候走南闖北，運氣不錯，遇上些不世出的高人，學了許多旁門左道，如今境界足夠，要一場隆冬風雪，想必老天爺也是會給這個面子的。」

徐鳳年好奇問道：「柳蒿師有沒有這道行？」

徐偃兵想了想，平靜說道：「那老賊估計不行，也不是說我就一定比柳蒿師境界更高，這大概是那個做學問術業有專攻的道理——我當年去過南海，殺了一撥鍊氣士，得了幾本祕笈。不過論起殺人，兩個柳蒿師也不濟事。這些年，我聽說單說殺人手段，鄧太阿天下第一，一直想與那位桃花劍神切磋切磋。」

徐鳳年笑問道：「李淳罡三十歲之前就已經躋身天象境，還有鄧太阿，以及徐叔叔，你們好像都是在武道上一帆風順，堪稱勢如破竹，怎麼做到的？」

徐偃兵很認真思考了這個問題，最後給了徐鳳年一個啼笑皆非的答案，「隨遇而安。」

似乎覺得徐鳳年的表情好笑，徐偃兵又說了一句跟時下天氣很應景的言語，「其實徐偃兵一直覺得能有今日成就，是靠這張年輕時候不輸給殿下的英俊臉龐。」

徐鳳年捧腹大笑，止住笑後無奈道：「徐叔叔你跟袁二哥肯定能說到一塊去。」

徐偃兵淡然笑道：「那個榆木疙瘩的馬上槍槊確是我教的。」

徐鳳年無言以對。

徐偃兵突然問道：「殿下還不知道袁左宗二十一歲開始練習刀法？只是當年輸給顧劍棠一場，就不再在世人眼前展露刀法了。當初離陽軍伍高手排行，北涼有陳芝豹和袁左宗占據二三，如今顧劍棠若是還只有那一招鮮的『方寸雷』，恐怕他就得乖乖墊底了。不過顧劍棠此人老謀深算，這麼多年過去，應該不至於止步不前。

殿下，如果你對武道還有想法，不妨聽徐偃兵一句，揀選兩名不曾入一品的小宗師，讓他們心甘情願鬥上一場，是生死決鬥，是相互砥礪，皆可。之所以要不入一品，是因為不管是一品金剛還是一品指玄，只要見識過了一品境界的宏大，一個人的精氣神反而或多或少會受到影響。」

徐鳳年點頭道：「懂了，這就像經略使李功德，站得高看得遠，知道廟堂傾軋的凶險，做人反而低眉順眼，由不得自己意氣風發。反而是那些在小郡小縣做主官的，在一畝三分地上稱王稱霸，更為意氣十足。按照徐叔叔的說法，二品小宗師之間纏鬥酣戰容易打得酣暢淋漓。」

徐偃兵點到即止，不再多說什麼。

約莫一個時辰後，馬蹄急促敲擊街面，在清冷冬夜格外刺耳。

徐鳳年轉頭望去，一隊騎士疾馳而來，兩騎並駕齊驅，哪怕在疾速前奔，兩名騎士仍是可以用輕重恰到好處的嗓音對話，臉色凝重中又有強行克制的驚喜，其中一騎不披甲冑，正是王雲舒。徐鳳年看到這一幕，有些自嘲，自汙藏拙的本事可不是他徐鳳年一人獨有啊。

徐鳳年始終蹲在石獅子陰影中遮風擋寒，徐偃兵早已站回臺階下。

王雲舒一路策馬狂奔，面帶些許倦意，不過更多是興奮，看到徐偃兵的身影後，神情一滯，然後一鞭狠狠揮在馬臀上，幾乎是翻身滾落下馬，正要下跪，徐鳳年擺手道：「免了，說說看事情如何了？」

王雲舒小跑到臺階下，小心翼翼問道：「進府給殿下細說？」

徐鳳年指了指身邊位置，搖頭道：「我這就要回去了，你說個大概即可。」

王功曹的義子焦武夷，讓其餘二十幾騎停在稍遠處，下馬後單膝跪地，抱拳沉聲道：「黃楠郡都尉焦武夷參見世子殿下！」

徐鳳年笑道：「焦都尉起來說話。」

王雲舒很狗腿地拾級而上，屁顛屁顛地在徐鳳年身邊彎腰蹲下，開始跟世子殿下稟報戰況。他的義兄去了青榮觀，說巧不巧正好在青榮觀外三里路左右，撞見一位知客道士和兩位高功道人，說是迎回幾個在其他道觀得到冠巾學成歸來的弟子，原本焦武夷對此也不會太過上心，那幾名中年道人又是黃楠郡第一大觀貨真價實的真人，說不定還會笑臉相向一番，只是焦武夷這趟前往青縈觀就是奔著潑天富貴去的，二話不說就要拿下三人。

起先三名道士束手就擒，並不反抗，不過當麾下斥候反身稟告有道士鬼祟逃竄，已經有三十輕騎甲士前去追捕，三名道士立即凶相畢露，好在焦武夷分兵給王雲舒一半人馬後的急速行軍，仍是首中尾三者遙相呼應，除去十餘斥候隱蔽刺探，又各有六十騎相隔一里路。

三名道士只見到焦武夷身邊只有五十幾名士卒，便誓死一搏，不承想一炷香工夫過後，下一撥騎士就迅猛殺至，更有斥候暗中傳信。第三批騎卒並不衝鋒而來，而是下馬撒網圍殺過來，三名青縈觀道人二死一傷，可惜那兩個冠巾弟子不知所終。

王雲舒這邊就要雲淡風輕許多，純粹是看熱鬧去了，並且連熱鬧都錯過了。鷹士頭領確認他是世子殿下的「心腹」，才總算沒有冷屁股砸在王雲舒的熱臉上，告知一二，王雲舒這才知道蓮塘一百四十三人，不論婦孺老幼，除去四名不在必死名單上的無名小卒，都給殺得死得不能再死，可謂是被澈澈底底滅了滿門，連黃楠郡第一高手張冊都沒能倖免。

王雲舒也就是去順便幫忙收拾殘局，在陵州成名已久的潑猴張冊死得那叫一個慘，王雲舒閒來無事，就在那具頭顱被割下後釘在一根粗壯廊柱上的屍體旁邊數數，無頭屍體不計輕傷，重傷就有六處，雙手被齊肩削斷，一根羽箭貫穿胸口，其餘遍地橫陳的屍體也大多血肉模糊，讓王雲舒把一天佳餚酒水都給嘔吐得一乾二淨，到現在還有些頭皮發麻。以前他總覺得自己已經很不把人當人看，到今天才知道一旦惹上北涼游隼，人命那才叫一文不值！

徐鳳年安靜聽王雲舒講完，站起身，笑道：「畢竟黃楠郡是你們的地頭，會更熟悉。還剩下些追剿殘餘的收尾事情，如果需要勞煩你跟焦都尉，我會讓人來府上知會一聲。」

王雲舒樂得不行，焦武夷彎腰抱拳道：「末將職責所在，為殿下辦事，雖死不悔！」

徐鳳年走下臺階，王雲舒低聲問道：「殿下真的不下榻寒舍？哪怕喝口熱酒也好啊！」

徐鳳年打趣道：「行了，今晚你馬屁拍得足夠了。王雲舒，你回家以後跟王功曹說一聲，有機會去涼州的話，進府一敘。」

王雲舒誠惶誠恐，「一定一定。」

徐鳳年轉頭對焦武夷說道：「焦都尉，一葉知秋，你治軍頗為嫻熟老到，黃楠郡事了，陵州將軍府還缺個校尉，你年後就帶著原班人馬一起過來，我再給你六百兵馬，總要湊足一千才像話。」

年近四十終於驟然富貴的焦武夷熱淚盈眶，撲通跪下，「焦武夷願為殿下效死！」

徐鳳年拍了拍他的肩膀，走向馬車。

王雲舒要送，背對府門的徐鳳年擺擺手。

王雲舒看著馬車遠去，收回視線，輕聲道：「義兄，殿下走遠了。」

焦武夷卻雙手始終按在地面上，遲遲不願起身。

王雲舒回頭，望了一眼兩百年前朝廷御賜「義門王氏」的華美匾額，「義兄，以後可千萬別忘了咱們王家啊。」

第六章 北涼道暗流湧動 涼王府年年有餘

晨曦中，一輛馬車駛出黃楠郡郡城，洪書文騎馬護駕，神情慵懶，身邊是其餘兩名白馬義從。

徐鳳年坐在馬車內，呼延觀音睡眼惺忪，蜷縮在角落，身上披了件徐鳳年的裘子。昨夜在王氏府邸前停馬，她孤苦伶仃待在車廂內，掀了幾次簾子，都沒有看到被石獅子遮擋的他，只看到那名惜言如金的高大馬夫。後來回到院子偏房住下，她估計也一宿沒睡安穩，反倒是在車廂內還能睡踏實，說她是女婢，還真不知道是誰照顧誰。

呼延觀音睜開朦朧睡眼，勉強睜開眼皮子，透過一絲縫隙，偷偷打量這個一夜之間在郡城一手翻雲、一手覆雨的男子。

在前來黃楠郡的路上，就見他每隔一段時辰便會掀開簾子，近乎強迫症，她也不知道他到底在看什麼。在她眼中，驛路除了如出一轍的槐柳，就再沒有新鮮事物，可他似乎總也看不厭，偶爾聽聞馬蹄聲擦肩而過，他就會更加聚精會神，或者說是怔怔出神，難不成還能從陌路人身上看出一朵花來？

在即將出黃楠郡邊境時，一騎突兀趕來，是那進入柴扉院的游隼小頭目宋谷。徐偃兵聽到車簾子後頭的吩咐，「吁」了一聲，緩緩停下馬車。

宋谷翻身下馬，跪在馬車側面，抬頭便是車簾子。

洪書文掉轉馬頭反身，接下來慢悠悠在宋谷身邊打轉，居高臨下嬉笑道：「宋頭領，怎麼跟我討還銀子來了？」

這個宋谷在整個北涼游隼裡算是中等地位的角色，拋開甲魚等文諜子不說，武諜子即是死士，在游隼中很少有官階變動，因為武功一事不可能一蹴而就。

游隼靠拳頭說話，能者上庸者下，宋谷有三品的實力，曾經是北涼栗滄縣的老百姓，栗滄縣武學蔚然成風，有七大姓氏，各有絕學憑仗，槍仙王繡的妻子便出自栗滄縣齊家。

宋谷的習武歷程堪稱市井傳奇，年少時遇上一名外地槍法巨匠到栗滄縣比武，那名槍法宗師被仇家重金懸賞，一場圍殺就此展開，不說兩批專門收錢消災的江湖殺手，就連栗滄縣都有兩個姓氏的大人物參與其中。

接近金剛境的宗師殺去七七八八敵手，畢竟獨木難支，死前逃至栗滄縣一棟廢棄民宅，恰好碰到去那裡燉狗肉吃的少年宋谷，傾囊傳授其畢生絕學。可惜宋谷一半都沒有學到，後來一次意氣用事，宋谷洩露招式，被恩師的仇家認出，不得已成為北涼游隼，將近十年打拚，才算出人頭地。這次鷹隼分家，一品境界到底有幾人，恐怕只有褚祿山和徐渭熊兩人清楚，但是二品小宗師有十四人，鷹隼上下眾人皆知，前兩年更為鼎盛，多達二十人，只是後來呂錢塘戰死蘆葦蕩，舒羞退出，一人死在邊境，一人失蹤，一人死在陳芝豹出涼入蜀的路上，一人功成身退，封賜了一個雜號將軍，在陵州東南創立門派。

四下無外人，跪地的宋谷沉聲道：「拂水社二等房宋谷，冒死有事稟告殿下。」

簾子內沒有絲毫動靜。

宋谷一咬牙，「柴扉院一事，宋谷有違既定謀劃，有錯在先，宋谷不敢否認，只是其中緣由，懇請殿下聽卑職解釋。柴扉院諜子在拂水社二等房紀錄在冊的蝗螭，有南朝姑塞州女子花魁王煥如，有昆州人氏女子小鴇瞿若，有姑塞州數位幫派弟子滲透柴扉院成為護院。卑職當時以為洪書文既然能夠臨時參與拂水社機要軍務，想來本事不差，由他去針對瞿若，遠比三等鷹士任山雨更有把握……」

一個冷漠嗓音透出窗簾，「走。」

宋谷如遭雷擊，雙手按入地面，雖說刻意壓抑聲調，仍是難掩淒涼道：「殿下！此次行事，絕非宋谷有意懈怠！」

徐偃兵哪裡會理睬一頭僅是拂水社二等房豢養的游隼，立即駕車前行。

洪書文雙手拉韁，高坐馬背，身體懶洋洋後仰，轉頭冷冷瞥了眼宋谷。

◆

臨近黃昏，隨著馬車臨近，陵州州城的青黑城牆越高聳，穿過牆道時，馬上要過年，竟是掛了滿壁的大紅燈籠，早早點亮，其實不光是此處，州城許多臨街高枝幾乎在一夜之間就給掛滿，無法想像，這竟然是經略使李功德的大手筆。據說各座衙門的胥吏雜役都怨聲載道，都在腹誹都當上經略使了，還跟一個四面楚歌的陵州將軍溜鬚拍馬，不過城內百姓出門倒是臉上都多了幾分喜氣。

徐鳳年讓馬車在一處十字路口的喧囂鬧市停下，挑了一座酒樓，說是大夥兒在外頭吃頓晚飯。酒樓人滿為患，一行人好不容易在一樓等到相鄰兩張空桌，徐鳳年讓洪書文去櫃檯那邊挑選刻有菜名的竹籤。

才落座，就有嘈雜聲音響起，呼延觀音循著聲響望去，是個尖嘴猴腮的年輕男子，她也就不再多看，反而是徐鳳年轉過身坐在長凳上，笑咪咪看去。

那瘦猴兒一條腿擱在凳子上，一邊剔牙一邊嚷嚷道：「我要是北涼世子，有大將軍這麼一個爹，嘿，練武的話，反正有聽潮閣這麼大一個堆滿祕笈的武庫，又有高手無數，早就練成絕世神功了，不說天下前三，輕輕鬆鬆天下前十總是跑不掉的。帶兵的話，隨便帶上十幾萬鐵騎，咱也不吹牛，說什麼一口氣把北蠻子殺光，北莽南朝姑塞、龍腰那幾個州還不早就寸草不生了？」

馬上就有旁人湊熱鬧和潑冷水，「真的假的，我可是記得涼莽邊境上好像有三、四十萬的北蠻子，那也不是紙糊的，虧得只有我們北涼才攔得住，而且北莽還有拓跋菩薩這個軍神，南朝覆滅也沒啥意義，只要拓跋菩薩沒了，北莽那就跟紙糊的沒啥區別了，可是這傢伙打仗猛，萬一他殺紅了眼，不顧性命也要你的腦袋，咋辦？這位可是天底下只輸給武帝城王老怪的傢伙，百萬大軍中取上將首級，可不就是探囊取物。」

瘦猴兒一聽到拓跋菩薩，很明顯縮了縮脖子，「那就先放過北莽，帶著全部北涼鐵騎一口氣朝東面奔襲，也就兩、三千里路，除了東線邊境上的顧劍棠大將軍，燕刺王趙炳和廣陵王趙毅的兩支精兵都遠得很，顧不上。顧老兒當年被咱們大將軍壓得喘不過氣，這會兒一樣不是對手，咱就直接殺進皇宮，坐上龍椅，看誰敢跟老子叫板！什麼紫髯碧眼兒張巨鹿，腦子再聰明，撐死了也就是個殺雞都不敢的文官，他要敢站在老子面前，老子這會兒就立馬給他一個大嘴巴，搧得他找不著北。」

馬上有人接話，一臉怒其不爭，陰陽怪氣道：「也就是咱們那世子膽子小，沒本事，白白去了一趟京城，啥事都沒幹，你他娘好歹欺負幾個京城花魁也行啊，天曉得這孫子是不是去京城那邊，給京官老爺們白白送了多少北涼的血汗銀子。我可聽說了，他去京城路上，光是押送黃金白銀珠寶古董的箱子，就有幾十只，千真萬確！這個只敢窩裡橫的小王八蛋，如今當上了陵州將軍，肯定是在京城被收拾慘了，要回到自己地盤上狠狠作威作福。」

瘦猴兒微微壓低聲音，神祕兮兮道：「你們聽說了沒，咱們世子殿下這趟本來是灰溜溜返回北涼的，可大將軍實在看不下去了，才親自出了一趟北涼，這才給這個不爭氣的兒子弄回了兩個兒媳婦，據說都是青州女子。大將軍攤上這麼個嫡長子，真是倒了八輩子的楣，小王爺當上下一任北涼王那才是天大好事。」

一位士子模樣的年輕人用濃重的薊州腔微笑道：「立嫡不立庶，立長不立幼。」

鄰桌一位老人嘆氣道：「對啊，小王爺投胎投晚了。」

因為徐驍只娶了一名王妃，也就沒有其他高門豪閥裡司空見慣的嫡庶之分，以前都覺得世子殿下雖然荒唐無良，畢竟是長子，次子徐龍象又是天生憨傻，關於誰世襲罔替，誰來做這個北涼王，沒有什麼異議。只是小王爺率領龍象重騎，踏破邊境，戰功顯赫，親身陷陣，更是一馬當先，無人不服，傳言燕文鸞、鍾洪武這幫功勳老將都對小王爺讚不絕口。

一股暗流湧動。

這股暗流無疑已經和陵州風波匯流。

徐偃兵自然而然跟徐鳳年同桌吃飯，下筷子也不含糊，自他在徐鳳年身邊，從未有過諂媚顏色，對於樓內喧嘩，兩耳不聞。

呼延觀音對桌上的一盤盤中原菜肴並不喜好，當她聽到有關身邊男子的言語，就豎起耳朵竭力去聽清楚，然後小心翼翼彎腰探頭，去看徐鳳年是否惱火，可她只看到了一張始終很平靜的笑臉。

徐鳳年轉過身，狼吞虎嚥，吃飽了後，看了眼呼延觀音，她點了點頭，示意已經吃夠了。

付過帳，一行人走出酒樓，徐鳳年看了眼墜山夕陽的餘暉，默不作聲走向馬車。

徐偃兵心中嘆息。

只有他才能理解身前年輕人的複雜心思。

如果真有一天，北涼最終還是被北莽鐵騎踏破西北大門，那麼像酒樓內這樣的北涼人多幾個，作為新涼王的徐鳳年，他的愧疚就可以少幾分。

◆

總算回到了陵州將軍府，洪書文下馬的時候大大咧咧嚷了一句「到家嘍」，然後洪書文就瞪大眼睛——一大幫子雜魚鬼鬼祟祟，擁擠躲在將軍府的右側石獅子那塊小空地。

洪書文家世優渥，一眼就看穿這幫傢伙在假裝江湖豪客和綠林好漢，來投靠將軍府騙口飯吃，穿的不是灰鼠皮就是貉子皮，格外嶄新，都是在貂裘裡屬於最不值錢的那幾種，其中有兩人的樣式還一模一樣，顯然是打腫臉裝點門面，但是不湊巧在同一家鋪子購置了正值賤賣的皮衣，一下子給露餡了。

洪書文湊近過去，隨便掃視一圈，二、三十號大老爺們，就沒發現一個有高手風範的，這讓先天對江湖人士有成見的洪書文倍感無聊，正要轉身，世子殿下已經跟他並肩而立，洪書文趕緊不露痕跡後退一步。

徐鳳年笑道：「諸位壯士，誰有四品實力，請走出來。」

武夫九品，四品是一個大分水嶺，能有四品境界，在地方州郡都能算一把好手了，在一個縣內，那更是幾乎可以橫著走，在武風不濃的小地方也足以開宗立派，不說大富大貴，最不濟可以混成一方豪紳。

洪書文「咦」了一聲，本以為這群半吊子好漢能有二、三個四品高手就燒高香，不承想一下子走出了十四、五人。

徐鳳年看到一個漢子眼神游離，丟給身邊洪書文一個眼神。

洪狠子幾步踏出，頓時殺氣凜然，身形躍起，雙手按住腰間兩柄北涼刀刀柄，一記膝撞擊向那人胸膛，被打了一個措手不及的漢子眼看就要遭受重創，身後一名原本沒有站出的乾瘦老漢腳下滑出幾步，鞋底離地都不過寸，一手推開那個想要濫竽充數的漢子，一手搭在洪書文膝蓋上，往下一按。

身體下撲的洪書文嘴角冷笑，右手刀猛然滑鞘而出，光芒刺眼，許多看客都下意識瞇起眼，可惜大多數都看不清這名將軍府年輕扈從的出刀，只能依稀看到窮酸老漢側身弓腰，雙手握拳，朝雙腳尚未落地的洪書文當胸一擊。

老漢雙拳一出，呼嘯成風，罡氣凜冽，有人驚呼「是栗滄楊氏的窩心炮！」洪書文抬臂格擋，在地面上倒滑五、六步，右手刀往地面上一插，硬生生止住身形，抖了抖左手腕，洪書文轉頭笑望向世子殿下，眼神詢問是否可以全力而為。

徐鳳年搖了搖頭，笑道：「除了這位老先生，還有誰是四品高手？大大方方站出來，北涼都說本世子喜歡強搶民女，既然各位都不是如花似玉的小娘，就不用擔心了。」

幾位正值壯年的四品高手咧嘴一笑，這世子殿下倒也是個爽快人。一些個試圖蒙混過關的男子也都灰溜溜後撤幾步。

除了那名精通長拳炮捶的栗滄縣楊氏老人，還有兩名一眼便知擅長外家功夫的魁梧漢子也出列，相繼朗聲自報名號。徐鳳年眼中含笑點了點頭，然後輕輕抬了抬下巴，往人群身後高聲道：「兄臺明明身負二品實力，既然來都來了，為何不願現身，難道是想要本世子為你開陵州將軍府儀門，才肯入府一坐？」

人群分開，眾人這才注意到有個衣衫襤褸的中年男子，蹲靠著牆壁，滿身酒氣，腳底下還散落幾只大小不一的劣質酒葫蘆，他抬起頭的時候，臉上疤痕縱橫，如同一張鬼臉。

這醜陋漢子好像常年酗酒傷了嗓子，沙啞說道：「敢問世子殿下真的曾經孤身入北莽，拎了兩顆頭顱，全身而退？」

徐鳳年輕輕一笑，眾人只覺得眼前一花，然後就聽到一聲轟響，塵煙四起過後，只見世子殿下站在坍塌牆腳，拍了拍手掌。

那個被世子殿下一手推入牆內的酒鬼漢子坐在地上，神情平淡。

很多人心中奇怪，為何世子殿下對誰都很客氣，唯獨對這個本該高高供奉起來的二品高手毫不留情。也有一些眼力見兒不行的江湖人覺得這是世子殿下請人來演戲，否則那酒鬼若真是小宗師境界，為何會被他輕描淡寫的一擊就給逼退到牆內。寥寥無幾的三品高手，依稀看出了大概，心中則是驚駭到無以復加。

徐鳳年轉頭對所有人微笑道：「來者是客，不論是否入府，每人贈銀三百兩。」

他接下來跟三名白馬義從吩咐道：「天官、雁儒，你們二人去跟管事領取銀子，然後讓管事幫這些進府兄弟安置住處。書文，稍後你帶著諸位義士去找家城裡最好的酒樓撮一頓，銀子花少了，回頭本世子饒不了你。」

沒能進入陵州將軍府的漢子，望著那些魚貫入府的人物，豔羨不已。

徐鳳年沒有急著離開，就這麼站在街上，跟這些不到四品的江湖漢子閒聊，問些何方人氏，師傳何門，以及有沒有投軍的打算。

別管這幫人以往有沒有在私下指點江山的時候詆毀過徐鳳年，真當世子殿下活生生站在面前，一個個侷促不安，站在前頭僥倖能說上兩、三句話的傢伙，差不多脖子都漲紅，受寵若驚至極，眼前這位頭髮灰白的年輕人，那可是北涼未來的土皇帝啊，手握一道三州幾十萬雄兵，回頭跟家裡老小，尤其是道上兄弟們聊起，還不得讓他們眼珠子都瞪到地上？

也有人難免疑惑，都說世子殿下不光是在北涼橫行霸道，其實到哪兒都跋扈，就像在廣陵江仗著有老劍神，就敢跟廣陵王趙毅的數千鐵騎對著幹。這麼個高高在上的人物，怎麼感覺跟他們聊起來也沒甚天大架子，反而平易近人得不像話，如果不去惦記他的顯赫身分，以及那份出彩相貌，僅就裝束和談吐而言，似乎就跟小郡縣裡家底殷實的溫良書生差不多。

一支車馬陣仗堪稱豪奢的浩蕩隊伍馬蹄急促，往陵州將軍府徑直而來。這讓經略使府邸已經準備迎接貴客的門房有些鬱悶，恰好有一人掀起簾子朝李府望來，門房定睛看去，打了個激靈，一拍腦袋，趕忙往府裡後宅奔去。娘咧，在黃楠郡跟自家老爺鬥了半輩子的死敵竟然在陵州州城露面了，以往陵州七郡六品以上官員需要趕赴經略使大人的官邸商討政務要事，坐馬車上那位可從來都是託病不出的。

徐鳳年聽到異常震響的馬蹄聲，轉過頭去，看到三駕馬車一字排開，心中了然，最後跟那些沒能成為陵州將軍府清客扈從的江湖好漢，說了件事，大致意思是他們這幫人有兩條路子可以走，一條是就近從軍，只要通過考核，當個伍長輕而易舉，另外一條路子更為輕鬆，陵州各個衙門急需大量武藝精湛的江湖義士，出山擔任暫時不入流品的官職，類似直轄於縣尉的兵刑兩房，算是除暴安良，以後只要有所建樹，拿出實打實的功績，陵州官府一定優先擢升。眾人一聽說只是陵州當地官府要人，而不是去邊境上拚命，如釋重負，許多熱衷功名的漢子都笑顏逐開，互相看看，都從對方眼中看到了躍躍欲試。

徐鳳年和和氣氣說完正事之後，就笑著跟他們說務必吃好喝好玩好，而且以後如果真成了陵州官場中人，歡迎他們來將軍府做客。

徐鳳年轉身慢慢走向那三駕馬車，馬車主人走下後不約而同加快步子，相距五步時，三位年齡相差懸殊的文士同時跪下。

「黃楠郡王熙樺參見世子殿下。」

「黃楠郡王貞律參見世子殿下。」

「黃楠郡王綠亭參見世子殿下。」

三人分別是黃楠郡水經王氏、靈素王氏和紫金王氏的當代家主。王熙樺便是王雲舒的父親，現任黃楠郡功曹，氣韻古雅，有古賢遺風；水經王氏以藏書豐富著稱於世，族內歷代名士尤擅訓詁注釋，家庭中凜如公府。

矢志要將家學化為國學的國子監新任左祭酒姚白峰，年輕時隱姓埋名，當過水經王氏的一名塾師，就是為了可以近水樓臺飽覽群書，後來姚白峰聲名鵲起，朝野皆知其學問深厚，老而彌堅，被奉為北方文壇宗主，與宋家兩夫子共掌天下文柄，仍是經常與王氏老家主借書換書買書。

頭髮花白的王貞律出自靈素王氏，出過一位駕鶴飛升的大真人；紫金王氏淵源不如其餘黃楠三王，不過緣於前朝接連出了三位紫金光祿大夫，出現了三代同在廟堂的景象，只可惜曇花一現，近世紫金王氏並不矚目，當代家主王綠亭不但年紀輕輕，才及冠三年，更是出了名的離經叛道，外界都不知道怎麼這麼一個聲名狼藉的年輕人，從一個跟王雲舒齊名的紈褲子弟，搖身一變，就成了紫金王氏的頭面人物。

徐鳳年沒有倨傲到要讓三位家主長久跪在街上，讓他們起身，帶著他們進府，約定休息一夜後，明日慢慢詳談。

◆

李府，經略使大人李功德正在花園侍弄一株蜀葵，聽到管事說王熙樺去了將軍府覲見世子殿下，還帶上了年邁體衰的王貞律和乳臭未乾的王綠亭，就有些臉色陰沉，冷笑著「嘿」了一聲，說道：「老何啊，你說有些人奇怪不奇怪，你每天給人一文錢，哪天不給了，他跳腳大罵；你每天打人一耳光，哪天不打了，他反而感恩戴德。別人都說黃楠郡出『四王』，是塊風水頂好的福地，不過老爺我看啊，這黃楠郡就是個盡出白眼狼的地方，只記打不記好，我才走了一年，就開始忘恩負義，若不是我當年給他們鋪路搭橋，哪會有今天的光景。且不說其餘三家，只說龍頤王氏，我藉著他們平步青雲不假，可我這些年還給龍頤的，何止他們當年施捨給我的那些？老丈人也就等我當上豐州刺督之後，才樂意跟我這個寒門女婿吃上第一頓年夜飯，如今倒是求著要拖家帶口來這棟宅子五代同堂了。」

姓何的管事被老爺這一席話嚇得噤若寒蟬。他當年本是王氏僕役，後來因為在李功德未曾飛黃騰達之際，是唯一一個請過這位王家女婿喝酒的小管事，連何大管事自己都不敢相信李功德會走到今天這個位置。當初在黃楠郡，李功德文不成、武不就，受到白眼無數，說句難聽的，連女婢馬夫都不帶正眼看他的。

何管事那回之所以多此一舉主動邀請李功德喝花酒，那還是得了一筆意外賞銀，在王家上下找來找去覺得只有李功德既合適他吹噓顯擺，又還能請得動。後來一人得道、雞犬升天，何管事成了李家最早的一批元老，他起先只是純粹認為老爺睚眥之仇必報，滴水之恩必報，後來才醒悟根本沒這麼簡單，老爺就是想讓那些當年瞧不起他的王氏族人悔青腸子，實則對他何暢根本沒有太多刮目相看。

淫祀一事，是李功德讓人去揭發彈劾宋岩，李負真親自去黃楠郡太守府，即是想讓女兒代他去跟宋岩開誠布公，以便維持關係。李功德原先相信宋岩會知道他的良苦用心，當然也有順勢敲打一下宋岩的意思在裡頭，如果讓王熙樺成了黃楠郡太守，已經連陵州刺史都快要保不住的李功德，就要連黃楠郡這個李家後院都「淪陷」了。

不過女兒對官場體會不深，但是李功德料到她肯定會帶上那郭扶風同去黃楠郡，見一見宋岩和宋黃眉父女。由他出面磋商，總比稀里糊塗的女兒好心辦壞事來得強。還有就是李功德已經知曉多位熟稔「偷塞狗洞」的門生故吏，開始跟郭扶風眉來眼去，這個年輕人看似胸有城府，其實輕躁性急，李功德也有意讓宋岩冷落一下他，好讓郭扶風知曉想要真正進入李家的圈子，付出得遠遠不夠。

可憐天下父母心，真是可憐。正因為兒女在不曾親身為父母之前，很難體會到這份苦心，所以才可憐。

一名外院管事急匆匆跑來，神情有些古怪，「老爺，小姐回府了。」

李功德何等老於世故，略微思索，隨即不耐煩道：「讓那人一起進來。」

管事低頭，面色一喜，不料李功德卻笑呵呵道：「賈貴啊，那年輕人給了你幾十兩銀子啊？」

賈貴立即從袖中掏出一張銀票，弓著腰小跑遞給經略使大人，絕不廢話半句，老老實實說道：「五十兩。」

李功德揮了揮手，瞥了眼銀票，一臉無奈，自言自語道：「這傻閨女，拿老爹送妳的銀子來糊弄爹。」

李功德眼睛眯起，慢慢將銀票放入袖中，「姓郭的，這銀票你也敢收下，不怕燙手？」

內院管事之一的何暢主動悄然退下。

獨處的李功德繼續對付那株等人高的蜀葵，伸出兩根手指，掐斷一根根枝葉，時而點頭時而搖頭。

◆

將軍府收下那些首撥「從龍」的江湖人士後，又有黃楠郡三位王氏家主住下，終於有了些生氣。

徐鳳年坐在書房內，藉著餘暉，正在低頭鑒賞一幅題跋密密麻麻的名貴字畫，呼延觀音躡手躡腳進入書房，雙手捧著那盆被斥為「菊婢」的鳳仙，放在窗口上。

被遮擋住光線，徐鳳年沒有抬頭，朝她揮了揮手。桌上所鋪字畫是昔日北涼鉅子姚白峰的真跡。姚白峰在野的年代長，在朝的時日尚短。徐驍不是沒有想過讓他出山，可姚白峰一直沒有理睬。徐鳳年手指抹過字畫，輕輕嘆了口氣，什麼得民心者得天下，都是假的，得士子者坐江山才是真的。

徐鳳年抬起頭，看見呼延觀音的背影，她站在視窗發呆，泛黃餘暉灑落，讓她宛如壁畫上的飛天。徐鳳年其實心知肚明，她就是自己的餌料——北涼也有幾名鍊氣士，肯定已經看出她的不同尋常，徐驍之所以將她雪藏此地，一方面由於奇貨可居，更重要的是要讓她身負的氣數，悉數轉嫁給氣運空白如生宣的徐鳳年。

氣數氣運之說，看似虛無縹緲，其實很簡單，比如世間所謂的夫妻相，那就是一對結髮夫婦，朝夕相處，氣數互補的結果。呼延觀音經常無精打采，除了表面上的水土不服，根子上還是因為充沛氣數為徐鳳年所竊。

徐鳳年收起卷軸，自嘲道：「家賊難防啊。」

至於那幫主動依附陵州將軍府的江湖人，是否夾雜有北涼以外的死士諜子，徐鳳年有的是手段讓他們身分水落石出後生不如死。

呼延觀音驀地驚呼一聲——一隻信隼倏然飛入，徐鳳年抬臂讓其停下。

密信所寫內容讓徐鳳年瞳孔猛然收縮了一下。

青州陸家遭遇一場暗殺，單是為了保護陸丞燕，僅拂水社一等房游隼就死了四名，一直負責在青州布局的停雲館更是損失慘重，幾乎精銳盡損。

顯然離陽和北莽都不想看到青州陸家跟徐家成為姻親，然後紮根北涼。只要有望成為北涼王妃的陸丞燕一死，陸家就澈底絕了換東家的心思，至於到底是哪一方不惜血本也要阻攔陸家赴涼，密信上只說尚不明確。

徐鳳年點燃一根粗壯紅燭，把密信一寸寸燒成灰燼。

微風透窗，燭光搖曳，灰燼飛散。呼延觀音看到信件早已燒光，他仍是保持雙指併攏靠近燭火的凝神姿勢。

徐鳳年彈了彈手指，走到呼延觀音身邊，眼神晦澀難明，輕輕望向經略使府邸的一處簷。

呼延觀音聽到他自言自語道：「可能一開始我就錯了。」

◆

黃楠郡三位家主入住陵州將軍府，都相距不遠，他們三位除了各自的心腹扈從，沒有再帶任何閒雜人等進入這座匾額嶄新的官邸。

世子殿下讓他們休憩一夜，讓王熙樺當時就心頭一緊，這分明是故意讓三個家族有足夠時間先行通氣。王功曹跟靈素王貞律以及紫金王綠亭都是拂曉時分，緊急從各自家族匆忙趕往陵州州城，除了中途一頓潦草的午飯，大致交流了一下，嘴上答應互有照應的同時，心中難免互有提防，很難做到澈底地同進同退，涉及偌大一個家族的走勢起伏，不管往日私人關係如何融洽，都得慎重再慎重地權衡利弊。

被姚白峰譽為有「三個刺史之才」的王熙樺吃過談不上豐盛的晚飯，沒有著急答應王貞律的約見，而是單獨出門散步，出門沒多久，就看到同樣在優哉游哉閒逛的後生王綠亭，王熙樺就有些感觸，如此沉得住氣，後生可畏啊。兩人點頭一笑，擦肩而過。

王熙樺沿著一條傍水走廊負手慢行，流水通往金甌湖。陵州城內，有本事引湖水入自己庭院的宅子沒有幾座，隔壁的經略使官邸當然算頭一個。

王熙樺心思一動，轉入一條緊貼牆根小徑，透過牆孔可以看到鄰居李府的牆內光景，王熙樺突然停下腳步，恰巧牆那一邊有位熟到不能再熟的官老爺也在湊近，對視之後，始終負手身後的王熙樺笑道：「李大人，這麼有閒情雅致？我可聽說李大人找了位乘龍快婿啊，學識人品身世都出類拔萃，恭喜恭喜。」

僅是稱呼李功德為李大人卻不自稱下官或是卑職，足見黃楠郡功曹王熙樺清高倨傲。

李功德拍了拍袖口，笑咪咪回敬道：「本官可不用靠什麼女婿養老，好歹有個還算出息的兒子，在邊境上掙取不摻水的軍功，王功曹，你可就要悠著點嘍。」

王熙樺點頭道：「邊境上多偉男子，李公子沙場情場兩不誤，自然讓人羨慕不來。我那犬子，沒本事，只會勾搭些青樓女子，就沒這份福氣了。」

北涼皆知經略使的公子李翰林曾經男女通吃，幾乎每次出行都有眉眼清秀的小相公親密相伴，雖說如今浪子回頭，沒有人懷疑這位遊弩手標長的戰功真偽，可當年的李惡少終究犯下太多令人髮指的罪行，今晚被王熙樺出言暗諷，何嘗不是無奈的子債父還。

李功德也沒有反駁，彎下腰去，王熙樺正納悶經略使大人為何這次如此投降認輸，不承想當李功德站起身後，直接就丟了一捧泥土過來，砸在王熙樺臉上，疼是不疼，可一向被視為陵州斯文宗主的王功曹哪裡受過這種羞辱，一時間又不知如何應對，愣在當場。

李功德哈哈笑道：「狗日的王熙樺，最會裝模作樣，老子早就想抽你了，今兒沒外人，就你我兩個仇家……世子殿下，你怎麼來了？」

王熙樺聞聲下意識轉頭，結果四下無人，哪來的世子殿下，又轉過頭，就又被李功德一捧泥土砸在臉上。王熙樺怒不可遏，伸出手指怒罵道：「李功德，立言立功立德三不朽，身為堂堂疆場重臣，捫心自問，可有任意其一？真真正正汙了『功德』二字！你這廝為人曲謹而猛鷙，真以為能夠壽終正寢？」

李功德漫不經心揉了揉鼻子，隨後伸手指了指頭頂，不屑道：「別人都尊稱你王熙樺一聲『王三刺史』，三個刺史，不正是本官頭上這頂官帽子的大小？你別跟本官說什麼大話，你就說今天誰的官大，又是誰讓你這些年寸步不前，乖乖當個芝麻綠豆大小的一郡功曹？」

王熙樺冷笑道：「與你說薪火相傳，與你說讀書種子，簡直就是對牛彈琴！」

李功德嘿嘿低聲笑道：「咱們雞同鴨講，說到底還是一路貨色，誰也別笑話誰。等你哪天做成了第二個姚白峰，才有資格跟我說學問、事功二事。」

王熙樺勃然大怒道：「李功德，誰與你一路貨色！」

李功德一抬手，吃過兩次虧的王熙樺立即一閃身，才發現經略使大人手中根本就沒有泥土，李功德說了句「要你王熙樺還不跟耍猴一樣簡單」，揚長而去。

照理說這一場宿敵之間毫無徵兆的接觸戰，大勝而歸的李功德本該得意揚揚，可在北涼春風得意的李功德並沒有料想之中的喜慶，反倒是面沉如水，陰霾濃郁。

王熙樺一開始臉色陰晴不定，只是等李功德背影遠去，這位王功曹的嘴角悄然翹起，哪裡還有半點惱羞成怒，輕聲道：「李螃蟹啊李螃蟹，看你橫行到幾時。」

◆

徐鳳年收到今天第二封密信，來自陵州一隻老「甲魚」，連徐鳳年都沒有想到竟會是進入陵州將軍府的一名四品境界江湖豪客。原來在眾人會聚在門口之前，陵州游隼就得到了大部分人物的背景，有些粗略，有些詳細，唯獨少了那名橫空出世的酒鬼，大概是外地諜子也覺得這麼大搖大擺進入府邸，太過自尋死路，密信上沒有一人有諜子嫌疑，大多是有案底在官府的江湖人士，這並不奇怪，行走江湖，想要不砍人或者不被人砍就一舉成名，實在是癡人夢話。

徐鳳年在書房仔細閱讀密信，那個綽號「閻王刀」的甲魚就跪在冰涼地板上，紋絲不動。

徐鳳年放下密信，閉上眼睛，沉默許久，然後睜眼對此人說道：「那個酒鬼可以不用急，但是讓褚祿山立即再查一查四品的劉伯宗，尤其是三品實力的孫淳，這兩人的身世實在太清白、太仔細了，從出生到習武到成名，看似皆是有跡可循，一覽無餘，但越是這樣，越讓人不放心。這兩人中，孫淳面相顯老，其實不過二十九歲，劉伯宗三十二歲，恰好是最年輕的兩個。本世子雖然不是諜子這一行的，但知道只要肯花力氣，弄個十五歲之前的身分很輕鬆，然後悉心栽培十幾年，幾乎可以做到沒有半點蛛絲馬跡。甚至本世子懷疑他們的家族，本身就有問題，勞煩你們游隼多用些心思。」

漢子悚然，汗流浹背，畢恭畢敬說道：「保護殿下安危，是游隼頭等重要的分內事，絕不麻煩。」

漢子無疑會敬畏這個年輕陵州將軍的特殊身分，但更怕他可以直呼游隼幕後大當家的名諱。褚祿山的可畏之處，外人那都是以訛傳訛的道聽塗說，不是身為游隼，根本不會理解褚大當家的恐怖能耐。

徐鳳年繞過書案走到漢子身前，彎腰攙扶他起身，輕聲笑道：「北涼有不少的文臣武將，跟你們相比，同樣是少一百個，少了你們，北涼會更加不安穩。你幫我捎句話給褚祿山，這個年，讓他給所有游隼多發些犒勞賞銀，這份錢，不要他出，從清涼山那邊拿出來。如果有人想要祕笈這類的東西，也可以大膽提出來，王府這邊盡量滿足。在本世子看來，天底下就沒有什麼東西比命更值錢，你們既然都把命典當給了徐家，那徐家萬萬沒有理由虧待你們。」

漢子站起身後，竟然有些眼眶發紅，猶豫了一下，撓撓頭，竟有些靦腆，壯起膽子說道：「小的是錦州人氏，跟大將軍與殿下的老家差得也就三百里路，不過小的離開遼東比大將軍晚了六、七年，曾經在別的行伍裡頭混過，後來犯了事，走投無路才跟了大將軍，這麼多年都是跟褚將軍做事，也沒什麼功勞，都是些換了誰都可以做的苦勞。前些年，娶了個媳婦，生了幾個小姑娘，今年初秋那會兒好不容易有了個帶把的小子，小的家裡不缺銀子，就想請殿下得閒時幫我家小子取個名，若是殿下忙不過來，就當小的沒說過這事。」

徐鳳年輕聲道：「取名字有很多講究的，取不好會影響以後運勢，我很信這個，不太敢幫你兒子取名啊。」

漢子本就沒抱什麼希望，也就談不上失望。

徐鳳年突然笑道：「不過徐驍不信這個，回頭我這趟去涼州，讓徐驍幫你兒子取個名，萬一取不好，或者是很難聽，你們當小名使喚也行。」

漢子又要跪下，徐鳳年拉住他的手臂，無奈道：「行了，就算你多跪幾次，可我總不能就多給你兒子討要幾個名字，再說你兒子也用不著，名字又不是銀子，求一個多多益善。」

漢子赧顏一笑，不復原先的精明謹慎，有些真誠的憨厚神態。

「離開後傳消息給龍睛郡的徐北枳，讓他來將軍府。」

說完之後徐鳳年走到視窗附近，滿腔喜悅的漢子也就不再打攪世子殿下的思緒，無聲無息退出書房。徐鳳年凝視著那盆呼延觀音「割愛」端來的鳳仙花，神遊萬里。

離陽的強大在於一統中原之後，隨著老太師孫希濟以文臣之首的身分，率領一大幫西楚遺老歸順離陽，天下正統之爭就已完全塵埃落定，只要朝廷願意用人才，那幾乎就是取之不盡、用之不竭。這些人才各有專長，有人專心做道德文章立言，有人務實埋頭做事立功，更有大把的人在做髒活累活。

如果說離陽是良田萬畝，有資格去店大欺客，那北涼就是在一畝三分地上變花樣。師父李義山那麼多年真可謂是巧婦難為無米之炊。徐鳳年以前私下玩笑，不論是跟徐驍還是跟兩個姐姐，都說哪怕可以當皇帝，也打死不坐金鑾殿，就因為他那會兒就早早知道主政一方是何其艱辛，只是真當自己開始親手布局，就感覺到哪怕他是北涼世子，想要做事，一樣是身處四四方方的牢籠之中，稍有動作，就會碰壁。這個牢籠是歷朝歷代的人物辛辛苦苦壘起來的東西，簡稱「規矩」。

徐鳳年回到書案提筆寫下結構鬆散的「只告尸」三字，然後在「只」字旁邊添加筆畫，補全了「織」字。

放下筆，徐鳳年縮手在袖內，走出書房，漫無目的地穿廊過棟，在一座臨水小榭，撞見正在小榭內蹦蹦跳跳取暖的王綠亭。這傢伙當年跟李翰林、王雲舒，還有個在峨嵋郡為非作歹的公子哥，一起並稱「陵州四霸」，不說誰都無法輕視的王熙樺，但相比死氣沉沉的靈素王氏家主王貞律，徐鳳年對這個紫金王氏新主人的王綠亭，無疑要更感興趣。

因為世襲罔替，北涼如今處於一個不可避免的動盪年代，一朝天子一朝臣，該落幕的已經落幕，該上位的尚未上位，很多家族都在跟隨大勢輾轉騰挪，只是時間早晚不同。將種高門的鍾洪武讓獨子鍾澄心從文官路數，是求變；身為名士的王熙樺讓王雲舒走武將路數，也是求變。不過這些大多數，畢竟都有個好爹，做事事半功倍，徐鳳年只知紫金王氏已經好幾代不出大才，原本以為王綠亭這一輩照樣會落魄下去，不承想這次竟然有魄力來到將軍府邸，如果事後無功而返，第一個被經略使開刀收拾的對象，肯定不會是王熙樺和王貞律的兩個家族，而是根基不穩的紫金王氏。可想而知，年輕人王綠亭背負了不小的壓力。

看到世子殿下走近，王綠亭只是轉頭一笑，繼續蹦跳不停。

徐鳳年站在王綠亭身邊，後者開口玩笑道：「知曉殿下是爽快人，綠亭就有話直說了，這次跟在兩位長輩屁股後頭來這兒，是跟殿下求賞賜來了。真是破釜沉舟啊，要是沒有一官半職撈到手，回到了黃楠郡，可得被那幫老頭子戳脊梁骨。殿下行行好，就當可憐可憐王綠亭？」

徐鳳年望向只在「規矩」之內漣漪輕微的狹窄曲水，平靜道：「先說說看要什麼官，太大了，本世子可給不起。太小了，本世子也拿不出手，要是糊弄你們紫金王氏，背後一樣要被那些老傢伙吐唾沫淹死。」

王綠亭爽朗笑道：「不大，北涼道織造，就這麼個官。江南道那兩個織造局，那可是正四品的肥缺，咱們北涼的金縷織造局主官，才五品，反正老織造李息烽也幹了十二年，早就該退下來。」

徐鳳年不動聲色說道：「五品不小了。」

王綠亭果然臉皮奇厚，停下原地跚跶的動作，雙手捧著呵了一口霧氣，轉頭笑臉燦爛盯著世子殿下，「綠亭就知道要官很難，所以還有跟殿下買官的打算。紫金王氏願意拿出十八萬兩白銀，都是現銀，如果不夠，家族還有些珍奇古玩和字畫拓片，都能折算成銀兩，只要殿下寬裕些時候，大概還能勉強再湊出十萬兩。沒法子，比不得黃楠郡其餘三王那般財大氣粗，咱們紫金王氏窮哪。」

徐鳳年坐在長椅上，朝王綠亭下按了按手，兩人靠柱對坐，徐鳳年笑道：「本世子可以十八萬兩銀子就賣你一個金縷織造，不過有個附加條件。」

王綠亭笑道：「殿下，我那個妹妹的確是出了名的賢慧，可終究姿色中等，又有婚約在身，殿下可千萬別打這個主意啊。」

徐鳳年愣了愣，哭笑不得，微笑道：「你小子別跟本世子油嘴滑舌，說正經的。本世子知道你有個至交好友，出身寒門，在紫金王氏當塾師，理學巨匠姚白峰都說此人只要願意考取功名，必是陵州解元，以及是西北兩道八州的會元，甚至摘下狀元，連中三元都有可能。

今年考取殿試三甲被賜同進士出身的黃楠郡魯裕元，好像就是受惠於你朋友的制藝之術，否則至多考過童試、鄉試，別說殿試，就連會試都是奢望。你要能說動此人出山，本世子就讓你當金縷織造，要是說不動，那你就老老實實回到紫金王氏。」
王綠亭捧腹大笑。
徐鳳年無動於衷。
王綠亭止住笑，一臉奸詐道：「殿下請放心，這傢伙已經被我強行綁架到城裡了，這就給殿下喊人去？」
徐鳳年搖頭道：「不用見，你跟他說一聲，過完年就來陵州州城待著，本世子有一頂官帽子白送給他。」
王綠亭感慨唏噓道：「人比人氣死人啊，我還得傾家蕩產買官，這小子倒好。」
徐鳳年突然說道：「你既不是嫡子也不是長子，能成為紫金王氏的家主，想來是很不容易。」
王綠亭收起玩世不恭的神情，卻也沒有故意正襟危坐，而是輕輕說道：「比起殿下，容易很多了。」
徐鳳年笑道：「還沒當上官，就開始溜鬚拍馬了？」
王綠亭又笑起來，「先熟悉熟悉，既然要寄人籬下，哪能不看人臉色。以後殿下可要多給王綠亭阿諛奉承的機會啊。」
徐鳳年打趣道：「那你得先跟褚祿山拜師學藝。」
王綠亭欲言又止。
徐鳳年知道他是個聰明人，也就直說道：「知道你在想什麼，確實，褚祿山的馬屁不管是本世子還是外人，親眼所見親耳所聞，從來都很膩味噁心，可有一點很多人都看不到，褚祿山只對一個人如此，這叫從一而終，所以他跟經略使李大人都……」

說到這裡，徐鳳年停頓了一下，不再繼續說下去，站起身，徑直離開。看似輕鬆閒適，其實一直暗中繃緊心弦的王綠亭對於最後的異樣言語，起先沒有深思，反正得到了此行所想要的一切，還有所超出，如釋重負的同時，有些壓抑不住的興奮。可當他後知後覺咀嚼出其中意味後，就有些遍體生寒，難道相鄰的那座府邸，隨著北涼的改天換地，宅子的主人也要跟著改名換姓？

◆

當徐北枳進入陵州將軍府，距離除夕只差三天，幾乎是他一進入官邸，就立即跟隨世子殿下趕赴涼州，這份殊榮倘若落在旁人眼中，真是寵冠北涼了。

此次歸途，有兩輛馬車，呼延觀音獨占一輛，徐鳳年跟徐北枳擠在一輛馬車上，兩個馬夫分別是徐偃兵跟洪書文，再沒有其他親衛隨從。

徐北枳聽了一遍徐鳳年有關黃楠郡事宜，不置可否。柿子、橘子這兩位，相處起來，似乎挺像是燕剌王和納蘭右慈，堪稱君臣相宜的典範。

徐北枳第一次開口便是詢問為何不讓截路阻攔的宋谷把話說完，因為徐北枳清楚柴扉院一事，原本鷹士任山雨被重傷的小疏忽，不算什麼事情，可被世子殿下親眼看到結果，以褚祿山的陰沉秉性，宋谷的仕途板上釘釘要完蛋，能否保住性命都兩說。如果當時徐鳳年罵上幾句、踢上幾腳，發過火，褚祿山反而可以借坡下驢，只需重責宋谷，到底還能饒過宋谷，無非是暫時狠狠拾掇一頓，給足世子殿下以及鷹士那方的顏面，以後不妨礙宋谷另有任用。

可徐鳳年什麼都不說，褚祿山如何膽敢擅自主張大事化小？

徐鳳年當時給出的答案是，他絕不會去插手北涼諜子的事務，甚至可以容忍北涼諜子機構分家後，由同僚變成對手的游隼鷹士相互「爭風吃醋」，但絕不允許兩者明著勢同水火，相互藉機落井下石，北涼承受不起這種內耗。

在這件事情上，以及以後所有的紛爭，徐鳳年不偏袒二姐徐渭熊，不刻意扶持鷹士、打壓游隼，也一樣不會主動傾向於褚祿山，更不會搗糨糊各打五十大板了事。

徐北枳聽到這個回答後，不吝嗇地笑了笑，顯然較為滿意。清官難斷家務事，根源就在於端那一碗水的人沒有端平，一次不端平，以後就難了。不過端平也有端平的難處和壞處，一不小心就裡外不是人，這得看徐鳳年能否堅持到底。

徐鳳年知無不言、言無不盡，除了黃楠郡三王聯手跑來將軍官邸表忠心以及各自要官，要官的法子也大不一樣，還跟徐北枳提起了王綠亭主動提出要花錢買金縷織造一事。

聽到這裡，徐北枳皺眉道：「此人能當大任？」

徐鳳年搖頭道：「我也才見過一面，只覺得王綠亭談吐不錯，很對胃口，至於能否勝任金縷織造，還得再多要幾份有關紫金王氏的詳細諜報，然後把王綠亭牽出來遛一遛才知道是騾是馬。不過金縷織造就在陵州，到時候要頭疼也是你這個陵州刺史。」

徐北枳問道：「那舊織造李息烽如何處置？」

徐鳳年耍無賴道：「我這不是也沒想好，要不到時候你看著辦？」

徐北枳瞪了一眼，大概是懶得理會這個世子殿下，獨自陷入沉思。

天下各道皆設置織造局，便是北涼道也無法例外。名義上是為皇家和官用督織解送各地所產絲綢，但暗地裡的權柄十分巨大，前朝歷來就有織造主官按旬按月向京城密折稟報的習慣，可以直達皇帝桌案，驛路上傳遞這類情報，比起尋常軍情還要謹慎小心。膠東王趙睢和淮南王劉英，幾次被皇帝中斥重罰，都緣於當地織造局的密折告發。

如今離陽朝廷設置道一級，各地織造局雖未提高品秩，但在朝在野的聰明人都是心知肚明，除了從京師外派出去明擺著掣肘藩王的經略使，就數這十幾位官品不算太高的織造最為陰險噁心。不過北涼道所屬的金縷織造李息烽，年近古稀，這麼多年一直碌碌無為，跟北涼王徐驍一直沒有傳出有什麼交集，既不主動諂媚也不太過疏遠。

曾經有份一年兩次的「半年折」在驛路上被一夥膽大包天的馬賊無意中攔截，散布於天下，世人才知道這個織造主官竟然昏聵無聊到跟皇帝陛下介紹起北涼世子殿下的大小古玩收藏，詳細羅列了近四十項六百餘件，都想不明白為何要讓這麼個老眼昏花的老頭子待在北涼浪費朝廷俸祿。

據說那封密折洩露後，當時還是大柱國的徐驍聽聞此事後哈哈大笑，讓人給這位在其位卻不謀其政的金縷織造，送去了跟趙家俸祿相同的銀子，這些年一次沒少，李息烽倒也不怕皇帝起疑心，次次照收不誤。但是不論外人如何譏諷輕視李息烽這老傢伙，北涼內部，甚至連李義山都詳細剖析過此人的官場履歷和才學性情。徐驍送銀，可不是取笑李息烽的無所事事，而是告訴這位擅長於細微處破解北涼局勢的金縷織造，我徐驍開始盯上你了！

而且徐鳳年沒有隱瞞身邊的徐北枳，當初嚴家叛逃出北涼，去京城得以享受榮華富貴，正是織造局跟朝廷牽的紅線，逃跑路線，如何偽裝，以及沿途各地接應，都有極為精確的謀劃。只是由於李義山始終在冷眼旁觀，這場北涼和朝廷勾心鬥角機謀迭出的博弈，終於還是北涼棋高一著，加上褚祿山不遺餘力地探尋，最終還是被北涼諜子成功截下，不過那次徐鳳年心軟，親自出面為嚴家求情，徐驍這才網開一面，否則就算王仙芝親自來北涼救人，也只能救走一、兩人而已。李息烽雖然輸了，可是要知道他這個織造官在北涼被豺狼環伺，仍能夠有此作為，已經很是讓人嘆為觀止。

徐北枳打破沉默，說道：「李息烽如果想要安度晚年，榮歸京城之前，得跟北涼做一筆交易，不過這筆交易，對他這個金縷織造來說，有百利而無一害。」

徐鳳年默不作聲，神情隱約有些黯然。

徐北枳挑了挑眉頭，直言不諱道：「我記得你以前有三個很要好的朋友，其中嚴池集已經跟著家族去京師當皇親國戚，遞補為炙手可熱的翰林黃門郎，前途無量。那個孔武癡也不差，年末也做上了禁軍都尉，到頭來就只剩下李翰林留在北涼。你真的忍心？你這還沒當上藩王，就打算成為孤家寡人了？」

徐鳳年平靜道：「反正不管結果如何，哪怕是最壞的局面，我都會保證李家以後始終衣食無憂。李翰林不認我這個兄弟，也是我自找的。」

徐北枳淡然笑道：「真是可憐。」

徐鳳年踢了這傢伙一腳，徐北枳順勢靠著車壁，拍了拍衣衫，隨口問道：「那個王綠亭的好友孫寅，被姚白峰誇口稱讚為一身才氣沖斗牛，不是及第進士勝似進士，姚白峰當上了國子監左祭酒，執掌文壇，有沒有諜報說姚大家要請孫寅去當祭酒？」

徐鳳年哈哈笑道：「橘子，你可以啊，神機妙算！我要不是得知姚白峰祕密讓人去請孫寅，承諾只要這傢伙願意去京城，先去國子監弄個清流祭酒當當，來年能夠參加殿試，姚白峰就放下他那張很值錢的老臉，徇私舞弊到了極點，親自去跟趙家天子求個一甲頭名！要不我還真不知道黃楠郡有這麼一號人物。不過你可以放心又不能放心，孫寅已經被王綠亭押送到陵州，我打算讓他直接當個有流品的實權六品官，你要是當了陵州刺史卻被此人掩蓋光彩，小心我一怒之下就讓他頂替你的位置。」

徐北枳瞥了一眼徐鳳年，沒有說話。

徐鳳年笑道：「放心、放心，我這人喜新不厭舊，孫寅就算本事再大，橘子你依然還是我的舊愛，恩寵不減。」

徐北枳冷笑道：「趕緊停車，容我出去吐一吐。」

徐鳳年一臉受傷表情，道：「不解風情，我可是什麼好東西都先給你留著，在桃腮樓撿漏了一只產自東越皇窯的天青膽瓶，全天下找不出第二只，你真不要？那我可就送給陳亮錫了，那傢伙比你知情達理。」

徐北枳閉上眼睛休息，平淡道：「趕緊的。」

◆

除夕這一天正午時分，早已張燈結綵的清涼山終於又見到了世子殿下。

徐鳳年安排呼延觀音在一棟幽靜別院住下，沒有讓她跟梧桐院那幫丫頭碰頭的打算。徐驍一路伴隨，也不怎麼說話，就是樂和。弟弟黃蠻兒長高了幾分，眉宇間多了幾分煞氣，不笑的時候竟是異常的英氣勃勃，不過跟著他爹一起傻笑的時候就瞬間破功，好在倒是不再會流哈喇子了，但還是讓徐鳳年無言以對；去見二姐的時候，一家四口終於相聚。

掌握北涼一半諜子的徐渭熊，如今就住在梧桐院以便處理機要事務，梧桐院除了兩位大丫鬟紅薯和青鳥沒有參與其中，其餘兩等丫鬟都成為北涼「女翰林」，閱覽和篩選軍情諜報，有批紅之權，被知情人美其名曰「朱紅女婢」，尤其是縱橫十九道僅遜於徐渭熊的北涼小國手綠蟻，彷彿天生精於大局謀劃，儼然成為梧桐院的二把手，苛求盡善盡美的二郡主幾乎斥責過所有女婢，唯獨對綠蟻十分倚重信賴。

徐家三個爺們兒進入梧桐院屋內，徐渭熊坐在輪椅上，坐在一張專門為她製造的低矮書案後頭，抬頭瞥了眼三人，就又繼續低頭從一大摞已經批紅的密報中隨手抽出一份，督察鄰屋朱紅女婢們是否有紕漏。

徐鳳年小跑過去，見到桌上那方古硯有些墨乾，當下蹲在輪椅旁邊，轉頭拍馬屁道：「姐，我給妳磨墨。」

徐渭熊都沒有轉頭看他一眼，皮笑肉不笑說道：「哪敢讓堂堂陵州將軍代勞？」

徐鳳年裝傻道：「應該的、應該的。」

徐渭熊也沒有繼續挖苦世子殿下，任由他在旁捲袖磨墨，自己專心致志流覽那些朝廷各地邸報和北涼自家諜報上細緻的朱紅字跡。

徐驍會心一笑。

徐龍象一屁股坐在門檻上，托著腮幫發呆。

徐渭熊大概是受不了徐鳳年在旁邊礙事，頭也不抬說道：「你就沒看到家裡還沒貼上斗方、春聯、桃符？」

徐鳳年一拍腦袋，恍然大悟道：「我這就去寫聯子！等會兒咱們一起貼上？」

徐渭熊沒有出聲。

徐鳳年去隔壁空閒的書桌下筆如飛，仍然花了半個時辰才寫完王府所需的百副春聯。他每寫完一副，徐驍跟徐龍象就在一邊輕輕吹乾，然後去喊徐渭熊。

她手頭還有事務，說不用等她，徐鳳年只好跟黃蠻兒一人各自扛上五十餘春聯，徐驍負責捧一盒子稍輕的斗方，在清涼山從上至下開始貼上聯子，等到了大門口，發現徐渭熊坐在輪椅上，就在府門外頭安靜等候。

徐鳳年笑著讓徐驍看貼歪了沒有，他跟徐龍象一左一右貼上尤為寬長巨大的喜慶聯子，兄弟二人同時貼完楹聯，轉身都看到徐驍笑得合不攏嘴，二姐也有了久違的笑臉。

貼完了正門春聯，徐渭熊就返回梧桐院，又只剩下仨爺們兒在王府逛蕩。徐鳳年跟徐驍零零碎碎說著陵州事務，徐驍就間歇說些廟堂新近生的趣聞，比如顧劍棠那女婿在薊州大開殺戒，如今言官文臣已經懶得罵他徐驍，掉過頭轉而去罵失去兵部尚書一職的顧大將軍，反正顧劍棠已經不在京城，兵部那座原本氣焰洶洶的顧廬群龍無首，御史臺和兵部以外的五科給事中都可勁兒蹦躂，讓廟堂上的顧黨成員灰頭土臉，十分疲於應付，這個年不好過啊。

還有國子監左祭酒姚白峰狠狠教訓了一頓二把手晉蘭亭，甚至驚動了皇帝陛下，親自去國子監當和事佬，這才勉強息事寧人。國子監內山頭林立的局面已經路人皆知，鄉黨各自結社，大多都是為那位晉三郎鼓吹造勢，這也是姚白峰為何會撂下一句「當今君子喜朋黨乎」的凌厲詰問。

徐驍還說到燕剌王世子趙鑄那小子也不是個安分人，帶著數千精騎一路北上，哪像是去「靖難」的，分明是忙著耀武揚威，途經幾個州都被惹得雞飛狗跳，還沒到趙毅所在的廣陵道就已經讓沿途所有官員叫苦不迭，訴苦和彈劾的奏章，雪片一般飛入皇宮。

三人走到了聽潮湖邊上，徐驍猛然醒悟，說要去聽王初冬那丫頭說書，誤了時辰，那閨女架子大，就不樂意跟他這糟老頭子嘮叨了。

徐驍匆匆忙忙小跑而去，看得徐鳳年目瞪口呆，看來胭脂副評榜眼的王東廂果然厲害，連最怕跟書籍打交道的徐驍都給降伏了？先前有家信傳遞到陵州，徐驍確實說過王初冬很俏皮靈氣，半點也不怕他這個老莽夫，一照面就給他上了堂課，老氣橫秋與他這個文盲北涼王說起了讀書其實很有意思，一點都不枯燥，告訴徐驍讀那正史，成王敗寇都已知曉，不如讀野史。

讀那才子佳人，千篇一律，肯定是不管中間如何曲折坎坷，終會有白頭偕老的圓滿，其實還比不上讀經籍，就像看到一位老先生，從頭到尾正襟危坐，你覺得他刻板太久，但是有一天也會覺得自有可愛之處。此外王初冬還說了讀兵書、讀詩集的各有不同，讓徐鳳年大為佩服，這妮子真是膽大包天，都能教起徐驍讀書，要知道不管是李義山還是趙長陵，當年都沒能讓徐驍捺著性子多讀幾部書。

徐鳳年抬頭看了眼聽潮閣，陳亮錫這會兒應該就在頂樓偏房內，王府上下都說這個年輕人跟那位死後無墳、無塚的國士越發神似。

徐鳳年收回視線，看見徐橘子獨坐涼亭，朝湖裡拋下大把魚餌，錦鯉翻湧，景象恢宏。

徐鳳年蹲在聽潮閣臺基邊緣，對身邊的黃蠻兒說道：「祿球兒說那個被我撕裂身軀的一截柳竟然沒死，估計是被他用旁門左道的鍊氣士神通，臨死前來了手狡猾的金蟬脫殼，估計這傢伙的身分遠沒有朱魍提竿那麼簡單，沒事，咱們以後肯定還有機會跟他打交道。」

黃蠻兒憨憨使勁點頭。

徐鳳年自嘲道：「我就納悶了，一截柳是如此，那個由趙靜思改名為趙凝神的小天師，也一樣難纏。春神湖給鎮壓得半死不活，我本來是想用成為廢物的他來讓那座道教祖庭不痛快，沒想到回到了龍虎山，聽說趙凝神的境界再次突飛猛進，龍虎山號稱這傢伙的破境程度可以直追李淳罡。

武當山年輕掌教李玉斧在羝眆山斬惡龍名動天下，閉關多年的老天師趙希翼也沒閒著，修成了跟大黃庭齊名的玉皇樓，飛升在即，已經有無數人前往龍虎山頂禮膜拜，甚至連太子趙篆也微服私訪跑去徽州看戲，估計十有八九是真事了。還有那個沒心沒肺的徽山娘們兒當上了武林盟主，翻臉比翻書還快，說什麼把徽山祕笈摹本都送到北涼以後，就要跟我劃清界限。」

徐鳳年轉頭摸了摸黃蠻兒的腦袋，溫柔笑道：「不說這些煩心事，黃蠻兒，你什麼都不用管，有爹和你哥在呢。對了，自打你哥從襄樊蘆葦蕩繳獲運回四具符將甲人後，就開始讓咱們北涼機造局的幾位墨家鉅子開工，著手恢復到當年大宗師葉紅亭身上那件號稱天下第一符甲的程度。

上次在鐵門關，金甲也拿到手，而且這次神武城外殺人貓，我通過徐嬰從韓貂寺那顆頭顱裡知曉了一些機密，其中就有當年他剝皮葉紅亭的幾段細碎過程，過完年，我就去趟機造局，跟那幾位鉅子說一說詳細過程，以後你披上那具符甲陷陣衝鋒，起碼不用太過擔心一截柳之流的襲殺。

還有，黃蠻兒，在牯牛大崗上軒轅敬城曾經說過你不可輕易入指玄，你千萬記得，哥除了幫你打造符甲，也在翻閱樓內一些佛道兩教的晦澀祕笈，那白狐兒臉也答應幫著尋找，所以你得等哥找到了讓你順順當當成為指玄高手的捷徑，在這之前，哪怕天塌下來，你也不能進入指玄，記住了沒？」

如今的黃蠻兒真是不笨了，因為直覺告訴他不能答應，他又沒有跟哥哥說謊的習慣，就只是在那裡抬著頭不點頭、不說話，重瞳子的少年轉動眼睛，就是不敢正視他哥。

徐鳳年一個栗暴狠狠敲在徐龍象腦門上，「給哥點頭！」

徐龍象轉過屁股，背朝徐鳳年，破天荒沒有答應他哥的要求。

徐鳳年伸手扯著黃蠻兒的耳朵，扯了半天都沒能讓生而金剛境的弟弟轉頭，嘆息一聲，鬆開手，怔怔望向徐北枳離開後趨於平靜的聽潮湖。

黃蠻兒轉過身，盤膝坐地，伸手輕輕摸了摸他哥哥那頭扎眼的灰白頭髮。

徐鳳年瞇眼望向遠方。

聽潮湖年年有魚，北涼年年有餘。

徐鳳年緩緩後仰躺下，後腦勺枕在手背上，望著晴朗天空，安然睡去。他從未跟徐驍說起，當他在春神湖上看到這個爹的身影，哪怕明知道這個身影一年比一年蒼老傴僂了，但只要遠遠看到一眼，就好像什麼皇帝啊、王仙芝啊、張巨鹿啊、元本溪啊，讓這些傢伙一起紮堆出現在湖上，他徐鳳年也半點都不怕，心安得很！

◆

兩頭強壯了許多的虎夔嗖一下躥出，拚命朝徐鳳年奔跑而來，結果被黃蠻兒一手一隻按倒在地，兩隻奇獸距離徐鳳年幾尺距離，偏偏逃不出黃蠻兒的手心，眼神竟然有些人性通靈的幽怨。

徐鳳年笑道：「黃蠻兒，你去玩你的，帶上菩薩和金剛，哥還要坐一會兒，想點事情。」

黃蠻兒咧嘴點了點頭，拖著兩隻虎夔各自一條腿就跑遠了。

黃蠻兒四處閒逛，第一次鬆手後，虎夔這對姐弟就要跑回聽潮閣那邊尋找徐鳳年，被行走迅猛如奔雷的黃蠻兒一下就拽住尾巴，幾次吃足苦頭後，只得快快地跟在他後頭。

不知不覺來到梧桐院牆外，結果見老爹沒有去那個小嫂子那兒聽說書，而是推著輪椅，帶著二姐散心。

徐驍見到黃蠻兒，招了招手。那頭叫菩薩的雌虎夔見著了徐渭熊，顯得格外親暱。

徐驍繼續方才的話題，緩緩說道：「以後北涼正妃一事，妳這個當姐姐的要多把關，小年做什麼事情都能心中有數，爹不是比較放心，而是最放心不過。唯獨感情這件事上，這孩子一旦掉進去，就容易不計後果。渭熊，爹不是擔心北涼軍政受到什麼影響，爹打拚下這麼一份大家業，如果到頭來自己兒子半點都揮霍不起，那爹還做個屁的大將軍，小年以後當個屁的北涼王，只是爹很怕妳這個弟弟受傷。爹是粗人，但畢竟見過很多人的聚散分合，也知道這種瞧不見的傷比刀箭重創還來得傷人，說不定半輩子一輩子都緩不過來。」

徐渭熊「嗯」了一聲。

「再就是以後的側妃，說實話，暫定的兩個女子，已經在府上的王初冬跟青州的陸丞燕，爹確實是更喜歡王初冬那小丫頭一些，可側妃分大小，王初冬只能在陸丞燕之後，畢竟人才濟濟的陸家，比起靠著褚祿山才爬到青州首富位置上的王林泉，肯定對將來的北涼更為重要，越是往後越是如此。

所以往後若是兩個親家的家族起了爭執，只要不涉及大是大非，妳都得偏向陸家那邊，這也算是爹對陸丞燕這個兒媳婦的一點補償。因為爹知道小年興許這輩子都不會跟這名可憐女子交心，相敬如賓，也就是聽上去好聽一些，對於要過完一輩子的夫妻來說，其實就是一種遭罪。

爹這段時日每天去王初冬那兒聽她說故事，一來是有趣，二則藉機讓北涼知道，這丫頭是我徐驍點頭認可的第一位兒媳婦，以後誰想踩著王家去討好陸家，就得先掂量掂量是不是會拍馬屁拍到蹄子上。

至於裴南葦，爹知道妳不喜這個靖安王妃，妳也不用如何違背心意去刻意交往，聽之任之即可。世間只有長兄如父、長嫂如母的說法，從沒有姐姐持家的道理，爹之所以跟妳嘮叨這些，要妳擔當這份吃力不討好的責任，說白了，那就是爹私心，怕小年沒有親人照顧，所以妳這輩子都不能嫁人。

渭熊，妳要怨爹，爹認了。爹啊，就是個重男輕女的傢伙，敢做敢當，哪怕當年跟你們娘親過日子，就算硬著頭皮，也是這般直白說的。在沒有脂虎之前，就沒少挨你們娘親的揍，有了脂虎之後，被揍得那叫一個慘。對，就是慘不忍睹的下場。

你們娘讓爹一個拿慣了刀槍棍棒的粗糙老爺們兒去抱孩子，爹再心疼女兒，也扛不住孩子非要哭啊。你們那個娘啊，對誰都講理，就是對你們爹不太講理，好幾次隔天還得參加軍機會議，爹都是鼻青臉腫去營帳的，被那幫王八蛋笑話得不行。

曾經有個老兄弟犯了錯，被爹親手拿鞭子抽，這傢伙盯著爹被你們娘打腫的腦門，還他娘的跪在那裡一個勁兒傻笑，爹氣得多抽了五十鞭子。後來爹去給這傢伙塗金瘡藥，他竟然跟爹嬉皮笑臉，說他再糗也沒我丟臉。這個老兄弟，就是陳芝豹的父親。除了年幼兒子之外，帶著所有陳家子弟坦然赴死的人。

爹不是那種能厚顏無恥到一邊給功勳臣子賞賜免死金牌一邊陰險杜撰謀逆大罪的混帳，說了做兄弟，那就是一輩子的兄弟。是爹虧欠陳家在先，所以明知道陳芝豹怎麼都不會服氣小年這個新涼王，十多年都是不管不顧，由著這個義子培植親信。

陳芝豹要離開北涼，爹不攔著，他要既當兵部尚書又當蜀王，也還是隨他，爹很不希望有朝一日，他跟小年反目成仇到要兵戎相見的地步，如果能老死不相往來，那是最好。不過爹知道，張巨鹿、顧劍棠這幫老狐狸，還有躲在幕後的趙家天子，都不會白白放著這麼一根鋒銳無匹的長矛生銹，而不去將矛尖指向北涼。」

說到這裡，戎馬一生的老人有些沉重的感傷。

徐驍笑了笑，側過頭對次子徐龍象說道：「黃蠻兒，你遲早都會開竅的，得記住你哥哥對你的好。那次你哥哥闖下大禍，爹要打他，你出來攔著，對爹發了大火，一副要跟爹拚命的架勢，爹也就是面子上裝著生氣，其實心底很欣慰。

你哥啊，這些年其實過得不開心，外人都以為他是我徐驍，是人屠的嫡長子，就一定會是風風光光，這裡頭的辛酸苦辣，等你開了竅，才能知道你哥的苦處。沒了娘、沒了姐，不算什麼，春秋大戰，死了全家的人不計其數，可被人罵了祖宗十八代，還得替這幫沒良心的龜兒子鎮守大門，說不定哪天要用幾十萬自家鐵騎的陣亡，去換取一個心安，之後中原換主，還得被新主子在史書上大罵特罵，更有一大幫沒吃過任何苦頭的文人和百姓跟著起鬨，這才是你哥最可憐的地方。」

在世子殿下選擇韜晦之前的少年時代，整座北涼王府都知道殿下是打心眼裡寵溺他的弟弟，只要一有好玩的物件，不管多麼珍貴稀罕，肯定還沒焐熱就都送去給黃蠻兒，只是好東西到了膂力驚人卻又不知輕重的黃蠻兒手裡，哪裡還能完整，也就幾下工夫的事情就給弄壞，府上收拾殘局的眾人也從沒見過世子殿下生氣惱火。哪怕後面世子殿下開始過著聲名狼藉的風流生活，也一樣不曾忽略了徐龍象。

王府少有鞭笞僕役的行徑，徐鳳年寥寥幾回不常見的大動肝火，都是知曉了刁奴故意戲弄小王爺，而那幾次世子殿下親自拳打腳踢，絕對是往死裡去打的，一點都不留情。

「還有，渭熊，爹知道妳心裡對小年很在意，只是面冷心熱，一些事情上抹不開面子，可有些時候啊，妳只要對他笑一笑，他就很開心了。前些年他去武當山上練刀，妳不喜歡他習武，怕他耽誤世襲罔替的正事，他更怕妳不開心，所以當他一顆顆從深潭底撈起石子，又一刀一刀給妳做了三百多顆棋子，妳一見面就把兩盒棋子潑灑了滿地，他也沒跟妳黑臉，是不是？事後是他親自一顆顆撿回來的，有些滾落到了聽潮湖裡，結果硬是撿了一晚上。

爹當時跟義山就在聽潮閣裡看了他一整晚，義山那麼個鐵石心腸的傢伙，最後都喝悶酒去了。小時候，小年為了讓妳開心，做的事情還少嗎？明知道脂虎那麼疼他，不還是事事幫著妳？脂虎走了後，妳以為他好受嗎？誰何曾親眼見到他撕心裂肺了？原本以他的性子，感恩老掌教王重樓，早就去武當山上墳祭奠了。他是怕啊，怕那武當山，怕看到那座蓮花峰。怕他自己是禍害，怕身邊的人因為他說走就走了。鳳年從小就把他最喜歡的好東西，要麼送給姐姐，要麼送給弟弟，自己留下的，無非是一些外人才會覺得很值錢的物件。」

徐渭熊低下頭，看不清表情。

「如今這世道，位居高位的人物，惜命惜名得要死，書讀得越多，也就越來越聰明，一個個聰明得都不像一個人了。誰願意為無親無故的老卒去抬棺送葬，誰樂意為了一個婢女的死活，在無依無靠的異鄉為她拚死獨守城門？義山那麼聰明一個人，為何眼界高到連陳芝豹都不看好，反過來看好他？為什麼老黃武帝城之行，走得無牽無掛？為什麼李淳罡明明跟王仙芝打過了一架，還心甘情願以廣陵江一戰作為他的江湖收官之戰？為什麼如今貴為次輔的桓溫老兒，本來是一個對北涼經常說上幾句公道話的老傢伙，如今違背本心，不惜在漕運上動手腳，絞盡腦汁也要讓北涼不好過？不是鳳年習武天賦比那些江湖上鳳毛麟角的大宗師更高，不是鳳年廟堂謀算聰慧到了大智近妖，其實很簡單，只要真心實意把人當人看，慢慢凝聚人心，也就贏得了大勢。

爹想當年，就是這麼一步一步從市井潑皮少年，到一個敢打敢拚的小校尉，再到動輒屠城的將軍，最後到手擁數十萬鐵騎的北涼王，一路跌跌撞撞，在很多不看好爹的聰明人眼中，就這麼走過來了。

爹的對手，越到後面，越是聰明難纏，但這些聰明人很多到死，還想不明白為何就只有爹笑到了最後。爹相信他們多半在閉眼前只能安慰自己，天意如此，是徐驍命太硬。這個說法也對也不對。

爹讀書識字不多，就知道一點：妳不能對不起誰。很多人也許不懂，或者說懂了卻不在乎，還反過來把妳當傻子看待，自以為占到便宜。這沒關係，終究還是有人會記住，而記住的人哪怕不多，但是一個個都肯出力，然後打起死仗來，就算是以一敵二，仍是毫無懸念的無敵。萬一輸了，也不打緊，一樣能東山再起。聽潮閣下頭那六百多塊靈位，還有鳳年入京之前的老卒恭送，都是證明。所以啊，爹比誰都確定，以後的北涼，只會比起在爹手上那會兒，更讓北莽頭疼。

爹在鳳年還小的時候，不是沒有想過當個安穩的富家翁，如此一來，最不濟能給子女一份太平。可是陳芝豹什麼都好，就是太聰明了，聰明人一旦鑽牛角尖犯了錯，那就是天大的錯，誰都扳不回來。鳳年也聰明，可是卻遠遠比陳芝豹聽得進去別人說話，爹一死，陳芝豹不會再把任何人放在眼中，也不認為誰有資格跟他平起平坐。他若是哪天想當皇帝了，為達目的，不惜把所有北涼鐵騎拚得一乾二淨。」

李義山死後，徐驍似乎已經連老當益壯這類自欺欺人的話都沒地方說去了，此時說到這裡，這位駝背老人有些遮掩不住的疲乏了，不再說話，停下腳步，只是輕輕伸手，幫衣衫素潔的黃蠻兒多此一舉地整理了一下領口，最後柔聲道：「黃蠻兒，以後你別輕易真的拚命，你萬一死了，你哥就算活下來了，那得是多傷心？爹告訴你，肯定比他活著還要傷心。不過能讓你哥輕鬆一些的事情，你還是要多做一些。

雖說既然你哥比你早投胎生在咱們徐家，那他就是扛下擔子的命，但是以後清涼山，徐家的男人也就只剩下你這麼個弟弟可以跟他說上話了。徐北枳也好，陳亮錫也罷，再忠心，終歸不如自家人親。

黃蠻兒，你哥第一次負氣離家遊歷江湖，最大的願望可不是什麼當大俠，而是給你這個弟弟搶回來一個大美人。你去了龍虎山，每次收到書信，你這個看書從來都是過目不忘的哥哥，明知道不是你寫的，還會翻來覆去一遍遍重複地看。渭熊，這次他看到妳坐在輪椅上，妳故意不去看他磨墨，爹卻看到了他的手，一直在抖。」

老人伸出手，摸了摸徐渭熊的腦袋，沒說什麼安慰的言語。

徐龍象雙拳緊握，眼神堅毅。

兩頭虎夔驚嚇得瞬間逃竄出去，在遠處焦躁不安地徘徊，就是不敢靠近此刻顯得有些陌生的黑衣少年。

老人慢慢走回庭院。

那株枇杷樹冬日猶綠，可老人煢煢孑立，形單影隻。

但老人並不哀傷，笑道：「媳婦啊，咱們徐家，已經讓鳳年撐起來了。妳再等等我，不會讓妳等太久了。」

◆

北涼王府故意貼滿了倒的「福」字，年夜飯很簡單，就是吃餃子，徐鳳年、徐龍象這對兄弟拉上了徐北枳和陳亮錫，一起下廚包餃子，王初冬那些女子倒是沒有用武之地了。吃過飯後，徐鳳年讓兩位謀士陪著徐驍聊天，他自己去了趟冷清陵墓，回來之後，一大幫人坐在梧桐院熬年守歲，其樂融融。

鄰屋朱紅女婢才有半日閒暇，就陸續去鄰屋挑燈夜讀那堆積成山的邸諜兩報。陳亮錫帶來北涼的小姑娘，依偎在懷中已經沉沉睡去，徐鳳年就讓他帶著小丫頭先回去休息，陳亮錫也沒有堅持。最喜冬眠的王初冬也早就坐在那裡打瞌睡，被徐鳳年半抱半扶著離開梧桐院。

等徐鳳年再度反身回院，徐渭熊也已去了鄰屋處理軍機要務，只剩下徐北枳這麼個外姓人，徐驍這麼一位曾經文至大柱國、武至大將軍的老傢伙，不知怎麼回事正跟年輕人請教為官境界，徐北枳也不怯場，說得徐驍頻頻點頭，深以為然。

徐鳳年落座後，橘子已經從低到高將十九層境界說到第十六層，糾纏不過世子殿下，徐北枳只得重新大致講述一遍。靠祖輩餘蔭沾光，躺在族譜上落個油水小官，是孫子官；只會叫喚從不沾事的，稱之為蛤蟆官；凶狠刁鑽，欺軟怕硬，見到權貴低頭，見到百姓就咆哮，是狗官；因循守制，尸位素餐，撈好處半點不含糊，只是不知避禍，謂之屍官。

徐鳳年笑問當下陵州胥吏是何種境界，徐北枳回答說是狐官，因為狐假虎威，擅長察言觀色。

徐鳳年反問道：「那些指使手下胥吏掀起陰風陰雨的郡縣長官和實權校尉，是不是虎官？」

徐北枳笑著點頭，還補充說虎官之上就是鬼官，壞事做絕，在幕後翻雲覆雨，但是深居簡出，不知底細的老百姓仍然認為是清官，這就算是前十四層中最厲害的了。

徐鳳年繼續問道：「那龍睛郡太守鍾澄心算哪一層？」

「鍾澄心位於第十五層。在我看來天底下就沒有比當官更容易的事情，不貪不占，循序漸進，有幕僚清客出謀劃策，整飭形勢，自己當個甩手掌櫃，只顧風花雪月也無妨，無大功也無大過，大體與老百姓相安無事。」

「那黃楠郡功曹王熙樺？」

「政務平平，但名聲極好，從無貪酷害人，對上，若有善政善舉定會極力襄助，對下，對百姓視若己出，這也是尋常老百姓最為想要的清官，這種官在第十六層，他們的事功大小，得看主子是否英明，大局清明，上行下效，他們的官自然水漲船高，局勢汙濁，這類官遲早就只能掛冠而去，自詡不為五斗米折腰，採菊東籬下。非是他們不想為官，而是沒有能力去力挽狂瀾，只能退而求其次，愛惜羽毛，急流勇退。

青史留名的官吏，都是此類，當然，總得留下幾句膾炙人口的詩篇才行。書上許多被後人大誇特誇的骨鯁文臣，其實不識大體，所作所為，於天下局勢無補，不過是烈士殉名以直邀寵而已，遇上蠢笨一些的皇帝，也就讓他們得逞了，如果是心性狡猾的君王，尤其是心眼小些的，只要稍做手腳，就能讓他們一輩子鬱鬱不得志。要徐北枳來看，王熙樺其實不適宜做黃楠郡郡守，而應該像國子監桓溫這般在官場上韜光養晦，安心做幾年學問，等到時機成熟，自可一鳴驚人。」

「即將成為你佐輔的新任陵州別駕宋岩，又是什麼官？」

「第十六層，能官。他們不太擅長謀取聲名，官場鑽營的手段卻也不差，重點是可以把轄境治理得有聲有色，風生水起，眼界很高，看到了前十五層官吏之外的格局走勢，但其實心繫百姓，只是這類人註定在官場上做到了某個品秩後，除非遇上廟堂貴人，否則就會寸步難行，別的不說，僅是那些礙於家世位置目光難免短淺的老百姓，可能在這些官員任上就要罵他們幾句，其實古往今來，許多利在當世功在千秋的舉措，都出自此輩官員之手。」

一直沒有說話的徐驍剝著一顆黃柑，輕聲笑問道：「北枳，那你評點評點李功德。」

徐北枳仍是直截了當說道：「不比清官清廉，貪也貪，不比能官本事，事也做，總的來說可以兩頭兼顧，算得上是好官。經略使大人已是這一層官員的翹楚，如果不是肚量稍顯狹窄，本可以再上一層。有宰相才幹卻無宰相氣度，在北涼擔任經略使尚可，如果去廟堂占據要津，牛犢拉大犁，恐怕就要壞了大事。」

徐驍點了點頭，把剝好的黃柑遞給徐鳳年，說道：「如此說來，碧眼兒可算是一個王朝的砥柱治臣了，修身治國挑不出毛病，還親手開闢了一個天下的新格局。他算是第十八還是最後的第十九？」

徐北枳接過徐鳳年分給他的一半柑橘，塞了一瓣到嘴裡，微笑道：「十八。」

徐驍陷入沉思。

徐鳳年打破沉默，哈哈大笑道：「徐驍，你真不識趣，說完了十八就只剩下第十九層境界了，橘子費盡心思專門給你留了這麼個大馬屁，你倒好，馬頭對著咱們橘子，你讓這傢伙怎麼拍馬屁？」

徐驍愣了一下，有些尷尬，歉意笑道：「我一直以為自己撐死了也就是鬼官那個層次，北枳，對不住了啊。」

徐北枳笑著搖頭，吃過了黃柑，告辭而去。

他才前腳踏出，就有一頭肥豬後腳跟進，滾入屋子。

徐鳳年立即抬手喝聲道：「閉嘴。」

胖子硬生生把幾乎要脫口而出的哭腔哀號咽回肚子，徐驍招手道：「祿山，趕緊坐。」已經榮升正二品北涼都護的褚祿山笑著搓手，一屁股坐在鋪有地龍也不冰涼的地板上，一臉心虛低聲道：「義父，這趟是跟殿下還有二郡主負荊請罪來了。不過大過年的，祿球兒光膀子背荊條，怕瞧著太晦氣。」

徐鳳年無奈道：「宋谷的事情，你心裡有數就行，天底下就沒有比你更聰明的人。還有我姐那邊，你就別去惹人厭了。」

褚祿山「哎」了一聲，不再說話。

徐渭熊聞聲走出屋子，對褚祿山冷聲道：「你堂堂一個北涼都護，半旬以來所做的那些雞毛蒜皮齷齪事情，你不無聊？」

褚祿山縮了縮肥短到幾乎看不見的脖子，不敢還嘴。其實當年在徐家，大郡主徐脂虎一直對這個胖子深惡痛絕，反倒是徐渭熊沒有什麼成見。

徐渭熊轉頭對徐驍說道：「爹，徐北枳所說的官吏層次，我會以此做一份隱蔽的北涼官員考核副評，不會公之於眾，只交付鳳年做參考。」

徐驍點了點頭。

徐鳳年小聲問道：「祿球兒，你做了什麼令人髮指的勾當，能讓我姐大動肝火？游隼跟鷹士大規模群毆了不成？」

褚祿山訕訕道：「這哪敢，就是些閒暇無聊時的小玩笑，不值一提。」

褚祿山越是遮遮掩掩，徐鳳年反而越是好奇，追問道：「給說道說道。」

褚祿山撓了撓腦袋，小心翼翼輕聲道：「以前北涼諜子都是祿球兒管的，所以殿下三次出行，祿球兒都知道一些，第三次去北莽，義父又給我說了些，所以……」

徐鳳年笑罵道：「有屁快放。」

褚祿山大概是抱了伸頭一刀、縮頭也是一刀的覺悟，竹筒倒豆子說了一遍，讓徐鳳年默然。

原來時下北涼局勢隱約動盪不安，塵囂四起。褚祿山當上北涼都護後，並沒有展開大手腳，越是覺得閒來無事，就胡亂拎了幾個運氣不好的傢伙丟到了拂水房，給拾掇得慘了。這幾個傢伙有村夫、有士子、有官吏，還有江湖人士和士卒校尉，七、八人都是沒能管好嘴的那種，就跟徐鳳年前段時間在酒樓聽瘦猴兒那幫人胡吹海吹差不多德行，聽過也就算了，哪怕被他這個世子殿下撞上，也懶得計較什麼。不過顯然褚祿山沒這份好脾氣，一股腦送到了拂水房，按照褚祿山天馬行空的精心設計，開始讓所有人生不如死。

其中有個正值壯年的村夫聚眾喝酒時說徐鳳年這個北涼世子太好當了，這輩子就沒吃過苦頭，世子殿下錦衣玉食，能有老子上山燒炭和侍弄莊稼那麼苦？結果到了拂水房，隔三岔五，挨了一百六十餘刀，每次下刀數目和輕重都有區別，受傷之後立即塗抹上品金瘡藥，其間有醇酒美婦伺候著，痊癒之後立即跟上下一刀。

之所以是這麼多刀，褚祿山不是平白無故給定下的規矩，而是按照世子殿下從上武當山之前開始練刀殺人，所挨的輕重十六刀開始算起，加上武當對敵隋珠公主的東越扈從，到蘆葦蕩殺甲人，鴨頭綠殺謝靈，被拓跋春隼剿殺，柔然山脈跟第五貉互殺，後來鐵門關、神武城兩地，加上被柳蒿師收拾等等，褚祿山在讓拂水房下刀子之前，就跟他們說過只要吃夠了苦頭，按照他們的不同出身，各自就可以分別到手白銀十萬兩、領兵一千六的校尉、七品官員等等，熬不過，就放他們離開。

結果無一例外，都沒有誰扛過兩百刀，兩名硬氣的江湖漢子，都在斜插腋下腹部那一刀後經受不住，喊著不要當開宗立派的北涼幫派宗師了，這一刀是學端孛爾紇紇雷矛刺腹那一擊。七、八人中，士子書生都是一刀之後就哭爹喊娘退場，竟然還是這名村夫最能咬牙堅持，可惜可到頭來還是沒能熬下去，因為拂水房沒有跟他說到底多少刀才是個頭，別說他們，就連行刑的拂水房也不知曉，只有褚祿山清楚。

這些人的確都沒有死在拂水房，安然回鄉回家後，結果有娘的死了娘親，沒娘的換成死了爹，有姐的死了姐，沒有姐姐的換妹妹，不光如此，一些好兄弟都斷胳膊瘸腿，而且事後都被說成是為他們牽連所害。一些看重名聲的讀書人，都成了聲名狼藉人人唾棄的偽君子。總之，他們最在乎什麼，褚祿山就讓他們失去什麼。褚祿山的狠辣，在於這些人將瘋未瘋之時，又讓拂水房諜子出現在他們眼前，說再給他們一次機會，結果沒有一人願意答應，然後就沒有然後了，因為褚祿山宰了他們。

坐在地上的褚祿山一臉雲淡風輕，輕聲笑道：「他們死前，我就跟他們說，以前你們怨出身不好，只是少了家世背景，其實一點都不怕吃苦，於是我給了你們機會。世子殿下這幾年的受傷程度，刨去世子殿下各個境界體魄的倚仗，再根據受刀人的體力，所承受的疼痛，在祿球兒看來尋常人其實算很少了，按照次序一整趟走下來，也就是三百一十四刀而已。」

徐驍丟了一瓣橘子到嘴裡，一笑置之。

徐鳳年皺眉說了句跟徐渭熊一模一樣的言語，「你不無聊？」

褚祿山抬起頭，笑容燦爛，搖了搖頭。

徐鳳年平淡道：「以後你就別搗鼓這種損陰德的事情了。」

對世子殿下百依百順的褚祿山破天荒說道：「不見著、不聽到還好，只要被我褚祿山撞見，有一個、我收拾一個，拂水房不差刑具、不差人，一些新手雛兒反正也需要熱熱手。」

徐鳳年轉過頭，盯著褚祿山，緩緩說道：「都是北涼人。」

褚祿山收斂笑意，抬頭跟神情不悅的世子殿下對視，「我褚祿山雖不姓徐，但仍然是徐家人，這輩子都是大將軍的義子，從來不知道什麼離陽，甚至也不認什麼北涼不北涼的。」

徐鳳年怒道：「褚祿山！我讓你停手！」

褚祿山雙拳緊握，擱在膝蓋上，咬牙沉聲道：「殿下！」

褚祿山一手撐地才能起身，彎腰起身時發出一串嘿嘿桀桀笑聲，自嘲道：「我褚祿山有潔癖，每天都要換一身華貴衣衫，『喜豪奢，每天都要換乘駿馬』；嗜美食，每天都要廚子做出新花樣。什麼都換，唯獨不換主子。褚祿山恨不得讓所有受恩於徐家的北涼白眼狼，都知道一個簡單道理——人生兩苦，想要卻不得，擁有卻失去。只要殿下讓褚祿山掌權一日，褚祿山就一日見不得有人站著說話不腰疼。」

起身後這位才學驚豔、城府深沉的褚八叉低著頭，紅了眼睛，慢慢說道：「褚祿山的主子只有義父一人，對待殿下，自從第一次從義母手上捧過襁褓中的那個小男孩，從他對褚祿山揚笑臉起，就當成自己的親弟弟！」

徐驍笑呵呵道：「行了、行了，祿山，你給義父坐下，一家人吵什麼吵。不過話說回來，吵一吵也好，把心裡話都講出來，就沒有過不去的門檻。」

褚祿山乖乖坐下。

徐鳳年默默走出屋子，獨自站在院子裡。

徐驍輕聲道：「祿山，鳳年也是為你好，他信命，最是惜福惜緣，他怕你遭報應啊。義父已經沒了三個義子，到時候你死了或者是袁左宗死在戰場上，他對我這個當爹的心懷愧疚，可他又能找誰說去？這些年他對梧桐院那些丫鬟都很珍惜，卻又不敢太在乎，就是擔心哪天她們因為他出了變故……」

聽到這裡，褚祿山欲言又止，徐驍擺擺手道：「以前不一定，如今這會兒他扛得住。沒法子，誰讓他是我徐驍的兒子。」

褚祿山一拳狠狠砸在膝蓋上。

徐驍笑咪咪道：「長生那小丫頭片子，有福相，義父瞧著就喜歡，這會兒趁著義父腦子還清醒，還能管事，先把這樁娃娃親定下了？」

褚祿山愕然，然後就看到義父從袖子裡掏出一只掉水嚴重的翡翠鐲子，外行人一看都知道不值幾分銀子，可是褚祿山這麼個能讓小兒止啼的大惡人，竟然猛然就嗚咽起來。

徐驍從椅子上站起來，蹲在褚祿山身前，感慨道：「照理說這只咱們徐家的傳家寶鐲子，義父是要幫著你的義母轉交給將來的北涼王正妃，可這不是八字沒一撇根本沒影兒的事情嘛，義父想了想，不給兒媳婦，給孫媳婦也是一樣的。

你也知道，六個義子裡頭，你們義母其實最心疼你，說你有才氣，性子淳樸，懂得知恩圖報，還勸你多讀書識字。你也知道你義母流淚的次數很少，那回你幫義父扛下那麼多刀劍，你義母看見你被馬背馱回，當著所有人的面就哭了，還罵我徐驍不是東西，罵我不把你當兒子。還有你那次千騎開蜀，義母算了算時日，然後就在山上等了你好幾天，總怕你回不來了，還跟義父說啊，以後等你有了女兒，一定要親上加親。不承想你生了一串的兒子，你義母去世之前，還掛念這事呢，說只能變成孫媳婦嘍。」

第七章 織造局真假密信 試與探你來我往

大年初一，不論帝王公卿還是販夫走卒，家家戶戶都要閒暇下來，連拜年一事也得明日起始，可是兩駕馬車已經悄然離開涼州，風塵僕僕趕往陵州。

一輛馬車上，除了名義上伺候徐鳳年衣食住行的呼延觀音，還有一個說想離開王府透口氣的女子。兩女姿色相當，文人相輕、女子相妒都是天性，不過徐鳳年跑去跟徐北枳商量陵州事務，沒搭理她們，也就無所謂她們之間是融洽和睦還是針鋒相對。

按照約定，北涼道數封官文在正月初六就會下達黃楠郡，除了太守宋岩晉升「小刺史」之稱的陵州別駕，紫金王氏王綠亭也要赴任金縷織造，靈素王氏兩名家族弟子也要前往幽涼兩州分別擔任下縣縣令和上縣縣丞，加上都尉焦武夷進入陵州將軍府，高升為陵州武官第三把手的煙霞校尉，到時候傻子也看得出那位新任陵州將軍，這是鐵了心要把身兼陵州刺史的經略使大人給來一頓文火慢燉老王八了。

正月初二，陵州熱鬧得很，一些按常理說路途遙遠，可以稍後幾天來拜會李大人的達官顯貴，都不約而同地擠在同一天匆匆而來。

經略使府邸車水馬龍，李府管事和門房已算是尤為八面玲瓏的伶俐貨色，仍是應酬不過來，一個個恨不得生出三頭六臂。李功德從大清早就一刻沒歇息，忙碌到了黃昏，很多世交故友以及心腹門生故吏，也只能意思意思喝口酒就算對付過去，否則李功德就算海量，也扛不住那些客人的輪番上陣。

李翰林今年沒有回家過年，寫了一封字跡工整、功底深厚，一看就是別人代寫的家信回來，說要去北莽南朝那邊耍耍，看得李負真心驚肉跳，恨不得拎著這個弟弟的耳朵把他拽回家中。

家書放下拿起，拿起又放下，李負真有些幽怨，她的確如父親所說不懂他們男人到底在想什麼，為什麼明明可以太平安穩，享受父輩功蔭在官場上一帆風順，卻偏偏還要自己去涉險掙取功名。

李負真在她爹好不容易喘口氣的時候，奉上一杯解酒茶，幫他揉肩，輕聲問道：「爹，為什麼來了這麼多人？是你當官當大了，都不得不爭先恐後，怕來晚了，被你穿小鞋？」

李功德苦笑搖頭道：「妳沒瞧見今天老學究元德清都來了嗎，以他的天大架子，妳爹就算當上如今變成六部之首的吏部尚書，這老頭兒也一樣會慢悠悠最後一個登門，才顯得他足夠高風亮節。之所以都趕到一塊兒了，是趁著咱們鄰居那棟宅子如今的主人不在，生怕世子殿下過兩天回到陵州將軍府邸，他們再露頭露面，不怕一萬就怕萬一啊，萬一給這位新官上任的陵州將軍湊巧撞上，豈不是自找無趣？妳爹給人穿小鞋，不過是壓一壓他們的仕途攀升，可鄰居那位，可以直接讓他們丟掉官帽子。」

李負真譏諷道：「他確實做得出這種蠻橫無理的事情。」

李功德笑道：「錯啊，大錯特錯。真兒，爹知道妳從來不把爹的話當回事，這次既然爹都看在妳的面子上讓郭扶風進了家門，那妳這回就認認真真聽爹說幾句肺腑之言，如何？」

李負真「嗯」了一聲。

李功德喝了口茶水，緩了口氣，這才悠悠然說道：「爹身為北涼道經略使，是文官之首，按律陵州刺史就得另有其人，可爹為何死皮賴臉都要兼著這個官職？爹有官癮當然不假，可人家世子殿下都來咱家隔壁當陵州將軍了，照理說，爹臉皮再厚，也應當接過梯子下樓才算明智，可爹實在是不放心啊。近千士子進入北涼，又以陵州居多，以後北涼文武分家，雙方涇渭分明，是大勢所趨。爹若沒了陵州刺史一職，那說話管用還算管用，但是肯定要大打折扣。

爹本身才學淺陋，不比王熙樺之流那般有優勢，要是錯過了這個培植親信的大好機會，以後等徐北枳或者是誰頂替了爹的經略使位置，李家說不定就要很快被人騎在頭上拉屎撒尿，不怕樹倒猢猻散，就怕牆倒眾人推，到時候翰林想要撐起咱們這個家族，就會很累。

妳弟弟有一股狠勁，爹不懷疑他能當上校尉甚至是將軍，可爹就他這麼一個兒子，他總不能一輩子在邊境上刀口舔血。回到地方上，到時候又是文官當政的陌生官場，翰林一個習慣了殺伐的武夫，未必能一下子繞過彎來，所以爹就想著趁自己說話還有分量，趕緊為翰林的前程鋪好路搭好橋，以後仕途上不管是山是水，翰林走起來就順當了。

可爹這時候沒了陵州刺史，妳以為那些市儈之輩勢利之徒會不在心裡打鼓？所以爹哪怕大將軍親自來了府上，親自給世子殿下撐腰，仍是逼著自己吃下熊心豹子膽，就是要覥著臉再當一兩年的刺史，好歹要跟那幫士子書生混個熟臉，才騰出這把交椅。

而殿下呢，出乎意料，確實也能忍，其實他若是真的要撕破臉皮，開門見山跟妳爹要這個陵州刺史，爹不敢不交出去。要麼是故意嬉皮笑臉，跟妳爹半真半假說他當了陵州將軍還不過癮，想要再弄個刺史當當，爹一樣得雙手奉上。可他什麼都沒有做，爹一開始還覺得總算過了這關，是爹想得太簡單嘍，當妳告訴爹他出現在宋岩家裡，兩人還相談甚歡的時候，爹就知道壞了事。

說來好笑，當年爹跟嚴杰溪一直在明爭暗鬥，各自押注，他運氣不好，押在了陳芝豹身上，爹獨具慧眼，押注了世子殿下。嚴杰溪一看情形不對，立馬自己捲舖蓋滾蛋，不過這傢伙運氣好，被他逃出了北涼，要不然爹就算跪個三天三夜給他求情，也不濟事。當時爹就跟他說咱們世子殿下沒那麼扶不起，私下總喜歡腹誹嚴杰溪沒眼力，結果臨了，爹才知道自己不過是五十步笑百步。殿下這次去了黃楠郡，拐了黃楠郡三個家主，外加一個估計馬上就要成為陵州別駕的宋岩，厲害。

真兒，妳總覺得翰林投軍去了邊關，是殿下禍害他的，可妳有沒有想過翰林這麼一個鑽牛角尖的強種，怎麼就突然變了一個人？緣由其實不複雜，妳心底也知道，只是不願意承認而已。妳嘴上跟妳娘說是妳弟弟覺得去了京城的嚴池集和那孔家小子都當了官，有了錦繡前程，翰林覺得丟了面子，所以一咬牙發奮圖強了。妳當真不知道以前的翰林，巴不得那兄弟三人個個出息得無法無天，就他一個沾光蹭飯吃的，然後他就可以天經地義混吃混喝，這輩子渾渾噩噩就算逍遙過去了？

對那會兒的他來說，兄弟出息了比他自己出息還驕傲。為何會去邊境，為何會成為遊弩手，無他，正是翰林知道了三個兄弟中，他最親近佩服的世子殿下，都已經可以獨當一面。翰林是那個時候才開始幡然醒悟的，加上他一直是在學世子殿下，殿下胡鬧，他就胡鬧，既然殿下不胡鬧了，他自然而然就要覺得索然無趣，因此變成了他爹、他姐姐都不認識的李翰林。真兒，妳敢說今時今日的李翰林，沒有讓妳感到欣慰？沒有覺得與有榮焉？所以啊，妳有啥好怨世子殿下的，說到底，還是這麼多年妳心裡……」

李負真平淡說道：「爹，茶涼了，我幫你換一杯。」

李功德遞過去茶杯，輕輕嘆息一聲。強扭的瓜不甜，那麼自己扭的瓜呢？

李功德收回思緒，喃喃自語道：「算了，事已至此，不當這個陵州刺史也好，趕緊讓出去，還能被徐家記上一份人情，是時候還陵州一個安安穩穩的官場了。」

老管事何暢一臉憒懣站在門外，敲了敲房門，等到李功德轉過頭，說道：「老爺，有個門狀子上自稱是老爺晚生的傢伙死活要見上老爺一面，一出手就給了小的二十兩黃金，把小的嚇了一跳。若是往常，這金子也就給老爺賺了，可今天哪裡輪得到他來煩老爺啊，一個沒有功名、沒有家世就只剩下有些錢的讀書人，也配在咱們李府顯擺，真是不知好歹，今兒可是連六品官都說不上兩句話的。」

李功德揮了揮手，何暢也就轉身離去，然後「喲」了一聲，驚醒道：「對了，老爺，那三十來歲的後生說他叫作許渾，是咱們陵州丹陽郡的，還信誓旦旦、沒羞沒臊說只要說了這個，老爺就一定會見他。」

李功德正在心不在焉低頭喝茶，聞言手指一顫，老管事何暢本準備把那不知天高地厚的後生驅趕出府，不承想經略使大人抬起頭，心平氣和說道：「領到這裡來。」

老管事「哦」了一聲，不敢多言，拔腿轉身，又聽到李功德輕聲問道：「陵州將軍府還空著？」

何暢點頭道：「空著，那位陵州將軍還沒回呢。」

李功德點了點頭，等忠心耿耿的老管事離開後，把茶杯放在桌上，站起身對李負真打趣笑道：「爹還要招呼客人，妳不是總嫌棄爹狗眼看人低瞧不起那寒士出身的郭扶風嘛，帶他去見一見妳娘。女大不中留，爹睜一隻眼、閉一隻眼，就當忍痛把妳這盆水潑出家去了。」

擱在往常，李負真肯定要欣喜流露於面，此時憑藉直覺，小聲問道：「爹，這個叫許渾的丹陽郡客人？」

李功德淡然笑道：「一位故人的子弟，不得不見。」

李負真將信將疑，憂心忡忡離開屋子。

老管事快步將那怎麼看都不像貴人的許渾帶來，已經坐回椅子的經略使大人瞇起眼仔細瞧了瞧，猶豫了一下，雙指拎住杯蓋，搖了搖已經微涼的茶水。

老管事識趣地走開，相貌平常的許渾輕輕踩入屋子，自作主張地關上門，微笑道：「許渾謝過世叔。」

李功德從頭到尾都沒有說話，低頭喝茶，內心卻早已激盪不安。

這個許渾對整個陵州來說十分陌生，恐怕沒有幾個人認得出，就算見過一面的，也不會有人記得住。可李功德跟一般人不一樣，當初北涼設立金縷織造局，位於丹陽郡，按照朝廷的初衷，金縷織造李息烽本該向京城御書房，事無巨細，按時密奏北涼境內的軍情吏治錢糧參劾以及士子薦舉和風俗民情等一切動態，可李息烽大概是寄人籬下，又知道徐驍不好惹，一直無所事事，硬生生把一個權柄顯赫的織造局變成了一個門可羅雀的清水衙門，不過是逢年過節，象徵性拜見過李功德、嚴杰溪這些地方大佬。

李息烽經常遊歷北涼山川，也從不故意藏著掖著，有一次就跟當時還是豐州刺督的李功德偶然相逢，當時李息烽就無緣無故讓一位馬夫露面，還有意無意點名，介紹說是他遠房親戚家的後生，叫許渾。

李功德沉默許久，終於抬起頭，與許渾對視一眼。

此人把一樣東西遞給經略使大人，「是首輔張巨鹿的親筆，門下省桓溫也有附言。」

許渾見李功德根本沒有接手的跡象，笑了笑，小心翼翼放在桌上，平靜說道：「經略使大人若信不過密信，不急，大可以私下找方法印證字跡和印章。若信不過金縷織造李息烽，可以拿下許渾送往隔壁的陵州將軍府。若信不過許渾，可以押送金縷織造局，再轉送給褚祿山。若是信不過朝廷，經略使大人可以先看過密信再做定奪。」

李功德報以冷笑。

許渾泰然處之。

一盞茶熱冷的工夫，李功德瞥了一眼書桌，淡然問道：「為何密信有兩封？裡頭又寫了什麼？」

許渾笑道：「許渾就是一個送信的，就是死也不會知曉信裡頭寫了什麼，李息烽也從頭到尾都沒有碰過密信。至於為何有兩封密信，既然經略使大人問起了，說明有誠意，那麼許渾就得死了。」

李功德皺眉道：「此話怎講？」

許渾平靜道：「許渾此行躲過了所有陵州諜子，這一點請大人放心。不妨實話告訴大人，青州陸家被襲，北涼游隼死傷慘重，趙勾更是如此，其實主要不在於阻攔陸家赴涼，為的就是吸引陵州視線，好讓許渾此行萬無一失。但是這還不夠，朝廷讓我在大人你有意收下密信之後，才訴說為何密信有二。

一封是真，一封是假。朱紅泥封顏色偏重為真，偏輕為假。那封假信是用作經略使大人送往北涼世子之手，當然，除了一封密信不足以讓大人洗清嫌疑，所以許渾要死，金縷織造李息烽也要死，甚至整座金縷織造局從今往後就要不復存在。但是李息烽說過，一座織造局讓朝廷多一位廟堂棟梁，同時讓北涼少一位經略使，值得！」

李功德沒有說話。

許渾從嘴裡吐出一顆用作臨時自盡的劇毒藥丸，剝開後，露出一小團紙，破碎藥丸藏入袖口，看過了紙上所寫內容，把紙團塞入嘴裡，咽下腹中，面無表情說道：「後天。」

許渾解釋道：「北涼世子後天到達陵州，許渾今日悄然離開，後天再來，經略使大人到時候綁送許渾前去陵州將軍府。許渾死後，金縷織造局會有一批殘留死士及一批精銳趙勾，帶著經略使大人離開北涼，但是最多只能帶十八人。為了順利離去，李大人還得配合我們，先捨去陵州刺史的官職，然後在陵州再待上至少半年，這段時日多出門散心，鬆懈北涼諜子的監視。趙勾具體什麼時候適宜出手，屆時自然有人會告知李大人。」

李功德冷笑道：「似乎朝廷不小心忘了我兒子李翰林啊！」

許渾笑道：「李公子已經得了軍令前往南朝祕密行事，會先在姑塞州停留，然後沿著幽涼北線邊境一路東行，進入薊州，最終在京城與李大人會合。」

李功德閉上眼睛，杯蓋輕輕敲著茶杯邊緣，略帶自嘲道：「上回嚴杰溪不過才帶出去十六人，朝廷倒是對本官在意得很哪。」

許渾沉默不語。

李功德笑道：「讓本官算一算，如今我李功德已經是正二品封疆大吏，再往上走，王北涼是不用想了，不過在京城那邊也沒有幾個位置，其中六部尚書裡除了最近才提升半品的吏部尚書，其他拿不出手。嗯，想必假的密信上撐死了應該是吏部尚書，說不定還會更小家子氣，什麼戶部尚書啊、刑部尚書啊。

不過本官倒是很好奇，在拆信之前，那封真信上頭，到底是什麼賞賜。張巨鹿執掌尚書省，不能換，桓溫才升上門下省，也不會變，那就只剩下中書省了，除了入主此地，看來本官還能多個內閣大學士的清銜。李功德這輩子官癮不小，可還真沒想過有一天能當上跟碧眼兒、孫希濟這些大人物並駕齊驅的高位。」

許渾不該說話的時候始終一言不發。

李功德笑問道：「你就不怕本官現在就把你連人帶信送給世子殿下？」

許渾淡然道：「都是死，許渾早死兩天又何妨？」

李功德死死盯著他的臉看了片刻，點了點頭。

「謝過李大人讓許渾死得其所。」

許渾深深作了一揖，輕輕開門關門，悄然離開這座經略使府邸。

李功德站起身，走到桌子旁邊，伸出一隻手，燙手一般迅縮回了一次，然後又緩緩伸手，只是始終停在兩封密信上方幾寸，臉色晦暗不明。

◆

正月初二，涼陵兩州接壤處，橫豎兩條驛路交叉口子上，一支插有鏢旗的馬車隊伍折入南北縱向的寬敞驛道，跟在兩輛馬車屁股後邊。

趕鏢凶險難測，只要有相對安生的官道驛路走，都要快馬加鞭，用作彌補山路河路上小心翼翼走鏢拖延下的工夫。這支打著「金門鏢局」旗號的馬隊排場不小，鏢頭鏢夫加在一起三十幾號彪形漢子，以青壯居多。鏢隊越過前邊那兩輛馬車的時候，一輛車子突然掀起車簾，探出一顆頭髮灰白的腦袋，對一名鏢師笑喊道：「壯士，還記得我嗎？上回入秋那會兒，咱們一起在路邊酒肆喝過綠蟻酒的。」

這位鏢師驚訝之後，放緩馬速，湊近了那輛馬車幾分，滿臉喜氣點頭大聲道：「記得，怎麼不記得，公子寫得一手好字，令尊更是仗義得很，白請了我們兄弟幾人兩大罈子綠蟻酒和五斤牛肉。怎麼，公子也是往陵州走？」

徐鳳年笑道：「可不是，如今在陵州州城裡混飯吃了，才在家過了年就得往那邊跑，就是勞碌命。如果在下沒有記錯，前頭幾里路就有家鋪子，酒肉都地道，價格也公道，要是順路又不耽誤你們走鏢，一起吃一頓，也熱鬧些，還是我請客。」

從遼東那邊跑來北涼找生計的鏢師當下就有些為難，他們兄弟三人當初被那條姓袁的瘋狗逼得走投無路，宗門上下百餘口就只剩下他們三個，那瘋狗又有個在離陽朝廷堪稱權勢滔天的老丈人，想來想去覺著也就只有北涼管不著，不過如今雖說仗著一身武藝，好不容易有了只鐵飯碗，可畢竟是寄人籬下，他不過是個新入鏢局的鏢師，還得處處看老鏢頭的臉色，一時間就有些左右為難。

好在那在金門鏢局裡頗有威嚴的老鏢頭火眼金睛，對兩輛馬車細細打量了片刻，朗聲笑道：「既然這位公子跟咱們的竇兄弟是舊識，那就算是咱們金門鏢局的朋友了。前面那家鋪子我知曉，本就是鏢局下個落腳點，等會兒可不敢讓公子破費，由咱們出錢買酒便是，這點錢金門鏢局再窮也得掏！」

徐鳳年沒有拒絕，不用他發話，擔當馬夫的徐偃兵已經鞭馬快行。這個細節，讓老鏢頭暗自嘖嘖稱奇，不承想不光是這位家世應該不俗的公子哥瞧著挺面善，連隨駕扈從都是個明白人。

兩撥人同時到了那家對鏢局而言很「乾淨」的熟悉鋪子，掌櫃的早就熟稔這些回頭客的飲食習慣，根本不用多說，就吩咐店裡夥計腿腳利索地趕緊上菜上酒。

肉多飯多酒少，走鏢不許酗酒是這一行鐵打的老規矩，往往只有鏢隊裡一、兩位德高望重又好酒的老資歷才能小酌幾口。徐偃兵和洪書文都直截了當乾脆沒有上桌，呼延觀音也不餓，加上同乘一輛馬車的女子下了車，她就更不願意離開暖洋洋的車廂。於是那張有酒的主桌上就坐了徐鳳年、徐北枳跟裴南葦，她跟徐鳳年並肩而坐，還有此次走鏢帶隊的老鏢頭鮑豐收，以及本該沒資格坐在這張桌上的遼東人氏竇良。

裴南葦披有白狐掃雪的昂貴裘子，戴了頂狐皮帽子，原本這般裝束，肌膚稍黑的女子就要被襯托得黑炭一般，可她如此穿戴，反倒有一番肌膚勝雪的景致韻味，走南闖北大半輩子的老鏢頭仍是費了老大的勁才收回視線，心想這輩子就他娘的沒見過這般美豔的女子，這頓飯錢不冤枉。

負責端菜送酒的年輕夥計差點把酒罈子打翻在地，漲紅了臉，訕訕然一步三回頭，被氣不過的掌櫃一腳踢得嗷嗷叫。

徐鳳年一如既往跟外人自稱徐奇，跟竇良和鮑豐收一番淺淡交談，大致知道了竇良的境況和金門鏢局的規模。竇良性格直爽，只是臉皮較薄，沒有跟這位徐公子如何客套寒暄。

鮑豐收初次見面，就很熟門熟路地拉起關係，口口聲聲到了陵州州城的金門鏢局，他一定要親往徐公子府上拜年，尤其是聽說徐奇家住杏子街後，這位老江湖的眼神炙熱了太多，要知道杏子街可是住著經略使大人跟一大批陵州權貴，最近更是多了一位姓徐的陵州將軍！

雖說杏子街很長，也有不當官的，可既然能住在那條街上的，哪怕手裡頭沒權，那也是陵州最有錢的一撮人。用行話說，金門鏢局一直走的是那麻雀鏢，就是肉少沒油水的小鏢，大的鏢局，走的那都是母豬鏢，一趟鏢就賺得拿錢拿到手軟，要是能攀上杏子街的貴人，再口口相傳，多攤上幾趟，金門鏢局藉著東風一舉打響旗號，就算真正發達了，否則誰樂意在走鏢路上過年。

徐鳳年有五、六次主動敬酒，不過大多都是跟竇良碰碗，這讓竇良這位流離失所的喪家之犬感到一股無言的暖意，只是他不善言辭，就不顧是不是事後要被鏢頭陰陽怪氣地刺上幾句，碗碗綠蟻滴酒不剩。

酒足飯飽，徐鳳年笑道：「我祖上也是遼東，就在錦州，跟竇兄弟勉強算是他鄉遇故知，多難得。回到了陵州城，徐奇肯定先去金門鏢局拜年，其餘兩位大哥也好好見一見，今天沒喝痛快，先餘著，到時候不醉不歸。」

鮑豐收笑呵呵道：「徐公子那邊也得登門拜會，金門鏢局萬萬不能失禮，傳出去要被人笑話。」

徐鳳年哪裡不清楚老鏢頭的小算盤，是生怕他「徐奇」是吹牛皮不打草稿的小戶人家，得親自看一眼府邸才能安心，也不揭穿，點頭笑道：「沒問題，以後如果有物件要走鏢，既然有竇兄弟在你們鏢局，那以後就專門勞煩你們金門鏢局了。」

鏢局還得趕路，雙方抱拳告別，鮑豐收跟掌櫃結帳時竊竊私語，多給了幾塊碎銀，顯然是知道徐公子還要加菜加酒，鏢局這邊一併先行付了。

徐鳳年坐回長凳，只是多要了一壺溫熱熨貼的綠蟻酒，伸手給徐北枳和裴南葦都倒了小半碗。

徐北枳輕聲笑道：「竇良這趟鏢走完，薪水怎麼都得往上翻上一翻了。」

徐鳳年不置可否，轉移話題說道：「陳亮錫既要鹽鐵整治又要全權處理漕運事宜，一個是跟地方豪紳較勁，一個是跟京官扯皮，地頭蛇過江龍都惹上了。你覺得他行不行？」

徐北枳淡然道：「不知。」

徐鳳年撇了撇嘴，繼續問道：「你都要是陵州刺史了，陳亮錫還沒有實打實的一官半職，你說他心裡有沒有疙瘩？」

徐北枳只是喝酒。

徐鳳年嘖嘖道：「我本來以為你們這麼聰明的兩個人，可以不用文人相輕，沒想到還是逃不出這個怪圈。」

徐北枳斜眼道：「你懂個屁。」

徐鳳年無賴道：「小心我真給你放個屁啊！」

徐北枳擦了擦嘴角酒漬，「等我當上了刺史，你趁早從陵州滾出去，我眼不見為淨。」

徐鳳年自顧自罵罵咧咧，卻無可奈何。

裴南葦有些納悶，這世上還有人能一物降一物了身邊這位北涼世子？

正月初三，陵州將軍不曾進入陵州州城。這讓許多嗅覺靈敏聞風而動的官場老油條大失所望，紛紛從杏子街將軍府邸撤離，白挨了一天凍，忍住跳腳罵娘的衝動，心裡哀求著明天世子殿下千萬要回到城裡，否則這遭罪受凍什麼時候是個頭啊。

正月初四的暮色中，杏子街訪客走了大半，只剩下一些零零散散本就住在街上的達官顯貴，當他們看到那兩輛馬車緩緩駛來，差點就要淚流滿面，老祖宗你終於捨得來了啊，一個個不管年紀老邁還是正值壯年，都迅捷地擁向馬車，跟慢慢走下車的年輕人噓寒問暖，每人的阿諛奉承除了「世子殿下」這個相同稱呼，其餘都不帶重複一個字的，官場雛兒若是有機會站在一邊旁聽，肯定受益匪淺，恍然大悟原來馬屁可以拍得這麼爐火純青。一些個往日拿腔拿調的大老爺，這會兒就跟祭祖拜圖時見著了圖畫上的老祖宗一樣畢恭畢敬。

徐鳳年笑咪咪地一一應酬過去，哪怕沒有自報門號官職，他也能一字不差說出口，讓那些年齡懸殊的陵州大人物嘴上抹蜜的同時，心中難免百感交集，光憑這一點退一萬步說，殿下就算不聰明，可委實半點不傻啊。

徐鳳年停下腳步，讓其中一位陵州五品官去跟經略使府邸知會一聲，說明日再去給李叔叔拜年，那個一大把年紀以至於每次遇上難事總是回家養病的老人身形矯健得讓同僚咋舌。

徐鳳年帶著眾人走入將軍官邸，然後讓品秩不高的徐北枳陪伴，在書房挨個跟諸位陵州「良心忠臣」敘舊，然後排在後頭的，就看到前頭的那些人都無一例外板著臉離開，只是眉宇間布滿難以遮掩的喜色，慢悠悠到了廊道拐角處，頓時腳步如風，十有八九是回家報喜去了。

客人絕大多數皆是忐忑入府進屋，乘興出門歸家。

被世子殿下擺在明面上即將扶持上位的徐北枳不見半點喜色，站在視窗望向經略使府邸，神情凝重。

徐鳳年坐在書案後，一手托著腮幫，一手指間滾動那枚銅錢。

徐北枳開口說道：「散散心？」

徐鳳年想了想，「好，陪我去金門鏢局喝酒，趁著陵州那兒的酒水裡還沒有什麼世俗味和血腥氣，你我要不多喝一點？」

平生只在北莽喝醉過唯一一次的徐北枳點了點頭。

徐鳳年跟徐北枳坐入馬車，徐偃兵駕車前往州城另一端的金門鏢局。

先前跨過側門門檻時，徐鳳年略作停頓，抬頭望了一眼，天空灰濛濛的，過了時候，也就看不見天氣晴朗時才會顯露的那座陵山山尖了。

到了金門鏢局門口，徐鳳年自稱是杏子街上的徐奇，認識老鏢頭鮑豐收和新鏢師竇良。看門的年輕人眼睛一亮，聽到「杏子街」三個字就足矣，比提到鮑豐收還有用處，不耐煩的表情一掃而空，都下意識彎了腰，只是見到一張和煦笑臉的公子哥，又立馬直起腰，天曉得這傢伙是不是吹牛，住在那條街上的公子哥，有幾個沒在陵州城內鮮衣怒馬踩傷過人，還能跟他一個小鏢局管門的小百姓笑嘻嘻？誰信啊！

就住在鏢局裡頭的鮑豐收急匆匆趕來，熱絡客氣得無以復加，不光是他，連鏢局大當家二當家都給驚動了。那徐奇也上道，直接就透露了身邊那位同行公子哥的身分，在龍睛郡當過兵曹參軍，如今給太守鍾澄心算是打雜做些瑣碎事情，不過馬上要小步子升遷到州府衙門。

如此一來，兩位當家的不僅是欣喜，還有些敬畏，陵州誰不知道懷化大將軍鍾洪武和嫡長子鍾澄心，雖說傳聞被那位驕縱跋扈的世子殿下給滅去一些氣焰，可瘦死的駱駝比馬大，鍾家無疑還是讓常人覺得高不可攀的北涼一流高門，能跟鍾太守朝夕相處，豈是芝麻綠豆大小的金門鏢局可以怠慢的。

竇良兄弟三人暫時還沒有入住鏢局，而是在外頭租了一棟偏僻簡陋的小宅子，鏢局這邊趕緊讓人去請來喝酒，大當家的親手架起一只大炭火盆子，一夥人落座後，暢飲不停。酒酣之時，兩位當家的本就是性情中人，也不如先前拘束，談笑無忌。

竇良兩個兄弟韋唐、范漁陽因為有過一面之緣，當時就印象不差，又有大哥竇良此次走鏢回來做了鋪墊，早早給徐奇說了一大通好話，喝酒說話更是放得開。大當家俞修才的名字略顯文縐縐，約莫是爹娘一心希望他以後能考取個舉人什麼的，不過粗糙得很，臉上掛了一條觸目驚心的刀疤，跟徐鳳年徐北枳說起這檔子舊事，也談不上什麼怨言，就是十幾年前被一個強搶民女的將種子弟給當街劃了一刀，他愣是沒敢還手，比武功他一隻手能打那龜兒子十個，但是比靠山，他俞修才輸了十萬八千里，認栽。這個老爺們兒到今天也就是笑著罵了句娘。

徐鳳年笑著轉頭跟徐北枳說了句，「以後這類破爛事情就靠你鐵面無私做惡人了。」

徐北枳無動於衷，只是大口喝酒。

金門鏢局這幫漢子也沒太當真，就算兩位都姓徐的公子哥身分不差，可陵州城盤根錯節，連那個陵州將軍都施展不開手腳，被上上下下合著夥糊弄，都說是經略使大人要給那位世子殿下一個下馬威呢，所以說只要是個外地人，甭管是誰，即便是士族為官的年輕人，也不能隨隨便便在這兒太歲頭上動土。

徐鳳年舉起碗，大概是第八碗了，仍是乾脆俐落一飲而盡，鏢局眾人忍不住由衷喝彩，這酒量和酒品都硬是要得！

徐鳳年隨意一抹嘴，笑道：「沒醉趴下之前，趕緊說幾句正經話，竇老哥、韋老哥、范老哥三位，都是徐奇的朋友，以後還得兩位當家的和鮑老鏢頭多照應，徐奇這碗酒就當謝過了。」

二當家章河已是舌頭打結，舉起大白碗，大聲道：「徐公子爽快，咱們鏢局小是小，卻沒誰是扭捏的娘們兒，章河也跟徐公子掏心窩，竇良三位兄弟本事不是沒有，而是太大了，章河都看在眼裡，像韋唐和范漁陽，其實別說跟竇良一樣成為鏢師，就是當個鏢頭，也是理所當然，可咱們小地方，規矩還是跟別的地兒一樣，就是他娘的一個字，多！

沒法子的事情，誰都得一點一點熬，都得從媳婦熬成婆婆，否則別的人不服氣，心裡有怨氣，我章河也不敢說什麼明天就讓三位兄弟當上鏢頭的大話屁話，也只能跟竇良三位兄弟賠個罪。大當家的，咱們都乾了手上這碗酒！」

俞修才舉起碗，哈哈笑道：「大夥兒都好漢滿飲走一個，乾了！」

到最後，徐北枳也醉得一塌糊塗，已經靠在徐鳳年肩頭，金門鏢局那些糙漢子更是七倒八歪，俞修才抱著酒罈子說著醉話，含混不清，依稀是說這輩子咋就沒能殺幾個北蠻子。

將軍府頭號管事孫福祿滿頭大汗出現在門口，他之前被世子殿下臨行前告知要來這座小鏢局。

唯一還清醒的徐鳳年只好背起不省人事的徐北枳，跟幾位收拾殘局的鏢師笑著告辭。

走出大門後，孫福祿低聲道：「公子，經略使大人大半夜的，不知怎麼就綁了個男人到府上了，這算哪門子的幺蛾子。」

徐鳳年「嗯」了一聲。

醉相奇差無比的徐北枳瞎折騰，一隻手拍打著世子殿下的腦袋，一隻手隨意在世子殿下臉上塗抹。

孫福祿被這副場景震驚得嘴角抽搐。

這位從北莽顛沛流離到咱們北涼的徐北枳，以後要是當不上北涼道的經略使，他孫福祿就直接改名成「孫子」！

徐鳳年背著徐橘子緩緩走向馬車。

步履維艱。

◆

李功德被孫福祿安置在書房外的廊道上。

許渾給五花大綁，受傷不輕，衣襟染血，身邊是李功德一名心腹扈從，對諜子許渾虎視眈眈。此人是貨真價實的小宗師，修為自然不俗，在陵州江湖上一直跟綽號潑猴的蓮塘幫主齊名，不過一個在經略使府邸依舊享受榮華富貴，一個一夜之間滿門剿滅，死無全屍，可見當看家護院的家狗，比起當條無依無靠的野狗要舒服太多。

李功德看上去還算平靜，閉目凝神，只是兩顆縮在袖口裡的拳頭一鬆一握。

廊道盡頭，斜靠著那位白馬義從出身的洪書文，像一尾毒蛇伺機而動。當洪書文站直身軀，李功德驀然睜開眼睛，當他看到世子殿下背著徐北枳返回，與想像中的場景落差太大，難免有些懵了。

李功德到底是官場染缸裡滾刀子滾過來的，馬上收斂心緒，讓貼身侍衛先行離去，老人這一次沒有拿腔捏調以長輩自居，而是鄭重其事地拂衣振袖，跪倒在地，沉聲道：「李功德連夜前來跟世子殿下告罪，還望殿下念在二十餘年情分上，救一救李翰林！」

李功德看不到徐鳳年的表情，世子殿下大概是先將酩酊大醉的徐北枳交給了洪書文，然後快步走來，扶住經略使大人的雙臂，試圖攙他起身，可李功德竭力低頭跪地，只聽世子殿下焦急問道：「李叔叔為何這般行事，鳳年如何當得起？翰林又怎麼了？李叔叔起來說話！」

李功德隱隱帶著哭腔道：「殿下，你若不答應去救我兒翰林，李功德便是跪死在這裡，也不會起身！」

滿身酒氣的徐鳳年怒道：「我不救誰都可以，唯獨翰林不能不救，怎麼會眼睜睜任由翰林陷入險境？李叔叔，何必如此作態？莫不是你身為堂堂北涼道經略使，做了什麼對不住徐家的心虛事情？」

李功德抬起頭，老淚縱橫道：「殿下，李功德對北涼忠心耿耿二十年，蒼天可鑒，大將軍對李家的栽培，恩同再造。李功德自認除去不敢否認的貪墨之罪，對北涼對徐家皆是絕無二心啊！」

徐鳳年蹲在失態的經略使大人身前，輕輕柔聲道：「既然如此，李叔叔就更應該起來說話了。先說那所綁之人是誰，翰林又為何要我去救，這裡沒有外人，你我叔侄二人盡可以直說。我如果做不到一些事情，那我就去求徐驍，我就不信在北涼誰能傷了翰林！誰能委屈了李家！」

李功德這才顫顫巍巍倉皇起身，拿袖子擦了擦淚水，伸手指向那許渾，厲聲道：「此人姓許名渾，是那金縷織造李息烽的親信，也是離陽朝廷的密探，前些年攜家帶口出去踏春，李息烽這老奸巨猾之輩，竟然假裝與我相逢，故意提及此人是他遠房親戚家的後生，然後今夜這許渾竟然喪心病狂潛入府邸，送了那碧眼兒的親筆密信，揚言只要我李功德願意叛逃北涼，以後在朝廷那邊的地位，比起嚴杰溪那混帳老兒只高不低，更說趙勾早已安排好李家的退路。

李功德怎會如此忘恩負義，當下就將此賊拿下，只是可憐我兒翰林啊，已經被一紙軍令調往北莽南朝，如今已經被沿著北方邊境線強行向東押送，只怕過不了多久就會由薊州進入京城。殿下，李功德雖無半點背叛北涼之心意，可既然會被李息烽和許渾這幫陰險歹人盯上，自是李功德這個經略使當得不正，才會被他們以為有機可乘，殿下和大將軍不論事後如何處置李功德，李功德絕無半點怨言，只是翰林為人如何，殿下最是一清二楚，他若是到了京城，肯定會被那惱羞成怒的碧眼兒和趙家天子千刀萬剮，殿下，一定要救回翰林啊……」

徐鳳年吐出一口濁氣，笑了笑，「原來是這回事情，李叔叔不要太過擔心，來，去書房坐著喝口茶，鳳年這就分別傳信給徐驍、褚祿山和幽州將領皇甫枰，一定會保證還給李叔叔一個安然無恙的李翰林！」

李功德正要點頭謝恩，就猛然瞪大眼睛，那位從來在他面前言笑晏晏的世子殿下，對許渾這麼塊照理說指不定可以挖出許多祕密的金疙瘩直接就一掌推出，五指成鉤，直接把許渾半張臉給撕扯了下來，然後似乎仍然嫌太過麻煩，一記仙人撫頂，可憐那許渾沒有說一個字便立斃當場。

滿手鮮血的徐鳳年漫不經心地在袖子上潦草擦拭一番，然後小心翼翼地一手扶著經略使大人，一手推門，兩人一同跨過門檻，徐鳳年停下腳步，身體後仰，對徐偃兵笑道：「麻煩徐叔叔讓洪書文趕緊去把三封密信寄出去，最後一封給皇甫枰，就說本世子准他私自調動兩千輕騎，出關攔截。對了，再喊下人送壺熱茶過來。」

徐偃兵點了點頭。

李功德小聲說道：「殿下，許渾此人，分明不是一般的諜子，先前李功德曾有心套他的話，似乎當初嚴杰溪逃離北涼，他也曾親自參與。有了他在手上，就不用擔心李息烽和金縷織造局不就範啊。遲些殺似乎更加穩妥。」

徐鳳年搖頭笑道：「李叔叔小覷這些死士嘴巴嚴實的程度了，再說在自家地盤的北涼，我才懶得管什麼李息烽、什麼織造局，就算加上那些趙勾密探，只要有個過得去的由頭，想殺就隨便殺了，我跟他們又不是親戚，反正都是敵對雙方你死我活，不用講情分。做這種事情，就看誰心狠手辣，游隼鷹士在北涼以外落在趙勾手上，一樣是這樣的下場，要不然怎麼叫死士，死士不是白叫的。」

李功德聽著世子殿下格外閒適淡然的措辭，落座時看了眼年輕人那頭不合時宜的灰白，沒有說話。

徐鳳年笑臉安慰道：「李叔叔要是覺得皇甫枰和兩千精騎還不夠，還可以再多派遣兩百遊弩手和一千騎。」

李功德趕緊附和道：「好的好的。唉，這檔子烏煙瘴氣的事，真是讓殿下為難了。」

徐鳳年擺擺手，徐偃兵親自送來茶水，徐鳳年就又跟他說了增添人馬緊急出關的命令。

徐鳳年冷笑道：「好一個李息烽，真是不鳴則已、一鳴驚人，在北涼當了縮頭烏龜十幾年，要做就專做大買賣，挖徐家的牆腳挖上癮了，送給趙家主子一個親家還不知道滿足，如今竟然連李叔叔也不肯放過，等過了今晚，我就去會一會這個金縷織造，到時候他可就沒有許渾這般好命了。」

李功德唉聲嘆氣，望向徐鳳年，誠心誠意說道：「殿下，如此一來，雖非李功德自己作孽，卻也自認是身敗名裂，已經無顏也無心為官了，還望殿下讓李功德告老還鄉，去黃楠郡當個田舍翁。其實在殿下來陵州的時候，李功德就已經有這個心思，大江後浪推前浪，北涼人心所向，已經有了士子成林的氣象，李功德自知才學淺陋，口碑更是奇差無比，不說正二品的經略使，便是當時兼著的陵州刺史一職，也難以服眾。

一開始殿下擔任陵州將軍，李功德就想著退仕之前，好歹給殿下打打下手個一、兩年時間，也算圓了在北涼兩朝為官的一樁心願，是公心，也確實藏有私心，不承想殿下才住進將軍府邸，李功德眼皮子底下的陵州官場竟然就馬上混亂不堪，那時候李功德就知道自己終歸老了，本事太小，資歷也淺，與其死皮賴臉被人罵走，還不如今天就懇請殿下開恩，放李功德回鄉頤養天年。」

徐鳳年輕輕低頭吹拂著茶水霧氣，笑而不語。

書房燈火昏黃，李功德雙手捧住茶杯取暖，霧氣蒸騰，一老一小的臉色表情都顯得模糊不清。

李功德字斟句酌，緩緩說道：「殿下，李功德辭官退隱，並非一味避嫌，確實是自知難當大任，當這個北涼道首任經略使大人也就是趕鴨子上架。要說李功德那世人皆知的官癮，也差不多過癮了，如今北涼格局擴展，氣象嶄新，李功德讀書不多，比起王熙樺這些讀書人更是差了十萬八千里，可前幾日親眼看著負真在一扇扇門上新桃換舊符，就琢磨出一個以前沒想明白的道理——舊春聯寫得再好，可一年下來風吹日曬，老舊不堪，不說其他，光是瞧著就不夠喜慶，遠不如新聯子賞心悅目。況且當下北涼朝氣蓬勃，人才鼎盛，殿下有心整治官場，官場學問說到底，無非就是『挪位置』三字精髓，因此只要李功德一走，不好說整座北涼官場都可以人人官升一級，最不濟殿下相中的飽學之士，都可以順勢往上挪一挪，這就當李功德最後為北涼做點力所能及的事情……」

徐鳳年打斷道：「先不說這個，李叔叔還年輕，現在說什麼致仕退隱，悠遊林下，為時尚早。」

李功德欲言又止。

徐鳳年一臉忍俊不禁的表情，促狹道：「我猜啊，張巨鹿跟朝廷少說也要給李叔叔一部尚書和一個大學士頭銜，否則就太小家子氣了。」

李功德笑道：「李功德不曾拆開密信，所以不知內容。」

然後經略使大人將懷中密信放在桌上。

徐鳳年隨意瞥了一眼，聽到李功德今晚第一次笑聲爽朗，「要李功德來說的話，跟經略使品秩相同的一部尚書，加上一個變不出銀子來的殿閣大學士，都瞧不上眼，怎麼都得讓坦坦翁桓溫的位置讓給李功德還差不多。當然，首輔大人要是樂意讓賢，李功德也不介意笑納，真是如此的話，容李功德反悔一次，殿下可莫要攔著李功德啊，明兒就趕馬上任去嘍。」

徐鳳年喝了一口茶，哈哈笑道：「趙家天子要是有這份魄力，嘿，我還真不攔著李叔叔了，咱們北涼培養出來的官員，結果當上了朝廷首輔，傳出去也好聽，以後無數士子還不得擁入北涼當官？因為北涼是一塊龍興福地啊。本世子樂得他們一個個在北涼打拚二、三十年，積攢夠了苦勞功勞，然後跑去讓朝廷客客氣氣收下養老，舒舒服服享受十來年的高官厚祿，死後個個被皇帝賜下美謚，多好的事情。北涼徐家得利，朝廷趙家得名，皆大歡喜嘛。」

李功德會心一笑。

徐鳳年收斂笑意，說道：「李叔叔，你仍舊安心做你的經略使，還有翰林，我保證幫你毫髮無損送回陵州。」

李功德還想說話，徐鳳年合上杯蓋擱在桌上，一臉不容拒絕的神情，說道：「李叔叔，就這麼說定了，什麼事情都等翰林回來再說！」

李功德只得站起身告辭，默默離開書房。

徐鳳年送到書房門口，坐回椅子閉上眼睛。

這樁一旦傳出去足以震動朝野的祕事，是他一手策劃全域，徐渭熊和梧桐院負責推敲每一個細節。金縷織造李息烽跟北涼做了一筆生意，他的子孫作為人質都留在京城，他想既能夠活著離開北涼，又要讓朝廷或者準確說是皇帝不起疑心，就務必要拿出一個滴水不漏的萬全方案。

牽一髮而動全身，因此許渾是盡心盡責的趙勾大密探是真，李息烽跟朝廷要來的張巨鹿兩封親筆書信也是真，李翰林被調遣到北莽南朝還是真。真真假假，錯綜複雜，其間利益盤根錯節，各自的大小動作足以讓人眼花繚亂，尤其是北涼這邊一步都不能有差池，離陽虧得起，北涼輸不起，贏了，金縷織造由朝廷機構變成北涼私產，大量潛伏北涼以及北涼四周的諜子都要被順藤摸瓜，甚至許多邊境上滲入軍旅的離陽奸細，也要被連根拔起。如此一來，北涼泥塘淤泥，就能清掃乾淨些。

徐鳳年當這個陵州將軍，一開始就志不在陵州一州軍務，而是要讓北涼官場徹底沒有後顧之憂，才能讓那些士子安心紮根。如果李功德抵住了誘惑，那麼徐鳳年從前就對自己說過，會讓這位李叔叔過足官癮，萬一沒有，成了最壞的局面，即使有嚴家叛變在先，徐鳳年一樣也不曾有讓李家覆滅的打算，只會名義上讓李功德藉故身體不適辭官返鄉，安安心心當個黃楠郡的富家翁。

如經略使大人今夜自己所講，他這一退，北涼官場就盡最大限度按照世子殿下意願，動起來。許渾做什麼都是李息烽的意願，而李息烽對許渾的指點又都是徐鳳年的暗中授意。至於遊弩手標長李翰林，暗中早就有一大批北涼最為精銳的鷹士盯梢跟隨，更有王府六位小宗師扈從夾雜其中，那些在關外負責接引的趙勾死士註定是死路一條。只是徐鳳年知道，如此一來，當年四個一起長大、一起逛青樓、一起背黑鍋的狐朋狗友，四個兄弟，一個不剩了。

◆

經略使大人帶著那名心腹扈從慢悠悠走出將軍府邸。

李功德轉頭望了眼夜幕中略顯陰森的官邸，笑問道：「你說世子殿下是怎麼樣一個人？」

小宗師猶豫了一下，說道：「高手。」

李功德呵呵一笑，也不勉強這位為人謹慎的江湖高人，自言自語道：「雖說無毒不丈夫，可有情未必不豪傑啊。」

扈從不敢多嘴。

李功德走到自家府門前，才要踏上臺階，突然縮回腳，笑道：「咱們走一走好不容易清淨的杏子街。」

李功德走到空曠寂寥的街道上，沒來由感慨道：「眾生皆苦，就看如何苦中作樂了。他人看你萬般可憐，可自己苦也不自知是苦，那才算真本事。我啊，跟大將軍一樣，都老了。如今不管做什麼，都是為了子孫。」

◆

書房。

徐鳳年伸手握住茶杯。

白瓷杯子砰然碎裂。

半杯茶水濺了一身。

既定為正月初三到陵州將軍府邸，正月初四才到。

在廊道故意提及三封密信。

徐鳳年一次又一次給了李家機會。

此時桌上仍然只放了孤零零的一封密信。

下這盤棋，占據地利人和的北涼怎麼都不會虧，只有贏多贏少之分。

但對他徐鳳年來說，怎麼都是輸。

是他自找的孤家寡人！

徐北枳說得真好。

◆

因為朝廷冊立太子，以及分封諸王，皇帝親自下旨天下大赦，並且改年號為祥符。在這個爆竹聲聲迎新春的祥符初年，大內禁中，仍有廟堂大員當值，一位花甲老人拎酒提袋晃晃悠悠走向那座張廬，路上偶有相逢，不論是天子近侍的起居郎，還是可以穿上鮮豔大紅蟒衣的太監貂寺，遇見了這位老人，無一例外都主動停下腳，把那些宮禁規矩的條條框框拋擲腦後，紛紛笑臉寒暄幾句，若是尋常時分尋常人物，一經發現，少不得被前司禮監掌印大太監韓貂寺記在心上，遲早吃不了兜著走，不過如今司禮監換了掌印，嘉慶賀初春，對象又是朝廷上下皇宮內外都喜歡的坦坦翁，就不怕被人當成把柄，哪怕有心人鬧到皇帝陛下那邊去，皇帝也只會訓斥那些人亂嚼舌根。

頂替孫希濟成為門下省新任掌門人的桓溫一路招呼賀喜，來到了張廬，遠遠瞧見戶部尚書王雄貴站在屋簷下搓手呵氣。這位寒門出身的江南讀書人，在滿眼望去白髮蒼蒼的朝廷上算是極為年輕青壯，他跟許多當今廟堂棟梁一同在在永徽年間憑藉科舉，鯉魚跳過龍門，而且那年會試，進士及第之人，三甲中又以一甲三名的王雄貴最為年少，主持天下科舉的座師正是首輔張巨鹿，閱卷的房師更恰巧是當時擔任國子監左祭酒的桓溫。

憑藉滿腹經國濟世之才，一路平步青雲累官至戶部尚書的王雄貴，無疑是張黨一系，哪怕當上了一部尚書，這些年對張巨鹿跟桓溫始終執弟子禮，這會兒不等桓溫靠近張廬，就趕忙跑下階梯，幫桓溫接過酒壺和布囊。

桓溫打趣道：「福鼎啊，怎麼那碧眼兒又讓你吃閉門羹了？這老傢伙也是，昨天你去拜年給你吃了一回，今天又來，分明心裡挺緊著你這個得意門生，可就是抹不開面子。沒事沒事，等一會兒就說這壺酒和鹽水花生都是你捎來的，我就不信碧眼兒不眼饞，他要能扛著嘴饞，光看咱倆享福，我也算幫你出口惡氣了，是不是？」

名雄貴、字福鼎的王尚書苦笑道：「晚生哪敢跟首輔大人置氣啊，桓師就不要取笑福鼎了。再說晚生管教無方，讓那不成器的犬子惹下禍事，全京城都在看笑話，晚生實在是愧對首輔大人跟桓師的期許。」

桓溫笑了笑，這位坦坦翁與那些城府似海難免給人性子陰沉嫌疑的廟堂砥柱不太一樣，老人笑起來的時候從不會是皮笑肉不笑，更不讓人感到笑裡藏刀，而是讓人真心覺得桓大人真的遇上了喜事。歷年來一些落難的閣老重臣，都喜歡跑去跟桓溫敘舊，帶上幾壺好酒。桓府這老頭兒能不能幫忙是另外一回事，總之能讓人覺得天大難事經他一說後，似乎總歸還能有些餘地。

桓左僕射有兩不做，錦上添花不做，落井下石不做。

有桓溫領著走入張廬，王雄貴也就有膽子進門。

桓溫在門口停下腳步，王雄貴一隻腳都已經踏入，只得乖乖收回，聽到老人輕聲說道：「你那幼子叫遠燃吧，連我這種足不出戶的老頭子都聽說過他的大名，稱不上做了一籮筐壞事，不過半籮筐還是有的。

去年秋，在九九館跟北涼世子起了紛爭，被他那群幫閒一吹給吹上了天，說成了京師紈褲班頭人物，說就他敢跟那世子頂著幹。這原本沒有什麼，我也好，碧眼兒也罷，年輕時候也是氣盛得一塌糊塗，誰沒點虛榮心。只是你那孩子如今膽子也太肥了，竟然跑去欺負吏部趙右齡的閨女，這閨女還是跟殷茂春獨子定下親事的！這還不止，刑部韓林的兒子出來說句公道話，就給你那兒子打了一頓，還罵他老爹不過是刑部一個應聲蟲侍郎。

福鼎啊，你扳指頭算一算，永徽四年中，其實也就你們幾人一同出人頭地，大致關係不錯，被他這麼一鬧，你跟同時做官的殷、趙、韓三人以後怎麼相見？你我都知道，明年科舉就輪到殷茂春主持，殷茂春做官的道行高低，你我心知肚明，當朝儲相之首，不是白叫的。

今年京考完畢，馬上就是地方官員考核這樁大事，趙右齡肯定是主事人，你那座師怎能不被你氣得七竅生煙，換成我坐在他碧眼兒那個位置上，也是差不多的火氣。」

王雄貴一跺腳，嘆息一聲，低聲說道：「桓師，你有所不知，犬子王遠燃是被人構陷，否則也不至於如此行事孟浪……」

以好脾氣著稱於世的桓溫竟然也一臉怒氣，壓抑聲音罵道：「蠢貨，蒼蠅不叮無縫的蛋，你兒子要是個好東西，能有機會被人陷害？家門不幸，最大不幸就在於子孫不惜福！都鬧下彌天大禍了，你這當爹的還想著如何給王遠燃擦屁股，而不是亡羊補牢，你王雄貴不是蠢是什麼？」

王雄貴囁囁嚅嚅，根本不敢反駁。外人確實很難想像一位正二品尚書也能被人訓得如此淒慘。

桓溫猶不解氣，奪過酒壺布囊，直截了當撂下一頓重言重語：「本以為你想明白了才來，沒想到還是這般混帳，連一個兒子都管不好，還管什麼戶部？我桓溫老兒一直對你青眼相加，好，那你乾脆別當什麼戶部尚書了，來門下省給我打下手，一樣是二品官，如何？省得你那兒子仗著你這個爹，把尾巴翹到天上，露出那難看至極的光 ！」

王雄貴嚇得臉色蒼白。朝野皆知首輔張巨鹿執掌的張黨，其實一脈相承，只是如今天換上了張字大旗而已，其實可以往上一直推溯到張巨鹿、桓溫兩人恩師即老首輔的恩師，下一任由誰接過張巨鹿的擔子，王雄貴無疑呼聲最高，張黨內外皆是如此。

說句明白話，哪怕皇帝不滿王雄貴這位戶部尚書，貶官降品，甚至貶至地方，只要張、桓兩老仍在，甚至不論是在朝在野，都具有莫大的威望，他王雄貴就根本不怕沒有機會重回中樞，但若是張、桓二人覺得王雄貴不堪重任，不足以支撐起他們這一脈，那王雄貴這輩子仕途就算澈底到頭了。

桓溫冷哼一聲。

王雄貴黯然不語，仔細思量過後，苦澀道：「桓師，晚生知錯了，也不進屋讓首輔大人煩心。趁著地上還有積雪，現在回去就讓王遠燃去趙右齡府門前跪著，我也會親自登門跟趙右齡致歉。」

桓溫點了點頭，笑道：「福鼎啊，你這油滑子，什麼狗屁的地面積雪，人家趙右齡家門口人山人海，乾淨得很，你倒是給我找出一捧雪來？行了、行了，你知錯就行。這麼一鬧也好，讓你那兒子狠狠長點記性。我知道你多半心疼，王遠燃不笨，哪怕你這個當爹的板著臉，多半還是能瞧出你眼裡頭的寵溺，加上你那媳婦更是耳根子軟，經不起幼子事後的哭爹喊娘，這次讓他丟了一層皮，遲早會偷偷給他更多補償。對此，我放心不過，你替我傳句話給王遠燃，以後他再敢瞎胡鬧，我就跟姚白峰說句話，把他丟到國子監去關上個三、五年。」

被坦坦翁親自插手幫忙處理家務事的戶部尚書，眼眶濕潤，嘴唇顫抖道：「桓師之恩，晚生無以為報。」

桓溫搖頭嘆氣道：「我對你這些小恩小惠不算什麼，裡頭那位，對你才是真的器重。福鼎，你切不可讓他失望啊。」

王雄貴重重點頭，桓溫重新把酒壺布囊交給他，「我這趟入宮，就是衝著你來的，有始有終。走，一起進去見見咱們首輔大人。」

進了張廬，紫髯碧眼的張巨鹿依舊對戶部尚書不假辭色，不過好歹勉強收下了酒和花生米，那些個埋首書案處理事務的張廬文臣都悄悄抬起頭，對尚書大人報以會心微笑。

王雄貴沒有多待，很快就告辭匆匆離去。張巨鹿和桓溫來到專門用以接待外人的屋子，桓溫對張廬再是熟門熟路不過，自己就搬來器具優哉游哉煮起酒來，自顧自說道：「朝廷都說你我一個唱紅臉、一個唱白臉，咱們老哥倆配合得天衣無縫，以前不覺得，如今只能捏鼻子承認嘍。你說福鼎這麼一個有抱負有能力有智慧的官員，也已經做到了一部尚書的高位，戶部上下條理分明，為何偏偏就管不好自家一棟宅子。」

張巨鹿平淡道：「這有何奇怪，大多人當官本就是為子孫謀福，再者你別看王遠燃突然就成了京師裡的過街老鼠，其實在家裡父輩面前乖巧伶俐得很。官家子弟大多如此，不是笨，而是太聰明，官場諛上欺下的那套東西，早就耳濡目染，爛熟於心。我敢肯定王雄貴也是頭一回知道他的幼子如此糊塗。這也是為什麼每年都有大把官吏沒栽在政敵手上，反而栽在自己子孫手上。父子同朝上殿其實不稀奇，能三代同朝才難，哪怕三人的官都不大，品秩不高，可不管是好官壞官，起碼都是真正聰明的官。」

鼻子被凍成酒糟鼻子的桓溫聞著酒香，笑問道：「那你說說看北涼能有幾代？」

張巨鹿平靜道：「這個問題，你得去問神神道道的黃三甲，我不知道，也懶得知道。當下事務當下了，比什麼都強。至於到底能看多遠，到底還是要看你能走多遠才作準。」

桓溫哈哈大笑。

張巨鹿伸出手。

桓溫驚訝道：「討酒喝？碧眼兒，你要弄一房侍妾了？恭喜恭喜。」

張巨鹿沒好氣瞥了一眼，自己去倒了一碗熱酒，喝了口，笑著說道：「我回過味了。」

桓溫點了點頭道：「我也是，兩封信一寄出去，就有些後悔。嘿，看來你我都著了道啊，那小子，後生可畏。假借你我之手，開始著手整治北涼了。不過我現在很好奇，金縷織造李息烽到底是一樣被矇騙了，還是已經跟北涼沆瀣一氣？」

張巨鹿反問道：「有區別？」

滿朝文武也就只有他坦坦翁能跟得上張首輔的想法了，桓溫點頭道：「也對，李息烽終究是有過大功的，何況還讓嚴杰溪欠著一份天大人情，咱們還是需要讓他體體面面回京，不過要依你前二十年收拾薊州韓家的剛烈性子，李息烽可沒這福氣。」

張巨鹿笑道：「今年給孫子壓歲錢，才記起自己已是五十好幾的老頭子，也該是有這份心性的時候了。」

桓溫「喲」了一聲，打趣道：「咋的，終於想著開始謀取退路了？」

張巨鹿搖頭，眼神堅毅，緩緩吐出兩個字：「不留。」

桓溫輕聲道：「放心，我不會讓你碧眼兒絕後的。」

張巨鹿搖晃著酒碗，自嘲道：「難啊。」

桓溫突然一本正經說道：「你不是還有個閨女沒嫁人嘛，以後北涼還缺個正妃，你覺得這主意咋樣？」

張巨鹿氣笑道：「滾你的蛋！」

遠處諸位張廬重臣都清晰無比地聽到首輔大人這句髒話，面面相覷。

第八章　紈褲子當街行凶　徐鳳年收買人心

陵州官場本以為在陵州吃癟的世子殿下這趟回王府過年，回來後十有八九已經跟大將軍要了一柄尚方寶劍，要在陵州大開殺戒了，不承想州城依舊雲淡風輕，這就讓人犯嘀咕了，難不成經略使大人真的如此深受器重，強大到讓大將軍都不得不另眼相看，給出一個與懷化大將軍鍾洪武截然不同的結局？

許多削尖腦袋都想擠進陵州將軍府邸的牆頭草仔細掂量了下，都覺著還是先去李府登門拜年才妥當。加上將軍府大管家孫福祿出了名的不近人情，傳出話來，說近期府上不迎訪客，也就少有官員去那兒自找無趣。可是在正月初六晌午，當黃楠郡太守宋岩舉家遷入州城，不是借住於恩師李功德的經略使府邸，而是住進了將軍府，就又開始讓很多人摸不著頭腦。

不過宋岩搬入官邸之時，世子殿下沒有露面，因為他拉上徐北枳在城西喝酒，馬夫由徐偃兵換成了既是同門又同是陵州副將的韓嶗山，除了這對柿子、橘子，還有摘去掃雪狐裘換上一身素樸衣裳的裴南葦，那頂寬鬆貂帽倒是留著，再就是王綠亭和同鄉至交孫寅都在場，還有一個剛好跑來混臉熟的王雲舒。五個年紀相仿的公子哥，除了孫寅貌不驚人，面容古板，其餘風流倜儻的四位湊在一堆，相當惹眼，好在喝酒的地兒處於州城的市井底層，才沒有被人眼尖認出。

喝酒的時候，王雲舒跟王綠亭都是「黃楠四王」的人物，知根知底，而且兩人當年更是「陵州四霸」，故而說起話來不顯生分，只有那個暫時在紫金王氏當寒酸塾師的孫寅，格格不入，一直沉默寡言，哪怕徐北枳幾次主動找話，孫寅也只能算是應對得體，始終沒能順勢拿住話題延伸開去，似乎此人天生就不適宜成為一張桌子上的矚目人物。

徐鳳年心中自然要拿孫寅跟身世相當的陳亮錫對比，有些失望，陳亮錫不論是在自己面前還是在徐驍身前，從無半點怯場畏縮。徐鳳年現在急需能夠拿來就用的士子書生，像徐北枳這樣，隨手丟到一個郡縣就可以風生水起，完全不用他多操心。若非如此，徐鳳年也不是神仙，如何顧得過來？察言觀色功夫不差的王綠亭幾次在桌下偷踩孫寅的腳，死心眼的孫寅照舊不開竅。

桌上的一大鍋燉狗肉香氣彌漫，綠蟻酒也喝了十多斤，差不多就該付帳走人。王綠亭心中哀嘆，這位紫金王氏的家主深知第一面的觀感無比重要，世上那麼多所謂的懷才不遇，實則大半都是不知找準機會毛遂自薦的笨蛋，男子懷才，又不是女子懷孕一眼便知，怪不得別人不識貨。可問題在於，王綠亭比誰都確定孫寅不是那讀死書的迂腐書生，這才叫人扼腕痛惜。

他王綠亭雖說是世子殿下身前新近的紅人，可他總不能傻乎乎跟世子殿下說孫寅才學如何了不得，是你世子殿下認不出千里馬，不是那伯樂。王綠亭要是真如此言行莽撞，也就坐不穩那紫金王氏家主的座椅了，椅子上可是一樣沾染不少族人鮮血的。

別看王綠亭這會兒儒雅翩翩，一手引誘匪寇見財起意一手重金請動官府剿匪毫不含糊，把吃裡爬外的族叔一家四十餘口給殺了將近一半，只餘下一些不成氣候的老幼婦孺，十八名遊寇更是一個活口都沒留，全族上下，至今個個噤若寒蟬。

兩撥人分道揚鑣，王綠亭帶著孫寅離去，王雲舒牽馬同行了一段距離，然後就嘴上說自己在州城不缺酒肉朋友，得去勾欄廝混，縱馬而走。自打王綠亭當家做主，原先私交不錯的兩位公子哥也就漸行漸遠。

道路另一端，徐鳳年買了一串冰糖葫蘆咬在嘴裡，徐北枳沉默許久，還是忍不住說道：「真不打算重用有望成為北涼第二個姚白峰的孫寅？」

忙著對付糖葫蘆的徐鳳年含混不清說道：「就算我要用他，也很頭疼把他擺在什麼官位上，就他那性子，甭管是否學富五車，到了地方郡縣，我一旦撒手不管，這傢伙還不得給老油條們收拾得抑鬱而終。要是一定要我拿出一頂很大的官帽給他戴上，說實話，我確實不太捨得，因為送給誰，都比送給他孫寅管用，最不濟比他孫寅更能立竿見影。只是任由他被姚白峰拐去京城國子監，也不妥，朝廷那邊有的是得天獨厚的環境和良匠，去細緻打磨這塊璞玉，以後萬一孫寅成了廟堂權臣，北涼又多出一個張巨鹿為敵，我得悔青腸子。可把他一輩子軟禁在北涼，於情於理，都不厚道。能被姚白峰說成連中三元的讀書人，結果落在我手裡就是暴殄天物的命，傳出去不好聽。」

徐北枳笑道：「你是覺得孫寅是雞肋，食之無味、棄之可惜？」

徐鳳年點了點頭。

不料徐北枳搖頭道：「未必。」

徐鳳年把半串糖葫蘆遞給安安靜靜的裴南葦，出人意料，她竟是坦然接過手去，咬下一顆含在嘴裡。徐鳳年當下沒有打情罵俏的心思，繼續跟徐北枳說道：「能者多勞，要不你幫我試探試探這孫寅，我實在無暇顧及了，馬上就要離開陵州，跟徐驍一起參加邊關練兵校武。」

徐北枳斷然說道：「他交給我的話，哪怕我當上陵州刺史，你一樣別指望孫寅會對你掏心窩了，只要是個讀書人，誰沒有點傲氣，孫寅尤為明顯。」

徐鳳年皺眉道：「橫豎不是個事，你要我怎麼辦？」

徐北枳輕聲道：「有個最省事的法子，你聽不聽？」

徐鳳年白眼道：「別廢話。」

徐北枳平淡道：「不能用就殺掉，殺得隱蔽點，失足溺水也好，慢慢毒殺也罷，反正這個你熟稔。王綠亭野心勃勃，正好讓他當金縷織造之前，知曉什麼叫恩威並施。」

裴南葦轉頭看了眼這名北莽餘孽，打定主意要對此人敬而遠之。

徐鳳年剛要說話，就遠遠望見街上一支騎隊跋扈馳騁，頓時惹得整條街雞飛狗跳，好在百姓好像早已習以為常，婦人抱住孩子撒腿狂奔，小販挑擔健步如飛，幾個街中央的漢子直接就飛撲躲閃，一個個熟能生巧，這無疑助長了那幫當街縱馬的紈褲子弟的囂張氣焰，揮鞭不止。

公子哥們大多披裘戴裘掛刀佩劍，竟然還有位年輕女子，眼神炙熱，一身戾氣不輸結伴紈褲，胯下一匹駿馬，是很出彩的品種，黃龍驃，比千金難買的西域汗血馬也差得不多，馬隊中數她和為首一騎白蹄烏的坐騎最是昂貴醒目。

徐鳳年冷眼旁觀，臉色平靜，那匹白蹄烏僅是斜瞥了一眼街旁的徐鳳年，就一馳而過，原本雙方就此擦肩而過，不承想黃龍驃的年輕女主人眼睛毒辣，起先不過是瞧上眼了兩名玉樹臨風俊哥兒的容貌，然後順帶著撞見了他們身邊女子恰好抬頭後展露的姿容，她一鞭子就靈巧抽過去，打掉了那絕美女子的貂帽，這還不止，停下馬，掉轉馬頭，馬蹄重重踏在街面上，相距十步左右，抖著那根細軟的纏金馬鞭，居高臨下，不懷好意地望向那一女二男，嘖嘖道：「怪了，還能在這裡碰上這麼個水靈婦人。高德潤，快來快來，保准你一年內都不用去窯子砸銀子！搶了她回府，估計以後你那兩條蚊子腿都沒氣力走出門喝酒了。」

徐鳳年彎腰把貂帽從地上撿起，遞給裴南葦，結果被她怒目相向。裴南葦畢竟是曾經的靖安王妃，惱怒那年輕女子的無知無禮是不假，但還不至於跟那人一般見識，只是姓徐的明顯可以擋下那鞭子，仍然眼睜睜看著自己受辱，這才讓裴南葦火冒三丈。

徐鳳年見她不收貂帽，就笑著戴在自己頭上。

年輕女子停下馬，馬隊很快就都馬頭掉轉，悉數返回。被驕橫女子喊作高德潤的公子哥眼前一亮，驚為天人，根本就不多說什麼，翻身下馬，一溜煙衝向裴南葦，就要扛起丟到馬背上打道回府。

徐鳳年擺了擺手，示意暗中尾隨的韓嶗山不要露面，然後向前踏出一步，看似軟綿綿輕輕一腳踹出，姓高的紈褲別看細胳膊細腿，風一吹就倒，其實在陵州紈褲這個行當裡頭算是拿得出手的高手，他陰笑一聲，腳尖一點，一個漂亮花哨的鷂子翻身，撲向那個出腿就知道是個繡花枕頭的傢伙。

逗他玩的徐鳳年嘴角翹起，猛然一大步踏出，高大公子才聽到同伴要他小心的呼喊，就給一掌推在胸口，整個人就直接從街這邊被砸到那一邊，不幸狠狠撞在兩間鋪子之間的硬實牆壁上，摔落在地，生死不知。

那罪魁禍首的女子臉色陰沉，雙手扯住馬鞭，使勁綳直，眼神狠毒。

提醒那位高大公子要小心的公子哥眯起眼，摸了摸胯下駿馬白蹄烏的鬃毛，沉聲道：「當街無故行凶，目無法紀，你不知道死字怎麼寫的嗎？」

徐鳳年雙手扯了扯貂帽邊沿，身形一閃而逝，一掌拍在白蹄烏頭顱上，價值足足三百兩白銀的駿馬甚至來不及哀號，當場暴斃，馬蹄彎曲癱軟在地，嚇得那公子哥匆忙躍起，往後撤退幾丈遠，連試探對手深淺的欲望都欠奉。

徐北枳嘆了口氣。

這會兒別說是你們這幫半吊子衙內，恐怕就是不可一世的燕文鸞出現，也得被正巧滿腹憤懣無處發洩的世子殿下說打就打了。

徐鳳年深呼吸一口氣，壓抑下翻湧殺機，面無表情說道：「滾！」

那騎乘黃龍驃的權貴女子怒極反笑，「行啊，確實有些三腳貓功夫，本小姐頭回聽說陵州還有如此有骨氣的江湖人士，長見識了！」

心愛坐騎橫死街頭的公子哥丟了個眼色給一名同伴，那一騎疾馳而去。

徐鳳年剜了眼馬背上的女子，然後跟徐北枳繼續前行。

徐北枳笑問道：「好受點了？」

徐鳳年無奈道：「什麼跟什麼啊！」

徐北枳不再在他傷口上撒鹽，轉頭看到那些劍拔弩張的權貴子弟都收起了刀劍，放慢馬速跟在後頭不肯離去，滿臉都是準備看天大笑話的狠戾玩味，徐北枳輕輕搖了搖頭。

一隊衣甲鮮亮的巡城士卒，在那名報信騎士的帶領下快跑而來，氣勢凌人。

徐北枳冷笑，這幫紈褲倒也不傻，知道對付那些武藝不俗的江湖高手，借官府的刀殺人才有效，而且沒有任何後顧之憂，省心省力省銀子，何樂不為。

徐北枳看見白蹄烏的主人跟同伴同騎一馬，顯然還不滿意這陣仗，招了招手，跟身邊一人竊竊私語，後者又縱馬離去。

徐北枳笑了笑，看來是鐵了心要斬草除根，再吆喝一些人馬過來圍剿，以防他們三人「狗急跳牆」後憑藉身手逃離。應該是一撥心狠手辣的將種子弟，能夠搬動大批地方上的巡防士卒，說不定這座州城的巡防戍守大權就掌握在某一位父輩手中。

陵州作為邊境將領含飴弄孫的養老好地方，雜號將軍多，勳品都尉多，兵痞子那是更多，當初經略使大人「無力」彈壓陵州胥吏之亂，一部分原因固然是李大人本身不作為，更重要的是經略使大人是北涼難得的純正文官，對於那些手握實權的陵州校尉，就是真心想要管教約束，也一樣得耗費大量精力和人情。北涼文武失衡的格局，由來已久，士子赴涼，內外相爭，無形中又加劇了北涼的複雜局勢。

率先趕來的那隊士卒一個個躍躍欲試，手握刀柄，只等伍長大人一聲令下，就如先前董校尉家的千金所說，在陵州還真很少碰到敢惹是生非的江湖好漢，更別說是在戒備森嚴的州城裡。黃楠郡有一位武學宗師坐鎮的蓮塘頃刻間灰飛煙滅，這個駭人消息已經趁著正月裡的拜年傳遍陵州，更是讓那些陵州大小幫派戰戰兢兢，今年孝敬官老爺們的銀兩，不約而同都添了好幾成。伍長獰笑著抽刀，就要擒拿下這三人去跟周大人以及「董越騎」請功，才過完年，真他娘是個開門紅了。

街上熱鬧非凡，王綠亭跟孫寅跟在人流中，看到這一幕，王綠亭有些哭笑不得，猶豫著是不是要出去攔下那幫眼珠子長在屁股上的傢伙，孫寅搖頭道：「再看看。」

王綠亭輕聲道：「剛才我跟你說了，殿下不是那種喜歡小打小鬧的人，而且這趟殿下之所以出門，是要見你一面，惹上這種麻煩事，我過意不去。」

孫寅指了指自己的腦袋，平靜道：「孫寅十四歲時就已經讀完該讀之書，之後你總問我在做什麼，我現在可以告訴你。自古便有祕不外傳的帝王術，用以治馭群臣。可我這兒有撰寫半部的《長短正反經》，可以揣摩、針對繼而制衡帝王術。

大家去京城之後，不是我不想去那天子腳下，而是去不得，一去就是一個死，孫寅怕死得很。世子殿下的韜光養晦，我如何看不出？既然他能讓你們黃楠郡四王由貌合神離變作澈底決裂，更是證明殿下如我那一晚與你夜話所講，選擇了那中策治理陵州。但是孫寅所求，哪怕是一個世襲罔替的世子殿下，仍舊給不起。孫寅與其違心賤賣所學，不如不賣！」

王綠亭遺憾道：「你就不能學著委曲求全？」

孫寅譏笑道：「那與經略使李功德有何異？」

王綠亭趕緊閉嘴，老老實實作壁上觀遠處那風波，生怕身邊這傢伙又說出什麼大逆不道的言辭。

北涼貧苦，也許是由於破罐子破摔的破罐子都沒有幾只，光腳的歷來不怕穿鞋的，自古民風彪悍，對於械鬥，那是司空見慣，也就是徐驍到來之後，才有所收斂，可骨子裡流淌著的好鬥血液，始終沒有淡去。

此時出現難得一見的民與官鬥，很多漢子都在喝彩瞎起鬨，只是誰都沒有想到當一個穿著普通的男子走出後，別說什麼雷聲大、雨點小，根本就是雨點都沒了。那蠻橫無比的董家千金愣是被鬼附身似的，慌慌張張下馬，走到那男子身前，遠處旁人也聽不到說了些什麼，只看到那男子神情冰冷，越騎校尉的千金竟然也不惱羞成怒，依舊侷促不安地站著。

外人不知這邊狀況，董家大小姐的那幫狐朋狗友，一個個嚇破了膽，紛紛滾落下馬，如履薄冰。那伍長更是迅速收刀歸鞘，帶著手下士卒嘩啦啦跪了一大片。原來陵州第二大實權校尉「董越騎」的女兒董貞，認出了這位男子是姓韓的陵州副將，在韓副將年前巡視軍營時，董貞恰好在附近逛蕩，遠遠看上一眼，只覺得這大叔氣勢凌人，便是她心目中在陵州隻手遮天的爹也遠遠比不上，只能從旁陪襯著。

事後她聽父親小心翼翼說起過，韓副將隨同世子殿下一起進入陵州，那個從未在將軍府邸以外露面的世子殿下不用理睬，只要別跟他硬碰硬，殿下遲早就要自己夾著尾巴離開陵州，可這韓副將卻萬萬招惹不得，此人不但是槍仙王繡的師弟，武功蓋世，更是大將軍的貼身扈從，以後還要在陵州長久為官，這會兒陵州官場已經有「寧惹經略使不惹韓副將」的說法。董貞怎敢在這個堪稱無敵的傳奇男子面前耀武揚威，不過在她看來，折騰出這麼大的動靜，理在她這邊，再者她不覺得韓將軍會跟她一個晚輩女子斤斤計較什麼。

只是當董貞看到那貂帽年輕人走到韓將軍身邊，低聲說了什麼，而韓將軍竟然只有點頭的份，董貞頓時嚇得肝膽欲裂。

偌大一座陵州城，誰能如此對待韓嶗山？

那人的身分哪裡用猜想？董貞第一個驚醒，重重雙膝跪地，其餘紈褲子弟見狀，也是嚇得屁滾尿流，撲通撲通陸續跪下，大氣都不敢喘半下。

韓嶗山語氣生硬道：「都跪著，請人去讓你們家裡官最大的，來領人，給你們五炷香工夫，沒人來，韓某人就直接擰下你們的腦袋！」

董貞欲哭無淚，他們都得老老實實跪著，讓誰去請人？

那貂帽年輕人輕聲笑道：「讓這幫兢兢業業給陵州老百姓做事的軍爺去傳話好了。各位軍爺，趕緊的，騎上他們的駿馬，這樣的機會不多，一匹馬就比你們全部家當值錢了。到時候這幫人隨便死了一個，你們身上的皮就得被人遷怒扒下來，不光是身上甲冑，皮肉也得少一層。」

那名伍長壯著膽子起身，有他帶頭，麾下士卒也猶豫著站起，徐鳳年對伍長說道：「我數過了，剛好多了你一個，你留下，其他人去報信。對了，跟他們長輩說一聲，當過武官的，都要一一披甲而來。」

董貞想死的心都有了，她垂首時眼神驚懼又怨毒，這都快小半炷香沒了。

遠處，越來越擁擠的街上，眾人只瞧見那個應該來頭很大的貂帽年輕人，摘下了巡城伍長的腰間佩刀，然後安靜蹲著，橫刀在膝。

這讓看客們大失所望，前些年見慣聽多了四位陵州惡少的跋扈行徑，按照常理，天下烏鴉一般黑，比拚靠山、比拚家世最終勝出的膏粱子弟，不是應該往死裡拾掇那些輸了的可憐傢伙嗎？否則和和氣氣的，也配當個陵州紈褲？

王綠亭好奇問道：「這是怎麼回事？是要殺雞儆猴，讓這些人所在家族裡的陵州官員服軟低頭？可照目前情形看，不像是真的要殺人啊。如果真要等到那些官員到場才殺，那也只能殺個口服，很難心服。」

孫寅緩緩說道：「下策亂殺一通，殺紈褲、殺官員，在陵州百姓眼裡立威，到頭來惹得陵州武官文臣和衙門胥吏更加同仇敵愾，眼下的燃眉之急，算是燒光了眉毛。中策一個不殺，權當賣一個人情給這些家族，起碼能讓他們以後吃相不會太難看，雙方暫時相安無事，但對於陵州大勢，仍然於事無補，幽涼兩州的邊關將士，還會輕看了世子殿下。上策，當下局勢，幾乎沒有上策可言。」

王綠亭笑道：「幾乎？」

孫寅平靜道：「有是有，可我不覺得世子殿下辦得到。」

王綠亭追問道：「說說看。」

孫寅難得笑道：「要是稀里糊塗收場，然後你請我喝頓好酒，我喝高了，就說給你聽。反正在北涼，我孫寅這輩子註定高不成、低不就，既然活不痛快，就只能喝痛快了。」

◆

四炷香光景後，一匹匹駿馬狂奔而來，所幸絕大多數是武將出身，馬術精湛，僅有一位不曾上過沙場的文官，也有急智，讓扈從駕馬，同乘一騎，他本人顧不得氣度風範，死死抱住扈從的腰，狼狽不堪。

越騎校尉董鴻丘離得最遠，但還是跟那文官一起到達，前頭到場的四位武官，一位陵州兵曹從事，一名雜號將軍，兩位實權都尉，都已經跟各自子孫跪在地上，那個撞牆昏厥過去的紈褲也給拖來。

主掌一州文書案卷的治中周大人，也腳底抹油，身形竟然是快過了董越騎，乾淨俐落撲倒在地，打著哭腔道：「卑職周建樹參見世子殿下！孽子驚擾了世子殿下，卑職罪該萬死啊！」

要知道這位陵州治中周大人，正是那天得以進入將軍官邸的一小撮人裡的一員，在書房得到了世子殿下的暗示允諾，不說升官發財，起碼不管陵州如何跌宕起伏，他周建樹好歹穩穩保住了屁股底下陵州文官第三把交椅的治中一職。那騎乘白蹄烏的周大公子，正是他周大人嘴上的「孽子」。

連咱們背靠燕文鸞燕統領這座巍峨大山的周治中都乖乖跪了，那些兵曹從事和將軍都尉也都心裡舒服幾分。

唯獨董越騎僅是站立著抱拳沉聲道：「末將董鴻丘參見世子殿下。」

他站著，但是世子殿下還蹲著。

周治中眼角餘光瞥見這一幕，頭又低了幾分，只是嘴角悄悄翹起。

整座陵州官場都知道董鴻丘是鍾老將軍的心腹愛將，而且董鴻丘因為年少投軍，也是經歷過春秋戰事的功勳武官，否則也當不上威風八面的陵州越騎校尉，這類地位顯赫的肥缺，不知道有多少從邊境上退下來的武將眼巴巴盯著，沒有點真本事，就算僥倖當上了，也會被踢下來。

說實話，哪怕是那些看不慣董貞之流紈褲的尋常百姓，心底也覺得董越騎不跪見那手無寸功的世子殿下，是應當的。

那世子殿下握住那把北涼刀，緩緩起身，沒有董鴻丘預料中的勃然大怒，甚至也沒有要拿北涼世子或者是陵州將軍兩個身分來強迫他下跪的跡象。

畢恭畢敬站在世子殿下身後的韓嶗山才要踏前一步，就被徐鳳年擺了擺手。

徐鳳年拄刀而立，雙手輕輕疊放在刀柄上，微笑道：「諸位大人放心，本世子沒遭什麼罪，倒不是說你們的兒子孫子不想造孽，只是他們沒這份本事而已。他們是成事不足、敗事有餘的敗家子也好，還是只知道躺在你們功績簿上享福的蛀蟲也罷，跟本世子都沒太大關係。本世子在北涼不講理了小二十年，的確是很多事情都不講理，在這方面跟你們子孫是一路貨色而已，不過今日藉著這個機會，還是要跟你們講一講恰好本世子懂的一個小道理。」

董越騎冷笑道：「哦？既然世子殿下有這個閒情逸致，末將願聞其詳！」

徐鳳年笑道：「其實也不用本世子怎麼講，來人，除了治中大人，幫其餘這些大人脫去身上甲冑。」

跪在地上的武官個個猛地抬起頭，愣然之後就是遮掩不住的憤怒。其中那名年過五十的兵曹從事更是黑著臉站起身，老子為了你們徐家拚死拚活，才有今天的風光，如今這些家底都是老子應得的，可殺不可辱。我那孫兒雖然有以下犯上之嫌，可畢竟不曾傷你分毫，即便你仗著是大將軍的嫡長子，是咱們北涼的世子殿下，我孫兒命不好，生下來就輸給了你這位想要當官就立馬能當上陵州將軍的年輕人，你徐鳳年要打他一頓，老子認了，只是想要羞辱老子，沒門！老子活了這麼大把年紀，還真不信你敢把街上這些人都給殺了！若真是如此，就當老子當年瞎了狗眼才給你們徐家賣命！

雜號將軍跟兩位都尉對視過後，也都咬牙站起身。

那群在遠處只能約莫看個大概的百姓，已經有人開始大聲叫好，有嚷嚷說咱們陵州爺們兒就是好樣的，也有交頭接耳說著這些官老爺為官不咋的，可脾氣對胃口。

裴南葦望著那個背影。

沒來由記起了當年在襄樊城外蘆葦蕩，那一幕被她親眼所見的驚心動魄情形。

本該幸災樂禍的她，有些意態闌珊。

徐鳳年沒有動刀，僅是微微歪了歪頭。

早已殺機沉重的韓嶗山一掠而出，把極有骨氣的董越騎踢得身軀前撲，又被韓嶗山一肘敲在後背上，董鴻丘一百七、八十斤重的魁梧身軀硬生生轟砸在街面上，塵土飛揚。

平日裡在陵州連經略使大人也使喚不動的董越騎，就這麼趴在地上，竭力掙扎著要起身，被已經刻意收斂勁道的韓嶗山又是一腳踩在後背上，澈底成了一條灰頭土臉的死狗。

看得所有百姓悚然。

治中周建樹喉嚨一動，咽了口唾沫。

董貞和周公子這夥人都被震懾得面無人色。

就連那個許久不曾聽聞沙場號角、久不見沙場狼煙的陵州年邁兵曹從事，也開始膽戰。

徐鳳年提起北涼刀，指向那名雙腿打戰的伍長，「去，脫光董大人的上身衣物，脫光了一個接著下一個。」

徐鳳年陰森森加了一句：「本世子很少講理，別身在福中不知福。」

董越騎發出一聲悲壯嘶吼，不被韓嶗山阻攔後，踉蹌起身，「我越騎校尉董鴻丘，今日自己脫甲！從今往後，老子再不是北涼武卒！」

兵曹從事也紅著眼睛，嗓子沙啞，桀桀笑道：「去你娘的，當個卵的陵州官，黃鐘也自己卸甲！」

於是除了文官周建樹，一眾武將大冬天都光了膀子。

既滑稽又可悲。

當年為了大將軍徐驍披甲死戰，如今因為這個世子殿下憤而卸甲！

百姓們不知誰帶的頭，越來越群情激憤，如果不是有尋常甲士按刀截住去路，恐怕他們就要一窩蜂衝上去。

那個挨千刀的世子殿下竟然就那麼冷漠站著紋絲不動！

夾雜在洶湧人群中的王綠亭嘴唇發抖，轉頭問道：「孫寅，這可如何是好？」

孫寅瞇起眼，目不轉睛望向那個同齡人，不說話。

董貞丟了馬鞭，站在父親身邊，摀住嘴，淚流滿面，治中大人也被他的「孽子」強行攙扶起身。

徐鳳年眼神冰冷，平靜說道：「董鴻丘，現任陵州四品越騎校尉，二十六年前投身徐驍軍中，跟隨褚祿山千騎開蜀，頭一個登上春山關城頭，僅此一戰，身負四刀。黃鐘，現任陵州正四品兵曹從事，襄樊城攻守戰，身為登先營死士六次蟻附城牆登先，六次負傷，直至重傷無力再戰，八百登先營死士經過十二次填補，戰後只活下十九人。洪原，與親生兄弟洪河、洪山，皆是涼州第一批遊弩手，一起割下北莽斥候頭顱二十一顆，兄弟相繼戰死，洪原身受重創，右手至今握不住一只茶杯，不得不退出邊境，被徐驍親自賜下雜號威遠將軍，許諾長子及冠便可為官。」

其餘兩名靠著父輩功蔭或是銀子鋪路成為都尉的傢伙，世子殿下都沒有正眼看上哪怕一眼。

世子殿下握住那把北涼刀，轉身離去，只留下一句話。

「站在這三人身邊的，去數一數你們祖輩、父輩身上的傷疤。」

◆

別看陵州城西這邊遠不如城北富裕，不過臥虎藏龍，官衙胥吏大多居於此地，風波內幕很快就傳遍大小酒肆。

王綠亭和孫寅挑了一家專賣劍南燒春的酒樓，坐在二樓臨欄位置，又叫了一份名動北涼的駝峰炙。

樓下言語喧沸，都離不開方才文泉街上的鬧劇，起先都是怒罵那世子殿下的無良行徑，往死裡羞辱了董越騎、黃兵曹以及一門忠烈的威遠將軍洪原，不但仗著陵州將軍身分逼迫眾人下跪，還要他們袒露上半身，讓三人氣得不惜自己卸甲，以此表明心跡，決意脫離北涼，再不給徐家賣命做事。

然後一些耳目靈光的胥吏加入其中，才知道事情絕非如此簡單，原來是董、周幾家的千金公子當街縱馬，跟世子殿下尋釁在先，還要調動甲士「圍剿」了這位陵州將軍，這讓一邊倒痛罵徐鳳年不是個東西的局外人，都有些收斂，仍是嘀咕不過是狗咬狗一嘴毛，都不是啥好玩意。後來隨著越來越多知曉內情的胥吏披露真相，不斷有小道消息湧入陵州各座府邸和酒樓，這才水落石出，於是民風雄烈的陵州破天荒開始默然。那些個最先罵世子殿下最凶的一夥人，都有些心虛的愕然。

王綠亭看在眼裡聽在耳中，如釋重負，放下筷子，看到桌對面的孫寅仍是無動於衷，夾了一筷子香味流溢的駝峰肉，放入嘴中。

王綠亭笑問道：「這就是你的上策？我當時不知殿下說了什麼，沒有抽刀、沒有殺人，竟然就能讓董越騎面對殿下背影，主動跪下，還以為是搬出北涼王和全族生死來壓他董越騎低頭。兩個身經百戰的老傢伙，更是一個抱甲痛哭，一個當街就開始痛打孫子，有趣有趣。」

孫寅搖頭道：「我有上策不假，不過殿下給出了上上策。如此一來，董鴻丘幾人心服不說，不說什麼天真的納頭便拜，最不濟能讓這幾位繼續感激涕零於徐家第二代不忘他們的功動，這比任何口頭承諾都來得讓性子耿直的武官更心安，他們所處的各自圈子，也就能暫時安分守己，感恩之下，願意知趣為世子殿下後退一步。

但更重要的是讓緊密抱團的陵州武官出現了一條裂縫，親身陷陣上過沙場的在職武官，與那些憑藉父輩功蔭為官的將種子弟，難免要在心底開始相互打量，再無法像以前那般親密無間。至於最熟稔見風轉舵的胥吏衙皂，看到上邊都貌合神離，自然而然就老實做事。誰也不傻，陵州將軍連鍾洪武大將軍撐腰的董越騎都能收拾得服服帖帖，收拾他們這幫不入流品的蝦兵蟹將，還不是信手拈來？

世子殿下越是手提尚方寶劍，越是高高提起卻不落在人身上，越是能讓人心生忌憚，現在殿下仍是沒有借用北涼王的威嚴，拿那尚方寶劍砍在董越騎黃兵曹身上，而是念著舊情，曉之以理。可世子殿下這般連鍾洪武都敢動的狠人，以前沒人誇他城府，卻也曉得陵州將軍不是什麼菩薩心腸的善茬。大家都猜想陵州遲早要來一場殺雞儆猴的血腥禍事，肯定是要見血的，層層下推，深居簡出的經略使大人沒動，從頭到尾都跪著的陵州治中周建樹沒有動，如今連董越騎身後的驕橫校尉都沒動，綠亭，那你說接下來是誰？」

王綠亭會心微笑道：「就只能是攪和得陵州官場沒過好年的那幫胥吏了。雖然你我知道殿下不至於跟他們橫眉瞪眼，可他們不知道，他們只會覺得落在頭上的刀子，偏偏要落不落的，最讓人生不如死。」

孫寅點了點頭，神情落寞。

王綠亭小聲問道：「殿下有這等心智手腕，你仍是不願出來為官？」

孫寅反問道：「當什麼官？掌政一方的縣令？陵州七郡的太守佐臣？還是刺史府的幕僚？」

不等王綠亭勸說什麼，孫寅冷笑道：「我都當不好的。人貴自知，自知才能知人。我孫寅眼高手低，做了縣令，無依無靠，又不願把心思花在與那些地方豪橫和胥吏家族打交道上，他們要收拾我，輕而易舉。即便殿下給我做靠山，這些刁頑之輩有的是軟刀子割肉的隱蔽法子，讓我做什麼事情都束手束腳，身邊無人可用，政策無法下達，最終讓我所在轄境經濟凋敝，民不聊生，別說什麼離任升遷時的萬民傘，恐怕要天天被縣內百姓戳脊梁骨謾罵。難道我孫寅去當一個縣令，還要讓世子殿下附送一大批精幹胥吏不成？至於輔佐太守和伺候刺史兩事，孫寅的本領，也好不到哪裡去。殿下與許會是一位念情的明主，值得你王綠亭投效，值得董越騎之流對其印象改觀，值得邊境三十萬鐵騎為之效死，可對孫寅來說，沒用。」

王綠亭有些黯然，這就像男女情事，有個女子分明很好，可就是偏偏不喜歡。

二人離開熱鬧不減的酒樓。比起以往的陵州城，顯然多了許多高冠博帶操著外地口音的風雅士子。

王綠亭心情沉重，走入一條僻靜巷弄，孫寅不喜豪奢做派，王綠亭就給他找了棟藏在這條巷子裡的潔淨宅子，有幾分醺醉的孫寅自嘲道：「孫寅所學長短術、所寫正反經，自認不落窠臼，遠超古人。可惜就是那在典籍上被人譏諷的屠龍技，在北涼確是一無是處。綠亭，你不用勸我了，推託殿下的招徠，在紫金王氏做個塾師，也還能讓殿下因虧欠，對你刮目相看幾分，就當孫寅這些年托庇紫金的還恩了。」

王綠亭一咬牙，說道：「孫寅，你的才學怎可一輩子當個塾師，青史之上，少了王綠亭是理所當然，少了你孫寅卻萬萬不行！等我做上了金縷織造，拚死也要送你去……」

不等王綠亭說完，孫寅怒道：「住口！」

這一片民居，巷弄橫豎交錯，不過入夜時分，冷清寂寥，拐角陰暗處的一聲咳嗽就顯得格外刺耳。

王綠亭如遭雷擊，面無血色。孫寅嘆息一聲，他們停下腳步，看到一個貂皮氈帽的年輕公子哥走出陰影，對二人笑臉相迎。

王綠亭緩緩跪下，閉嘴不言。

才得富貴就又傾覆，真是世事難料啊。

徐鳳年笑道：「要是你王綠亭沒有這份情義心思，只知官場鑽營，也就是下一個嚴杰溪、晉蘭亭，本世子還真不放心把你放在金縷織造局如此重要的位置上，起來吧。」

孫寅把王綠亭攙扶起身，淡然道：「綠亭，殿下說的是真心話，以後放心做你的金縷織造，別覺得愧疚我。事已至此，孫寅也說句心裡話，我的性命在見過殿下之後，其實已經被丟在刀俎之上，未必能保得住，不出意外，十有八九就要死得悄無聲息。唯有孫寅一死，對你王綠亭，對北涼，對朝廷，都有了交代。當時你綁我來陵州，問我為何像慷慨赴死一般，根源就是如此。」

徐鳳年望向孫寅，「我能讓一身屠龍技得以有機會施展，但不敢保證是十年、二十年，還是到最後都沒有辦法成事，不過對你孫寅而言，可好歹總算是有一線機會，你要不要跟我做筆大買賣？」

不像那如喪考妣的王綠亭，孫寅始終坦然處之，笑道：「如果是今天之前，孫寅打死不信，不過此時此地，願意洗耳恭聽殿下見解，如果孫寅覺得有賺頭，這筆生意就做了。反正孫寅就一條命，一肚子不合時宜的學問，怎麼虧也虧不到哪裡去。」

單獨出現的徐鳳年轉身就走，孫寅慢慢跟上，手腳軟的王綠亭只能靠著牆，大口喘氣。

站在原地的王綠亭本以為孫寅生死未卜，最好的情景也不過是留下一條性命回來，沒有料到孫寅才過了一炷香工夫就笑著反身，雙目炯炯，神采奕奕。

孫寅握住紫金王氏年輕家主的手，笑道：「綠亭，這是此生你我最後一見了。」

王綠亭愴然道：「殿下仍是要你死？」

孫寅搖頭笑道：「下策。」

王綠亭鬆了口氣，「莫不是要你做他心腹幕僚，以後為殿下出謀劃策？」

孫寅仍是搖頭，「中策。」

已經嘗到言多必失大苦頭的王綠亭臉色陰晴不定，知曉他所想的孫寅還是笑道：「仍是上策而已，殿下又一次讓孫寅有了一次意外之喜。綠亭，你別多想了，你想破腦袋都想不出來的，若非如此，如何騙得過張巨鹿這些洞燭幽微的老狐狸。」

王綠亭使勁握住孫寅的手，笑道：「我才不去庸人自擾，你過得好就行。那王綠亭就在北涼靜等你去京城那邊連中三元了，到時候天下誰人不識君！」

孫寅低聲道：「我先前隔岸觀火，閒來無事，在腦子裡有一份針對北涼局勢的長短六策，走，回住處，孫寅這就給你寫出來，有了這份東西，你做個金縷織造就名正言順了。之後還有些有關朝局走勢的粗略腹稿，一併寫出給你，到時候你稍加雕琢潤飾，以後未必不能做到陵州刺史這一步。我明日就要回到黃楠郡，你得留在州城，今夜你我二人徹夜長談，如何？」

王綠亭笑道：「我習慣了與小娘子同床共枕，我要是睡過去，小心我對你動手動腳。」

孫寅哈哈大笑。

王綠亭從未見過孫寅如此舒心大笑。

◆

另一座小巷，徐鳳年跟徐北枳並肩而行，身後跟著裴南葦。

徐北枳緩緩說道：「按照兩人身邊諜子傳來的消息，孫寅所學，是罕見的屠龍術而非乘龍術，我爺爺先前有過這類想法，零零散散跟我說過，只是不敢付之書梓。你真捨得他去京城當一枚說不定一輩子都用不上的棋子？」

徐鳳年笑道：「離陽朝廷自英華殿大學士唐屠、蘇起，傳至老首輔劉仰厚，再至當今首輔張巨鹿，不管治理朝政的手段如何更改，不管是劉黨還是張黨，藏在深處的根骨意旨，其實一脈相承，薪火相傳，像那當年薊州韓家跟內閣第一人的劉仰厚，恩怨糾纏，老首輔沒能拿下韓家，衣缽傳到張巨鹿手上之後，一有機會，就跟皇帝借刀殺人，株連九族了韓家。

廟堂黨爭，最重傳承，跟世族門閥是差不多的德行。如今的戶部尚書王雄貴，明面上是碧眼兒的頭號門生，可我師父說過，王雄貴格局不大，遠遜張巨鹿，皇帝和元本溪估計樂意讓王雄貴接手張黨，卻絕不會讓他當上首輔。

張巨鹿和桓溫也看得清楚這一點，以張巨鹿的個性，不怕死後被秋後算帳，就算滿門抄斬，也不會心軟，帝王心術的卸磨殺驢，用起來肆無忌憚，哪一朝、哪一代沒有一、兩頭肥驢被宰？張巨鹿怕就怕他的執政策略，到時候被朝廷更弦改轍。

當初師父放任晉蘭亭去京城，就是知曉此人不堪大任，未嘗沒有陰一把張巨鹿的心思，不過如今姚白峰在國子監公然訓斥晉三郎，我估計張巨鹿也有些警惕了，說不定已經著手準備換一人，來輔佐未來要掌舵張黨的王雄貴。孫寅這一去，正好。當然，孫寅的用處，遠不是如此簡單。當務之急，眼下北涼要做的，就是讓孫寅去京城去得十分辛酸坎坷，這樁天大祕事，我打算繞過梧桐院，讓褚祿山親手來全權處置。」

徐北枳笑道：「怕梧桐院經驗不足，還是說怕二郡主太過勞心勞力？或者是去年打了一棍子褚祿山的游隼，新年就打賞一顆棗子吃了？」

徐北枳突然看到徐鳳年神情冷漠，他是何等玲瓏心思，心中一驚，不再玩笑。

徐北枳心中哀嘆。

好不容易處心積慮給朝廷來了手火上澆油，北涼自家也沒逃過一場雪上加霜啊。

徐鳳年突然自嘲笑道：「當個世子殿下和陵州將軍就這麼累了，你說去當家天下的皇帝，得是何等做牛做馬？」

徐北枳笑道：「一個會識人用人的皇帝，其實沒你想的那麼勞苦。」

徐鳳年轉動指間的那枚銅錢，一笑置之。

韓嶗山快步行來，輕聲稟報道：「殿下，得到消息，一對不知底細的主僕，由陵州寒食郡入境，揚言要會一會拎得第五貉頭顱回涼州的殿下，寒食郡出動了兩撥四百餘官兵甲士，都沒能攔下。殿下，這是那對主僕的畫像。」

徐鳳年一頭霧水，接過兩幅畫有相貌的紙張，紙上寫有詳細情狀，看完之後遞給徐北枳，笑道：「這哥們兒牛氣，大冬天的拎著一把桃花美人摺扇，說是要繪盡胭脂正、副兩評上的二十位女子，真是怎麼風流怎麼來。橘子你瞧瞧，長相也是那種很能讓女俠動春心的俊逸，比你還強上幾分，你嫉妒不嫉妒？」

徐北枳疑惑道：「江湖上什麼時候多了這麼個人物？什麼境界？」

徐鳳年隨口說道：「敢這麼大搖大擺來北涼逛蕩，而且矛頭直指我徐鳳年，沒有一品境界不是找死是什麼。他既然提及了第五貉，口氣頂天大，那估摸著該是指玄境界了。」

韓嶗山輕聲詢問：「殿下，徐偃兵不在陵州，我若是離開州城去攔截此人？」

徐鳳年冷笑道：「不用你去，就看看他有沒有本事來州城，來了，再看看他有沒有本事活著離開。」

跟徐北枳、裴南葦一同坐入停在巷外的馬車，徐鳳年摘下貂帽拿捏在手上，愉快笑道：「樹大招風，你遠風波，扛不住那風雨自來。不過還真沒想到，以前他們來北涼惹是生非，都是衝著徐驍來的，如今竟然有人願意挑我來當墊腳石，看來幾趟江湖沒白走啊。這位搖扇子畫美人的風流子，道行高低不好說，眼光真心不差。」

裴南葦偷瞥了一眼這位可勁兒往自己臉上貼金的世子殿下，結果一下子被捕捉到，徐鳳年把貂帽還給她，打趣道：「胭脂正、副兩評，北涼如今有四人，妳這個已經殉情老靖安王的裴王妃是其中一個，要是被他畫上桃花扇面，公之於眾，惹得朝野震動，本世子就要吃不了、兜著走了。這哥們兒真是挑了個好時候，如果徐偃兵、韓嶗山任何一人可以脫身，就沒他什麼事情了，直接揍成豬頭丟出北涼。」

徐北枳輕聲道：「可以趁機讓陵州軍政兩座官場都動起來。」

徐鳳年自是一點就破，略作思量後點頭道：「有道理，咱們跟那對主僕來場貓鼠捕殺，陵州掌權校尉、都尉都參與其中，加上官府兵房、刑房，還有游隼鷹士負責盯梢監視，共同編織出一張大網。這傢伙不是想著出名嗎，我就遂了他心願，白白送給他一個揚名立萬的大好機會！給他機會，就看他有無本事接下燙手山芋了。有沒有指玄境，一試便知。而且陵州武官的治軍水準，他們手裡頭的刀鋒是銳是鈍，差不多也可以被這塊送上門的磨刀石給大致磨出來。橘子，你這麼一說，我都有點不捨得太快殺他了。」

一直當啞巴的裴南葦終於首次出聲，柔聲笑道：「殿下真是生得一副好心腸，對治下百姓如此，對擅權武官是如此，連無親無故的外地人也不例外。」

徐北枳開始閉目養神。

對於這個被徐柿子專門用來噁心年輕靖安王趙珣的花瓶女子，他沒有半點好感。

徐鳳年沒有理睬言語挖苦的裴南葦，仍是不讓徐北枳偷懶，說道：「你擔任陵州刺史之後，文官這邊別駕宋岩已經馴服，有包括金縷織造王綠亭在內的黃楠三個家族攀附於你，武將有韓嶗山擔任陵州副將，汪植跟你更是老相識，還有焦武夷出任陵州第三把手校尉，嗯，再加上一個跟你一樣從北莽投奔北涼的年輕人，他會跟焦武夷一起給你的刺史府邸當左右門神，差不多算是搭好了架子。

董越騎、黃兵曹這幫從邊境上退下來的功勳武人，暫時肯定會收斂幾分氣焰，也不奢望他們幡然醒悟就要對我做出死忠投靠的壯舉，畢竟他們一手造成的陵州積弊，已經容不得他們意氣用事，再說了，他們那幫沒挨過刀子、吃過苦頭的子孫後代，夾起尾巴做人，做不了幾天，遲早會舊態復萌，做長輩的，有幾個能狠下心往死裡跟後輩講道理。所以這幫本性難移的紈褲子弟，指不定相比從前的井水不犯河水，更加怨恨我這個把他們架到火堆上的可惡世子殿下。屆時走了我這個陵州將軍，就得由你來背黑鍋。」

徐北枳平靜說道：「就憑他們？」

徐鳳年小聲笑道：「反正陵州幾百頂官帽子都交給你了，陵州事務我以後半點不管，只是我不攔著你殺人，當然，估計要攔也攔不住，但是你能少殺點還是少殺。」

裴南葦想起了先前此人說要慢殺孫寅的酷烈陰毒，一點不懷疑新任陵州刺史會殺人不眨眼，而且肯定是殺人不見血不沾手的那種。這樣的讀書人，在青州在襄樊城，很少見，似乎直到她離開後，才出現一個。

到了杏子街，即使有貂帽遮耳的裴南葦都察覺到了外頭的異樣，不是太過喧鬧，杏子街除了深更半夜，正月裡就沒有不吵的時候，此時車簾外有著反常的安靜。

她掀起簾子一角，看到陵州將軍府邸外車水馬龍，文官武將都一個個穿著鮮亮公服甲冑，興師動眾得一塌糊塗，人人眼觀鼻、鼻關心，連相熟之間的竊竊私語都極少，彷彿是害怕被世子殿下誤以為朋黨貨色。

徐鳳年走下馬車，那班北涼徐家的四十餘臣子，竟是自動文武分列左右，隱約是一個小朝廷的森嚴氣象。徐鳳年看見了陵州治中周建樹大人，一個沒什麼名士風骨的文人，在文泉街，他的官職最高，可唯獨他跪到最後。沒有看到鍾洪武一系的越騎校尉董鴻丘和兵曹從事黃鐘，卻看到了沒有明確派系靠山的洪原，此人右手已經握不穩輕巧物件，故而那柄北涼刀常年懸在左腰。還有一些生疏面孔，不過看官服武袍，品秩都不低。

上一次周建樹等人進府，都得到了去殿下書房耳提面命的殊榮，這一次殿下只是說要設宴犒勞陵州諸位，不少人就沒那份運氣了，無形中自覺比別的官員高人一等的周建樹，跟著跨過門檻，差點偷笑得合不攏嘴。

將軍府邸大堂，從未如此燈火輝煌，光是稚童手臂般粗壯的紅燭就點燃了二十來根，宴席上不過是些粗茶淡飯綠蟻酒，年紀輕輕的陵州將軍高坐主位，獨自坐北望南。名義上仍是龍睛郡官員的徐北枳，跟今天進入州城的宋岩都坐在左邊最靠前的位置。

世子殿下的言辭不鹹不淡，沒怎麼故作高論，不過酒宴尾聲，眾人聽到殿下喊出宋岩的名字，就知道好戲上場了，頓時正襟危坐，望向那個緩緩起身的黃楠郡太守。

大家的眼神都很複雜，這個宋太守，不愧是經略使大人的得意門生，看風向比誰都準，乘龍術更是青出於藍而勝於藍。果不其然，世子殿下跟在座各位陵州父母官宣告了宋岩即將擔任陵州別駕，一時間道賀言語不斷，好似比祝賀之人自己當上別駕還要興高采烈。

宋岩疊手還禮一圈，瞇眼笑著坐下，哪怕一些個往年不對付的陵州官員，也沒有遺漏，看來宋別駕暫時還沒有要恃寵而驕的跡象。

放下酒杯後的徐鳳年手肘抵在紫檀椅子扶手上，相比下方諸位的刻板坐姿，身體微斜，就顯得有些輕佻隨性。若是以往，底下那些個猴精猴精的官老爺，也就要嘴上殷勤恭維，反正就是浪費些不要銀錢的口水，但是心裡就會不以為然。不過今天那場鬧劇過後，再沒有誰在私底下謾罵周建樹這傢伙是隨風倒的牆頭草，反而由衷佩服治中大人當初的遠見。

當官的之所以越來越圓滑，都是被恩師諄諄教誨過，被政敵坑慘過，被同僚飛黃騰達刺激過，給一點一點辛苦打熬出來的處世智慧。徐鳳年不等他們平復心情，就又給陵州官場砸下一顆沉悶春雷，「宋大人榮升陵州別駕是一樁喜事，還有徐北枳將出任陵州刺史，此事本世子已經與經略使大人商量過，李大人並無異議。」

周建樹第一個猛然站起身，使勁拍了拍公服雙袖，似乎是下跪上癮了，跪倒在地，腦袋朝向附近的徐北枳，沉聲道：「下官參見刺史大人！」

治中大人如此捨得老臉不要地給人帶了個好頭，那些在陵州跺腳震城的文武要員也就順勢紛紛拜見徐北枳，一些猶自不服氣的，告訴自己就當給世子殿下跪下了，絕不是跪拜那個北蠻子身分的外鄉年輕人。

一場酒宴盡歡而散，群官起身告退，徐鳳年和新任刺史大人都沒有動彈，陵州別駕宋岩就不得不負責起這份送客職責。等他繞過那堵恢宏影壁，走回官邸大堂，就看到世子殿下跟新晉刺史大人結伴迎面走來，宋岩快步迎上，徐鳳年輕聲笑道：「宋別駕恐怕要暫時在這裡暫居半旬，你的官邸還需要些時日和人手，去置辦物件和打掃乾淨，換成別人，隨便對付一下就行，可宋別駕是本世子請來州城的貴客，半點疏忽不得，還望宋大人擔待些。」

宋岩誠惶誠恐道：「殿下多慮了，非是下官自誇，而確是不計較這些身外之物。殿下真的不用在宅子一事上費心，下官又不是那兩袖清風的清官，這些年自己也積攢下一份厚實家底，陵州城內即便寸土寸金，也買得起稱心的住處，剛好趁機將貪墨銀兩一口氣全花出去，以後本官若是敢在陵州別駕的任上搜刮民脂民膏，煩請殿下派人抄家便是，就當給陵州賦稅做了些貢獻。」

徐鳳年笑道：「跟別人不能這麼說，跟你宋岩大可以坦誠相見。別的官員貪汙受賄，只要被我逮住，不說一定摘掉官帽子加以刑罰，總歸是要他們吃了多少就吐出來多少，不過你宋岩可以法外開恩，只要有功於陵州，收取銀子裝入私囊，不算什麼。

本世子不是那種眼睛裡揉不進沙子的苛刻之人，這句話今天就撂在這裡，以後徐北枳膽敢拿此要脅你，你盡可以找我訴苦，本世子一定給你撐腰。還有，之所以多此一舉給你置辦宅邸，不是想著收買人心，本世子還沒那麼空閒，你也沒那麼簡單就被我收買，只是不得已而為之。

黃楠郡青榮觀和蓮塘兩件禍事，你事後也知曉大概的緣由了，跟我這個陵州將軍走得近了，高官厚祿會有，但隱患也不少，所以你記得跟宋小姐提醒一聲，以後出城可以，但最好不要太過刻意隱祕，我怕陵州城裡的游隼鷹士萬一有所疏漏，就擋不下一些禍事了。當然，大體上陵州城內很乾淨了，我只是怕萬一，因為很多事情只要有了萬一，就什麼都沒了。」

宋岩疊手作揖，語氣沉重而激動，說道：「殿下如此厚愛宋家，下官定當傾盡全力輔佐刺史大人，為殿下排憂解難，為陵州百姓謀福祉！」

徐鳳年點了點頭，等宋岩抬頭後，笑問道：「宋小姐去隔壁那兒跟閨友相聚了？」

宋岩在自己地盤的黃楠郡上，還能跟世子殿下隱隱拿捏幾分架子，這會兒已經全無地頭蛇氣焰，畢恭畢敬答覆道：「殿下英明。」

徐鳳年一臉無奈，玩笑道：「宋別駕啊宋別駕，你才剛到州城幾個時辰，就已經心甘情願給本世子當奴僕了，有點名士風度行不行？」

宋岩一副天經地義的神態，閒適笑道：「要是哪天刺史大人再度高升，等下官順利接任，肯定還得再卑躬屈膝一些。」

徐鳳年欣慰笑道：「這就對了，這才是本世子想要的那個陵州別駕宋岩。」

徐北枳也抱拳說道：「以後有勞宋別駕了。」

宋岩趕忙還禮，「理當如此。」

道別之後，徐鳳年跟徐北枳繼續在府上閒逛，徐鳳年輕聲道：「如今陵州官員看待你徐橘子，就跟當初他們看待我這個陵州將軍一樣，興許你還要慘點，好歹我是占據北涼正統的世子殿下，你則是個無法信賴的北蠻子，要不是如此，我也不會一口氣幫你找來那麼多人。柿子、橘子，難兄難弟啊。幸好我馬上就可以拍拍屁股走人了，你要是在陵州舉步維艱，我可不管你。」

徐北枳突然說道：「其實你可以一開始就把孫寅放在陵州刺史的位置上。」

第九章　李功德開誠布公　神祕客挑釁世子

聽到敲門聲，正在翻看一本前朝書籍《開元禮》的經略使大人抬起頭，輕輕放下書，整了整衣襟，平靜說道：「進來。」

那個熟悉身影推門而入，對李功德說道：「陵州將軍參見經略使大人。」

李功德神情複雜，這個以曲意諂媚功力爐火純青著稱於世的二品大員起身後，沉聲道：「世子殿下來得好，但是比起李功德心中預想，來晚了。之所以這麼說，證明兩封密信之事確是殿下祕密策劃，北涼需要這樣的北涼王，故有『來得好』一說。

來晚了，則是不滿殿下的婦人之仁，竟然在李功德僅僅遞出一封密信後，既沒有立即翻臉不認人，也沒有馬上拆信，知曉那封密信才是真信。這意味著這幾天殿下都在猶豫不決，哪怕誤以為李功德已經決心投靠朝廷，仍是不願痛下殺手。這樣的世子殿下，也就是當個陵州將軍、陵州刺史之類的，還算綽綽有餘，慈不掌兵，以後如何去驅使三十萬雄甲天下的北涼鐵騎？」

徐鳳年沒有反駁。李功德笑了笑，搬了兩張椅子出來，兩人對坐，與往常極不相同的經略使大人望著這張越發稜角分明的年輕臉龐，輕聲感慨道：「殿下，你可能要問為何李功德會多此一舉，既然明明沒有投靠朝廷，沒有被張巨鹿引誘，為何卻要故意藏下一封假信。很簡單，殿下此次精心布局，幾乎以假亂真，來試探北涼道文官之首的李功德，而李功德也想知道自己留在北涼，是否明智。殿下……」

說到這裡，李功德停下言語，不同於先前在書房那次，這回是發自肺腑的老淚縱橫，流淚不止，李功德也不去擦拭，緩緩道：「殿下來晚了，說明殿下不是那為了己身功業人人皆可殺的亂世梟雄，李功德心裡有遺憾，但更多的還是感激，翰林被我託付給這樣一個北涼王，便是哪一天真要他戰死沙場，李功德就算咬碎牙齒，也不會有半句怨言。什麼無毒不丈夫，李功德為官三十年，就沒見過有幾人真的喪盡天良，到頭來不遭惡報，哪怕死前尊榮，也都禍及子孫，上梁不正下梁歪，自古而然。

殿下手段陰沉，卻不失心善醇厚，跟大將軍如出一轍，這才是李功德真正想要的那個新涼王。真說起來，殿下可能不信，不是李功德老奸巨猾，一眼看穿了殿下的謀劃，而是李功德認定了大將軍的兒子不會虧待李家，不會對不住翰林，這才從沒有想過要去朝廷當什麼狗屁的一品權臣。

我若去了京城，翰林還不得跟我父子決裂，一輩子不認我這個爹？機關算盡，不過是為子孫謀福，兒子都沒了，李功德已經五十好幾了，當上了權傾朝野的廟堂巨宦，風光不了幾年就得進棺材，一個御賜謚號，有卵用！再說了，到人生地不熟的京城做官，能比得上在北涼當經略使舒心？李功德一輩子都在琢磨為官之道，鑽研攀附之術，古話都說了薑註定是老的辣，我不至於在這把歲數走出一步大昏著。

殿下，你放心，密信之事，李功德一輩子都不會跟翰林說起。這件事情殿下對北涼問心無愧，更不應該跟翰林為此生出嫌隙，就當李功德懇請殿下，以免翰林鑽牛角尖。殿下，到時候翰林就只能死在邊關了啊！如果殿下對李翰林一人問心有愧，李功德也求殿下為了翰林著想，萬萬不要將此事說出！」

從不曾跪過徐鳳年的李功德慢慢下跪，沉聲道：「殿下若不答應，李功德這就辭去經略使！」

徐鳳年將密信交還給經略使大人，平靜道：「李叔叔，徐鳳年向你許諾一事，若是將來仍有機會在臨終前交代遺言，就會承諾只要有徐家榮華一天，不論之後李家子弟是否忠於徐家，哪怕犯下謀逆大罪，都會保李家一個平安，徐家絕不舉刀殺人。」

李功德身體顫抖，低頭哽咽道：「老臣先行謝過殿下大恩！」

門口李負真看到父親跪地一幕，尖聲道：「徐鳳年！你要做什麼！」

被世子殿下攙扶起身的李功德喝聲道：「真兒，不得無禮！」

徐鳳年笑道：「李叔叔，要跟你告罪一聲，從今日起徐北枳便是陵州刺史了。」

李功德擦了擦臉龐，嘿嘿笑道：「這算什麼了不得的大事情，不值得殿下親口告知。」

「還有，翰林已經安然返回幽州。」

徐鳳年低聲說完這句話就告辭離去，跟李負真擦肩而過。

心中狂喜的李功德小心翼翼藏起密信，對女兒瞪眼道：「不知輕重！」

李負真憤怒道：「爹，你是北涼道經略使，你跪徐伯伯，你對徐伯伯溜鬚拍馬，女兒何曾廢話半句？可他徐鳳年不過是個陵州將軍，這還沒世襲罔替北涼王，就要讓你下跪，他憑什麼？口口聲聲『李叔叔』，嘴上好聽，他何曾真心將你當成長輩對待了？」

李功德眯眼死死盯著女兒，微笑道：「憑什麼？就憑世子殿下在陵州翻雲覆雨，就已經讓爹這個經略使大人捉襟見肘，手忙腳亂。就憑他敢在北涼軍中拿鍾洪武這塊硬骨頭第一個下刀子，而不是揀軟柿子捏徒增笑柄！就憑他活到了今天！」

李功德看到女兒委屈得淚流滿面，有些心疼，放低嗓音，走近到她跟前，幫她擦拭淚水，被李負真撇頭躲過，經略使大人嘆息道：「爹何嘗不知他以前沒把爹真心當長輩，再者爹當初一樣沒有將他當作世子殿下，不過以後都會不一樣。妳啊，就別跟爹賭氣了。天底下女子做的最蠢事情，就是『賭氣』二字。」

李功德似乎還是覺著說話說重了，輕聲笑道：「真兒，今天對李家來說是雙福臨門，比爹當上經略使還來得高興，跟爹喝一杯？」

李負真默不作聲。

老狐狸李功德漫不經心道：「爹新近知曉了些殿下去北莽的細節，唉，可惜翰林那孩子不在，爹無人可以訴說啊，要不真兒妳勉為其難聽聽爹的絮叨？否則爹一個人喝酒也著實無趣。」

李負真「嗯」了一聲。

◆

陵州治中周大人打道回府，走下馬車的時候仍是紅光滿面，周建樹那個坐騎白蹄烏被世子殿下一掌拍死的兒子周聰文，生怕老爹在將軍府邸慘遭不測，在門口翹首以盼了半個時辰，見到父親一臉喜氣後，吊在嗓子眼的那顆心才算放下，正要開口詢問，周建樹笑咪咪道：「回府裡說話。」

父子二人落座後，周建樹揮手驅散幾名善於服侍的水靈奴婢，扯了扯官服領口，周聰文匆忙問道：「爹，這趟入府，那人怎麼說？咱們周家會不會被記恨？」

周建樹皺了皺眉頭，不過既然當下只有父子二人祕密私語，也就懶得在世子殿下的稱呼上跟兒子教誨，慢悠悠說道：「怎麼如此沉不住氣，爹往日是如何跟你說的，笑臉笑言，平心靜氣，才能做成大事、當上大官。爹不跟你賣關子，文泉街一事，陵州將軍府邸那邊根本沒有要追究的意思，殿下所謀甚大，沒工夫跟這幫不知好歹的軍伍莽夫勾心鬥角。酒宴上，殿下隆重推出了黃楠郡宋岩和龍晴郡徐北枳兩人，分別擔任令人咋舌的陵州別駕和陵州刺史，這是好事也是壞事。爹考校你一番，你說說看好壞在哪裡。」

對官場傾軋並不陌生的周聰文開始仔細斟酌，沉默許久，說道：「好事在於爹是最早一批走入將軍官邸的官員，新任刺史別駕二人不看僧面看佛面，想要拿捏爹這個陵州治中，也得掂量掂量殿下的眼色，新官上任三把火，似乎怎麼都燒不到爹頭上了。壞事是殿下不跟董越騎那幫老匹夫秋後算帳，那他們的位置暫時就還牢固，爹在陵州軍方裡拉攏培植起來的人脈關係，在這場陵州風波裡按照爹的授意，大多數都尉一直隱忍著當縮頭烏龜，看來是沒機會趁勢上位了。恐怕回頭爹還得跟他們做些彌補，以便安撫他們，少說就是幾百兩、上千兩銀子，這回過年收禮不少，可原本送出就占了七、八成，如此一來，咱們家算是澈底沒有收成了。爹當官以來，過年不掙錢，可是頭一遭啊。」

周建樹撚鬚微笑道：「不錯、不錯。銀子什麼的，爹向來不太在乎，只要繼續當官，該落入囊中的，怎麼都不會少。很多蠢貨哪怕家底不薄，可一旦見著白花花的銀子，就跟餓漢子見著俏娘們兒一樣，吃相太差，無異於捨本逐末，在官場上走不長遠。」

周聰文憤憤譏諷道：「那董越騎三人還真是可笑，那人不過是說了一句話，就一個跪、一個哭、一個打，這幫沒讀過書的將種，也不嫌丟人現眼。不過總算知曉見風使舵，可就是太過生硬，遠不如爹這麼沒有煙火氣啊。」

被兒子拍了一記馬屁的周大人越發笑臉燦爛，嘴角勾起，「這些匹夫仗著積攢下軍功就成天鼻孔朝天，別看爹往日裡與他們和和氣氣，其實哪裡看得起他們半點。別人不說，就講那個兵曹從事黃鐘，到今兒翻來覆去，也才知道包括寫姓名在內那十來個字，就這老兒能治理好陵州政事？他四個兒子，一堆孫子，就沒一個有出息的，欺男霸女，無惡不作，關鍵是做壞事也就罷了，還做得那般明目張膽，這不是伸著脖子去求徐家砍腦袋嗎？也虧得是殿下還念著舊情，懶得計較，換了別家主子，早給剁掉頭顱串成糖葫蘆來立威了。」

周聰文冷笑道：「這個陵州將軍也太心慈手軟了，換成是我，早就在陵州殺雞儆猴，死他幾個將種家族幾百號人，反正都是死有餘辜的貨色，到時候看滿城驚懼，誰不服氣！還能在愚昧百姓那邊弄個好名聲。」

周建樹朗聲大笑，隨即收斂笑意，沉聲道：「這段時日，你不要出府露面了，殿下馬上就要離開陵州，然後你再去跟那幫將種子弟相聚時，記住，只許說殿下的好話，誰若跟你反駁，你就跟他們當場翻臉！」

周聰文猶豫了一下，笑道：「就聽爹的，那群跟我稱兄道弟的將種子弟，以前還能有些用處，越往後就越是值不了幾個錢，遲早都是要跟他們翻臉的。」

周建樹一臉欣慰。

◆

董府，在文泉街上丟盡顏面的董越騎閉門謝客，董貞就眼睜睜看著她這個在鍾大將軍面前都能談笑風生的父親，意志消沉，穿上了衣衫，不再袒胸露背，卻始終對著那身越騎校尉的甲冑發呆。

董貞幾次勸爹吃飯，都不聽，飯食只得熱了一遍又一遍。

原本還有些倔強不願認錯的董貞，哭著跪在父親腳下。

董鴻丘重重嘆息一聲，伸出一隻布滿老繭傷疤的右手，當年哪怕睡覺，也要雙手抱著那柄北涼刀才能睡安穩。

董鴻丘摸了摸女兒的腦袋，輕聲道：「妳以為六百老卒恭送世子殿下出北涼入京城，爹是睜眼瞎？是爹不願承認而已。妳以為市井傳言世子殿下獨身闖蕩過北莽，是爹打死都不會信？只是爹不願意相信而已。不光是陵州，整個北涼跟爹一樣的舊將武官，都差不多。可爹今日下跪，仍然不是跪那年輕世子，是跪大將軍，跪那些已經戰死的北涼袍澤。如果不是今日卸甲，連爹自己都忘了身上有多少箭傷刀疤了。

還記得爹以前是怎麼跟妳說的嗎？爹之所以投軍，把腦袋拴在褲腰帶上去跟人拚命，不是爹吃飽了撐的，爹的祖上也是當官的，官還不小，妳太爺爺是北漢的御史中丞，妳爺爺也當過縣令，那都是有口皆碑的清官，後來全家都給趁著局勢動盪而作亂的匪寇殺光了，他們殺紅了眼，見著當官的就殺，根本不管是好官壞官，像是只要殺了當官的他們就是好人。

剛投軍那會兒，爹也只是覺得投了賞罰分明、軍律嚴苛的徐家軍，有盼頭，多殺些濫殺無辜的匪人，既能報仇，說不定還能重新讓董家揚名青史。可能有些事情，爹從沒有跟妳說過，以前是覺得沒有必要，女兒家的，連大將軍當年都說過子要窮養、女要富養，既然妳有個當官的老爹，那生下來就是好好享福的命，爹也就不跟妳嘮叨那些言語。

今天這場變故，爹才知道自己是錯了，爹年少時家規仍在，小時候就知道瞧不起那些仗勢凌人的權貴子弟，為什麼一眨眼，自己的女兒，就變成了爹不喜歡的人物？妳記得在咱家長大的孟雅吧，是妳孟伯伯的遺孤，本來定了娃娃親的，可妳死活不願意，嫌他沒有功名、沒有家世，爹哪怕背信棄義，為了妳也認了。

當初如果不是妳孟伯伯替爹擋下西蜀春山關那背後一刀，恐怕就是換成妳寄人籬下二十年了。說這個，不是勸妳嫁給孟雅，而是想告訴妳，市井出身的孟伯伯在沒死那會兒，就常跟我說以後他要是當了大官，一定要當個不欺負百姓的好官，誰敢在他轄境內為非作歹，他見一個、殺一個，如果大將軍不答應，他都敢罵大將軍。

嘿，有一次他跟爹這幫老部下吹噓得正帶勁，被巡視軍營的大將軍逮了個正著，妳孟伯伯那時還是個小都尉，嚇得差點尿褲子，妳猜怎麼著，大將軍非但沒有教訓這個口無遮攔心比天高的小都尉，還蹲下來跟咱們一起嘮叨家常，說妳孟伯伯以後當官了，肯定是好官，大將軍還說他不捨得罵。貞兒，妳說說看，妳爹怎麼就變成了只要妳孟伯伯活著，肯定是他第一個要殺的王八蛋？」

在陵州驕縱刁蠻慣了的董貞只是哭，好似天塌下來，泣不成聲。

董鴻丘走到那具斑駁縱橫的老舊甲胄前，眼神落寞，低聲道：「貞兒，別哭了。爹帶妳去那座衣冠塚，妳給孟伯伯敬幾杯酒，如果爹沒有記錯，妳十一歲以後，就再沒有去過了。這些年妳瞧不上孟雅，他哪裡就瞧得上妳了？」

◆

徐鳳年回府的時候沒有再次翻牆，這讓眼巴巴守在牆下，原地苦苦守候的宋黃眉大失所望，很晚才從經略使府邸管事得知世子殿下是用腳一步一步走出宅子，宋大小姐驚呼一聲，跑出李府。

管事看在眼中，就有些嘀咕腹誹，這宋家千金也太冒冒失失了，比起自家安靜賢淑的小姐差了十萬八千里。管事隨即就有些遐想聯翩，北涼道都清楚翰林少爺跟世子殿下那是穿一條褲子長大的兄弟，如果大小姐能當上以後的北涼王妃，嘖嘖，加上老爺已經是經略使大人，那麼李家可不就是當之無愧的北涼第一大豪閥了嗎？老管事搖了搖頭，唉，可惜小姐竟然跟那姓郭的寒門子弟廝混在一起，一朵牡丹花插在牛糞上了嘍。

徐鳳年躺在涼亭長椅上仰視那片低垂璀璨的星空，對那個鬼鬼祟祟溜進涼亭的姑娘，視而不見。

那姑娘也真是位吃苦耐勞的女壯士，熬得住性子，愣是咬牙受凍了半個時辰也沒出聲。

徐鳳年坐起身，笑問道：「宋姑娘，找我有事？」

縮在亭柱旁邊躲避風寒的宋黃眉嚇了一大跳，隨後漲紅了那張並不太過美豔的臉龐，低頭捏著衣角囁囁嚅嚅，再沒有當初在黃楠郡太守府邸對他出劍阻攔的女俠風範。

徐鳳年也不讓她難堪，主動開口問道：「妳練劍多少年了？要不要我教妳幾手容易上手的劍招？」

徐鳳年問話過後，哭笑不得，那姑娘就盯著自己發呆，喃喃自語，碎碎念著好像是說世子殿下的那雙眼眸子比某人好看些，可她還是只喜歡那傢伙。

徐鳳年重重咳嗽了一聲，宋黃眉一屁股坐在另一邊長椅上，雙手摟住肩膀艱辛禦寒，很快恢復原本那直爽性格，嬉笑道：「殿下，我知道你是高手也是好人，我有個意中人，是黃楠郡一個幫派的外門子弟，叫竇陽關。他呀，這輩子最大的心願就是佩上北涼刀來娶我，可我爹似乎不太喜歡他，要不殿下慈悲，隨手送給那個叫竇陽關的一把佩刀，我爹保准不再反對！」

徐鳳年知道這姑娘肯定還不知道蓮塘幾乎死絕從陵州江湖除名一事，不過諜報上確實有提及逃掉了一個叫竇陽關的年輕人，是宋岩之女宋黃眉的情人。不光如此，竇陽關的祖宗十八代都給摸了個底朝天。徐鳳年當時就做了批示，讓鷹士對這人就此罷手。

一個才入蓮塘沒幾天的外門弟子，原本就可殺可不殺，既然跟宋家有這份牽連，就當送給宋太守成為陵州別駕的升官贈禮了。至於那個年輕人在逃過一劫後，是否記恨北涼，是否會立志為師門報仇，徐鳳年不在乎，整個離陽江湖，也沒有幾人能像那個搖摺扇的公子哥，有本事有望一路殺到他徐鳳年眼前，更多人，都是到死都沒有見過世子殿下一面。

如果說那人能夠脫穎而出，硬是讓徐鳳年再從諜報上看到他的名字，徐鳳年甚至不介意讓他知曉蓮塘張冊的北莽諜子身分，然後送他去邊境上磨礪一番。他既然想摸刀，從軍以後都能讓他摸到想吐為止。只是人心難測，天曉得這姓竇的小子到底會選擇走哪條路，至於竇陽關跟宋黃眉能否有情人終成眷屬，更不是徐鳳年關心的事情。既是不想，也是不可，如今的北涼，也許就數他世子殿下的光陰最為值錢。

徐鳳年收回思緒，笑道：「私人不得佩帶北涼刀，再說以你爹的眼力，會看不出竇陽關佩刀的真假？」

宋黃眉一副知足常樂的樂天性格，聽到世子殿下這麼說，只是一臉恍然，「哦」了一聲也就沒有再堅持。其實換成尋常一些稍加市儈的女子，若是有機會跟世子殿下獨處，那還不得可勁兒把自己折騰得花枝招展，逮住了世子殿下那就是寧肯錯殺不可錯放，要不然就是打蛇隨棍上，藉著女子身分，死纏爛打跟世子殿下討要些承諾。這恐怕也是徐鳳年樂意跟她隨口嘮叨幾句的緣由。

宋黃眉沒有打擾世子殿下，卻也沒有離開，坐在長椅上，慵懶地靠著廊柱，仰望星空。

徐鳳年是過來人，知曉這姑娘多半是思念那姓竇的江湖子弟了，就重新躺下閉目養神，在腦子裡仔細盤算陵州的收尾。

原本遠比幽涼兩州更為複雜的陵州官場，在經略使李功德表態以後，相信以徐北枳的能耐，哪怕仍有些掣肘，總算勉強打開局面，差不多是他離開的時候了，總不能總頂著陵州將軍的官帽子在這兒鳩占鵲巢。不過真要走的話，還得先收拾掉那個膽敢闖涼的年輕高手。

閉上耳朵的徐鳳年察覺到宋黃眉起身後，躡手躡腳輕輕離去，他輕輕一笑，等她走遠，打了個響指，對悄然出現的死士寅說道：「給陵州游隼知會一聲，動些手腳，打磨打磨竇陽關，如果此人太硬氣，就去掉些稜角；如果已是意志消沉，就讓他遇上一位貴人，別讓他早早失去了銳氣。」

死士寅正要離去，冷不丁聽到世子殿下笑問道：「要不我自去會一會那把桃花扇？」

春秋亂世，許多人為了避災避難，逃遁遠方，為了可以落地生根，不惜改名換姓，以至於朝廷訂立天下品譜，才知道雨後春筍般多出了許多含糊不明的新姓，不過像世子殿下身邊這位死士這樣乾脆連名字都沒有的，不多。這個彷彿沒有過去也沒有將來的男人，一如既往沒有多嘴一個字。徐鳳年擺了擺手，死士寅一閃而逝。

始終沒有睡意的徐鳳年就沿著小徑閒逛，一路數著燈籠，在猜測李息烽卸任之後，朝廷那邊是否答應王綠亭接任金縷織造一職，因為這個口子一開，淮南王趙英、靖安王趙珣還好說，權勢顯赫的燕剌王、恃寵而驕的廣陵王恐怕就都樂意藉著北涼的東風，去拔掉織造局這根肉中刺，想到這裡，徐鳳年笑道：「什麼肉中刺，眼中釘才對。」

走到官邸臨湖的北面，訝然發現才當上陵州別駕的宋岩坐在湖邊一塊石頭上，是從春神湖搬運到北涼道的大玩意，離陽上下附庸風雅的名士對春神湖中撈起的巨石青睞有加，再說就算是再平常的石頭，重達幾千斤，搬運數百里、幾千里，不貴也得貴了。

宋岩意態閒適，一腿伸直，一腿屈膝，一口一口灌著號稱半斤下肚便能燒穿腸胃的劍南燒春，等到徐鳳年走到巨石上，宋大人才回過神，等他想要起身致禮，世子殿下已經盤膝坐下，他再起身就有些不合適，宋岩大致摸透了身邊陵州將軍的性格脾氣，不去做那場面功夫，晃了晃黃泥酒罈，只是笑道：「殿下，見底了。」

徐鳳年笑道：「什麼見底，分明還有兩大口酒，捨不得就說捨不得。」

宋岩也實誠，哈哈笑道：「還真是捨不得，這罈子酒在地底下埋了七、八年光景，當時放了三罈子下去，李大人當上經略使大人後，喝了一罈，這趟來陵州，知道要升官發財了，加上也得離開黃楠郡，就想著把餘下兩罈子都搬來，忍著肉疼，也要送給殿下一罈，不承想去後院一看，就剩下手裡這罈了，一思量，就知道是那胳膊肘往外拐的閨女偷去送人了，把下官給愁得多了好幾根白頭髮，唉，女大不中留，家家戶戶都是如此。殿下，不要怪罪啊。」

徐鳳年玩笑道：「情理都給宋大人占去了，本世子還能說什麼。」

宋岩感慨道：「殿下這幾年不容易啊。」

徐鳳年沉默片刻，等宋別駕仰頭喝完一大口酒，輕聲笑道：「說出來你可能不信，我去北莽見過北院大王徐淮南，以及去京城面聖，兩趟出行，中間有很多波折，不過覺得最委屈的一次，還是第一次狼狽不堪的離家出走，在河州那邊遇上一個富家子弟倒提著一柄私買而得的北涼刀，硬是被那廝在腦袋上敲出一個大包。

要是當年在北涼，這類貨色，早就給我放狗咬死了，也是那會兒才知道有沒有徐驍這個爹在身邊，真是天壤之別。至於後來也吃過一些虧，不過約莫是被當成過街老鼠習慣了，也就不再難以釋懷。如果說什麼苦頭最苦，最難熬的就是上武當山之前的練刀，當時找了些亡命之徒給我當練刀的樁子，被馬賊頭一刀劃在身上，血肉綻放的那種疼痛，痛得差點就要滿地打滾，以至於當時都沒膽量低頭去看那道傷口，揭開疤繭的時候就對自己說別練刀了，好在當時咬牙堅持了下來，那以後便總是忘不掉，哪怕這幾年來有很多次命懸一線，的確是死去活來的遭罪，反而仍是覺得不如那一刀子來得記憶深刻。」

宋岩怔了怔，抬手提起酒罈子，嘆氣一聲，說道：「下官從不怕官場上的陰謀詭計，不過想著誰要是把刀架在脖子上，真要眼睜睜看著自己出血，十有八九也就顧不得什麼文人風骨了。手無縛雞之力，說的就是宋岩這些讀書人。」

說完沉默了一下，轉頭望著世子殿下，頗有感觸地道：「人生不如意之事七八九，苦事。」

徐鳳年望向湖水，淡然笑道：「終歸還能與人言一二三，幸事。」

宋岩默然。

徐鳳年說道：「宋岩，再去埋下三罈酒，七、八年後要是咱倆都活著，你就送我一罈，我還你一個不輸經略使的封疆大吏。」

◆

才坐穩陵州將軍位置的世子殿下走了，滿城譁然。

這讓那些品秩比起治中周建樹略低的州官站在將軍官邸外頭面面相覷，懊惱得不行，這些官老爺可真是滿肚子提了供品找不到廟裡菩薩拜的苦水，好在將軍官邸裡還暫住著一位陵州刺史和別駕，可惜新任刺史徐北枳大白天擺足了架子，發話拒不見客，只有苦哈哈等到黃昏的零散幾位官員不肯死心，被府上大管事孫福祿告知可以入府一敘，讓這些人一個個打了雞血般興奮，都覺著古語所謂精誠所至、金石為開，古人誠不欺我。

不過手上賀禮只有一份，將軍官邸的正主一走，裡頭的刺史別駕雖說官階差了足足一品，可一條過江龍、一尾地頭蛇，實在是都不敢怠慢，好在那年紀輕輕的刺史大人善解人意，跟別駕宋岩一起在大廳門外恭候諸位大人，給足了顏面，賀禮自然仍是送給已經離開州城的世子殿下，那位徐刺史也不愧是殿下的頭號心腹，笑言等他有了刺史府邸，屆時再跟眾位大人討要見面禮，絕不手軟。

眾人見著氣質沉穩、神意內斂的徐北枳，都有種吃了一大顆定心丸的感覺，此子只要別藉著殿下的威勢在陵州大開殺戒，合著規矩做事做官，那麼一切好說，如今確是誰都不敢搗亂了，既然大夥兒皆是認命，對世子殿下服軟，那他們也就有了臺階下，不用擔心當那挨刀剮的出頭鳥，可以放心去幫著陵州新主人遞去柴火，把火焰燒得高一些旺一些。

他們看到徐刺史跟宋別駕不像是貌合神離，多次言語搭腔，顯得頗為默契，更讓在座幾位心生忌憚，雖說暫時仍不知經略使李功德是怎樣一個章程，可只要上頭這兩位聯手一段時日，哪怕是不長久的新婚燕爾，事後仍會不免勞燕分飛，但李大人想要在這個關口興風作浪，將軍官邸這邊最不濟也有一戰之力，不至於毫無招架之力，以後陵州局勢如何那好歹是以後的事，他們這幫五六七品的官員無非是見招拆招。

一起送走了這撥客人，宋岩抬頭看了一眼天色，笑道：「刺史大人，看架勢，又要下雪了，喝個小酒，一塊兒等雪？」

徐北枳搖頭微笑道：「才與隔壁那邊交割了陵州事務，一團亂麻，府上人手不夠，我是閒不住的性子，就不跟宋大人飲酒賞雪了。哪天真能閒下來再一起補上，到時候宋大人就算想逃也逃不掉的。」

宋岩笑著點頭，望著徐刺史的孤單背影，心想你徐北枳是要做離陽廟堂上趙右齡那樣「寵冠文武」的孤臣嗎？

◆

徐鳳年離開陵州州城，已經到達青蛇郡內，這趟出行沒有祕密行事，而是捎帶上了浩浩蕩蕩六百陵州精銳。

陵州實權校尉屈指可數，例如越騎校尉董鴻丘是鍾洪武舊部心腹，調動起來並不順暢，但是偌大一座北涼糧倉，不可能真的讓鍾洪武之流隻手遮天。

徐鳳年身邊的木訥男子，姓黃名小快，他爹死後，破例世襲了原本不像雜號將軍與尋常都尉那般可以父死子繼的實權校尉，校尉名稱也罕見，珍珠校尉，源於春秋戰事中黃小快的爹在突襲破城之後，將數千顆頭顱用繩索串起，掛滿四方城牆，就如同四掛鮮血淋漓的珍珠簾子，以此迎接馳援之敵，示敵死戰之心，之後更是守城有功，被徐驍許諾不論將來官至幾品，只要是在徐家鐵騎麾下當官為將，後代都可世襲功蔭。

黃小快果然在前年順利接過了珍珠校尉的軍職，只是在陵州始終被排擠孤立得厲害，在幾位手握權柄的校尉中最為勢弱。徐鳳年跟黃小快聊過幾句後，就知道他在陵州不吃香是有道理的，委實是太過一根筋，不識變通，便是見了他這位辭去陵州將軍仍是世子殿下的人物，依舊一板一眼，幾棍子打不出個屁，跟同為功勳之後的汪植相比，有天壤之別。

不過黃小快不知鑽營只懂治軍，反倒是讓徐鳳年對他心生幾分由衷的欣賞，在陵州見多了滑不唧溜的腹黑官員，見著他黃小快，就跟嘗過了一桌桌油膩山珍海味，突然端來一碗清爽的白粥，自然很對胃口。

六百騎兵在驛道上向東馳騁，其間不斷有諜子和斥候回傳軍情資訊，任是黃小快這樣不諳官場攀附的死板校尉，也有些驚奇。原來不光是他手中六百騎兵趕往青蛇郡、東風郡的交界處待命，還有幾支別郡兵馬也聞風而動，似乎是要撒網圍剿一對主僕，以數千兵馬針對兩人，殿下這是不是有些太過興師動眾了？不過黃小快不敢對此置喙，本以為殿下在陵州孤掌難鳴，不承想一掌翻覆間，整座陵州官場就趴在地上大氣不敢喘一口，對混跡官場向來沒什麼天賦的黃小快越發佩服得五體投地。

徐鳳年身後有光杆子的陵州副將韓嶗山，馬隊中有一輛馬車，呼延觀音已經被送往清涼山王府，只剩下一位仍是逛蕩沒過癮的裴南葦。

她時不時掀起簾子，看到不遠處縱馬前行的那個人，裴南葦眼神晦暗，擱在三年前，北涼世子如此在陵州境內大動干戈，落在官場老狐狸眼中，那就是小孩子過家家，是一場徒惹笑話的幼稚行徑，可如今卻是沒幾個還敢持有這份倨傲態度了，大多私下覺著這位未來北涼王，即使仍是比不上那位以後恐怕要離開京師就藩西蜀的陳尚書，卻也懸殊得不算太離譜。

徐鳳年在一處驛路南北交叉口停下馬，很快有一匹極為雄壯的青騅馬，這一騎分明是單槍匹馬而來，仍是給人馬蹄踩地如炸雷的錯覺。在黃小快的視野中，只見徐鳳年輕夾馬腹，緩緩前行。黃小快咋舌，那一手提槍的魁梧漢子並無身披官服或是甲冑，可見著身分顯赫的世子殿下也沒有下馬，那份說不清是武學宗師、道不明是疆場大將的氣度讓黃小快心折。

徐鳳年平靜道：「徐叔叔辛苦了。」

去幽州邊關外殺了一個來回的徐偃兵輕輕一笑，「北莽洪敬岩忍著沒有出手，否則還得多耽擱一些時日。」

徐鳳年掉轉馬頭，跟這位北涼繼老劍神李淳罡之後又一位足以奪魁江湖的大宗師，一起並肩策馬，忍不住好奇問道：「徐叔叔真要跟那天下前十的洪敬岩過招，勝算有幾分？」

徐偃兵猶豫了一下，淡然道：「五年之內，他死我活，畢竟如今我還占著一層境界優勢；以後不好說，那人跟南朝董卓一同被譽為北莽的『小拓跋』，天賦異稟，等他接近陸地神仙境界，大抵就只能同歸於盡了。」

徐鳳年點了點頭，董卓的「小拓跋」是指這死胖子的軍事才華，第五貉死後乘勢接管柔然鐵騎的洪敬岩，在天下第一大魔頭白衣洛陽離開北莽之後，已是當之無愧的北莽武道第二人，據說拓跋春隼進入一品境，目中無人，第一個挑釁的就是這位柔然之主，輸得很慘，不過越挫越勇，有了公之於眾的三年之約，揚言他拓跋春隼要三年破一境，每破一境就要跟洪敬岩打上一架，讓北莽朝野刮目相看。

江湖就是這樣殘酷，誰都可能淪為下一個風流人物的墊腳石，除了可以跟五百年前的呂祖一較高下的老怪物王仙芝，哪有真的什麼舉世無敵。江湖的美妙恰恰就在於這種殘酷無情，只是想要一舉成名，練劍的相對苦悶一些，不說李淳罡、鄧太阿太神仙人物杳無音信，可仍有許多劍道宗師俯瞰著天下劍林；練刀的略好，就只有顧劍棠這麼一道繞不過去的門檻，不打贏他們，很難自稱劍術刀法天下第一。

風塵僕僕的徐偃兵融入騎隊，小聲問道：「殿下可曾查探清楚那對入涼主僕的底細根腳？」

徐鳳年搖頭笑道：「是橫空出世的角色，以前都不曾聽說過半點蛛絲馬跡，不光是咱們北涼諜報不知所措，與許離陽趙勾也得落個失察的罪名。其實這些年離陽江湖，本不該如此寂寞，只是很多有望登一品的小宗師都給韓貂寺暗中宰殺，一些個追求逍遙的散仙人物，即便入了一品，與世無爭，依舊沒有能夠逃過韓生宣的血腥貓爪，基本上人貓每次奉皇命祕密出京，都得帶回一、兩顆鮮血淋漓的頭顱。

我實在想不通誰能逃過朝廷和趙勾的眼線，突然就以一品高手的身分浮出水面，不說那些風雨飄搖的二流江湖門派，便是龍虎山和吳家劍塚這幾家，也不是有人說一品就一品的，躋身二品小宗師就已經殊為不易，更別提鳳毛麟角的一品高手，太講規矩的成為不了此列頂尖人物，不講規矩的，都成了韓貂寺的手下亡魂，天曉得那廝是何方神聖，也真是不惜命，才一出世就吃了熊心豹子膽來找本世子的麻煩，看來是覺得我這世子是軟柿子好拿捏啊。」

徐偃兵問道：「需要我會一會那人？」

徐鳳年還是搖頭，「不急，如果陵州鐵騎都是不堪一擊的繡花枕頭，再讓徐叔叔收拾殘局。」

徐偃兵皺眉道：「既然是一品高手，就算是最低的金剛境界，那麼哪怕做不出一口氣殺光七、八百騎兵的壯舉，想逃出生天總是不難的。除非那人落在易於騎兵衝鋒的遼闊平原上，被多支戰陣厚實的騎軍圍住，而且還得是不讓其有片刻歇息的機會，否則很難解決掉。

當年西蜀劍皇鎮守國門，那是心懷必死之志的無奈之舉，才被我北涼鐵騎碾壓致死。此人假使有指玄境界，輔以一、兩種鍊氣士精通的天象感悟，無疑會更加難以捕獲。北涼軍當年馬踏江湖，對付江湖宗派，死的都是些不願捨棄根基去背井離鄉的江湖人，針對那些本事不弱的漏網之魚，也只能拿江湖出身的鷹犬去追捕圍殺。用大將軍的話說，那就是以江湖殺江湖。殿下這般調兵遣將，是想在陵州練兵？」

徐鳳年點頭道：「既然是一場貓抓老鼠的嬉戲，老鼠太肥貓太弱，也沒關係，反正被驅趕著出力的貓崽子多，在頭頂游弋盯梢的鷹隼也多，那隻老鼠總有打盹懈怠的時候。本世子就是要關起門來慢慢耗死他。先是層層阻截，讓他無法快速遊蕩推進，如果他想痛下殺手，一次次殺光殆盡再撤，那就得有陷入大規模甲士圍殺境地的覺悟。

陵州出動軍伍裡的大量斥候，配合老游隼和新鷹士，無非就是攔一攔這隻一品身手的老鼠，如果連這都做不好，死了也就死了，他們身後站著的都尉校尉，還要被本世子遷怒斥責。這次練兵，不管那對主僕是否殺人如麻，肯定都要死人。陵州官場沒殺人，本世子也憋了口怨氣，省得幽涼兩州的將士誤以為本世子只會動嘴皮子不動刀。」

徐偃兵笑道：「殿下，我身上這個陵州副將，還是早些拿走，光是聽到殿下這般九曲十八彎的官場門道，徐偃兵就頭疼。」

徐鳳年一笑置之，笑問道：「徐叔叔，給講一講一品四境？」

徐偃兵笑了笑，「光講沒用，殿下要是吃得住打才行。」

徐鳳年眼睛一亮，「那就不騎馬，跟徐叔叔跑著去青蛇郡、東風郡接壤處了？」

徐偃兵不置可否，手中普通長槍一掃而過，倉促應對的徐鳳年雙手在槍身上一拍，結果被當場砸落下馬，身形飄落在十幾丈外，徐偃兵高高躍起，同時抬臂一槍，一槍丟擲而出，氣焰雄渾，好似割裂天地。

但這名武夫身形竟是比那一槍更快到達狼狽的殿下身前，一腳踏在殿下格擋左臂上。殿下再度倒滑出去，恰好被那根劃出一道弧線的長槍槍尖所指，腰間那柄北涼刀鏗鏘出鞘，堪堪擋下這一槍之威，就被握住槍柄的徐偃兵一個抖腕，槍花綻放，徐鳳年淒慘得只能一退再退，可謂險象環生。

黃小快被這一幕驚嚇得臉色蒼白，以為這廝是刺客，正要調動兵馬解救世子殿下，坐在馬背上穩如泰山的韓嶗山平靜道：「無妨，下令繼續前行。」

六百騎都穿過了大半個青蛇郡，珍珠校尉黃小快仍是沒有見著世子殿下的身影，有點沉不住氣，若是殿下萬一有個三長兩短，他一個小小陵州校尉，提頭去見大將軍也賠不起這大罪啊。不過有陵州副將韓嶗山好言安慰，黃小快只能壓下滿腔煩悶，畢竟韓將軍還有個大將軍十幾年貼身扈從的殊榮身分，對清涼山王府大小事務知根知底，這才讓黃小快寬心幾分。

北涼不缺董越騎這樣坐享榮華富貴多年而迷失本性的將領武夫，但像黃小快如此感恩戴德恪守本分的老實人，也一樣不少。春秋戰事落幕不過一代人的光景，北涼這棟大宅子，有北邊的北莽蠻子院牆外虎視眈眈，勉強還算是戶樞不蠹，許多人還記得住自己或者是父輩身上那股子戰火硝煙的血腥氣味。

◆

一攤酒肆，外邊風雪如訴，鵝毛大雪簌簌落，年紀差了一輩的兩名男子相對而坐，要了兩壺極難入口卻很能暖胃的燒刀子烈酒，各自慢飲。

酒肆內酒客寥寥，桌上擱了一杆無纓長槍，讓酒肆掌櫃漫天要價的心思也淺了幾分，能在北涼道上堂而皇之攜帶兵器的江湖好漢，都不簡單。

掌櫃搗著手，不禁多看了幾眼那個衣衫襤褸的年輕公子哥，看著不像是窮苦人家，怎的在酷寒時分這般寒磣裝束出門，就不怕凍死街頭嗎？這直娘賊的撒潑老天爺，那可是每年冬春交際都有熬不過去的可憐人。

這一路被拾掇得淒慘無比的徐鳳年喝了口烈酒，通體舒泰。

對面徐偃兵緩緩說道：「百川入海，萬流歸宗。練劍練刀練槍，到頭來也就是鍛鑄那一股形神意氣，不過這類措辭說好聽點那叫提綱挈領，說難聽也都是些空洞的大道理，可是不說又不行。

徐偃兵當年離開師門闖蕩江湖，正值師兄王繡與春秋劍甲的李淳罡在江湖上高峰對峙，聽了許多讚譽，其中有一句是獨占春秋三甲的黃龍士所說，『可笑世人見識短，不知其中劍氣長』，是講述那李淳罡劍意充沛舉世無匹，一劍出鞘就是氣沖斗牛的恢宏氣象。起先聽著只當是有些文采的溢美之詞，後來真當自己由金剛步入指玄，才知曉此言並非無的放矢，招數不論是煩瑣至極還是返璞歸真，都要在『神意』二字前退避三舍才行，而天下神意種類細分下來，不計其數，如你我腳下的驛路，有許多條，其中又以劍意一路最為引人注目，因為走在這條路上的劍士，實在太多，成就了群峰迭起的景象，猶如一條綿延不絕的龍脈。

武人養意一事，就像官場上的養氣功夫，實則如出一轍。先前徐偃兵跟殿下提及『劍意』二字，並非要簡簡單單讓殿下棄刀練劍，而是有老劍神兩袖青蛇和劍塚養育飛劍的雄厚底子在，境界跌了，跌的不過是那內力，不妨礙意氣高樓平地起，尤其是殿下在桃腮樓斫琴有悟。人貓韓生宣能夠以指玄殺天象，便是他的指玄感悟，數遍天下高手，僅次於鄧太阿一人而已，這才讓他號稱『陸地神仙之下韓無敵』。

我輩武夫生死之戰，不是名士清談爭辯，咱們只會怎麼不擇手段怎麼來。為殿下所殺的西蜀草堂主人，就是例子，紙上談兵起來，恐怕能算陸地神仙了，可在真正在血水裡錘鍊過的拔尖武夫面前，不值一提，紙糊的老虎，一捅就稀爛。都說寒門不出貴子，溫柔鄉也出不了一流高手，這些人行走江湖，哪怕起點很高，花哨得很，不懂也不屑那些不合章法的野路子，對上同境高手，只有被羞辱的命。若非如此，生下來就有名師和祕笈的他們得天獨厚，怎就走不到江湖龍頭？

殿下讓徐偃兵倍感欣慰，就在於那趟北莽之行，把自己放在必死之地上，慢慢打熬境界，走得跌跌撞撞，可一旦到手，那都是實打實的東西，不像許多江湖世家聲名鵲起的晚輩後生，手裡祕笈無數，可曾有一本半本是他們自己撰寫出來的心血？一輩子亦步亦趨，步人後塵，如何成才？

我徐偃兵當初離開師門，一來是外姓子弟，不願跟師兄王繡爭什麼，二則也是不願自己坐井觀天，想親眼見一見外邊江湖的風土人情，親眼見一見出世入世的各路神仙。這些年跟師兄韓嶗山喝酒聊天，他也說入江湖晚了，才會滯留指玄境界多年，興許這輩子都無法躋身天象。當年師父四名嫡傳弟子，天資最高的不是我，也不是王繡，而是一個從未在江湖上出現過的吳金陵。他九歲入品，十二歲就已入二品，十七歲入金剛，天縱奇才，幾乎比肩當時破境之快堪稱天下第一的李淳罡，可至此之後，跟王繡爭奪師門掌門，經歷了一場生死戰，以慘敗告終，就失去了滿身意氣，跌境不止，終日酗酒，就在這個天氣裡，醉死在街上。」

徐鳳年笑道：「挺可惜的，否則咱們北涼就多出一位登頂巔峰的大宗師了。」

很少多愁善感的徐偃兵感嘆道：「江湖江湖，每次石子投下，起了湖水漣漪也好，激起江水巨浪也罷，肯定都會有人淹死在裡頭，指不定哪天就輪到自己。吳金陵若是像那龍虎山天師府的趙凝神，如今比我徐偃兵的境界只高不低。」

徐鳳年搖頭道：「有些人旁觀江湖還好，可天生不適合在江湖上混，這就如同朝堂上的那些狀元郎，其實沒幾個能混到二品大員，沒幾年就被風流打散，遠不如那些普通的進士及第。」

徐偃兵點頭道：「不信命不行，尤其是僥倖入了天象境界後，才知道虛無縹緲的氣數之說，絕非先輩用作唬人的荒誕言辭。」

徐鳳年一口飲盡碗中燒酒，放低聲音說道：「先前斫琴有悟，思來想去，也就是悟了『來去』兩字。」

徐偃兵興致濃郁，放下酒碗笑問道：「殿下此話怎講？」

徐鳳年雙手插袖，望向窗外凌厲風雪，眼神飄忽，悠悠然說道：「我曾偶然與王仙芝一戰，談不上如何酣暢淋漓，王老怪到最後關頭撐死也就使出七、八分氣力。這之後我獨處荒野，也不知是出竅神遊還是走火入魔，反正先是陸續在腦海中退散了山川河嶽諸多天下事物，那種感覺，妙不可言，好似天下盡握手中，卻能夠隨意棄如敝屣，比起人間帝王還要來得指點江山。

然後身無一件外物，百無聊賴，又將那些退散之物一件一件取回，只是這一散一取之間，對我而言，一開始就只是個看客，並未抓住什麼。直到桃腮樓幫人斫琴，記起斫琴所求的不平而鳴，加上當時所見宋念卿第十四劍，隱約感知到這地仙一劍歸根結底，是在為誰鳴不平。而我當年做了許多一擲千金敗家底的荒唐事，如今也不過是一件一件撿取回來。

但我要鳴不平事，卻不是為此，而是當時神遊萬里多地，收斂思緒前的最後一處，是置身九天雲霄之上，恍惚之間，像是看到蛟龍翻騰，行雲布雨，更有許多位仙人正襟危坐，位列仙班各處，不論雲卷雲舒，他們始終手持魚竿，無線無鉤，卻高高坐於眾生頭頂，一次次甩起魚竿，釣起了天下絲絲縷縷的氣運，尤其是北涼之上，提竿次數尤為頻繁，而那引吭高歌的仙人背影，我分明熟悉，卻偏偏記不起是誰。我有不平不得鳴，如何是好？所以我很想知道，若咱們頭上，真有人上人，有沒有法子去試一試斬龍殺仙人，才算解氣！」

哪怕是境界修為深不可測的徐偃兵，聽到這種口氣大到足以遮天蔽日的「瘋癲言語」，也有些瞠目結舌。

徐鳳年猛然起身，望向東方，「懸停在東海武帝城外的春秋一劍，終於動了。」

第十章 北涼道鐵騎四出 徐鳳年剝皮收刀

東風郡以東是折桂郡，一位風度翩翩的黑裘公子哥騎馬緩行，一柄白鞘長刀橫在肩上，雙手懶洋洋搭在劍身上，隨著馬背起伏不定，腰間玉帶插了一把摺扇，意態閒適。身邊有一名扈從沒有騎馬，身形矯健，跟在一人一馬後頭撒腳狂奔。

俊逸公子哥驟然停馬，回首望向遙遠東方，那健壯扈從小心翼翼詢問道：「公子，那北涼世子終於按捺不住了？」

公子哥如女子纖細白皙的十指輕輕敲打刀鞘，好似溫柔安撫鞘中名刀，笑容迷人，嘖嘖道：「還沒呢，不過隋斜谷那人那劍可算都吃飽了，準備跟王仙芝一劍決勝負。」

扈從咧嘴笑道：「公子，若那世子殿下果真宰了提兵山山主第五貉，可就不是善茬了，公子得小心些。」

公子哥白眼竟似女子媚眼流轉，「掌嘴！」

好心提醒的扈從立馬噤若寒蟬，一耳光狠狠拍在臉上，當場把嘴角拍出了猩紅血跡來。

公子哥這才心滿意足地繼續策馬前行，自言自語道：「世人都說武當上任掌教洪洗像是斬魔臺齊玄幀的轉世，我呢，跟那些被齊大真人所斬的叔叔伯伯姨嬸們，勉強都算是親戚，即便他們輩分跟我相當，可年紀擺在那裡。洪洗象不知為何自行兵解，既然那姓徐的跟武當山有一份大淵源，我不找他的麻煩找誰的麻煩，等本公子收拾了徐鳳年，在北涼待上一、兩年，差不多就可以遙領執掌逐鹿山了。讓一個來歷不明的娘們兒騎在頭上，這滋味不好受。本公子從沒有女上男下的癖好，先讓她跟徽山軒轅青鋒鬥出個結果再說，實在不行，我親自去一趟逐鹿山清理門戶也未嘗不可。雖說單對單，仍然不是那婆娘的對手，可帶上數千鐵騎，捎帶百位大內高手，便是那王仙芝，也能尋一尋他的晦氣了。這魔教啊，遲早是本公子名正言順的囊中物。」

扈從嘿嘿笑道：「公子便是坐龍椅也能坐得穩當！」

公子哥雙手鬆開刀鞘，刀鞘旋出一個大圓，以他這一人一騎為圓心，十丈之內雪花都給碾碎得稀稀拉拉。

扈從耳中清晰聽到馬上公子哥譏笑一句，「樂章，你好歹也是位金剛境的高手，還從人貓手底下逃過一劫，有點風骨好不好。帶你這樣的蹩腳貨色出門，很丟人的。」

那扈從滿臉諂媚笑道：「在公子身邊，跑腿打雜就是天大的榮幸了。」

公子哥撇嘴一笑，「看來我從顧劍棠那學來八成熟的方寸雷，就把你脊梁骨都打折了。」

扈從使勁點頭稱是。

公子哥仰頭望著漫天風雪，一臉無奈，「江湖無趣。」

◆

黃小快的六百騎都要進入東風郡，仍是沒能見著世子殿下的身影，哪怕陵州副將韓嶗山仍是老神在在的鎮定模樣，這位珍珠校尉也在馬隊停歇洗刷馬鼻的空隙，偷偷讓一名心腹斥候返回陵州州城稟報軍情，黃小快不知包括董越騎在內其他幾名校尉是否如此，反正他在城內有一隻老甲魚與他常年保持祕密聯繫，每年都能「巧遇」撞上幾面。

在暗處遠望的韓嶗山收回視線，瞧見那精銳斥候突騎遠去，心中對黃小快又多了幾分欣賞。

韓嶗山的武道修為遠遜名聲不顯的同門師弟徐偃兵，不過韓嶗山自認無望登頂江湖，就將更多志向放在了邊疆沙場上，這些年在大將軍身邊耳濡目染，對北涼格局也有了幾分獨到見解。天時地利人和，北涼地利一項，一直廣受詬病。但是在韓嶗山看來，北涼地狹物貧，民生不振，但這種弊端，未嘗不是一種幸事。

市井鄉野有個「窮出力氣」的說法，北涼四面樹敵，無形中也造就了北涼百姓的勇烈民風，相比富饒的江南，生長在窮山惡水的北涼人，真可謂人人彪悍不畏死，若非如此，北涼邊境上哪來的豐富兵源？再驍勇善戰的士卒，丟到了衣食無憂不見硝煙的安穩地方，消磨意氣軍心十幾、二十年，也就稱不上什麼悍卒了，這也是廣陵王趙毅不如燕剌王趙炳的重要原因。廣陵道位於朝廷版圖的腋下之地，燕剌道卻是如同那朝廷的右足，得天天行走，跟南疆蠻夷打交道，一個人的腳底板自然要比腋下肌膚要來得皮糙肉厚。

韓嶗山知曉自己只需等到殿下離開陵州，就要上位成為北涼道幽涼陵三州之一的實權將軍，離陽王朝正三品的品秩，與刺史徐北枳分掌軍政大權，況且他這個將軍暫時只像是打理北涼後院的人物，可等到那個欺師滅祖的師侄陳芝豹離京就藩西蜀道，就是一場不亞於邊境血腥殺伐的同室操戈。對於叛出師門的陳芝豹，身為師叔的韓嶗山談不上如何記恨，江湖有江湖的規矩，師兄王繡死得也不像外界設想那般憋屈冤枉。

韓嶗山想到這裡，啞然失笑，若是加上當年那個不幸夭折在金剛境的小師弟吳金陵，他們這一門，接連出了槍仙王繡、相較大師兄猶有過之的徐偃兵、他指玄境的韓嶗山、吳金陵和新儒聖陳芝豹，以後說不定還有個接手剎那槍的青鳥也要躋身一品，短短兩代人、兩個輩分，就湧出了六名一品高手，這可比什麼父子兩狀元一家三榜眼什麼的陣仗，還來得聲勢浩大了，離陽加上北莽，也就吳家劍塚與棋劍樂府能夠並肩屹立江湖。韓嶗山想著是不是去請殿下拉出王家這杆武術大旗，指不定能吸引許多江湖高手進入北涼投身王家，以後北涼軍旅未嘗不能出現一個校尉都尉滿地走的王家槍「王黨」。

六百騎在東風郡略作停腳，兵馬不入城，原地駐紮休憩整頓，黃小快僅是讓十幾精騎護駕那輛馬車，找了家上等酒樓以便讓那位女子更加舒心些。黃小快不在官場上蠅營狗苟，不是不懂，只是不屑與那些對不起身上北涼甲冑的同僚為伍而已，既然這名女子跟殿下關係深厚，而他們又不急於趕路，也就樂得順水推舟。

只是好事多磨，當黃小快在風雪彌漫的城門口見到馬車身影，後頭除了他麾下身著便裝的珍珠騎兵，不知怎麼勾搭來了一大群當地騎士，逃不過鮮衣怒馬紈褲公子見色起意的庸俗路數，還有一大幫江湖門派子弟蜂擁而至。

黃小快在馬背上狠狠吐了口唾沫，這幫兔崽子竟敢截和截到殿下頭上了？那幾名熬鷹鬥犬的膏粱子弟也有眼力見兒，猛然見到這輛馬車駛向佩刀披甲的黃小快這邊，立即勒馬，趕忙吩咐身邊幫凶不要胡亂造次。只是有幾騎縱馬狂奔，忙著給城裡那幾位公子搶娘子找樂子，一時間來不及停下馬蹄，

等到那輛裝飾簡樸的馬車跟黃小快等將卒相距不過二十步路程，才察覺到情況不妙，

正要掉轉馬頭，高坐馬背上的黃小快眼神陰戾，擺了擺腦袋，身邊一名膂力在珍珠騎軍中出類拔萃的弓箭手面無表情，從箭囊抽出一根羽箭挽弓激射，砰一聲，羽箭破空而去，透顱而出，釘入雪地，驛路旁一堆慘白積雪瞬間被這股鮮血潑出一堆鮮紅。其餘兩騎江湖子弟恨不得坐騎沒能多生出一雙馬蹄，仍是被一一射死，無一例外都是給一箭穿透頭顱，當場死絕。

在北涼轄境，誰敢跟實打實軍功傍身的將種比試豪橫跋扈？

黃小快面無表情地夾了夾馬腹，胯下那匹棗紅駿馬小踏前行。他摘下腰間北涼刀，用刀鞘指了指為首一名披裘的公子哥。那廝臉色陰晴不定，終於鼓起勇氣緩緩策馬出列，正要自報家門，把他爹的雜號將軍稱號說出來，以免被這名身披校尉甲冑的外地武將給大水沖倒龍王廟。

黃小快已經不冷不熱說道：「陵州將軍已經傳令陵州六郡上下，不許五騎以上結伴當街快馬，違者，初犯押入刑房鞭笞五十，再犯不論家世，父輩連坐，三犯就地處決！」

那公子哥心中不以為然，不過眼下三人命喪當場，又看到這名校尉身後兵強馬壯，陸續有騎兵，不像是一般行伍，只能乖乖嘴上賠笑道：「這位將軍，小子顧潤德今兒是初犯，這就主動去衙門投案自首，還望將軍息怒。」

黃小快停頓了一下，問道：「你叫顧潤德？東風郡洗武將軍顧雲石是你何人？」

公子哥心中一喜，忙不迭說道：「正是小子家父，不知將軍是？」

黃小快陰森森笑了笑，收起北涼刀放回腰間懸掛妥當，抬起手臂揮了揮。公子哥愕然之間，就又有一箭於風雪中激盪掠至，正當他自以為無緣無故橫死在家門口時，眼前一花，渾身顫抖，艱難地咽了咽口水，瞧見那心狠手辣的外鄉校尉身邊站著一個陌生年輕人，手裡握著那根原本應該索命的羽箭。

珍珠校尉黃小快迅速下馬，不光是他，所有珍珠騎兵都同一時間下馬站立，站姿如一杆杆插於雪地的標槍，畢恭畢敬，眼神熾熱。黃小快沒有喊出身邊世子殿下的身分，只是見到那隻呆頭鵝竟然膽肥到坐在馬上沒動靜，就要怒而拔刀親自殺人。

破敗衣衫遠不如顧潤德華美昂貴的年輕公子搖搖頭，把羽箭往後高高一拋，恰好丟給那名神箭手，對終於回過神滾落下馬跪拜在地的顧家大公子溫言笑道：「聽說過你顧潤德，以前跟一群雁州來的外地紈褲起過爭執，把他們收拾得挺慘，事後放話說不管是誰，敢到咱們北涼撒野，你見一個就往死裡教訓一個，可憐你爹為此跟一位雁州將軍私下賠了好些銀子。顧大公子，不知你這兩年還有沒有這份骨氣了？」

顧潤德抬起頭，腦子急轉，一邊在肚子裡猜測這人身分，一邊給自己打圓場找臺階說道：「有的有的，這都是跟咱們世子殿下有樣學樣。殿下說過同樣是當紈褲子弟，敢把矛頭對向外地的爺們兒，才能說是在紈褲這個競爭激烈的行當，當出了宗師境界。這回是顧潤德莽撞，打腫臉充胖子，想著給那位雍容夫人護駕一程，萬萬不是想做那搶人的惡劣勾當，只求著能讓馬車裡的夫人安然離開。」

顧潤德一直在察言觀色，當他看到那人笑著點頭，心中懸著的巨石終於放下，聽到那同齡人嗓音醇厚微笑道：「今天就算了，回城跟你那些狐朋狗友吱一聲，城中策馬，只准等同於常人奔跑，五騎以上當街擾亂百姓，不說什麼撞人，只要一經發現，就按照新頒下的規矩懲治。若有衙門膽敢包庇，一律剝掉官身，流放邊境衛所，以前可以銀子通神，以後不管用了。對了，顧潤德，記得跟你爹顧雲石說一聲，我以前小時候經常偷他的酒囊，這位洗武將軍若是還記仇，去涼州跟我討要便是。至於你顧潤德，如果有心不當禍害鄉里的小紈褲，就投軍好了，我給你跟身邊這位珍珠校尉求個情，算是幫你開個後門。」

顧公子啪一聲，重重磕頭在驛路地面上，「參見世子殿下！顧潤德謝殿下洪恩！」

顧潤德可是知道他這個爹，這輩子最大的榮光，就是給北涼王當近侍都尉那會兒，跟年幼的世子殿下有過這段香火情，這些年東風郡誰不知道洗武將軍成天把這樁小事掛嘴上，有意無意把這個當一面天大免死金牌？否則以顧雲石因傷早早退出北涼軍的淺薄底蘊，哪裡能讓郡守大人刮目相看，次次私人酒宴不但一次不落下主動遞帖邀請，還樂意把他老爹一個早已過氣的雜號將軍奉為座上賓？

顧潤德始終跪地不起，直到那位不像什麼陵州將軍更不像世子殿下的年輕人騎上一匹馬，率領那支騎軍快速消失在視野，這才滿懷後怕地緩緩起身。

顧潤德擦了擦額頭冷汗，因禍得福了！他猶豫了下，跟城內頭等幫派的哥們說了要拿出八百兩銀子厚葬三人。那傢伙其實早就嚇得魂飛魄散，惹上了那個漸漸在北涼道上立起滔天威勢的世子殿下，別說什麼撫恤銀子，不被滿門抄斬就萬幸，這會兒哪裡還敢伸手要那狗屁銀子，八百兩是一筆巨額錢財不假，可那也得有命花不是？一向吝嗇的顧潤德越是堅持要給銀子，這位混江湖的兄弟就越是膽戰心驚，誤以為顧公子這是要耍棄卒保車的官場手腕。

顧潤德難得大方一次，見那哥們兒一副死了爹娘的晦氣表情，也就作罷，拍了拍肩膀，皮笑肉不笑道：「劉哥，兄弟我這回得了殿下的青眼，以後就是披甲佩刀的北涼武人了，雖說多半不在東風郡廝混，不過你們黑水幫那些來錢的髒活，兄弟總不能再睜一隻眼、閉一隻眼，可別誤了我的前程啊。」

劉庭欣腹誹這將種子弟的翻臉無情，乾笑著說道：「兄弟知曉輕重，哪能耽擱顧老弟的錦繡前程，這就去跟幫主說清楚，別的不說，先將販賣人口的活計停了。」

顧潤德湊近了笑道：「從北涼外倒賣人口回來咱們陵州，還是大有可為的嘛，以後若是有機會，老弟我還會幫你們黑水幫在殿下那邊美言幾句。以往我爹頂多不管不問，心底是厭惡你們這幫江湖人的，以後嘛，肯定能照應你們黑水幫一二。你也曉得，我爹在郡守大人那邊也是能說上話的。」

劉庭欣馬上開竅，欣喜若狂，抱拳沉聲道：「這條財路，老哥拚死也要跟幫主求來一份四六開！」

顧潤德瞇起眼，低聲笑問道：「誰四誰六？」

劉庭欣恨不得自己搧自己一個大嘴巴，惱恨自己沒有說是五五開，竭力掩飾自己的肉疼表情，低頭哈腰笑道：「自然是顧老弟六，黑水幫四。」

顧潤德哈哈大笑，反身騎上馬，望向還要收拾殘局的劉庭欣，指了指自己，伸出四根手指頭，手勢示意自己只要四六的那個四。然後掉轉馬頭，再不敢快馬揚鞭，只是緩緩回城。

鬆了口氣的劉庭欣悄悄罵了句娘，感慨道：「咋這當官的，一個比一個會做買賣？躺著占了便宜還能讓人念他們的好，都是打在娘胎起就開始琢磨這生意經了不成？」

劉庭欣最後望向驛路盡頭，心想咱們的世子殿下的確是好身手啊，莫不是當真宰掉了北莽提兵山的第五貂？嘿，可得回去跟幫派兄弟們說道說道，老子也是近距離親眼見過世子殿下容貌風采的，嗯，就跟他們說自己當時離了殿下不過十步，不，五步！

◆

一男一女大體上相安無事，穿過東風郡，臨近折桂郡，徐鳳年跟裴南葦兩騎並行於一條幽深棧道，再往東行百里路程，就是被譽為「東禁東西」的天險潼門關，有「潼門關固則北涼固」的說法，是折桂郡境內當之無愧的首要關隘，有重兵把守。手握精兵六千的潼門校尉辛飲馬，無疑是北涼王極為看重的心腹將領，這次徐鳳年調動陵州各地兵馬離開駐地，潼門關則是一兵一卒都沒有去動，足以顯示潼門關在陵州的超然地位。

徐鳳年沒有讓黃小快的六百騎跟隨，而是先行繞道前往潼門關休整，只帶著裴南葦跟徐偃兵馳騁在這條只准軍馬踩踏的祕密棧道上。以往還有些官府衙內和將種子弟來這裡比拚良駒的馬力，如今一紙令下，都不想在陵州將軍離開之前撞到矛尖上去自尋晦氣。裴南葦之所以要走下馬車透口氣，緣於她出身書香門第，聽說過前朝那位詩家天子憑藉一首〈潼門吊古〉，在歷朝歷代邊塞詩中一舉奪魁，這才有了「折桂郡」的由來，前方山壁上據說還留有劍俠崖刻，她就有些心神嚮往。

徐鳳年雙手不扯韁繩，閉目凝神，任由戰馬撒腿前奔。裴南葦馬術平平，不過勝在不怕墜馬受傷，摘了帷帽，披了件紫貂大裘，騎乘一匹神俊黑馬，她這一幕在白雪皚皚中，不知該說是像隻輕靈蝴蝶，還是像一朵隨風雪飄搖的牡丹。

等裴南葦停馬仰頭見過了石崖上的模糊石刻，似乎也就那麼一回事，有些乘興而來、敗興而歸的索然無味，尤其是當徐鳳年跟她提及這條棧道，光是前朝兩百多年國祚裡，就在這兒附近前前後後交待了兩萬多具屍體，這讓裴南葦頓時毛骨悚然，再無半點閒情雅致。

天色近黃昏，頭頂便是不願停歇的鵝毛大雪，棧道死寂陰深，她顯然有些懼怕，只得沒話找話，放緩馬速，跟身邊男子問起了北涼諜子手眼通天，卻為何探究不出那對主僕的底細。

徐鳳年伸出手，積攢下滿滿一手掌的雪花，握出一顆小巧的滾圓雪球，漫不經心說道：「好的諜子，比那些驍勇善戰的校尉、都尉還要稀罕值錢，既要保證能熬住年復一年的寂寞，扛過一次次陰謀詭計，關鍵是需要始終忠心耿耿，還要能夠獨當一面，篩選出各種消息，最後再拿性命去傳遞回來，所以沒有五、六年時間打磨，出不來一個可以放心任用的合格諜子。

一些個老諜子，要麼說消失就消失，要麼直接投靠了敵方陣營，諜報難就難在諜子做事已經不易，更要考究一個人的韌性，不是誰都樂意幹這行的。以前在褚祿山手上，在北涼以外的諜子死士，離陽三十幾個州，整整二十多年，也不過培植出四百餘人，何況其中一半都需要放長線釣大魚，分攤到三十餘州兩百多個郡，每個郡能有幾個？而且去年為了那些士子順利赴涼，又損失了許多潛藏多年的珍貴諜子。

再說了，咱們北涼費盡心思剷除離陽北莽雙方的諜子，趙勾和朱魍也沒一日歇著，敵我三方，每年都要死很多人的。也虧得是褚祿山執掌諜報，換成任何一個人，北涼早就成了睜眼瞎。光有那說出去很嚇人的三十萬鐵騎，打不贏大仗的。那場南朝戰事，北涼鐵騎一路突進，很大一部分軍功，都得記在北涼諜子頭上。我上次去黃楠郡只顧著殺人洩恨，宰了幾個雙面諜子，事後我姐罵我是不當家不知柴米油鹽貴的敗家子，確實不冤枉。」

徐鳳年輕輕向遠方丟出那顆雪球，輕聲說道：「這個天下，實在太大了，要找出一個人，不容易。」

裴南葦瞥了他一眼，看不清世子殿下的表情，只覺得依稀有些不常見的落寞。

風雪呼嘯，離潼門關還有幾十里路程，擱在平時是不顯路長，這會兒棧道積雪厚實，馬蹄深陷，裴南葦即便披有溫暖貂裘，也開始覺得遭罪不輕，而且她的馬術在行家看來實在蹩腳。

徐鳳年看了眼天色，雪有越下越大的跡象，三騎又是逆風而行，可裴南葦執意要獨力風雪夜行，徐鳳年冷眼旁觀，當她的坐騎冷不丁一個馬蹄打滑，雙手已經凍冷麻木，無力攥緊韁繩的她，就那麼墜落在棧道上，打了一個滾，好在積雪綿軟，談不上受傷。

徐鳳年勒馬反身，伸出一隻手，她倒是硬氣，站起來後轉過身，伸手入了貂裘領口，藉著體溫焐熱雙手，咬牙上馬，繼續縱馬前行。徐鳳年也懶得出言譏諷，策馬加速前奔，擋在她那一騎前頭遮擋刺骨寒風。

等他們終於見到潼門關的巍峨牆頭和飄忽燈火，憑著一口怨氣堅持到底的裴南葦終於昏厥落馬，徐鳳年這才抱她上馬，快馬入城。

◆

潼門校尉韋殺青親自隨駕領路，把世子殿下領進了那棟沒有半點豪奢氣焰的樸實官邸。當裴南葦頭疼欲裂醒來，發現自己躺在一間溫暖如春的屋子，除了被雪水浸透的裘子已經被脫掉，衣衫尚是完好，像是在鬼門關打了一個轉兒的靖安王妃這才略微還魂幾分，轉頭看到屋子裡架起了一個火盆，那個背對床榻的男子正在煮酒，酒香悠悠彌漫，饑腸轆轆的裴南葦養了養氣力，穿上一雙嶄新暖和的靴子，坐在他身側，伸手取暖。

徐鳳年伸手指了指擺在凳子上的紅木雕花食盒，示意她自己豐衣足食，不過很厚道地幫她倒了一杯滾燙醇米酒。裴南葦揭開食盒蓋子，也不講究什麼風儀，埋頭狼吞虎嚥，喝過了那杯酒，又要了兩杯，很快就有濃郁倦意泛起，興許是放心不過他，忍著眼皮子打架，也不去床上睡覺。

其實兩人心知肚明，他們在打一個賭，在賭誰率先繳械投降。在這之前，也就是井水不犯河水，都不用她去故意擺出什麼貞潔烈女的姿態。裴南葦撐起眼皮子，斜眼望向他，他的臉龐被炭火映照得神采奕奕，他脫去了外衣，露出那件連裴南葦這種外行都瞧出價值連城的幽綠色軟甲，她咬了咬嘴唇，讓自己清醒幾分，嗓音沙啞問道：「你為何要練刀？」

徐鳳年略微失神，隨即搖了搖頭，語氣平淡說道：「跟妳說是好玩，說我曾經一心想做路見不平拔刀相助的英雄好漢，妳肯定不信。如果說是保命，妳又要說我身在福中不知福，無病呻吟。」

裴南葦自己倒了一杯酒，卻沒有像先前那般一口豪邁飲盡，而是拿溫熱酒杯貼在臉頰上，笑道：「你練刀的初衷，我更相信前者。」

她好不容易有了閒聊的興致，徐鳳年反倒是意態蕭索，淡然道：「明早還要趕路，妳睡妳的。放心，我坐夠了就會出門。」

裴南葦皺了皺極有天然媚意的好看眉頭，還是去床榻躺下，雙手捏住被角，許久沒有聽到動靜，又側過身，望向屋內那個背影。

沒過多久，他就拿鐵鉗撥弄了些灰蓋在炭火上，讓爐內木炭燒得慢些，然後起身輕輕離開屋子。

徐鳳年來到潼門關牆頭，徐偃兵和韋殺青都遙遙站在遠處，很識趣地不去打攪。

◆

大雪連綿下了一夜，晨曦時分，青山白頭。

一騎一僕從一路暢通無阻闖入了折桂郡，自從先前初入北涼邊境，震懾住了幾隊螻蟻般的官府兵馬，之後他們就如入無人之境，那名擁有金剛境實力的扈從忍不住問道：「公子，這北涼世子難不成嚇得躲起來了？想著高掛免戰牌，就真能萬事大吉？」

拿摺扇輕輕拍打手心的俊逸公子欣賞著沿路雪景，譏諷道：「樂章啊樂章，你真是用屁股想事的貨，當年韓貂寺不殺你，是不是嫌髒了手？」

健壯扈從低聲嘿嘿一笑，絲毫不敢還嘴。

公子哥一開一攏手中那把桃花美人摺扇，微笑道：「那位世子殿下還不至於膽小到避其鋒芒，不過本公子還真沒將他放在眼裡，還是更想領教領教白熊袁左宗的左手刀。世人只知道袁白熊是馬戰天下第一，可不知道他曾經跟顧劍棠切磋過刀法，那之後便換了左手練刀，想著哪天跟咱們顧大將軍討回場子。不過本公子想要見到那騎軍統帥的袁白熊，也不容易，陵州境內的那幾支北涼鐵騎再不濟事，還是不能小覷，就看那徐鳳年到底能擺出多大的迎客陣仗了。樂章，如果僅是幾百騎的小打小鬧，就由你擺平，記住一點，斷胳膊斷腿無妨，殺人就免了。」

金剛境僕役扭了扭脖子，如一串黃豆爆裂般咯吱作響，點頭陰笑道：「如果那世子殿下小家子氣，拿三、四百騎來隨便糊弄公子的話，陣形再厚實，也經不起我幾個來回衝殺。」

公子哥並沒有腰間「佩」刀，而是用一根朱紅長繩繫住那柄名刀，繩子另一端繫在手腕上，就那麼掛在馬腹一側，搖搖晃晃。

樂章瞥了眼那柄刀，眼神有些忌憚。

這玩意兒那可是跟天下第一符刀南華半斤八兩的同等重器。名字也不知是哪位前輩取的，半點都不上心，只是被簡簡單單稱作「過河」。

他樂章好歹是魔教鼎鼎大名的大人物。甲子之前，幾尊天魔去斬魔臺挑釁那位龍虎山大真人齊玄幀，結果非但沒能得以平分天下，反而都給宰殺殆盡，逐鹿山從此一蹶不振，江河日下。

二十年前他樂章作為魔教外山弟子，勉強算是第一流高手，尤其是躋身一品境界後，有些輕飄飄，拒絕了逐鹿山碩果僅存的一位年邁公侯的招徠，沒有入山封侯，而是帶著一夥手下擅自揭竿而起，自稱魔教首領，在武林中掀起一場不小的腥風血雨，尚未建功立業稱霸江湖，就被一身鮮紅蟒袍的大太監堵下，這隻人貓單獨而來，除了他，所有人都被剝皮抽筋，如果不是韓貂寺留他一命用作打探逐鹿山祕址，也早就難逃一死，只是逐鹿山之後再沒有要他入山。

樂章這些年如同過街老鼠，一直提心吊膽，生怕被人貓當成廢物做掉，等到去年京城傳來韓貂寺逝世的消息時，他才喜極而泣，正想著是不是重出江湖東山再起，結果給身前這名自稱來自逐鹿山的年輕公子哥打得認不清爹娘，甚至連顧大將軍的方寸雷都能使出，一些包括吳家劍塚和東越劍池在內的諸多不傳祕術，更是層出不窮，而他自己的幾招壓箱本領，只被那年輕人瞧了一次，就能夠隨手拿去化為己用，他樂章就算是一品高手又如何，怎能不驚駭？

樂章不得不服氣，天底下果真是有百年難遇的武學天才的。以前是王仙芝、李淳罡這些江湖前輩，以後多半就該輪到這位「過河」刀的年輕主人了。

那公子哥抬頭看見一頭游隼掠過，揚起迷人笑臉，自言自語道：「來得有些慢啊。」

◆

不斷有游隼在主僕的頭頂飛掠，樂章只是一介莽夫，並不熟悉行軍布陣，不太清楚這七、八隻軍隼游弋盤旋意味著什麼，只是清晰感受到一種黑雲壓城的冷冽氣息。

樂章蹲下身，一隻手按在驛路地面上，本想跟摺扇公子稟報敵情，有兩百騎奔襲而來，不過樂章很快想起那公子哥境界比他高出一大籌，指玄又有卜卦玄妙，他也就懶得拿熱臉去貼冷屁股。

樂章捏起一顆雪球，掂量了掂量，想著是否砸死一隻礙眼的游隼，眼角餘光瞥見一騎斥候尤為膽大，其他四面八方十幾騎探子都遙遙停馬不前，就數這名斥候不知死活，試圖近觀查探。樂章獰笑著站起身，掄開臂膀，惦念著不擅殺士卒的吩咐，雪球激射而去，拍砸在戰馬頭顱上，驟然炸起一團猩紅血霧。

戰馬瞬間倒斃，那名斥候滾落在地，非但沒有倉皇逃竄，反而迅速摘下短弩，面朝那殺馬之人奔出十幾步後，終於記起軍令，恨恨然轉身撤退，路經心愛戰馬陣亡處，年輕斥候紅了眼睛，摘下馬脖所繫的楠木馬牌，揣入懷中，飛奔而走。

摺扇公子沒有理睬樂章的小打小鬧，視線順著山脊，望向遠處一座不算高聳的山峰。

按照他原本的設想，在折桂郡會遇上一支駐紮折桂郡的騎軍攔截，少則三、四百，多則無非六、七百，讓樂章熱熱手，捏破這支北涼騎軍的膽子。穿透陣形之後，憑藉遠勝奔馬的速度，直插潼門雄關，然後在那裡他會親自跟潼門精銳鐵騎來上一場酣戰，不論輸贏，也可一舉成名，名動天下。

不到萬不得已，他才懶得亮出身上那張保命符，當然他還沒有自負到以為能夠一人力壓潼門關六千騎的地步，多半不過是且戰且退，不可纏鬥，真要死扛不退，他也就是西蜀劍皇的下場。吳家九劍破萬騎，以及前些年李淳罡在廣陵江上，一人一劍斬殺兩千六百甲，結局可都好不到哪裡去。

在這位單騎犯境的公子哥抬頭望向山峰時，也有人正在舉目遠眺。

徐鳳年身邊除了裴南葦，徐偃兵和韓嶗山兩位陵州副將，還有趕來湊熱鬧的潼門關兩位校尉韋殺青和辛飲馬，以及珍珠校尉黃小快。韋辛兩將跟黃小快不同，這趟出關沒有帶一兵一卒，珍珠六百輕騎都在山腳待命，樂章察覺到的兩百騎是折桂郡凍野校尉馬金釵的人馬。

這次徐鳳年以陵州將軍身分頒令，讓包括東風、折桂在內數郡兵馬離開各自老窩，至於幾座郡衙幸兵兩房的傾巢出動，則是名義上出自新任陵州刺史徐北枳的手筆。

以山峰為中心，方圓三十里的大小驛路，都已嚴密封道，商賈都需繞道而行。近百名斥候散落各地，不論橫豎，皆是力求每隔三里一斥候。馬金釵的凍野騎軍，一分為三，漸次結陣，兩百騎打頭，用作刺探虛實。此外還有帶來四百兵馬的東風郡北國校尉任春雲，在西南方位原地待命，風裘校尉朱伯瑜親率五百騎在西北方向虎視眈眈，大小官府兵房、刑房的人馬穿插於西北之間的其中縫隙。

北涼校尉一銜十分紊亂，掌兵名額也相差懸殊，像潼門關韋殺青、辛飲馬就各領三千人，品秩卻仍是要比同為四品的珍珠校尉黃小快低了一階，凍野校尉馬金釵、北國校尉任春雲和風裘校尉朱伯瑜，跟韋辛二人同階同品，只是麾下士卒加在一起，也比不上潼門關一名校尉。

北涼武官勢壯，壓制得文官抬不起頭，但自身也是派系繁多山頭林立，除了由來已久的邊境地方之爭，地方上又有關隘郡縣之爭，郡縣裡又有實缺勳官之爭，錯綜複雜。身陷其中，如同墜入一張蛛網，稍有動作，便會牽一髮而動全身，引來震盪反彈，當初徐鳳年著手整肅陵州官場，之所以不被看好，根源就在於此。

韓嶗山提了一杆被命名為「小蠻肩」的棗木長矛，輕聲笑道：「此人肯定沒有想到殿下有如此魄力，直接調動了四名校尉將近三千騎，要在折桂郡內就讓他折戟沉沙，根本不給他去潼門關的機會，更別提進入陵州州城竊取名聲。」

徐鳳年笑道：「他要是能用江湖人的手段，在萬軍叢中取了上將首級，你說朝廷會不會賞賜他一個大將軍當當？」

潼門關韋殺青嗤笑道：「就憑這小子的能耐，都上不了山。聽說這傢伙長得細皮嫩肉，有一副俊俏女子般的好皮囊，辛兄，你口味雜，等殿下五花大綁了那人，你不妨跟殿下求個情，抱回潼門關當個偏房。」

相貌偏陰柔的潼門關校尉辛飲馬，被老韋一通葷素不忌地嘲笑，也不反駁，低聲道：「卑職倒是有這個念頭，不過哪敢自作主張壞了殿下的謀劃。老韋，既然你勾起了飲馬的心思，要不你把那水靈的小兒子送我，咱倆結成親家算了，以後我喊你老丈人便是，低了輩分也無妨。」

被將了一軍的韋殺青氣得一腳踢在辛校尉馬腹上，罵罵咧咧。他跟辛飲馬出自北涼軍不同山頭，韋殺青是根紅苗正的大將軍親軍近臣，辛飲馬則輾轉各軍，在鍾洪武、陳芝豹等舊北涼巨頭麾下都擔任過軍職，後來又跟步軍統領燕文鸞有了牽連，如今辛飲馬勉強算是半個燕系成員，不過他跟韋殺青這些年在潼門關相處得不錯，在關內自然也是勾心鬥角，委實是要養活各自旗下嗷嗷待哺要官要銀要軍械的三千子弟兵，容不得他們高風亮節，可是對外始終保持一致。

辛校尉喜好男風眾所周知，他對於積攢錢財家底一事反而看得很淡，舊部都尉如果孝敬辛飲馬，都是花費重金從江南購置調教嫻熟的唇紅齒白小相公送往辛府，這比什麼都管用。好在北涼王從不是那刻薄寡恩的主子，對於這些於北涼軍政無傷大雅的汙垢，從不拎上檯面計較。

辛飲馬瞥了眼那名已經卸任陵州將軍的年輕人，聽到他跟韋殺青的言語之後，置若罔聞，笑臉依舊，望向山下驛道，緩緩吐出「開場了」三字。

辛飲馬聚精會神，直起腰遠眺而去，馬金釵的那兩百騎已經衝殺向主僕二人。

辛飲馬對凍野校尉馬金釵的部卒一直看不上眼，在他看來，這些將種子弟兵都是軟蛋，據說這次繞後攔截退路，本該是風裘校尉朱伯瑜的軍務，馬金釵死皮賴臉跟殿下求來軍功在即的「美差」，而且不顧既定軍令，跟主僕保持距離依次推進，而是擅自發起衝鋒，顯然是認定那對作亂的江湖草莽好欺負，只要擒拿下兩人，事後也就不怕殿下責罰，至於搶了珍珠騎軍的頭功，是否會交惡在陵州被孤立起來的黃小快，跟燕大統領親戚有一段姻親關係的馬金釵哪裡會在意。

公子搖扇，閉目養神，耳中傳來身後稀拉零碎的馬蹄聲響，哪有什麼傳聞中北涼百騎便震雷的氣勢。他在薊州以東的邊境，已經領教過顧劍棠大將軍的治軍手腕，曾被顧家六百騎在遼闊平原上長途追殺，那才是真的金戈鐵馬。假若北涼都是身後兩百騎的騎戰水準，那北涼鐵騎甲天下就真是個天大的笑話了，這樣的兩千騎，都能被那顧家六百騎一沖而散。

無須主子眼神示意，欒章轉身面對那兩百只繡花枕頭，深呼吸一口氣，腳尖廝磨了一下驛路冷硬如鐵的凍土，瞬間踩出一個坑，身形飄掠而出。

短弩灑下一撥不痛不癢的黑雨，落在內行眼中，就有些滑稽可笑，看著氣勢洶洶，實則離欒章還有六、七丈射程。給兩百騎墊底的馬金釵倒是不覺得有何不妥，身邊有十幾騎衣甲鮮亮的騎卒護駕，其中竟是有位眉目嫵媚的嬌小扈從，身披一件華美輕甲，分明是位身段婀娜的女子，敢情咱們馬校尉除了要搶功勞，還要在寵溺美嬌娘面前顯擺一下他的治軍有方？

不過很快馬金釵就心知不妙，短弩第一撥攢射不曾建功，這不打緊，弩機攜帶輕便不說，而且遠比挽弓發射來得急促迅捷，只是馬金釵臉色劇變，只見兩百騎光顧著傾力衝鋒，那江湖漢子奔速遠勝戰馬馳騁，第二撥短弩當頭潑墨而下，倒也稱不上落空，只是那漢子都不屑伸手去遮擋弩箭，任由敲打在身，如蘆葦稈子拍鐵石，折斷的折斷，滑落的滑落，不給騎卒繼續「嬉戲」的機會，已經跟為首三騎打了照面。

那三騎嚇了一大跳，直接就丟棄了弩機，倉促提槍，欒章如豺狼入羊群，闖入馳騁兩騎的寬裕空隙，高高跳起，身形橫平，一拳砸馬，一腳踢馬，左側最靠外的一騎也被殃及池魚，兩匹戰馬疊著往驛道外橫摔出去，右側戰馬更是被漢子一拳砸出五、六丈外，轟然砸地，雪屑如柳絮，肆意飛揚。

隨後並排三騎顯然膽寒至極，就想要避開此人勢不可當的鋒芒，卻來不及躲閃，其中一騎馬術還算精湛，無奈之下，浮起一股暴戾性子，直接策馬直直撞向這江湖莽夫。

馬校尉早已發話，誰能斬殺一寇，賞銀六百兩，官升三級！

樂章輕輕一跳，抬起一肘向下砸在馬頭上，一匹急速前奔的高頭大馬竟是被一肘砸趴下，身體前撲的騎卒手中一槍也順勢刺在悍勇無匹的樂章胸口，只是不等他驚喜，就發現握槍的虎口傳來一陣刺骨疼痛，長槍脫手，樂章一手拿過長槍，一手扯住這名騎卒的領口，抓小雞一般高高拋出，然後左手抖腕抬槍，身形倒退而走，追上先前僥倖擦肩而過的兩騎，然後將那杆長槍橫放，擋住去路。兩騎戰馬撞在槍身上，竟是尺寸都不得前行，後邊幾排騎卒馬擁馬，槍擠槍，先前的衝鋒陣勢瞬間七零八落。

樂章雙手內力灌注長槍，大笑著往前踏步推移，前方十幾騎簇擁在一起，人仰馬翻。樂章不顧這些孱弱螻蟻，雙手橫槍變作單手握槍，有伶俐機巧的幾名騎卒在馬背上一槍擲出，其中一根長槍刺向樂章腦門，在搖扇公子面前溫馴如家養貓狗的漢子腦袋向前一撞，直接將長槍撞得寸寸碎裂，手中奪來一槍向上斜掃而出，掃向那名騎卒腰間，那名倒楣騎卒瞬間身軀彎曲著橫向飛蕩出去，在雪地上滾出一個略顯「俏皮」的大雪球。

樂章一躍向前，也不管什麼槍法矛術，只把手中長槍當棍子使喚，一棍子揮下，將一匹戰馬從背脊劃拉到馬腳，分屍兩半。騎卒坐在倒地的半隻戰馬屍體上，目光呆滯。

馬金釵咽了口唾沫，強自鎮定，不去看花容失色的寵妾，自言自語道：「賊子生猛，咱們可以徐徐退之，再殺他一個回馬槍！」

然後涑野校尉馬金釵便掉轉馬頭，一溜煙跑路了。

山頂這邊，徐鳳年轉頭對韋殺青和辛飲馬微笑道：「看來咱們馬校尉迎來了一個新年開門紅啊。」然後望向一臉冷笑的珍珠校尉，語氣平淡道：「黃小快，馬金釵哪裡是想跟你爭搶軍功，顯然是用心良苦，示敵以弱，想要誘敵深入嘛。」

黃小快嘴角翹起，輕聲道：「馬校尉的人情，黃小快心領了。殿下？」

徐鳳年點了點頭。

黃小快獨自一騎往山下奔去。

山腳三百騎按兵不動，其餘三百騎自成左右中三軍，衝向那慢搖桃花扇的公子哥。

樂章回首一望，譏笑著「喲」了一聲，不去追擊那幫潰敗的凍野騎軍，當初朝他展開衝鋒的時候跟餓漢子見著了娘們兒一般急不可耐，這會兒還沒等他熱手，就哭爹喊娘回家了。

樂章丟了手中那根紅纓浸透戰馬鮮血的長槍，打算去領教領教北涼陵州下一支騎軍的能耐。

在這位金剛境高手看來，什麼狗屁北涼鐵騎，都他娘的是豆腐做的啊。

樂章「呸」一聲吐了口濃痰在地上。

就這樣的蝦兵蟹將，他樂章都能當個北涼王耍耍。

◆

山頂上，一直冷眼旁觀的徐鳳年雙手插袖，袖內雙指撚動，好似在抽絲剝繭。

驛路上由凍野騎軍擔當主角的戰事告一段落，很快就有斥候將大略軍情傳遞給西南北國校尉任春雲，和西北風袠校尉朱伯瑜。兩將反應迥異，身披鮮紅甲冑的任春雲佩刀而立，聽聞馬金釵吃癟後哈哈大笑，撫摸馬鬃，一臉幸災樂禍。

同州為將，品秩相當，既然大家頭頂的官帽子差不多大，那自然而然就是仇家了，貧寒出身的任春雲早就瞧不順眼那名字可笑的馬校尉，麾下都尉標長都是陵州將種子孫占了坑，能調教出什麼善戰精兵？

陵州平原有兩塊易於騎軍伸展的平原區域用以練兵，去年任春雲跟馬金釵就起了紛爭，狠狠教訓了一通華而不實的凍野騎軍，不過任春雲很快就在官場上被馬金釵扳回一城，俸祿還好，誰都不敢在這座雷池動手腳，只是一批按律從幽涼邊關分發給地方軍伍配備的兵器軍械，任春雲只拿到一些連乙等資質都不到的「殘羹冷炙」，一打聽才知道是馬金釵背後那個在北涼道兵庫擔當要員的親家下了絆子，後來馬金釵帶著甲冑嶄新的一百騎軍藉口剿殺遊寇來到任春雲駐地轄境耀武揚威，若非任春雲死死壓下部將不許生事，差點就要鬧出兵變。

另一邊的朱伯瑜就要冷靜許多，他對馬金釵的觀感一向很差，只是從不擺在臉面上，真遇上了該喝酒喝酒，該客氣客氣，因此風裘騎軍跟馬金釵那批公子哥相處得還算湊合。主要緣於朱伯瑜亦是將種府邸裡走出來的武官，父輩們曾經並肩作戰，有換命的交情打底子。

不過朱伯瑜雖說從未去過邊境沙場鍍金，功勞簿相當單薄，卻是少見能沉下心去治理軍伍的北涼青壯派校尉，這些年手握實權，常常被許多背著軍功回陵州養老的雜號將軍挖苦嘲諷，讓朱伯瑜反而更樂意與馬金釵這些傢伙相處。畢竟虛情假意的觥籌交錯，也好過那些家族子嗣後繼無力的老前輩的一見面就擺資歷，個個鼻孔朝天。

朱伯瑜現在擔心沒有在陵州官場大開殺戒的世子殿下，要藉機拿馬金釵之流開刀，連累他朱伯瑜也要被拉下馬，世子殿下哪裡會管你一個沒戰功的風裘校尉是潔身自好，還是跟馬金釵沆瀣一氣？不幸生了一張娃娃臉的朱伯瑜高坐馬背，戰馬僅是乙等，風裘騎軍中僅有的三十幾匹甲等戰馬，都被他贈給有功都尉和精銳士卒。

朱伯瑜揮了揮手，讓那名按照風裘騎軍自立規矩無須下馬稟報的斥候反身再探，一身尋常甲冑的朱伯瑜呼出一口霧氣，神情異常凝重，因為他看得出來那世子殿下對陵州官場可謂菩薩心腸，但是軍政有別，有懷化大將軍鍾洪武這個前車之鑒，朱伯瑜斷言陵州各郡駐軍就沒這份幸運了。

桃花美人扇輕柔扇動，微風拂面，鬢角髮絲輕靈飄動，一身黑裘的俊逸公子哥平視而去，呈現扇形戰陣圍殺而至的三支騎隊，顯然跟先前兩百騎有著雲泥之別，馬蹄整齊一致，沒有絲毫混淆。他憑藉卓絕眼力，已經可以清晰地看到一張張面孔年輕的騎卒，眼神堅毅，似乎得到授意，根本就沒有去動輕弩的意圖。

北涼對勁弩的管禁十分嚴苛，私佩北涼刀還能靠著家世蒙混過關，若是膽敢持弩，哪怕是一架寸子弩這般閨婦可用的力小輕弩，一經發現，也要被當日抄家，絕無半點迴旋餘地。

樂章在驛路上撒腿狂奔，腳下那條直線上泥屑四濺，氣勢駭人。給人當走狗實在當膩歪了的金剛境武夫今天只想著怎麼酣暢怎麼來，在他眼中，先前不堪一擊的兩百騎是身嬌體弱需攙扶的小娘們兒，面前這兩、三百騎也無非就是力氣稍大些的壯實女子，一樣經不起他樂章幾下鞭撻。

性格跟名字極不相符的一品高手大笑著前衝，三根鐵槍同時刺來，樂章雙手握住兩枚冰涼槍尖，擰成兩團鐵塊，手腕往內一扯再往外一撞，不肯鬆手的兩騎被他敲鐘落馬，中間那一槍抵住樂章心口，卻沒能紮出一個通透，反倒是被笑臉肆意的魁梧漢子繼續前衝，向下斜穿而出的長槍在空中曲出一個誇張弧度，可見這名騎卒的膂力和韌性都絕非馬金釵部卒可以媲美。

樂章作為江湖之巔那一小撮人中都可占據一席之地的卓絕武人，哪裡在意腳下螻蟻一口咬下是輕了還是重了，雙膝彎曲，鑽入馬腹下，單肩硬生生扛起一匹迅猛前奔態勢中的戰馬，樂章如同霸王扛鼎，將這匹馬砸向騎隊後方。

被殃及池魚的尾隨幾騎都倒地不起，只是很快就被側向繞開死絕戰馬的騎卒拔肩上馬，兩名袍澤同乘一騎，又是一槍槍凶悍遞向完全刀槍不入的樂章，總算被激起幾分興致的樂章倡狂大笑，猛然拔地而起，一腳踩在一騎的腦袋上，然後順勢蜻蜓點水，左右遊走，踩踏下一名名騎卒和一匹匹戰馬，瞬間就讓十幾騎澈底失去戰力。樂章似乎覺得仍不過癮，落地後都懶得出手，只顧埋頭衝撞，所到之處，戰馬劇烈撞擊之後皆是碎骨而亡。

百人騎陣很快就給樂章輕鬆穿透，不過樂章也沒能閒著，左手百人騎隊見狀後，在領頭都尉指揮下，沒有蠻撞衝鋒，而是領兵繼續一馳而過，手中百杆長槍依次丟出，大多數刺在樂章身上的鐵槍或滑落或彈落驛路之上，還有些沒有刺中樂章的鐵槍直接釘入驛路凍土上。

樂章心存逗弄，也想著讓北涼瞪大眼睛看一看他樂大爺的金剛體魄，站在原地紋絲不動。槍林過後，右首百人騎又跟上了一陣箭雨，一夫當關的樂章都盡數笑納，除了衣衫破碎，身體毫髮無損。

樂章看似托大，其實也在默默蓄力，試圖一鼓作氣攀至巔峰再戰，原本不是不可以繼續獨貓戲弄群鼠，不過小心駛得萬年船，萬一騎隊裡隱藏著武林高手，在他樂章氣機衰減時陰險出手，雖說萬萬不至於陰溝裡翻船，可一旦丟了丁點兒顏面，天曉得身後那個心腸歹毒的公子哥會不會無聊時就拿他出氣。

伺候這個年輕主子，樂章真是比伺候祖宗還費心費力，心中恨極的他要是能境界高過那相貌俊美的年輕人，向來對名士孌童嗤之以鼻的樂章都已經不介意換一換口味。可樂章清楚得很，這種想想就通體舒泰的狠辣報復，這輩子多半是指望不上了，除非那人被突兀出現的神仙人物打落塵埃，他才有機會去落井下石踩上一腳。可北涼道上，已經出過一個老劍神李淳罡，陳芝豹也已叛離入京，就只剩下一個槍仙王繡的師弟，以及擔當邊境騎軍統帥的袁左宗，難道這兩位僅存的頂尖高手還能聯手出現在此地？

驛道上直面樂章的百人騎雖然被貫穿，但很快就再度發起衝鋒，山腳一支百人騎隊在黃小快親自率領下也加入戰場，左右兩側的百人騎一撥換弩一撥換投槍，哪怕對上了金剛境高手無法建功，但是陣勢銜接緊密，表現遠比馬金釵的凍野騎軍來得可圈可點。

怡然不懼的樂章悠悠吐出一口氣，霧氣繚繞綿長，伸出雙臂扭了扭手腕關節，似乎嫌那馬蹄聲嘈雜，一腳震地，沉悶轟響竟是隱約蓋過了蹄聲。樂章一腳一腳踏在驛路上，聲勢漸長，轟隆隆如平地滾雷，驛路上兩支百人騎的馬背起伏都厲害了許多，只是依舊無人怯戰。

北涼的官場爭鬥，尤其是軍伍裡的傾軋，一直被離陽朝廷的廟堂砥柱們唾棄為村野鬧劇，扮演罵街潑婦吵不出上風的話，就只會捲起袖管蠻橫械鬥。比起朝廷裡京城裡，那些意旨綿延和門戶接缽皆是一脈相承數代人的廟算，北涼這邊短短二十年營造出來的氛圍，如何入得了朝廷大佬們的法眼？只不過似乎很多棟梁文臣都忘記了，離陽朝廷有他們這幫治國能手的文脈傳承，貧苦北涼也有獨有的北涼鐵騎的風骨傳承，董越騎沒能做好，但是諸如汪植、任春雲、朱伯瑜、黃小快等等，這些甚至沒資格進入廟堂巨擘們視野的小小校尉武官，都做得不錯。

樂章就想親手折斷掉幾根北涼脊梁，他當然不知道什麼薪火相傳，也懶得深思，但是眼前這支不太一樣的騎軍讓他感到很不舒服，老子好不容易躋身一品高手行列，到頭來給一個後生當牛做馬，到了北涼，總得讓老子出這口惡氣才行！

樂章盯上了那騎甲冑出彩、涼刀出鞘的騎將，渾厚氣機充沛全身，只覺得像是地仙一劍也扛得下來。精氣神已到頂點的樂章狂野笑聲響徹驛路，跟那名騎將對撞而去，相距五十步時，高高躍起，長臂舒展，一拳砸下。

一騎當先的珍珠校尉黃小快橫刀格擋，人、馬、北涼刀俱是猛然下沉，戰馬四蹄被這勢不可當的千鈞之力壓得瞬間折斷，北涼刀鋒僅是在那名漢子的拳頭擠出一絲血痕。

黃小快一手持刀，一手托住刀背，仍是無力阻攔這頭江湖惡獠的一拳砸下。他壓下一口鮮血，棄馬側移，刀鋒在那人拳頭上抹過，依然沒能劃破肌膚。

身邊都尉一騎同時長槍凌厲刺出，精準刺向樂章左眼珠子，逼迫此人無法追殺他們的校尉大人，更有一名騎卒一槍擲出，見縫插針般恰好刺向樂章襠部，轉瞬之間的配合，毒辣而有效。樂章第一次皺起眉頭。

殺金剛境界的高手，精髓無非「水落石出」四字。耗光那川流不息的如水氣機，沒了圓滿無缺的金剛不敗，才算成功一半，假若給高手足夠喘息機會，慢慢補全氣機，恢復體內江河氣象，就又得從頭再來。

不過高手的氣機積蓄，從來都是散易聚難，氣機轉瞬流轉數百里，這種傳說中的陸地神仙境界，便是同為一品高手的金剛境和指玄境也一樣可望而不可即，像樂章接連兩次陷陣，氣機起伏跌至八成，其間任由槍林箭雨加身而不動如山，也僅是用笨法子恢復到九成。

江湖上之所以將西蜀劍皇的戰死評價為「慘絕人寰」，不純粹是惋惜這名高手被碾壓成一攤肉泥，更在於這名劍術宗師為了那個不值錢的姓氏，獨力鎮守西蜀皇城大門，所面對的敵人是一波波潮水擁去的蝗群騎軍，完全沒有一絲喘息的機會，只憑那吊著的一口氣死戰到底，簡直就是眼睜睜看著自己一步步走在黃泉路上。

但樂章也僅是皺了皺眉頭，他所正面對的不過是百人騎而已。

隨手推開都尉的刺眼一槍，樂章腳尖一點，踩在那根騎卒丟出的鐵槍上，借勢一記膝撞砸在都尉腦袋上，樂章鳩占鵲巢站在馬背上，戰馬慣性前奔，傲然而立的樂章無意間望向山頂，沒來由泛起一股胸悶。

有一騎緩緩下山。

越來越快。

樂章身後的遠處，那把桃花扇被「啪」一聲合上，公子哥晶瑩素白手腕上繫掛有另一端白鞘名刀的朱紅長繩，猛然間繃直。

一騎下山的同時，黑裘公子哥也敏銳察覺到被山上一人給盯上了，喃喃自語：「北涼還有這般不顯山不、露水的高手？趙勾檔案處為何從未提及。」

樂章頭皮發麻，跟白天見鬼似的，驚嚇得魂飛魄散。

那一騎馬背上的人物雙袖飄搖，從袖口到手臂之間，攀附縈繞有無數紅絲，如同爬滿了鮮活猩紅的赤蛇。

當年，就有這麼一隻「纏紅繞蛇」的人貓，朝他樂章悠悠然騎馬而來。

被戳中軟肋的樂章瘋癲了一般，神情痛苦，蹲在馬背上，雙手十指鉤住頭皮，然後抬起頭，眼珠子布滿血絲，咬牙雙手一拍，拍死了那匹戰馬，掠向那一騎。

山腳和驛路上的珍珠騎軍都下意識停下馬，留給下山那一騎和始終勢不可當的不知名江湖武夫。

馬上之人飄落下馬，繼續掠行。

本以為起碼要纏鬥酣戰幾炷香工夫的一對人，就那麼飄飄然擦肩而過。

雙袖猩紅越發紅。

原來他手上多了一副從頭到腳剝下的鮮血人皮。

驛路這邊三百騎不約而同瞪大眼睛，目送手拎新鮮皮囊的殿下一掠而去，在那名不再搖扇的公子哥面前停下，隨手高高拋出那張人皮。

這一幕，黃小快畢生難忘。

腰佩一柄尋常北涼刀的世子殿下，對上了那把不輸南華刀的「過河」。

潼門關兩位校尉面面相覷，韋殺青和辛飲馬的眼界都要比尋常士卒高出不少，就越發震撼於世子殿下的殺人手法。

寥寥幾樁一品高手力敵千百騎的事蹟，之所以稱之為壯舉，難就難在騎軍中往往隱藏有韋辛之流的軍中高手。江湖上以破甲數量衡量武品高低的規矩，其實並不準確，因為鐵甲畢竟是死物，披甲之人則是身負武藝的大活人，他們也有各自的氣機流轉。

韋殺青眼角餘光瞥了一下陵州副將徐偃兵，這位手提無纓鐵槍的北涼王扈從不知何時策馬前踏了幾步，遙望驛路，槍尖隱約有幾縷淡紫色流瑩轉動，倒是另一位副將韓嶗山始終在他們身側，似乎也有些詫異，抖了抖馬韁，驅馬來到師出同門的徐偃兵身邊，輕聲問道：「怎麼回事？」

驛路上發生了什麼，指玄韓嶗山看得一清二楚，但這位槍仙王繡的師弟奇怪世子殿下是如何做到的。身具一品金剛境體魄的江湖漢子直面衝向殿下，結果被殿下硬扛了一拳，藉機讓赤蛇攀附那人全身，如冰雪消融於爐中火焰熊熊燃燒的爐子表面。

金剛境界之所以被稱為金剛不壞，就在於體內氣機跟淬鍊出的體魄，兩者內外相融，天衣無縫。殿下雙袖布滿密密麻麻的赤蛇狀紅繩，剎那間就堵住了那一品武夫的周身竅穴，加之那人失心瘋般不管不顧，不但奢望藉著蠻力掙脫開赤蛇，還要一鼓作氣絞爛紅蛇，身體內本就堪稱氣象鼎盛的氣機如爐中添柴，沸水劇烈蒸騰，由於氣竅被阻，紅繩韌性遠遠超出想像，以至於爐身搖搖欲墜，承受不住沸水，當那武人原先只顧著迅猛出拳，一百餘記拳罡炸在殿下身上，仍是沒能砸死近在咫尺的敵人後，反而察覺到氣機跟體魄被強硬拆分之後，終於才恢復幾分清明，只是等他醒悟，已經來不及收手。

這武人瀕死之前，也確有幾分讓韓嶗山刮目相看的血性，拚著身死，最後砸出雙拳，一拳在殿下心口，一拳在中丹田，便是韓嶗山也自認做不到殿下這般「穩如泰山」，可以說，是那過於自負的武人自己害死了自己，但殿下的紅繩以及讓拳罡泥牛入海的兩門神通，才是真正的關鍵。在外行看來，那一品武夫似乎都談不上是殿下的一合之敵，不過韓嶗山深知其中凶險詭譎。

徐偃兵一直盯住那搖扇公子哥，平淡說道：「嶗山，你有所不知，當初李淳罡傳授殿下兩袖青蛇，並不是那紙上談兵，而是實打實往殿下身上砸下了數百道兩袖青蛇，交由殿下一次次生死一線間，自行領會其中劍道精髓。

殿下跟我說起過，當時除了學劍，其實也想著打磨武當掌教灌輸給他的大黃庭，用殿下的話說，拿兩袖青蛇敲打自己，不是什麼他山之石可以攻玉，而是以他山之玉用來磨石，有些暴殄天物。

後來殿下被天象高手柳蒿師拔掉僅剩的一株大黃庭金蓮金幼苗，然而柳蒿師確是拔除了幼苗枝筋蓮葉，但培植養育紫金蓮的那一方池塘仍在，最重要的是根鬚仍存，殿下說僅憑他的內力，不論如何辛苦修行，已經無法讓那頹敗根鬚重新開枝散葉，只是他到失去大黃庭後，才知曉老掌教王重樓的饋贈，幾近天象內力的大黃庭修為是其次，那一方不起眼的池塘才可貴。就像一座蓮池，荷花蔓延水面的景象，很好看，但若是沒有池塘，也就談不上什麼出淤泥而不染的光景。

所以這趟出行，就又用上了他山之石攻玉的笨法子，假借外力激盪池塘濁水的勾當，為此殿下一路上沒少挨我的捶打。殿下不知如何得知那江湖莽夫跟韓貂寺有過節，故意搬出人貓的手腕，用來激怒他來傾力擊打，一品武夫的攻勢越是凶悍無匹，對殿下就越有裨益。至於殿下為何精通人貓的剝皮，我也不知道。」

韓嶗山感慨道：「雖說有益修為，不過拳拳到肉，何況是金剛境高手的垂死掙扎，打在身上可不輕鬆。」

徐偃兵微笑道：「對殿下而言，早就習慣了，將其自稱家常便飯。況且再疼，總好過老劍神李淳罡當年『隨手』丟出的兩袖青蛇。」

韋殺青湊近了幾分，小心翼翼詢問道：「徐將軍，死在殿下手上的江湖人士，真是一品高手？」

徐偃兵點了點頭，一臉雲淡風輕道：「死在殿下手上的高手還少嗎？」

韋殺青偷偷咽了咽口水，不敢再多嘴一個字。

韓嶗山問道：「那殿下是要跟那自詡風流的年輕人再來一戰？」

徐偃兵搖了搖頭，緩緩說道：「一品四境，目前只有金剛境適合打熬體魄，再往上，極有可能得不償失。那年輕人已是指玄境界，嶗山，你也是指玄，應該清楚武夫的指玄境界跟道門真人的一入一品即指玄，大不相同。論殺人的凌厲程度，同樣的境界，就像相同品秩的京官和地方高官，後者手中的實際權柄遠勝前者。京城裡一個清水衙門的四品官，哪裡比得上地方上的郡守更能手握生殺大權。四個境界中指玄不高不低，但祕術最多，五花八門，除非是陸地神仙和天象境界，否則對上一名橫空出世的陌生指玄高手，誰都不敢說穩操勝券，今天哪怕殿下想要親自試一試那人的底細，我徐偃兵也會插手。江湖上的徐鳳年可以涉險，北涼的世子殿下萬萬不能。」

韓嶗山笑道：「也好，否則那廝真被殿下一口氣宰了，就沒那些校尉什麼事情了。咱們總不能讓這些大人跑來喝西北風啊。」

◆

驛路上。

收起摺扇，繩繫過河刀的公子哥拉了拉韁繩，輕輕躲過那張鮮血淋漓的人皮，對於樂章的暴斃無動於衷，笑道：「韓生宣能夠指玄殺天象，一品殺一品也不出奇。」

看到徐鳳年面無表情，似乎沒有跟自己說話的興趣，他也就樂得自說自話，「不過這不出奇，但你精通人貓的剝皮術，就很出奇了。就是不知道你還懂不懂包括剔骨抽筋在內的後兩層境界。」

他轉動手腕，被長繩牽引的白鞘過河隨之旋轉，他本人則俯視這個單獨前來的北涼世子。

趙勾有一份專門針對世子殿下搜集而得的機密檔案，在天字號檔案房也就比曹長卿略薄一些。他先前隨手翻了翻，可真是長了大見識，對外宣稱在皇宮因病而逝的韓貂寺，竟是被眼前年輕人在神武城外飛劍所殺。

照理說，徐鳳年被柳蒿師拾掇得很慘，境界大跌，要殺金剛境界的樂章不算太難，卻也不容易，癥結就在於姓徐的怎麼就得了人貓不同尋常的指玄祕境。他不相信世間還有人能像自己一樣僥倖悟得指玄境中號稱「直指天心」的照鏡之法，不但過目不忘，而且可以擷取精華。

吳家劍塚的女子劍侍，那個背負素王劍名叫翠花的女子，之所以可以偷竊不管如何晦澀上乘的劍術劍意，更多是一種百年難遇的本能，但她也局限於偷學別家劍道，比起他的「來者不拒」還是有些遜色。如果說姓徐的跟他是雷同資質的傢伙，那他可就真的寢食難安了，自古一山難容二虎，哪怕這座山是整個江湖。江湖的確很大，但他江斧丁心眼很小，容不下一切有機會跟他並肩而立的潛在對手。

先前姓徐的殺樂章，他看得一清二楚，先是類似鄧太阿的飛劍釘竅術，然後是人貓韓貂寺的剝皮術，兩者都是世間最頂尖的殺人手段；樂章打得全無章法，試圖仗著金剛境體魄將其一擊斃命，世間哪有這麼簡單的好事。不過江斧丁對此並不費解，樂章這輩子剛進入一品境界，馬上就被韓貂寺嚇破了膽子，從此膽小如鼠，從沒有跟同境高手交過手，所以說在江湖上混，不惜命肯定不好，但是太珍惜一身修為，導致太惜命，也一樣不好。

江斧丁提了提手腕，雙指擰住繫刀的紅繩，那把「過河」仍然旋轉不停，彎腰望向徐鳳年，江斧丁道：「山頂有厲害至極的高手，我打是肯定打不過，一心想逃的話，也未必能逃出生天，只不過你我二人年齡相仿，身世嘛，你徐鳳年算是王侯門府的鐘鳴鼎食，我也不差，逐鹿山那些公侯也一樣是占山為王的貨色，可論起輩分，還得喊我一聲師伯祖什麼的，所以說在樂章這些人所謂的江湖裡頭，再找不出比我更有嚼頭的出身了。咋樣，你敢不敢跟我捉對廝殺一場？放心，我即便能殺你，也不會殺你，我還想好好活著去北涼邊塞領略一下北莽的大漠風光。徐鳳年，北涼是你地盤，打不打隨你，要是你敢，我奉陪到底，輸了，手上這把『過河卒』送你，要是你不敢，一心當縮頭烏龜，本人立即轉頭跑路。」

徐鳳年笑道：「敢是敢，你再厲害，也不過就是第五貉的水準，比人貓差了一大截，不過敢不敢是一回事，想不想是另外一回事。你跑路吧，我給你一炷香工夫，然後陵州副將韓嶗山就會帶上兵馬剿匪了。

哦，跟你說一聲，你被朝廷任命為金縷織造的官文和邸報，估計很快就要同時到達清涼山王府和經略使官邸，不過我就當沒見到。事先說好，你跑路期間，傷人不算，但是擅殺官兵一人，我就要你丟一條胳膊。要是能把任何一支騎軍折騰得丟盔棄甲，我記你的好。」

被輕描淡寫就撕去那張護身符，江斧丁也不慌張，在馬背上直起身，笑咪咪道：「聽說你跟李淳罡一起走了一趟廣陵江，怎麼沒見你學到老劍神的劍術，為人倒是賤得很哪。」

徐鳳年探手一抓，抓回樂章的人皮，準備連同屍骨一起懸掛在陵州最東城池的城頭，以此告訴那些蠢蠢欲動的外地江湖人，想要在北涼興風作浪得付出怎樣的代價。

在神武城外，徐鳳年除了搜集到一些人貓幾條殘餘「赤蛇」，還有那顆頭顱裡的一些隱祕內幕，其中就有這個負責守株待兔探祕逐鹿山的金剛境樂章。

徐鳳年面無表情地提了提那張人皮，江斧丁猛然一抖腕，緊緊握住這柄從未在江湖上露面的「過河卒」。

在江斧丁做出這個殺機四伏的動作後，山頂徐偃兵也提了提鐵槍。

最終，江斧丁哈哈大笑，濃郁殺氣頓時煙消雲散，「徐鳳年，別硬撐了，既然被樂章揍得不輕，想吐血就吐血，別死要面子活受罪。」

徐鳳年笑道：「只剩下半炷香了。」

江斧丁笑問道：「不對啊，該是還有大半炷香才對。」

徐鳳年平淡道：「我的那炷香跟你的不一樣。」

江斧丁嘆息一聲，鬆開紅繩，墜掛著那把白鞘名刀，深深凝視了這個傢伙一眼，然後默然掉轉馬頭。他自認可以穩贏姓徐的，只是就算殺了他，自己也要死在山頂那名高人之手，不划算。他江斧丁的性命，比北涼世子可要值錢多了。

背後突然傳來話語，「刀留下，反正你也配不上。」

背對徐鳳年的黑裘公子哥臉色陰沉，似乎在猶豫要不要出刀。

最終，江斧丁沒有轉身，手腕一震，震斷紅繩，握住過河卒，拋向腦後。

徐鳳年瞳孔收縮，身體紋絲不動。

山頂一槍劃過天空，擊中那柄看似慢悠悠下滑的過河刀。

方寸之間有天雷。

驛路上炸出一條巨大的溝壑。

包藏禍心的過河刀被長槍擊潰氣勢，恰好落在徐鳳年頭頂，徐鳳年伸手接過白鞘刀，將人皮裹在刀鞘上。

塵埃落定過後，駿馬猶在，卻已經沒了那人的身影。

◆

江斧丁一走，天上游隼和地上斥候諜子也隨之而動，黃小快率領珍珠騎軍往東追擊，其中有韓嶗山隨行坐鎮，軍令也火速傳遞給北國校尉任春雲和風袠校尉朱伯瑜。

徐鳳年順手把樂章的皮囊屍骨都交由幾名扈從送往北涼道最東的馮溪城。

等他緩緩行至山頂，那名涑野校尉馬金鈫跟珍珠騎軍擦肩而過，帶著幾名親衛扈從一同往山頂這邊趕路，到了山頂已經氣喘吁吁，見到腰佩一刀、手拎一刀的世子殿下正要坐入馬車，趕忙下馬跪地請罪。

按照馬校尉以往的性格，若非世子殿下宰殺了一人、驅趕了一人，而是被那對主僕逞凶北涼，他才懶得湊上前去挨罵，把爛攤子交給自家長輩去打理便是。他們馬家從爺爺那一輩到他爹這一輩，都有戰功，都是有功於徐家的功勳舊將，他馬金鈫就不信殿下真會把他從校尉位置上一捋到底。就算這麼不近人情，以他馬金鈫跟北涼軍頭燕文鸞的姻親關係，還怕不能東山再起？

不過馬金釵自知這趟圍剿，他的凍野騎軍出師不利，一開始想著搶功，結果偷雞不成蝕把米，反而把光屁股都給殿下和兩位陵州副將瞧了個一乾二淨，就想著來山頂讓殿下罵幾句，當場出了惡氣，他的校尉官職也就保住——將種子孫的馬金釵治軍馬虎，官場規矩還算知道一些。

徐鳳年才抬腳要坐入車廂，聽到凍野校尉在身後假惺惺泣不成聲，便轉身走向馬金釵。

馬金釵聽到腳步聲，抬頭迅速看了一眼，瞥見殿下神情平淡，聽多了殿下的傳聞，也吃不準殿下的心性，好在總算沒有直接表露出怒氣衝衝，這讓馬金釵略微心安幾分，心想咱們馬家果然還是有些名聲的，連殿下也要顧忌幾分，不好太拿他馬金釵撒氣。

就在馬金釵自以為逃過一劫的時候，徐鳳年一腳踩在馬金釵肥頭大耳的腦袋上，將其小半顆頭顱直接砸入泥土裡，當場暈厥過去，三名扈從跟隨校尉一起跪在地上，都被驚嚇得呆若木雞，立即垂下視線，死死盯住地面，內心波瀾起伏。

然後很快聽到出手狠辣的世子殿下冷冰冰說道：「抬走這廢物，等他醒來，告訴他凍野騎軍全部解散，連同你們三個，六百人紀錄在案，在北涼軍內永不錄用！想要再度投軍，除非拿你們父輩軍功來抵消，不樂意，就一輩子本本分分做你們的陵州紈褲子弟，以後若是犯了事，一律從重責罰。別怪本世子沒提醒你們，此刻已是白丁身分的馬金釵就是你們的下場。」

逗留在山頂的韋殺青和辛飲馬悄悄相視，都發現對方笑不出來。

先前陵州大大小小的將種都在看包括經略使李功德在內所有陵州文官的笑話，如今風水輪流轉，看來文官有機會對武將幸災樂禍了。所幸潼門關兩位校尉一直超然物外於陵州官場，始終被北涼引為股肱心腹，否則這趟他們兩位估計也要好好吃上一壺烈酒。同處一州的武官沒好日子過，手握精兵的韋殺青和辛飲馬難免有些兔死狐悲的感觸。

徐鳳年一腳踩暈了馬金釵，轉頭對韋辛兩人抱拳笑臉道：「潼門關就有勞兩位戍守了，以後北涼改制，官職稱呼上可能要委屈一下韋校尉、辛校尉，不過品秩不變，而且潼門關位置顯要，將卒的俸祿也會相對有所提升，若是需要優等戰馬軍械，你們可以直接跟本世子開口。」

兩名校尉立即跪地謝恩。不降品秩，就意味著不會在根子上動潼門關，而且殿下的口頭許諾，是實打實的實惠，往年陵州武官想要跟邊境幽州、涼州爭奪戰馬兵器，想都不要想，那都是別人嘴裡吃剩下的玩意兒。就說韋殺青和辛飲馬，偶爾跟邊境上告假衣錦還鄉的同僚聚會喝酒，哪怕對上那些官階更低的都尉，一樣有低人一頭的感覺。

看情形，世子殿下新近提拔了新任陵州刺史和別駕，顯然是告訴北涼道他對陵州官場很不順眼了，但是對陵州軍鎮關隘似乎只會更加重視，這讓韋殺青、辛飲馬這些希冀著繼續往上攀爬的武官自然欣喜萬分。

徐鳳年故意言語留白，任由兩名校尉自己去咀嚼這裡頭的餘味，坐入馬車，還是徐偃兵擔當馬夫。

追剿那名江斧丁，有韓嶗山這名指玄境高手做定海神針就夠了，又不是人貓韓生宣這個層次的高手在北涼流竄，還用不著坦言對上洪敬岩還有勝算的徐偃兵來做殺雞的宰牛刀。

他要北上趕赴邊境了，然後跟徐驍會合。

◆

裴南葦看到徐鳳年手裡多了一把白鞘長刀，有些好奇。當初在外頭她沒能看仔細驛路上的情景，透過身邊兩位陵州副將和兩位校尉的粗略交談，知曉他下山後殺了那名看似勢不可當的一品金剛境高手，對此裴南葦也談不上如何驚奇。當初這個年輕人帶了兩百騎就跟老靖安王趙衡的千騎對峙，還敢在陣前提槍殺人。裴南葦挪了挪位置，坐在角落。

橫刀在膝，七竅滲出血絲，看來先前殺人也不輕鬆，等到了沒人的時候才洩露出頹勢。

裴南葦笑了笑，其實是在笑話自己難道不是人嗎，只是被徐鳳年誤以為是在譏諷他，眼神冷漠瞥了她一下，裴南葦也不在意，問道：「你怎麼不去痛打落水狗？」

徐鳳年拔出過河卒不過兩寸，車廂內就有幾分「蓬華生輝」的景象，饒是裴南葦也忍不住多看了幾眼，當徐鳳年讓過河卒全部出鞘，裴南葦感到一股涼意沁入肌膚，讓她情不自禁雙手環胸抵禦寒氣。

大概是從清亮如鏡面的刀身上發現了自己的狼狽，徐鳳年拿袖子擦了擦滿臉血跡，一指敲在刀身中端方位，出人意料，過河卒並未像其他刀中重器那般刀尖翹起，而是刀身漣漪陣陣，悄悄消弭了徐鳳年手指敲擊帶來的震盪，以至於過河卒在外行眼中看上去就像一名清高傲慢至極的絕美女子，面對所有男子的阿諛奉承，八風不動。

徐鳳年提起過河卒，幾乎貼在眼簾上，這才察覺到刀身上篆刻有煩瑣晦澀的符籙雲紋，如雲卷雲舒，生機勃勃。

大開眼界的徐鳳年不由得感慨道：「這把刀是活的。」

裴南葦這回是真的譏諷挖苦了，笑問道：「世上還有能讓你世子殿下心動的物件？」

徐鳳年頭也不轉，盯住刀身上浮動的旖旎風景，平淡道：「車廂裡不就有兩件。」

過河卒是一件，剩下一件當然就是她裴南葦了。

裴南葦冷笑道：「小女子真是倍感榮幸。」

徐鳳年放刀入鞘，笑道：「妳還小女子？三十歲出頭的女人了，如果是在鄉下村子裡早些結婚生子，說不定這會兒都可以當上奶奶了。」

這句話，擱在男女之間針鋒相對的江湖，無異於劍仙一劍的殺傷力了。裴南葦果然氣惱得胸口微顫，一手使勁按住心口，一手握拳放在大腿上，試圖竭力平穩情緒。

她嫣然一笑，「看你流了這麼多血，秤上一秤，可有好幾兩重了吧？疼不疼啊？」

背靠車廂的徐鳳年沒有說話，伸出兩根手指捏住她的大腿，力道不輕地擰了擰。裴南葦眉頭糾結在一起，卻硬氣地一聲不吭。

徐鳳年鬆開手指，裴南葦重重吐出一口氣，不承想徐鳳年故技重演，讓裴南葦倒抽一口涼氣，那張讓這位靖安王妃榮登胭脂評美女的端莊柔媚兩相宜的臉龐，顯得十分痛苦。

徐鳳年上癮一般，數次反復，到後來不出聲阻攔的裴南葦已經趨於麻木，心中對他的恨意無以復加。對這個她恨不得千刀萬剮的年輕人來說，她裴南葦確實就等同於那柄從別人手中搶來的白鞘名刀一般無二，都是那僅僅心動就搶來了的物件，無聊了就「把玩」一番，沒空的時候就放回鞘，正眼都不看，任由塵埃遍布。

徐鳳年終於不再故意讓裴南葦承受這種皮肉之苦，不用想，她的那條修長大腿上已經多處青腫。徐鳳年換成手掌搭在她腿上，輕輕抹過，裴南葦的疼痛如同春風一度便積雪消融，但是這讓裴南葦更加感到身為「玩物」的屈辱，咬住嘴唇，纖薄嘴唇被她咬出血絲。

徐鳳年輕聲笑道：「第一次會很疼，到後來無非也就那麼回事了。妳問我七竅流血疼不疼，其實跟妳是一個道理。我嘴上說這些，妳多半聽不進去，就只好讓妳感同身受一番。咋樣，是不是這會兒才曉得不疼的時候，就覺得已經是一種幸福？所以啊，我們人人都是賤貨，站著說話不知道不腰疼的福氣。

我以前聽到一個笑話，說貧苦百姓猜想皇帝老兒是不是頓頓大蔥就餅，覺得滑稽。第一次遊歷江湖的時候，等到自己啃著那些窩窩頭啊、烤紅薯啊，才知道能填飽肚子就很知足，甚至高興到連那些山珍海味想都不去想。一個人的快樂和苦難，因所居位置不同而不同，但深淺大致是相當的。

所以誰都不要瞧不起誰，誰都不要笑話誰，什麼事情都能爭取，唯獨從哪裡投胎，卻是這輩子如何用心用力也爭取不來的。遇上不平事，能認命就是本事，能拚命就更是了不起了。不過不願認命卻肯拚命的人，也不好，因為往往做事沒有底線，喜歡害人，在薊州平步青雲的袁庭山就是一個。我在江湖底層看到過各色各樣的人物，在清涼山也見到站在高處的三教九流，對於沒有底線的，一直不太喜歡跟他們交往。」

裴南葦嗤笑道：「你如果不是世襲罔替的北涼世子，誰樂意跟你客套寒暄？更別提什麼溜鬚拍馬！你也就是投胎投得好，才有資格說這些道理。」

徐鳳年破天荒沒有反駁，「嗯」了一聲。

只是裴南葦非但沒有大勝而歸的感覺，反而有些索然無味。投胎好的，靖安王世子趙珣無疑也是一個，又如何？

徐鳳年突然問道：「我要去一趟跟北莽接壤的幽涼邊境，妳想不想去看一看大漠風光？我曾經去過北莽，親眼見過雲層下墜，宛如天地一線的景象，真的不錯，看到這些，人的心境也能開闊一些。幽州最北還有座雞鳴山，晝夜交替時沙鳴如雄雞晨啼。」

裴南葦沒有直接回答，順嘴問道：「你是去邊境參加校武閱兵？怎麼，大將軍已經著手準備讓你世襲罔替他的北涼王爵位了？怕你不能服眾，要親自為你在北涼邊軍中壓陣？」

這話一說出口，裴南葦就噤若寒蟬。她不是忌憚身邊這個她還有底氣去平起平坐的年輕人，而是打心底畏懼那個數次在北涼王府撞見時都駝背傴僂笑咪咪的老人。

那個老人是老了，可裴南葦始終無法想像老人會死在哪一天、哪一處。

如果老人終於死了，亡了的春秋八國是不是才能瞑目？

徐鳳年沉默著離開車廂，要了一匹潼門關戰馬，獨自騎乘。

沒了徐驍的北涼，還是北涼嗎？

此時，被北涼鐵騎踩踏得滿目瘡痍的北莽南朝邊境，悄然駛入一輛簡陋馬車。

馬夫是那天下第二人——拓跋菩薩。

——雪中悍刀行第二部（三）新桃換舊符　完

番外篇 溫華和老黃

小地方有小地方的好，有丁點兒熱鬧，就有了過年的氛圍。

正月裡的黃昏，再小氣吝嗇的門戶也在門外掛起了喜慶燈籠。鬧市喧沸，有人踢瓶踢缸，有人胸口碎大石，有人裝神弄鬼吐煙火，還有人耍那上竿跳索的把戲，每翻一個筋斗，就能贏來底下無數喝彩，一些個稚童更是伸長脖子癡癡望著。

一名穿了件嶄新灰鼠皮衣的年輕男子走到了集市上，腳步瘸拐，一手捧肩遮風禦寒，一手頹然垂出袖管。他抬頭瞇眼看著頭頂繩索上雜耍的江湖人，緩緩低頭，看見底下那些孩子的臉龐，其中幾個都使勁攥緊父親給他們削的竹劍、木劍，年輕人嘴角翹了翹，自己小時候何嘗不是這般覺著那就是踏雪無痕的厲害輕功了？

還記得小時候端著碗瞎跑，撞見一位大錘砸在肚皮青石板上都不皺眉頭的英雄，給本地無賴追著揍，被搶走銀錢不說，臨了還被吐口水在身上，那時自己還會憤憤不平，也會疑惑不解，怎的這樣的武林高手，也不還手？

然後五、六年前，他經不住嫂子的冷眼街坊的挖苦，就這麼帶了柄自己削出的木劍，去了那座他以為是江湖的江湖，逛了一圈，什麼都沒能帶回來，身上唯一值錢的這件皮衣，還是用跟人借來的碎銀買來，更讓他無奈並且認命的是，多半是還不上這份錢了。

沒吃過豬肉，總還算看過豬跑，落魄不堪的年輕人也就沒心思去看集市上那些雜耍把戲，踉蹌擠出人群。幾個成群結伴的小娘不好意思往人堆裡湊，也是怕被多年單身的無賴漢子揩油，瞧見了這個斷了腿的寒酸男子，都趕忙皺著眉頭避開。

他囁囁嚅嚅著什麼，她們聽不真切，猜測多半是些嘴上占便宜的渾俗言語，有個臉上可勁兒抹了好些脂粉的潑辣女子，叉腰對這沒出息的浪蕩子重重「呸」了一聲，說了句「再管不住狗眼就打斷你另外一條狗腿」。

年紀不大的男子似乎也不敢頂嘴，就這麼走了，走了幾十步，就停下來，不知道是疲累了要歇息，還是打算壯起膽回去還嘴幾句，可始終沒有轉過身。

有個性子婉約些的心善小娘，恰好看到他彎著腰，背對著她們，就生出些於心不忍的憐憫，覺著身邊的女伴說話似乎說太重了，潑辣女子正好給繩索上翻跟斗的伶俐傢伙鼓完掌，回頭看見身邊同齡女子望向那瘸子，雪上加霜地嗤笑了一句：「方才那傢伙就算爬上了繩索，也就只能金雞獨立嘍。」

除了婉約小娘，其餘女子都哄然大笑，不知為何，約莫是那年輕人聽見了她們拿他取笑，直了直腰，回頭咧嘴一笑，暮色中，牙齒顯得尤為潔白。

潑辣女子將他的笑臉當成挑釁，踏出幾步，佯怒說：「死瘸子趕緊滾，看姑奶奶不打得你滿地找牙！」

那傢伙趕忙轉過身去，小跑逃遁，肩膀一高一低，看得她們捣嘴嬌笑不止。唯有那位從到頭尾沒有跟著起鬨的小娘，輕輕撇過頭。

年輕人走了一個多時辰的夜路，才走到了那座熟悉又陌生的村子，村頭有幾棵村裡老人說是挽留風水的柏樹，哪家哪戶若是死了貓，就得來這裡掛上。有繁密藤蔓攀附其上，每年入秋便會結下滿滿的一種叫烏鴉脾的果實，孩子們割完了稻穀，抓過了溪裡魚、田裡蛙，就要來這兒摘果子解饞，年長力氣大些的村童，總能多採摘一些。

年輕人看著不過四、五十戶人家的小村莊，蹲在一株柏樹下，不敢再向前走出一步了。村子裡有依稀亮著的昏黃燈火，他蹲靠著柏樹。小時候頑劣，家裡爹娘走得早，哥哥忙於田地勞作，無人管束，他經常爬上柏樹，坐在枝頭上往遠處看。

在他小時候那會兒，村子裡的長輩就都罵他不是個好種，遲早要出去被人打斷腿回來，自家裡那個哥哥也常笑話他說自己小時候來了個老乞丐，差點就給他拐賣了去。說這玩笑話的時候，總是笑得格外燦爛，以往聽這個笑話聽起老繭子的他，總會發火，還會不耐煩頂嘴幾句，哥哥總會歉意地想要揉揉他的腦袋，自己長大後，也從不讓他得逞。自從大嫂進了家門後，性子淳樸本就不多笑的哥哥，越來越不會笑了。

他腦袋往後敲了一下樹皮冰冷的柏樹，伸出左手揉了揉臉頰，揉著揉著，嗚咽聲就從指縫間透出。以前年少不懂事，可再憊懶，也熬不過嫂子遞過飯碗時故意的碎碎念叨，多少還能下田地給哥哥搭把手，可如今想幫忙，又能勤快到哪裡？

他站起身，聳起右邊肩頭，擦了擦臉，不管怎麼樣，得跟哥哥說一聲自己還活著，再跟嫂子說聲那些年對不住她了，然後就去鎮上討個端茶遞水的活計，手腳廢了大半，可好歹還有張見人就笑的笑臉，當個只要殘羹冷炙填飽肚子不要一顆銅錢的店小二，跟掌櫃的死皮賴臉求一求，一家不行換一家，多半還是能求來的，實在不行，哪家有癡傻貌醜的閨女嫁不出去，他上門入贅也無所謂了。

他走進村子，腳下青石板還是那些青石板，建在村裡石板路旁邊的一座座茅廁，還是那個老樣子，冬天仍是不如夏日那般熏臭。

記得少年時，就喜歡躲在暗處，逮著同齡臉皮子薄的姑娘偷偷摸摸提裙走入茅廁，然後往裡丟石子，聽著她們的尖叫聲和謾罵聲，以及她們家裡長輩抄起燒火竹筒衝出來打人。大夥兒都是村婦愚夫，也罵不出什麼文縐縐的東西，翻來覆去反正就是那麼幾句。他當時玩心重，臉皮得跟茅廁裡的臭硬磚頭差不多，哪裡會在意這些。

他敲響一扇門。

從裡頭傳來一陣粗厚嗓音，「誰啊？」

他低低說了聲：「我。」

恐怕連他自己都沒有聽清，但是很快就有一個相貌粗獷的漢子匆忙打開門，沒穿鞋，隨手披了件外衣，見著站在門口的他，頓時就嘴唇顫抖。

這麼一個赤腳上山砍柴腳底被劃出入骨血槽也沒見喊一聲疼的漢子，就這麼一把抱住門外的年輕人，沙啞地哭起來，怎麼也止不住哭聲。

似乎怕懷裡的年輕人轉身就走，他扭過頭，不管在村人那邊如何直不起腰杆子，但在自家崽子面前最是要臉面的漢子，也顧不得在床上酣睡的孩子是否聽見他的哭腔，大聲喊道：「豔梅，弟弟回來了，我弟弟回家了！」

有個婦人也慌張穿好衣裳，快步跑出，見到這個曾經被她罵過許多次的不爭氣小叔子，到底是一家人，也是沒能管住淚水，重複呢喃道：「回來就好，回來就好……」

桌子還是那張八仙桌，哥哥結婚時置辦的，嶄新鮮亮，哥哥總喜歡摸著桌沿傻笑，年復一年，越發陳舊，如今更是紅漆磨損殆盡。

嫂子去灶房生火，熱了一桌飯菜，都是年夜飯餘下的，所以碗碟裡都沒盛滿，小半小半的。嫂子坐下後，看著埋頭吃飯的小叔子，夾菜時也不抬頭，而身邊男人像是被雷劈了似的，紋絲不動，她這才看到小叔子是用左手拿筷子，右手都沒有去碰碗。

她斂了斂眼皮，順著視線，看到了小叔子右邊那隻下垂的手臂，連忙摀住嘴，不讓自己哭出聲。

沒能按照當年離家時信誓旦旦的約定風風光光返鄉，年輕人抬起頭輕聲道：「嫂子，這麼多年，辛苦妳了。放心，我斷了一條胳膊、一條腿，便是出去討飯，也不會拖累哥哥嫂子的。」

漢子紅著眼睛怒道：「說什麼混帳話！一家人，添個碗，多雙筷子咋的了？」

嫂子也抬臂擦了擦眼淚，抽泣道：「都怪嫂子，是嫂子沒良心，那時候狠心趕你走，你哥這些年不知道罵了嫂子多少回，嫂子知道錯了。」

當年挎了柄木劍就要去闖蕩江湖的漢子，好像連那把木劍都給丟了，興許是吃過了苦頭，再不像當年那麼任性，搖頭道：「嫂子也是為我好，罵幾句有什麼錯，不是想著一家人都好，嫂子罵我做什麼，是我混帳，以後不會了。哥、嫂子，知道在家裡幫不上什麼忙，所以今夜住過了，明早就去鎮上那邊，做個夥計短工什麼的，先安頓下來，不讓自己餓死，以後攢下了錢，我也花不上，再給家裡拿過來，添置些小物件也好。這麼多年，嫂子連脂粉是什麼都不知道，是咱們家對不起嫂子。哥，你也別勸我，真當我是你弟弟，就讓我去離家不遠的地方找份事做，只要有手有腳，萬萬沒有餓死的道理。做什麼都行，只要能養活自己就不丟人。

嫂子，我哥就是嘴笨，不過是個好人，你們好好過日子，比什麼都強。還是嫂子做的飯菜香，我可要多吃幾碗飯，嫂子這往死裡罵，嘿，以後就沒機會罵我遊手好閒啦。

哥，今年收成咋樣？我那侄兒在村塾學得如何了？方才見門外春聯寫得秀秀氣氣，應該是不錯的了。我可得趕緊攢錢，以後侄子考上秀才，做叔叔的，得包個大紅包給他才行。」

第二日，去墳上回來後，年輕人如何都不願讓大哥送他去鎮上，大哥說他在鎮上有些熟識的鋪子掌櫃，好求人辦事，可年輕人只是搖頭。

其實在鎮上那邊本就沒什麼香火情的漢子只得作罷，但仍是遠遠跟著送出村子十幾里路，看到弟弟在遠處轉身擺手，他才停下腳步，蹲在路邊，漢子腦袋埋在膝蓋間，怨恨自己沒本事，對不住死去的爹娘，沒能照顧好弟弟。

被拍了拍肩膀，抬頭看到弟弟不知什麼時候反身，咧嘴笑著說，回頭總有一天，他要自己開家酒肆，讓哥哥喝夠好酒。

隔了幾天，小鎮上一棟小酒樓多了位瘸了腿還能腿腳利索的店小二，逢人便笑，有酒客笑話他的瘸腿，他笑得更多，有人嫌棄他礙眼，他也低頭哈腰使勁賠罪，還別說，這小子模樣寒磣，可滿嘴抹油，很討喜。雖說沒給酒樓多招徠幾樁生意，可好歹沒有減了買賣，這讓掌櫃的鬆了口氣，看著那肩上搭了條布巾的店小二，也順眼幾分。

這小子還真是強，為了能在酒樓幹活，愣是在自己家門口站了一宿，怎麼罵也罵不走，如果不是怕這王八蛋凍死在外頭，正月裡惹來晦氣，起先真想拿掃帚抽走，後來一尋思，反正不要酒樓出一顆銅錢，有剩菜剩飯就能對付過去，恰好正月裡生意好，又捨不得多僱人，就馬馬虎虎答應那可憐後生來酒樓打雜，試了幾天，掌櫃的還算滿意，久而久之，用著十分順手，也就沒了讓他捲鋪蓋滾蛋的打算。

遇上不講理的潑皮無賴，喝酒不付錢還耍酒瘋，這小子就派上用場了，推出去給那幫地痞拳打腳踢一頓，往往就能萬事大吉，有幾次打得慘了，饒是店掌櫃也過意不去，要塞給他些零散銅錢，小夥子也打死不要，說掌櫃的收留他就知足，說了不要銅錢就不要。

掌櫃再市儈，再鐵石心腸，也難免心有戚戚，就讓掌勺師傅給他做了幾樣帶油水的菜，讓他酒客不多時去桌位上坐著吃，然後就看到這個肯定遭過大災大難的後生，也從不順杆子上桌，只是老老實實坐在酒樓裡頭的門檻上，幾只菜碟飯碗都小心擱在腿上，一筷子一筷子，吃得很慢。

鎮上來來往往，隨著風言風語，掌櫃的知曉了這後生是幾十里外一個村子的，早前幾年也是個沒出息的混子，去外頭廝混了幾年，回來的時候就是這般淒涼田地了。同村的青壯總喜歡來這邊喝口小酒，使喚這位姓溫的店小二跑腿，說些「怎麼沒練成天下第一劍客啊」的刻薄言語，後生也不還嘴，只是說些奉承話，主動跟人稱兄道弟，低頭哈腰賠不是，笑著讓諸位多照應照應他大哥家。

鎮上有個在外地一座據說頂天大幫派中當弟子的劍客，故意摘下佩劍，逼著溫小二用那隻廢了的右手去拿起那把沉重鐵劍，說只要拿得起，這柄劍就歸他姓溫的了。一開始溫小二不肯拿，被那貨真價實混江湖門派的高手一腳就踹飛出去，撞翻了好幾張桌子，讓掌櫃心疼得發緊，被教訓了兩次。

大概是也知道事不過三，後來這店小二學聰明了，踮起腳尖和肩頭，右手顫抖著要去提劍，仍是被那在鎮上趾高氣揚的劍客一腳踢在肚子上，罵罵咧咧，說憑你也配提劍？這之後佩劍好漢就再沒有跟這個姓溫的一般見識。掌櫃的躲在旁邊，也只能唉聲嘆氣，不過往常被打還能擠出笑臉送客的夥計，那一次卻好像沒有什麼笑臉，失魂落魄地坐在地上，一言不發，大概是疼的。

這夥計心氣不高，甚至說低到了泥地裡，但心眼活絡，不知怎麼請了途經本鎮的一位外地說書老先生，在酒樓評書說那道聽塗說而來的稀奇古怪江湖事。

掌櫃的一開始沒捨得花錢，後來經不住得了「溫小二」綽號的後生慫恿，加上那說書先生也講了可以在酒樓裡頭白說三場，不承想如此一來，酒樓生意紅火了太多。

可惜廟小留不住大菩薩，幾家大酒樓見說書有奇效，重金挖了牆腳去，後來老先生時不時找了溫小二幾次，還請他喝酒，掌櫃的豎起耳朵旁聽，這才逐漸回過味。

原來說書先生那些神神道道的故事，都是從自家夥計嘴裡刨過去的。這之後，掌櫃的暗自高看了幾眼那後生，心想大概真是出門在外混過幾年底層江湖的，練劍沒練出什麼名堂，好歹聽過了些奇人異事，可就是代價太大了些，好好一個二十幾歲的年輕漢子，斷手斷腳，只能在酒樓當個茶餘飯後的笑柄。

他大哥幾次來鎮上，後生都笑臉燦爛，只說是吃好喝好住好。

該是今年最後一場雪了，掌櫃的大發慈悲，打賞了他一小壺燒酒，雪路難行，沒了酒客，掌櫃看到溫小二就那麼孤零零坐在酒樓門口，提起酒，重重說了句，「小年，敬你。兄弟我混得挺好，你也要好好的！」

掌櫃忍不住笑了笑，喲，還有兄弟？

是叫什麼「小年」來著？

該是像你溫華溫小二這般，一輩子混不出頭的小人物吧？

◆

兩騎優哉游哉離開北涼。

年輕公子哥胯下一騎是千金難買的特勒驃，這等駿馬，便是在草原大漠上也難得一見。身邊一看就是個隨從僕役的缺門牙老頭，跟那俊哥兒一比，就要砢磣太多，騎了匹老邁劣馬，背了個長條形大布囊。

這一路行來，錦衣公子哥每次快馬加鞭，都得停馬等上好些時辰，才能翻白眼望見那老僕的身影。其間也不是沒遇上見財起意的剪徑毛賊，好幾次都是公子哥一騎絕塵而去，回頭沒瞧見老僕趕來，只得重新以身涉險，去搭救這個腿腳不夠利索的老傢伙。

第一次是撒了一大摞銀票到地上，才讓老僕安然脫身，後來是扔出懷中一、兩部祕笈，最後一次連腰間那柄鑲嵌寶石的名劍也給捨棄了。

入了河州境，有一雙顧盼風流丹鳳眼眸的公子哥斜眼瞥了瞥那塊界碑，轉頭看到那老僕正從袖中掏出那老舊檀木梳子，仔仔細細梳理那滿頭灰白頭髮，年輕世家子氣不打一處來，自顧自頹然喪氣，一臉無奈道：「老黃！我身上可就只剩下些碎銀子和輕巧玉佩，以及四、五本珍貴祕笈了，你下次溜快點，成不成？再往東走，更不是我家地盤，萬一又遇上匪寇，即便我真有那臉皮自報名號，也沒人肯信我，到時候你再給人截住，我可就真不管你了啊，沒銀子走什麼江湖，酒肉都吃不起，難不成咱倆真去當乞丐？」

老僕小心翼翼收起梳子，笑臉燦爛，使勁點頭，露出那缺門牙的滑稽光景。原本有些惱火的公子哥頓時被氣笑起來，故意板起臉狠狠撇過頭——你娘的，別家公子哥仗劍走江湖也好，負笈遊學四方也罷，何等風光，就自己攤上這麼個只會拖後腿的老僕。不過氣惱歸氣惱，每次險象環生，事後想起，跟相依為命的老僕一起去最好的酒樓，喝酒吃肉慶祝劫後餘生，除了後怕，還是會覺著有趣。

沒過半旬安穩日子，他們就又給一夥十六、七票青壯山賊大大咧咧攔路打劫，然後這位公子就又割肉掉所有碎銀子。好在主僕二人跑路也跑出了老到經驗，所幸又一次破財消災，仍是沒給山賊擒拿下。

出了山路，老僕一臉愧疚望向氣喘吁吁的自家公子。年輕世家子瞪了他一眼，跟他賭氣不說話了大半天，然後進了一座河州繁華城池，去當鋪典當了一枚羊脂玉佩，價錢自然是被賤賣了無數，老僕好說歹說才拉開要拔劍砍人的公子，最後去酒樓大快朵頤，生悶氣的公子哥仍是默默給老僕裝滿一壺黃酒。

之後在城裡走馬觀花閒逛，公子被一群識貨的紈褲子弟搶了特勒驃和昂貴佩劍不說，還被一人用一柄私自懸佩的北涼刀，在額頭上拍出個紅腫大包。看似畏畏縮縮牽馬躲在不遠處的老黃，看著少爺充滿怒氣的臉龐，最終還是忍住了出手的衝動。

少爺衝上去要拚命，給有些粗糙把式的幫閒扈從一腳踹在肩頭，倒地滑出去好幾丈。一群人大笑著揚長而去，老黃去攙扶少爺，被一把推開。

那一次主僕二人狼狽出城，已經不像個富家公子哥的少爺只能走出城門，老黃就牽馬而行跟在後頭。出了城，少爺抿起嘴唇站在城牆根下，踢了一腳，然後一瘸一拐走在驛路上。

走出十幾里路，靴子前面滲出濃重的血跡，之後少爺在路邊酒攤喝了個酩酊大醉。老黃把他扶上馬背趴著，自己牽馬走出了幾十里路，夜宿荒郊野嶺，老黃躺在山坡上，看到少爺醒酒後就一直坐在那兒發呆，一宿沒睡。

這以後，主僕二人從腰纏萬貫落魄到幾乎身無分文，因為僅剩的兩塊玉佩都給當傳家寶藏起來，再也捨不得出手。年輕公子終於知道行走江湖不露黃白的古話，不再刻意裝扮得錦衣華服，以至於淪落到都沒有山匪草寇願意搭理他們。後來見少爺磨破了靴子，老黃就給少爺編織了一雙草鞋，少爺罵罵咧咧死活不肯穿，後來赤腳踉蹌走了半里路，腳底板磨出好幾個血泡來，這才冷著臉伸手要去那雙草鞋。

翻山越嶺，走著走著，這位少爺也就很快習慣了，後來就這麼蹚過了兩個州。因為要乘船南下，少爺又典賣了一塊玉佩，主僕二人都換了身不貴卻素潔的衣衫靴子，除了一袋子碎銀，那遝銀票就藏在靴子裡，結果沒過多久都給一位俠士坑騙了去。那以後少爺也就沒了跟綠林好漢或是江湖女俠打交道的念頭，只是偶爾睡前嘮叨，埋怨這日子沒法過了，見著母豬模樣的村婦都覺著俊俏了。

後來他們在江南水鄉，在渡口見著了一位船娘，這類可憐女子，其實跟窯子爛娼差不多，口口聲聲只要是個娘們兒脫衣解帶就提槍上陣的少爺，又把身上所有碎銀子一股腦送給了她。其實那船娘姿色平平，瞧著卻也乾乾淨淨，可少爺給了銀錢後，上岸便跟他一起落荒而逃，到頭來連她的手也沒摸一下。

老黃那會兒就覺著少爺富貴時一擲千金，根本不算什麼，可在窮得叮噹響的時候，還能把人當人看，真的很好。

之後他們遇上了一個出手闊綽的李姓小姑娘，那閨女說是要當行俠仗義的女俠，稱呼她李子姑娘，她不愛搭理人，喊她李女俠，她眼眸能笑成月牙兒。他和少爺跟著這姑娘混吃混喝，可到頭來離別，把身上最後那一枚玉佩送給了她，說是地攤上買的便宜貨，值不了幾個銅錢。李子姑娘顯然也沒上心，把少爺的話當真了，真以為那塊曾經常年懸掛在南唐皇帝腰間的雕龍玉佩，不值錢。

跟那心善的小姑娘分開以後，少爺說他有兩個姐姐、一個弟弟，還缺個妹妹，以後等他返回北涼，如果還能遇到她，一定給她買下堆積成山的胭脂水粉。雖然囊中羞澀的李子姑娘走了，那個姓溫的挎木劍小子可沒走，整天就打他老黃那匹馬的主意，就想著騎馬出行，好拐騙那些眼窩子淺的小娘子，不過老黃每次見著少爺給這傢伙牽馬充當僕役，那些姑娘仍是只願意跟模樣英俊的少爺言笑晏晏，老黃就忍不住樂和。

老黃原本對溫小子不太順眼，後來見他一次次去擂臺上挨揍，一次次被少爺背回去。有次偷了隻雞在破敗寺廟裡燉上，老黃問他怎麼就想練劍了，那小子嬉笑著說練劍就練劍唄，就是喜歡，需要啥理由。老黃想到自己那輩子，從一個只有些蠻力的籍籍無名打鐵匠，被雲遊四方的師父無意相中以後，教了寥寥兩劍，自己也沒覺著練劍就是非要成為什麼名動天下的大俠，就只是想著離開家鄉，去外邊走一走、看一看，真要出息了，是命好，真要死了，也是命，老天爺已經待他不薄了，還不知足，得遭天譴。

知道師父喜好吃劍，劍匣裡那六柄名劍，都是給他老人家留著的，心想著以後相逢，就當作當初欠下的拜師禮了，只可惜那柄比劍匣六劍還要出名一些的黃廬劍，前些年練劍學藝不精，給留在了武帝城牆上。

後邊溫小子跟少爺越發相熟了，不再只是嘴上的稱兄道弟，一些掏心窩子的實誠話也就多了，說些他要練劍，就要練自己的劍，要走以前那些前輩沒誰走過的路。也許進了別人耳朵裡，這就是個初出茅廬的愣頭青胡言亂語，只是聽在他老黃耳中，還是想要點頭，朝這個年輕人豎起大拇指。

老黃這輩子無妻無子，無牽無掛，除了紫檀劍匣所藏的劍，別無他物。跟少爺相處久了，就把這個年輕人當成了自己後輩看待。每次跟少爺一起蹲在街上或是村頭打量那些小娘子的胸脯屁股，其實老黃也就是陪著少爺一起過過眼癮，真要他老黃娶個媳婦，實在是比要他不練劍還可怕。

他老黃年輕時候就從沒有風流倜儻過，用自己的話說就是穿了龍袍也像個唱戲的，只覺得最後一次背劍匣走江湖，得讓少爺知道他這個馬馬虎虎的高手，到底有多高，而將來肯定可以比自己本事更高的少爺，又可以高到什麼地步。

他早就過了怕死的歲數了。

為劍死，還能死得不窩囊，本就是練劍之人的福氣。

如果有一天老到提不起劍了，才是對不起那些握過的劍。

那一年，一輩子只會打鐵和練劍這兩事的老黃離開北涼，來到東海，牽馬入城，登城之前喝了碗熱過的黃酒。

當時武帝城裡有曹長卿這幾位江湖最為拔尖的高手在旁觀戰。

他老黃打架從不講究那些飛來飛去的高手做派，他也不是像後世傳言那般如長虹飛掠城頭，直接跟王仙芝一戰，而是老老實實沿著石階一步一步走上去。

在即將登上城頭之前，老人停下腳步，解開布囊繩結，露出紫檀劍匣，踮起了腳尖，望瞭望西北。

咱老黃以往的江湖，有劍就行。

咱老黃死後的江湖，能有一個人記得就夠。

那會兒，老黃猛然一拍腦袋，才記起忘了跟少爺說自己的名字叫黃陣圖，因為老黃一直覺得師父幫忙取的這個名字，比劍匣藏劍還要氣派些，也更拿得出手。

不過然後老黃記起了跟少爺一起顛沛流離的三年，新悟出的那第九劍，被少爺取名「六千里」。

老黃傻呵呵咧嘴一笑，快步小跑登樓。有這一劍。

什麼都沒關係了。

「少爺，你還有很長的路要走，別學老黃，記得風緊扯呼。」

高寶書版集團
gobooks.com.tw

DN 251
雪中悍刀行第二部（三）新桃換舊符

作　　者　烽火戲諸侯
責任編輯　高如玫
封面設計　陳芳芳工作室
內頁排版　賴姵均
企　　劃　方慧娟

發 行 人　朱凱蕾
出　　版　英屬維京群島商高寶國際有限公司台灣分公司
Global Group Holdings, Ltd.
地　　址　台北市內湖區洲子街88號3樓
網　　址　gobooks.com.tw
電　　話　(02) 27992788
電　　郵　readers@gobooks.com.tw（讀者服務部）
pr@gobooks.com.tw（公關諮詢部）
傳　　真　出版部　(02) 27990909　行銷部 (02) 27993088
郵政劃撥　19394552
戶　　名　英屬維京群島商高寶國際有限公司台灣分公司
發　　行　英屬維京群島商高寶國際有限公司台灣分公司
初版日期　2021年 3 月

原書名：雪中悍刀行（9）新桃換舊符
本作品中文繁體版通過文化部核准，核准字號文化部部版臺陸字第109066號。

國家圖書館出版品預行編目(CIP)資料

雪中悍刀行第二部（三）新桃換舊符 / 烽火戲諸侯著. -- 初版. -- 臺北市：高寶國際出版：高寶國際發行, 2021.03
面；　公分. --（戲非戲；DN251）

ISBN 978-986-361-992-5（平裝）

857.7　　109022340

GOBOOKS & SITAK GROUP©